词说宋朝

北宋卷

飘落在风雪中的盛世花月

西岭雪／著

陕西新华出版
陕西人民美術出版社
SHAANXI PEOPLE'S FINE ARTS PUBLISHING HOUSE
西安

图书在版编目（CIP）数据

词说宋朝：飘落在风雪中的盛世花月. 北宋卷 / 西岭雪著. — 西安：陕西人民美术出版社, 2020.5（2024.3重印）

ISBN 978-7-5368-3680-8

Ⅰ. ①词… Ⅱ. ①西… Ⅲ. ①宋词—鉴赏 Ⅳ. ①I207.23

中国版本图书馆CIP数据核字(2020)第073757号

词说宋朝：飘落在风雪中的盛世花月（北宋卷）

西岭雪　著

出版发行　陕西人民美术出版社

地　　址　陕西省西安市雁塔区登高路1388号

邮　　编　710061

经　　销　新华书店

印　　刷　三河市悦鑫印务有限公司

规　　格　700mm × 1000mm　1/16

印　　张　33.5

字　　数　406千字

版次印次　2020年5月第1版　2024年3月第2次印刷

书　　号　ISBN 978-7-5368-3680-8

定　　价　69.80元

前言

受到恩师王仁杰先生的影响，我成了一名“宋粉”。

其实我本应该是“唐粉”的，因为我近年把全部的精力都用于西周私塾的教学上了，而我教学的主要内容是诗词格律，教零基础的学生们在五天内学会写作格律诗。

格律成熟于唐朝，这使我必须对唐诗唐史如数家珍，不“粉”都不行。

可是我磕头奉茶、再三拜求的师父，国家一级编剧王仁杰先生狂热地爱着宋朝，每次提到崖山之战都感慨难言，这使我在耳濡目染之下，也不由自主地成了一名忠实的“宋粉”。

因为受到“朦胧历史”的错误引导，宋朝一直被习惯称为“弱宋”，似乎是一个总被动挨打、流亡服输的羸弱之朝。这或许是因为宋朝在军事上缺乏建树，非但没有开疆拓土，还节节败退，丧权辱国，一次又一次签下不平等条约，最终毁于蒙古铁蹄之下。

可是“宋粉”是坚决不同意“弱宋”这一称号的，我们“宋粉”的信念是：宋朝是中国有史以来最文明、最先进、最繁荣、最精致的时代。一句话，最好的时代，没有之一，空前绝后。

任何一个朝代都有兴有亡，原不足道。大宋建于960年，亡于1279年，分北宋和南宋两个阶段，共历十八帝，享国三百一十九年，比之前的大唐帝国还多出三十年，在政治、经济、科技、文学艺术等领域的成就都辉煌壮阔，非但不弱，还是最强大的“造极之世”。尤其宋朝对知识分子的无限宽容是最让人叹服向往的，堪称空前绝后，超过了史上任何一个时代。

只是经过崖山之战后，中原大地第一次彻底沦入游牧民族统治下，正统文化元气大伤，一蹶不振。之后的明朝政权发源于明教，从根本上来说可谓是一种帮派政治，虽然恢复汉政权，却再也不复大宋王朝文人士大夫的雍容风雅，而更带着一种末世狂欢、挥金如土的粗暴奢靡。所以明代文学的最高成就，只能是昆曲——更排场，更生活，更接地气。

明代文士方孝孺，因为拒绝为永乐帝朱棣草拟即位诏书，说宁可承灭九族之罪亦不为篡位者拟诏。朱棣遂将其凌迟处死，并诛其十族，连他的老师一族也被诛杀——因为老师没教好他。可见在明朝，老师是一项多么高危的职业。

而在宋朝，因为“不得杀士大夫及上书言事人”的宋太祖家训，别说灭族了，士大夫获罪被斩的都难得一见，最多就是贬官。胡铨上书请诛宰相秦桧，还印成册子颁行天下，而秦桧恨其入骨，也不过将其一贬再贬，一直贬去了海南。武将的地位低于文臣，所以秦桧能构陷“莫须有”罪名杀岳飞，但也只杀了岳飞、岳云父子及其部将张宪三人。别说灭族，灭家都不行。

到了清朝，文人的地位更低，价值感更扭曲，风雅气骨荡然无存，对于朝廷动辄掀起的“文字狱”视为当然，抄家流贬什么的简直不在话下。但求跪得容易，谁问站得正气？

清宫题材电视剧里，大臣们动辄下跪，一口一个“奴才”叫得顺溜极了，被洗脑清耳的观众也听得流畅极了，一点儿都不觉得有什么别扭，只当这就是臣子应有的本分。

在清朝近三百年视君臣如主仆的政治高压下，人们渐渐忘记了，在中国的传统儒学中，孔子是视君臣如主宾的。“君使臣以礼，臣事君以忠”，以国士礼待之，国士报之以忠；人们更忘了，在元明清之前，我们曾经拥有一个君主与士大夫共治天下的大宋王朝。

在宋朝，文人们是有气节有风骨的。他们怀抱着“士以天下为己任”的使命感，高高昂起骄傲的头颅；认真叩拜只是出于礼仪，而不是因为膝盖软——小民上公堂递诉状都无须下跪，更何况文人士大夫。

他们会在朝堂上滔滔论辩，对皇帝面斥其非，当皇帝不听劝时会硬拉着龙袍逼他听完谏议，甚至唾沫星子喷皇帝一脸，让他唾面自干还不敢发火；他们会在散朝后各自回家约局宴饮，光明正大地笙歌终宵，还明确拒绝帝王参加，免得扰了大伙的兴；他们甚至会在疲惫时躺在宫殿台阶前乘凉，御辇经过都要绕道而行……

那才是真正的盛世繁华，文明巅峰！

所以，我们是“宋粉”，甚至痴狂到完全无法接受大宋的灭亡，并因为崖山之战而恸哭千年。这内伤就像基因一样融进血液里，代代遗传，永志不忘。什么时候提起什么时候疼，是牵心扯肺刻骨铭心疼到呼吸里的那种疼。

五年了，西周私塾已经开设了二十期课程。每一年我都会在课堂上讲到崖山之战，每一次讲起都仍然心痛得难以承受，哽咽难言。这对于老师是一种失败，于是后来就有点不敢讲了，怕这样讲一次哭一次，别人会觉得我矫情，甚至说我在作秀。

但是不讲，又如何为宋词与宋朝做个结束，如何为元曲与昆曲拉开序幕？

有时候在上课前已经决定对宋末战役只是轻轻带过，不做详细讲述了。可是上课过程中，往往到了那个点，还是忍不住激动起来，宋魂附体般滔滔不绝地开始讲述那场宋军鲜血染红江面的崖山之战，还是会在漫天血雨中忍不住流下泪来，还是会在课后心悸发作久久不能平复——如此自虐到近乎病态的行为，我只能承认自己是痴狂了。自认痴狂也比被误会作秀强，是不是？

至少，痴狂的热情会多影响几个敏感的学子，和我一样“粉”上宋朝，爱上宋词。

孔子说：“殷因于夏礼，所损益可知也；周因于殷礼，所损益可知也。其或继周者，虽百世，可知也。”又说：“夷狄之有君，不如诸夏之亡也。”

只要一个国家的文化精髓还在，就不会真正灭亡，就会因为文化的传承而继往开来，万古流芳；但若是文化灭亡了，那么纵然政权还在，也是名存实亡，永不能翻身。

最好的例子莫过于埃及和以色列。

古埃及文明在外来文化的入侵中，原本信仰的宗教和神明没有了，古埃及文字逐渐无人能识，以之为载体的灿烂文化断了传承。如今的埃及，国家虽在，金字塔、方尖碑等建筑也在，可从宗教到语言都不再是古埃及文明的模样，那些不过是刻在石头上的历史，谁又能说还是曾经的那个埃及呢？

与此相反的，是以色列的建国。

公元前63年，罗马人占领耶路撒冷，把所有的犹太人赶了出去，就只留下了一座西墙。四散飘零的犹太人背井离乡地流亡了两千多年，他们生活在不同的国度，说着别国的语言，过着别国的生活，当战争到来时，还要拿起武器为了各自居住国的荣誉而战。

但是，他们从未放弃的，是自己不变的信仰，是《旧约圣经》与摩西十诫。奴役者残害了他们的亲人，占领了他们的家园，甚至连母语也夺去了，唯一不能剥夺的，是他们的精神信仰，是他们犹太人的血液。

依恃着这流传在血液里的虔诚，两千年后，飘零四方的犹太人长途跋涉，回到了其实并不熟悉的耶路撒冷。他们在这片疮痍遍地的故土上重建家园，成立了一个古老而崭新的国家——以色列，并根据《圣经》《死海古卷》和大量的犹太法典文献，重新整理了希伯来文字和语言，为希伯来文化续命还魂。

1948年，以色列宣告建国。1966年，以色列作家阿格农便以这罕有人知的希伯来文字著书，并获得了诺贝尔文学奖。这就是文化的奇迹！

文化传承了，代表着希伯来人的真正复国。

断掉了两千年的希伯来文化可以凭着一本《圣经》而接续，绵延承继五千年的中华传统文化又岂会真的没落？

西方以宗教信仰来教化世人，而中国以诗书礼仪来教化士子；对于欧洲来说，宗教和历史不可分，中国却是诗书与历史相辅相成。从两千年前的《诗经》到唐诗、宋词、元曲、明清传奇，直至今天的文化一脉相承，成为流淌在中国人血脉里一代传一代的神秘力量，从未中断。

中国的孩子携带着唐诗宋词的文化基因行走在世间，他们是天生的诗人。

然而这基因沉睡在懵懂与浮躁中，如果不被唤醒，很可能就错过了。他们将永远都不会知道，那是多么遗憾的事情。

这就是我不住呐喊的原因，是我将全部心血投注于西周私塾推广诗教的动力。与其坐而论道，感慨人心不古、文化流失，不如多做一点是一点。不论创办私学，还是一篇又一篇地写下这些文字，都是我可以做、能够做且必须努力做的一点点事情。

《词说宋朝：飘落在风雪中的盛世花月》是从词人的角度切入，来说说大宋三百年的历史——或者，更准确地说，是沿着大宋由盛而衰的足迹，来说说宋代词人的故事。让我们一同穿越回宋朝，回到崖山之战前那个士大夫治天下的“造极之世”，感受宋词的芬芳。

这不是海市蜃楼的戏说历史，也不是高屋建瓴的文学论著。本书注重史料典籍，所有引用的史实与传闻都追本溯源，有据可查，来自正史或广为流传的宋人笔记。虽然追求通俗浅显，但决不为了媚俗而编造历史。

书不尽言，言不尽意，我拼尽心血撰写的这本小书，也只是对宋朝与宋词的蜻蜓点水。但陈寅恪先生说过：“华夏民族之文化，历数千载之演进，而造极于赵宋之世。后渐衰微，终必复振。”

此时此刻，便是我们振臂高呼、努力复振的时刻。即使我渺小如蚍蜉，也愿以自己最大的力量发出最微弱的声音，一字一句地吟诵着唐诗宋词，只求多一个人听到。

现在，就让我作为一名痴狂的“宋粉”，忍住自己的心痛，从“造极之世”开创的那一刻讲起吧。我相信，看完这本书，你的眼泪会和我流在一处，对宋朝瞬间“路转粉”。

因为这样一个大宋，让我们不能不心爱，不能不心痛。

西岭雪

2019年5月于大唐西市

目 录

李煜：春花秋月何时了

一

中学时背历史朝代表，最头疼的有三个时期，只觉乱成一团麻，怎么也理不清：一是春秋战国时期，从“五霸”到“七雄”打得天翻地覆；二是魏晋南北朝时期，南方的宋齐梁陈已经分不清了，还要顾及北方的拓跋氏和宇文家；第三便是从唐朝灭亡到宋朝建立之间的五代十国了。

唐天祐四年（907），朱温篡唐称帝，定国号梁，史称“后梁”。绵延二百八十九年的大唐王朝宣告灭亡。

然而天下豪杰不答应，各藩镇节度使不肯对朱温俯首称臣，纷纷宣告独立，一时间出现了许多小国新君。尤其是河东节度使、晋王李克用，更是一直以兴复唐室为口号，与朱温展开不屈不挠的斗争，至死方休。

李克用其实并不是汉人，而是沙陀族人，姓朱邪，因为屡立军功，被唐懿宗赐姓为李，命为河东节度使，封晋王。

姓了李，又称了王，就变成很像样的李唐宗室了。因此在朱温篡唐后，河东集团抵抗得最为激进。

河东指黄河以东今天山西一带。“冀州者，天下之中州。”唐尧古都平阳（今临汾），虞舜古都蒲坂（今永济），夏启古都安邑（今夏县），都在山西境内。唐高祖李渊起兵太原，建立大唐王朝，亦封山西为“龙兴之地”，唐朝之北都。

拥有这样丰厚的根基与历史渊源，赐姓为李的晋王李克用自视中原正朔，便可谓师出有名了。

李克用死后，其子李存勖（xù，一作“勗”）继承了老爹的权位与遗志，终于923年灭掉了后梁，尽取河南、山东等地，史称“时梁晋吴蜀四分天下，后唐以一灭二，天下四分已得三分”“五代领域，无盛于此者”。

“梁”指朱温称王的后梁，“晋”指李存勖据守的山西，“吴”指江南，“蜀”指四川。李存勖灭后梁，收川蜀，除南方诸国外皆奉其为正朔。于是晋王李存勖登基称帝，恢复大唐国号，定都洛阳。这就是历史上的“后唐”。

倘若李存勖有当年太宗李世民的文治武功，唐之续篇未尝不能因此“借尸还魂”，重新完成统一大业。奈何此“李唐”毕竟不是彼“李唐”，沙陀人李存勖稍安即纵，征战有力而治国乏术。他登基后沉湎酒色，用人无方，不但纵容皇后干政，还重用伶人、宦官，杀戮功臣，横征暴敛，渐失民心。因此后唐建国声势虽大，寿命却不长，只存活了十四年（923—936），传二世四帝，便于936年为帐下旧将石敬瑭所亡。

石敬瑭起兵造反，并以燕云十六州为代价，向契丹借兵攻入洛阳，建立“后晋”。此后一直无耻地向辽自称“儿皇帝”，却终究为契丹所灭。

契丹军南下中原，建立辽朝，但其毕竟非中原民族，且一路烧杀抢掠，大失民心，不久只好北撤。

与此同时，石敬瑭任命的河东节度使刘知远不肯承认辽国统治，自行于太原称帝，定国号汉，是为“后汉”。

虽然为了给自己的姓氏加添光彩，刘知远奉汉室刘姓为祖先，然而实际上，刘知远也是沙陀人，与刘邦、刘秀的大汉血统其实没多少联系。

后汉的运数更短，只维持了四年（947—950）。刘知远947年称帝，次年即崩于万岁殿。其子刘承祐嗣位，因为猜忌顾命大臣，逼得郭威反叛。

950年末，刘承祐为溃军所杀，后汉灭亡。新一任的皇上正是曾被他猜忌的郭威。

郭威定的国号更加威风，要超唐拔汉，索性名之为周，史称“后周”。

要知道，大周朝可是历史上最有名也最长寿的朝代了，周文王垂拱而治，周武王伐纣一统，周公旦制礼作乐，开启华夏文明，奠定礼仪之邦。若是郭威的周朝亦能如先贤一般，岂不美哉？

无奈，理想是丰满的，现实是骨感的。大周朝分为西东两段，先后绵延八百年，而后周却只坚持了十年（951—960），其覆灭历史几乎与建朝的过程一模一样。

郭威曾是刘知远的顾命大臣，后来因遭二世祖猜忌而起兵反叛，自立为帝；他登基三年而崩，传位义子柴荣。

柴荣史称周世宗，倒是一位文治武功的好皇帝，可惜命短，在北伐燕云十六州时重病班师回朝，959年亡故，其幼子柴宗训袭位。

幼主即位，倘于治世之中，或许可以凭借顾命大臣在前周旋而慢慢学习，但是在乱世，就算有诸葛亮那样的忠臣良将，阿斗也是没办法把主位坐稳的，更何况七岁的柴宗训呢？他旁边守着的，可不是忠心耿耿的诸葛亮，而是虎视眈眈的赵匡胤，还有石守信、王审琦等一大群掌握军权的恶狼。

所以说，“主少国疑”的情形一旦出现，那么“陈桥兵变”的发生便几乎是必然的，不是赵匡胤，也会有别人。

“陈桥兵变”发生于960年正月初一。传闻契丹南下攻周，赵匡胤统率诸军北上御敌。行至陈桥驿时，其部下赵普联合众将士劝说赵匡胤自立为王，并将一件黄袍强加在他身上，拥为皇帝。

这出大戏，就叫“黄袍加身”。随后，赵匡胤回师开封，胁迫小皇帝禅位。结果不用说，七岁的小朋友柴宗训自然乖乖地哭着回家找娘了。赵匡胤大模大样坐上龙椅，改国号为宋，仍然定都开封，诰封群臣。

这就是中国历史上又一强大王朝“宋”的建立，时维960年。

请一定要记住“主少国疑”这四个字，因为大宋三百多年历史，最后也是亡在这个梗上。

宋朝自960年“陈桥兵变”立国，至1279年“崖山之战”灭亡，前后分为北宋和南宋两个阶段，历经十八位皇帝，享国三百一十九年。

而唐朝之后、宋朝之前的这段时期，则被称为“五代十国”时期。

五代（907—960）的梁、唐、晋、汉、周，存在时间都很短，历史上合称“唐五代”。有首儿歌说得好：

朱李石刘郭，梁唐晋汉周。

都来十五帝，播乱五十秋。

特别要说的是，无论是五代还是宋朝初年，朝堂正统都因为朱温篡唐之举而并不承认其地位，只将后梁政权视为“闰朝”。

这一则是由于后唐以中兴唐祚为号召，沿用唐朝天祐年号，复唐立国，与其同时存在的梁朝自然便成了伪朝廷；二则也是因为后唐、后晋、后汉、后周乃至赵宋都出自河东集团，也就是说，都是出自李克用的子孙及其部属。河东是传统意义上的中国范围，因此五代亦因地处中原而被视为中州正统、九州至尊。

与五代同时，还存在着十个相对较小的割据政权，统称“十国”，包括吴、南唐、吴越、楚、前蜀、后蜀、南汉、南平、闽、北汉。其中以南唐势力最强，版图最大。

相较于后唐李克用的赐姓，南唐李昪（biàn）的血统显得纯正多了，自称唐宪宗之子建王的四世孙（亦有说法是玄宗之子永王李璘之后）。因父亲早亡，被吴国大将徐温收养，遂改姓徐，原名徐知诰。

徐知诰于937年称帝时，先定国号大齐。过了两年，大概觉得不够威风正统，于是恢复李姓，改国号为唐，且为高祖、太宗立庙，俨然是大唐续篇。

说来也是好笑，沙陀人李克用明明不姓李，却因为赐姓而成为李唐宗室；李昪倒是正宗唐裔，却偏偏姓徐，登基两年后才改了李姓。

不管怎样，由于后唐和南唐都是以唐为号，因此有史家认为，后唐和南唐才是上承唐祚下启宋朝的五代十国之正朔。

所以说宋词，就要从与宋朝开国并进的五代最后一个皇帝——南唐后主李煜说起了。

二

李煜的帝王生涯过得一点儿也不痛快。

赵匡胤于960年建立大宋朝，而李煜则于961年继位登基，成为南唐国主。他一上来就尊宋为正统，进岁贡以保平安，很有点名不正言不顺的样子。

而且，他压根儿就不想当皇帝。

李煜（937—978），原名李从嘉，字重光，生于金陵（今江苏南京），是南唐中主李璟的第六子，多才多艺，精书法、工绘画、通音律，是一个不世出的奇才。他最大的不幸，就是生于帝王家，更糊里糊涂地做了末世帝王。

李煜的父皇、南唐中主李璟如果不做皇帝，也会是个超凡脱俗的绝代才子。他有两大宠臣韩熙载、冯延巳，经常君臣唱和，饮宴赋诗。知道名画《韩熙载夜宴图》吗？说的就是韩府开夜宴的情形，笙歌艳舞，灯红酒绿，好不逍遥快活，充满了末世的绮靡之美。

是的，末世。早在李璟时期，南唐的运势已经走到尽头，因此李璟的诗中，虽然承袭花间遗风，却总是洗不去一种抑郁彷徨的色彩。

摊破浣溪沙

菡萏香销翠叶残，西风愁起绿波间。还与韶光共憔悴，不堪看。　　细雨梦回鸡塞远，小楼吹彻玉笙寒。多少泪珠何限恨，倚阑干。

有个著名的段子，说冯延巳因为词中有句“风乍起，吹皱一池春水”，传唱四方。李璟见到他时，半是嫉妒半是调侃地问：“吹皱一池春水，干卿底事？”冯延巳并不正面回答，却巧妙地拍马说：“未若陛下‘小楼吹彻玉笙寒’也。”

这句话一则是说我写了风吹春水，您不也写了风起绿波吗？但却不直说“西风愁起绿波间”一句来戳破，而只以“小楼吹彻玉笙寒”来代指。同时也是赞美中主词句之美、传唱之广，表现自己随口说出，熟背成诵。这样的拍马技术自是一流，能不蒙主恩宠？

有了这样的家学渊源，加上天赋异禀，又身处大动荡大变革的乱世之中，李煜能成为改变花间腔调开创婉约正声的一代词帝，几乎是一定的。

也许这才是上天赋予他的真正使命，帝王生涯不过是一种锻炼，是历劫。

李煜本不应继承帝位，因为这位子理当是他的长兄、太子李弘冀的。

李弘冀英勇善战，屡立军功，如果他不折腾，完全可以静静等待顺理成章地继承帝位。可是偏偏李弘冀太多疑了，觉得自己不得父皇喜爱，总是害怕别人跟自己争帝位，不甘心只做一个安静的美男子，而非要张牙舞爪，除掉所有的假想敌才安心。

他的第一个敌人就是聪慧多才的弟弟李从嘉。因为李从嘉生来相貌奇特，一目重瞳，就是说右眼里长着两个瞳孔，众人都传说这是帝王之相。因为历史上有记载的重瞳之人，如造字的仓颉、上古明君虞舜、晋文公重耳，还有西楚霸王项羽，都是非同寻常的人物。如今李从嘉竟也一目重瞳，注定会干一番震烁千秋的大事业，这让李弘冀怎不猜忌。

李从嘉知道哥哥的心思，为了避祸，故意做出懒散的样子，每天不是吟诗作画，就是跑到江边喝酒钓鱼，入夜始还。自号“钟峰隐者”“莲峰居士”，还填了两支《渔歌子》以明心志：

渔歌子

一棹春风一叶舟，一纶茧缕一轻钩。花满渚，酒满瓯，万顷波中得自由。

浪花有意千重雪，桃花无言一队春。一壶酒，一竿身，快活如侬有几人？

《渔歌子》词牌为中唐诗人张志和所创，又名《渔父》，从创制起就表达了一种性耽烟霞、遁世隐居的心态，后被道家奉为经典。纯阳真人吕洞宾就曾经依谱填词，作《渔父》词十八首，将修道生活与道家术语直接入词。

李从嘉的这两首渔歌，表达的是同样的情绪，并故意让人广为传唱，一直唱到太子的耳中。

李弘冀看到聪慧但懒散的弟弟不问政事，醉情山水，完全没有夺嫡之心，便渐渐放松了防忌，开始将目光转向另一位劲敌李景遂。

李景遂是他的叔叔，曾一度被李璟封为皇太弟。虽然他坚决推辞了，但是李弘冀还是不放心，唯恐叔叔会随时变卦夺走储位，因此一不做二不休，干脆下毒鸩杀了这个心腹大患。

此事暴露后，李璟勃然大怒，削去李弘冀的太子位投入狱中，改立李从嘉为太子。李弘冀不久病死，据说是被李景遂的鬼魂吓死的。

李从嘉是中主的第六子，本来帝位怎么也轮不到他的，可是上面四个哥哥都早亡了，也就是说他成了实际上的次子。如今两个储君大热门李弘冀和李景遂自相残杀双双“挂”掉，他便稀里糊涂地坐上龙椅，改名李煜。

这可真是鹬蚌相争，渔翁得利。

可是渔翁那“一棹春风一叶舟，一纶茧缕一轻钩”的理想却再也难以实现了，万顷波中，终是失了自由。

李煜能当上皇帝，究其根本是因为哥哥李弘冀给叔叔下毒；而到了生命最后一刻，他自己也死于一杯毒酒，这真是个不大公平的轮回。

但是他倒也没有问错：快活如侬有几人？

天资聪颖，身为一国之君，却又生逢乱世，亡国去家。丰富的经历与独特的情感凝成千愁万恨，融汇词中，终于使得这位江南后主成为唐宋文学转捩点最强有力的推手，将曲子词从难登大雅之堂的花间派发展为琴歌正声的婉约派，在北宋大放光彩。

一代词帝，独一无二。像李煜这样的人，绝无仅有！

三

中国的音乐，最早的记载从周朝开始，以庙堂之乐为正声，谓之“雅乐”；六朝时候，催熟了清商为主的“清乐”；到了隋唐时期，则因民族大融合而带来音乐风格的明显转变，谓之“燕乐”，又称“宴乐”。

唐玄宗亲组梨园班底，担任乐坊教头，创制《霓裳羽衣曲》；文人雅士彼此唱和，寺庙梵乐的兴起，异域音乐的传入，法曲与大曲的流行，这些都为词的诞生与发展提供了温床。

早自盛唐时起，曲子词已经悄然兴起，李白、张志和、白居易等都有所创制，但直到中晚唐“花间派”的诞生，才为词的风情定了调。温庭筠、韦庄成为“花间之祖”，词风绮靡典丽。

尤其五代时期，时世动荡，朝局更迭，人们醉生梦死、急于享乐的心态加强。靡靡之音有一种奇特的抚慰作用，歌女们娇声婉转，“舞低杨柳楼心月，歌罢桃花扇底风”，用一杯酒暂息了士子们忧国忧时的焚心之念。因此词从兴起开始，就是阴性的、柔媚的、颓废的，是迷药，是梦幻，是桃花。

它们最适合以歌女娇嫩慵懒的喉咙唱出来。手挥目送，秋波婉转，低低唱着“小山重叠金明灭，鬓云欲度香腮雪”或是“含笑整衣开绣户，斜敛手，下阶迎”“缓揭绣衾抽皓腕，移凤枕，枕檀郎”。

后蜀赵崇祚将晚唐至五代十国时期的词人作品编选成集，题名《花间集》，是文学史上的第一部文人词选集，收录温庭筠、韦庄、和凝等十八位词人的作品。而这时期的词风，便被称为“花间词”，多以相思闺怨或描写女子情态为主题。

李煜早期的作品，也沿袭了花间词风，尽写些倚红偎翠拈香趁月的艳情诗。

这也难怪，诚如王国维评价，他本是“生于深宫之中，长于妇人之手”，眼界难免狭窄，词多脂粉之气。更何况，南唐尊宋为正统，每年进岁贡以保平安，这个帝王龙椅坐得很是尴尬。于是多情皇帝李煜埋头诗词之道，沉溺歌舞美色，多少有点鸵鸟心态。据说女子缠足的风俗，就是从南唐后宫舞姬窅娘开始的。

窅娘能歌善舞，莲足纤纤，喜欢在跳舞时将脚缠裹成新月形，以足尖点地而舞，可谓是最早的芭蕾舞。李后主极为欣赏，特地命人打制高达六尺的金莲台，以珠宝璎珞装饰，让窅娘舞于其上，翩跹如仙子。

此风传入民间，闺中女儿纷纷效仿，渐渐发展至宋代的裹小脚，并称之为“三寸金莲”。后人将金莲解作小脚的形状，其实是一种误读。

不过，那已经是几百年后的事了，缠足女儿的苦与泪，其实不应该怪在李煜头上。

李煜早期的词作，多半是绮艳柔媚的靡靡之音。比如著名的《一斛珠》：

一斛珠

晚妆初过，沈檀轻注些儿个，向人微露丁香颗。一曲清歌，暂引樱桃破。　　罗袖裛残殷色可，杯深旋被香醪涴，绣床斜凭娇无那。烂嚼红茸，笑向檀郎唾。

《一斛珠》是词牌名，典故缘起于唐玄宗时候，有梅妃久被冷落，自书《楼东赋》献与玄宗，历数旧日恩情，希望唤回帝王之心。唐玄宗念及旧情，心生怅惋，却又碍于杨贵妃之醋妒不敢相见，遂命人封珍珠一斛，密赐梅妃。梅妃拒而不受，题诗云：“桂叶双眉久不描，残妆和泪污红绡。长门尽日无梳洗，何必珍珠慰寂寥？”

唐玄宗看了诗作，愀然不乐，命乐府度以新声，号《一斛珠》。

而李煜的这首词，选择了一个特定场景的特定细节加以渲染描绘，正是花间词的常见类型。晚唐时“花间鼻祖”温庭筠的“照花前后镜，花面交相映”，韦庄的“垆边人似月，皓腕凝霜雪”都是这种调调儿。但是相比之下，温庭筠更加典雅，韦庄更加深情，而李煜的这首词，则明丽娇俏，神情毕肖。因此王国维评价：“温飞卿之词，句秀也。韦端己之词，骨秀也。李重光之词，神秀也。”

“晚妆初过”，也有版本刚刚相反，作“晓妆”，说是女子早晨起床，梳洗打扮，以为这样更加合理；但若是“晚妆”，则此女正准备承恩侍寝，自然要精心装扮，意味岂非更加悠长？

“沈檀轻注些儿个”，“沈檀”就是“沉檀”，女子化妆的口脂，也可点于眉间眼角。这里显然是指涂于唇上，因为等一下这女子是要献歌的，所以整首词都在着力写她的樱桃小口，齿如编贝。

“向人微露丁香颗”，古时人们将丁香晒干含于口中以解决口气问题，名为“鸡舌香”，同时又可指代女子舌头。而“丁香颗”，则指牙齿。

“一曲清歌，暂引樱桃破。”自从白居易“樱桃樊素口，杨柳小蛮腰”一诗流传，樱桃便成了女子嘴唇的代名词。这句是说女子御前歌唱，自然会小嘴轻张，贝齿微露，犹如绽破樱桃。

这段描写极其香艳，从女子的精心晚妆涂抹口脂，再从这樱桃小口写到清歌一曲，视线脚踪也就不动声色地从女子闺房移到君主寝宫了。

下阕便接着写帝妃相处的情形。

“罗袖裛残殷色可”，裛（yì），熏蒸的意思，这里指香气。这殷红的罗衣在来之前是熏过香的，此时还透着隐约的香气。

“杯深旋被香醪涴”，醪（láo），指酒；涴（wò），沾污，污染，也有版本在这个字上直接写成“污”。深深的酒杯，很快就被斟满了，一杯一杯又一杯，自然喝得沉醉。

于是斜倚绣床，醉不可支。“绣床斜凭娇无那。烂嚼红茸，笑向檀郎唾。”估计两人调情说了什么笑话，于是女子口嚼红茸，舌尖微吐，冲着情郎说出了女子撒娇时最惯用的那个词：呸!

所有的词选中都把“红茸”解释作“红绒”，认为是女子不知随手从哪里抽取的一段红绒线。可是她为什么要嚼绒线玩儿？那玩意儿又嚼不烂，没什么滋味，嚼它做甚，又如何吐出？若是女子正在补衣裳或是绣花做女红还有情可原，可分明刚刚唱完歌喝完酒，嚼毛线做什么？

想到尤二姐嚼了满嘴砂仁吐贾蓉一脸的情形，我有点怀疑“红茸”只是形容词，她嚼的是某种果脯之类的零食。既然词里的樱桃不是用来吃的，而是形容女子嘴唇；那么红茸当然也可以不是什么丝线，而恰好是形容吃食的。

至于檀郎，则指西晋文学家潘岳，是史上著名的美男子。据说潘岳每次出门，妇女们为了争看他都会堵塞交通，还争着往他的车上扔果子，谓之“掷果盈车”。所以潘郎家从来不需要买水果，每次馋了就坐着车子上街逛一圈，必会满载而归，榨汁都喝不完。

古人形容一个男子出众的才貌，总是说“才如子建，貌比潘安”。“子建”指七步成诗的曹植，字子建；“潘安”就指掷果盈车的潘岳了，字安仁，小名檀奴。所以女子们想象自己的爱郎有潘安之貌，就狎昵地称其为檀郎。

这首词写的是一位女子与爱郎相会的情形。在整个深宫，唯一能称之为爱郎的，自然只有李后主无疑。然而这女子是谁呢？

江南唐国远不足以贮纳佳丽三千，所以有人说这诗中的女子写的是李煜的皇后周娥皇，还有的人说，这首词根本就是大周后本人填的。理由是“烂嚼红茸，笑向檀郎唾”，分明是女子口吻。

这其实是一种忽略词之源起而断章取义的评定标准。殊不知以女子发声，正是早期曲子词创制时的常规形态。

因为曲子词的最初产生，是在“诗言志”“文以载道”的大题目前，另寻别路，放浪形骸，专用以表现小情小调，常作宴前赠妓唱作的。不讲究道德高度，也不寻求思想境界，单纯地作为一种酒令游戏来表情达意而已，故而有“诗庄词媚”之说。

又因为曲子词创作后多为赠送歌伎或是交给歌伎演唱，所以口吻往往以女子身份发声，词语放浪，情意妩媚，其内容不过是相思、闺怨、男欢女爱或是描述女子美貌的。即使到了后期豪放词产生，词的境界题材日渐阔大，也仍然保留着“男子作闺音”的传统。

其实，这也是自屈原《离骚》“众女嫉余之蛾眉兮，谣诼谓余以善淫”之始就惯用的比兴手法，十分常见。所以看到诗词以女子视角口吻发声就认为是女人所作，其实是少见多怪的谬误。

周娥皇（936—965），是司徒周宗的长女，十九岁时入宫为妃，李煜继位后册封为皇后。夫妻感情很是和睦，但好景不长，册封没几年娥皇便得了重病，于是宣召亲妹子入宫侍疾。

妹妹比姐姐更年轻更漂亮，自然就被姐夫相中了。

据说，李煜的另一首艳词代表作《菩萨蛮》就是写他与周小妹偷情的。

菩萨蛮

花明月暗笼轻雾，今宵好向郎边去。刬袜步香阶，手提金缕鞋。　　画堂南畔见，一向偎人颤。奴为出来难，教君恣意怜。

首句交代背景，是一个花香怡人、月色朦胧、薄雾冥冥的良宵，这样的夜晚最宜情曲款诉，自然要去和爱郎相会了。于是周小妹为了不惊动宫人，小心地脱下金缕鞋提在手里，只穿着袜子静悄悄地跑过香阶，来到画堂约会。

因为害怕也因为跑得气促，周小妹直到被李煜拥在怀中时还不住地发抖。想到自己偷跑出来的艰难，必要君王尽情怜爱方不负了这番苦心。

这首词俏极艳极，轻怜蜜爱，楚楚动人，因此流传极广。只不知，娥皇听了这样的事，会不会加重病情，被活活气死？

周娥皇不久病逝于瑶光殿，尚不满三十岁。妹妹顺理成章顶了姐姐的位子，于开宝元年（968）被立为国后，史称小周后。

虽然小周后的闺名不详，不过上古神话中说，娥皇、女英两姐妹是尧帝的女儿，被一起嫁给了舜。大周后既然芳名娥皇，那妹妹依此类推应该叫作女英吧，莫不是命中注定要姐妹共侍一夫？

四

李煜偏安江南的帝王生涯过了十年。开宝四年（971）十月，南汉灭亡，显然下一步就是南唐了。

强敌环伺，大厦将倾，李煜惴惴不安，不等宋太祖赵匡胤说话，自己就去了国号，不敢再称唐朝，更不敢再做皇帝，而自称“江南国主”。之后又遣使上表，愿意接受大宋册封爵位，但求偏安一隅，却被赵匡胤明白拒绝。

开宝七年（974）秋，赵匡胤两次诏李煜入京。李煜明知有去无回，自是托病不从，回复“臣侍奉大朝，希望得以保全宗庙，想不到竟会这样，事既至此，唯死而已”。

宋太祖灭南唐之心越来越炽热，遂令水陆并进，出兵金陵。李煜虽然胆小，终究不肯轻易称降，因此也筑城聚粮，大举备战，并且下令停止沿用北宋年号，公然对抗。

屋漏偏逢连夜雨，此时南唐近邻吴越王又乘机率军围攻，李煜遣使质问，动以唇亡齿寒之理。然吴越王不答，却把李煜的书信转送至宋廷，以表忠心。

在宋与吴越的夹击下，南唐节节败退。李煜两次派遣徐铉出使北宋，进奉大批钱物，求宋缓兵。太祖回答了一句非常著名的金句："卧榻之侧，岂容他人鼾睡？"

意思是，你没犯啥错，就是我见不得你好好待着。天下已经是我的天下，江山已是我的江山，哪有你偏安之理？

开宝八年（975）十二月，金陵失守，李煜终究下不了决心自尽殉国，他非常屈辱地脱掉上衣，"肉袒出降"，南唐宣告灭亡。

开宝九年（976）正月，李煜被俘送到汴京（今河南开封），宋太祖给他封了一个极具贬讽意味的名号"违命侯"。

在离国降宋的路上，他填了一首《破阵子》，一洗从前的绮丽轻佻之风，悲哀刻骨，字字泣血，对家国命运发出最深沉的慨叹。

王国维在《人间词话》中评价："词至李后主而眼界始大，感慨遂深，遂变伶工之词而为士大夫之词。"

这个改变，竟是以亡国为代价！

破阵子

四十年来家国，三千里地山河。凤阁龙楼连霄汉，玉树琼花作烟萝。几曾识干戈？　　一旦归为臣虏，沈腰潘鬓消磨。最是仓皇辞庙日，教坊犹奏别离歌。垂泪对宫娥。

南唐937年建国，975年告亡。起句“四十年来家国”破空而来，气势极大，追忆南唐建国四十年，拥地三千里。山河秀美，一朝沦丧，能不伤心？

这句从大处落墨，似有千钧之力。接下来具体描绘宫苑之美，“凤阁龙楼”“玉树琼花”，可见国力殷实，气象雄伟，却败于自己之手，因此一句“几曾识干戈？”既是赞叹江南帝国曾经的安稳昌盛，也是反省自己的不识政务。

此前曾有大臣潘佑七次上书，直谏李煜庇护奸臣、国政昏暗，疾呼清肃朝政。李煜却听不进去，还在徐铉等人的怂恿下杀了潘佑。如今回首往事，悔之晚矣，能不感慨？

因此下阕以“一旦归为臣虏”领起，描写降臣处境，种种折磨悔恨。

“沈腰”，指南朝文人沈约，曾在给朋友的书信中说自己百日来瘦得腰带紧了一圈又一圈：“百日数旬，革带常应移孔；以手握臂，率计月小半分。以此推算，岂能支久？”后来人们便以“沈腰”代指腰围清减，并产生了一个成语叫作“沈郎腰瘦”。

“潘鬓”，还是指那位人见人爱的檀郎，“妙有姿容”的西晋美男子潘岳。他曾在《秋兴赋》中有“斑鬓髟以承弁兮，素发飒以垂领”之语，后被用作中年男子鬓发初白的代名词。

李后主以“沈腰潘鬓”来表述自己的日渐消瘦，既是对文字的考究典丽，也是对自己形象的本能自负。

而“最是”两句则将整首词的悲痛推向高潮，把无尽的哀伤定格在最刺痛最难忘的那个日子，乃是“仓皇辞庙日”，也就是叩别宗祠弃国远去的那一天。

辞庙之时，宗庙举行最后一次祭祀，乐坊奏起别离之曲，宫娥们流着泪弹奏琴瑟，送别自己的帝王，完成最后的仪式。这是多么哀伤的时刻！让人不由想起《泰坦尼克号》电影中，沉船之时，乐队的最后一次演奏。

精于评论的苏东坡对这首《破阵子》很不以为然，曾贬斥说："后主……当恸哭于九庙之外，谢其民而后行，顾乃挥泪宫娥，听教坊离曲！"

这番话对后世影响极大，词选注释本词时多不出此见解，认为李煜身为亡国之君，不思悔悟，别国之际还惦记着教坊歌舞，与宫娥卿卿我我，实在可憎。

但我认为，李煜的心再大，也不至于在去国为虏时还让教坊奏乐欢歌。既然词中称为"辞庙日"，当是在拜祭宗祠，向列祖列宗告罪叩礼之际，让宫中乐坊最后一次以唐宫礼仪奏乐唱礼，完成最后的祭奠。

因此，这句"垂泪对宫娥"，恰恰是点题之语。将宫娥的眼泪定格为离国前最后一帧特写镜头，岂不更符合一代词帝的身份情怀？

王国维说："尼采谓一切文学余爱以血书者。后主之词，真所谓以血书者也。"

其实李煜之词，何止是以血书者，诚为以命书之也。

五

在汴京的幽居生涯中，李煜的住处有老卒把守，出入不得自由，更不得随意与外人接触，郁闷可想而知。

如果李煜能够更软弱昏聩些，或许可以像汉献帝刘协、蜀汉怀帝阿斗那样，得过且过，苟且偷生，就这样浑浑噩噩地当一个活死人。但李煜是一位空前绝后才烁古今的大词人，他不懂得表演"乐不思蜀”的戏码，却会用一首又一首的新词唱出自己的心声，于是终究死在自己的词作上。

从“江南国主”到“违命侯”，李煜的词风一改明媚绮丽而为幽怨伤感，无限悲愁。可以说，他这三年的词作，达到了一生的顶峰，正是人世中之大不幸成就了一代词帝的艺术成就。

所谓：“国家不幸诗家幸，赋到沧桑句便工。”还有什么能比一个失去帝位的亡国之君更不幸、更沧桑沉郁的呢？

正是因为李煜的出现，才会“变伶工之词而为士大夫之词”，最终使宋词站在与唐诗双峰并峙的高度。

相见欢

无言独上西楼，月如钩。寂寞梧桐深院锁清秋。
剪不断，理还乱，是离愁。别是一番滋味在心头。

后主词的最大优点在于：风貌天然，语言纯净，措辞绘景并不见特别雕琢，无非是常见的落花、晚风、新月、梧桐，伤春悲秋，离愁别绪；语言多俚俗利落，明白如话，可是偏偏有着缠绵不尽的意味，初读朗朗上口，回味构思新巧；锦心绣口，随处生辉，宛如绝色佳人，不饰铅华而风姿绰约，韵味天成。

词中开篇塑造了词人形象，乃是“无言独上西楼”，而且是对着一钩新月。环顾庭院深深，梧桐参天，人迹罕至。一个“深”字，一个“锁”字，已经写足“寂寞”之意。但我们却偏偏不会觉得这“寂寞”二字多余，因为“寂寞”修饰的到底是梧桐，是深院，还是清秋呢？这首词中并没有用叠词，却不期然地有一种音韵回旋之美。

下阕更是经典：“剪不断，理还乱。”真是心有千千结啊，词人在想什么呢？

答案又是明确写出：是离愁。然而写得这样明白，却仍然让我们没有直白浅露之感。因为词人又大手笔地补进了一句："别是一番滋味在心头。"

原来寂寞呀，离愁呀，都不足以形容词人千丝万缕的痛苦心绪。那剪不断理还乱的，乃是伤心人别有怀抱，岂能言说得清？这时候，才真正明白了首句的"无言独上西楼"——无言，是因为语言根本就不足以倾诉。

望江南

多少恨，昨夜梦魂中。还似旧时游上苑，车如流水马如龙。花月正春风。

这首词以"多少恨"开篇，内容却全是喜乐之景，而这乐景却是黄粱一梦，艺术设计极为成熟。

李煜在现实生活中已经感受不到快乐，唯有寄梦。这一时期像"梦里不知身是客，一晌贪欢""故国梦重归，觉来双泪垂"这样的词句颇多，虽然情境相似，却语语出奇。

相见欢

林花谢了春红，太匆匆。无奈朝来寒雨晚来风。胭脂泪，相留醉，几时重。自是人生长恨水长东。

这首小令又名《乌夜啼》。这句"太匆匆"亦如上首词中的"多少恨"一样，都是开篇警语，破空而来。

伤春悲秋历来是诗人行文的大题目，而这番伤春，却不是一朵花两朵花的忧伤，是整个花林之伤。"林花谢了春红"，那落了一地的殷红花瓣，像不像是血染山河？

那美韶华去之何迅！一场春风，一番疾风，便教花叶凋零，春情不再。

眼泪和着胭脂滴落，把酒且看花落水流，正如同心中愁恨滔滔不绝。

以水喻愁的手法虽然并不新鲜，如李白早有“抽刀断水水更流，举杯消愁愁更愁”之语，但是“人生长恨水长东”却更为流畅自然，情意无限。

民国鸳鸯蝴蝶派作家张心远，就是从这句诗中取了两个字改名张恨水。

“林花谢了春红”代指宋灭南唐，而“胭脂泪，相留醉”的，自然是随后主一起被俘入京师的小周后。她眼泪和着胭脂而流，却仍强颜欢笑，与李后主清歌对饮，大概是后主楚囚生涯中的唯一安慰吧！

可是后来，连这最后一点点温暖也越来越稀薄了。

开宝九年（976），宋太祖赵匡胤驾崩，其弟赵光义继位，史称宋太宗。赵光义可比他的哥哥赵匡胤狠多了（关于赵光义如何弑兄登基的故事我们下篇再讲），而且心胸狭窄，多疑善妒，才不肯白养着亡国之君浪费粮食，于是强装了两年开明皇帝安定内政后，便一杯毒酒赐死了李煜。

关于理由，版本有三：

第一个是说赵光义早已垂涎小周后的美貌，于是登基后不时以皇后之名召小周后进宫，而且久不放还。杀李煜，就是为了完全占有小周后。但是李煜死后不久，小周后亦绝食而死。娥皇女英，终究是追随夫君于泉下了。

第二个理由，据说赵光义命降臣徐铉去探李煜口风，李煜想起当年听徐铉之劝错杀潘佑事，恨恨说了句：“我悔不该杀了潘佑。”徐铉衔恨含羞，回去向赵光义复命，且递上一首李煜的新词，添油加醋劝得赵光义鸩杀了李煜。

第三个版本，则直接是看守李煜的门卒将一首新词抄送了上去，为李煜惹来杀身之祸：

浪淘沙令

帘外雨潺潺，春意阑珊。罗衾不耐五更寒。梦里不知身是客，一晌贪欢。　　独自莫凭栏，无限江山。别时容易见时难。流水落花春去也，天上人间。

赵光义一看，心中大怒。李煜在词中说“梦里不知身是客”，明明白白以宋为异乡，自身为客居，那是还想着要回家做主人喽？而且词中说“无限江山。别时容易见时难”，分明还惦记着旧时家国，时时刻刻想着要东山再起卷土重来嘛。

李煜自诩唐之正朔，留着他就是给唐朝遗民留了一线希望，这样的不安定因素，岂能容得？

太平兴国三年（978）七夕，是李煜的四十二岁生日。他又填了一首新词，正想着苦中作乐请小周后清歌一曲，却听说太宗赐酒祝寿。

李煜明知大限已至，却仍然含着泪请小周后将曲子唱完，而后举杯一饮而尽。一代词帝，生诞与死祭，都在七月初七。

那杯酒的名字，叫牵机药；那首歌的曲牌，叫《虞美人》：

虞美人

春花秋月何时了？往事知多少。小楼昨夜又东风，故国不堪回首月明中。　　雕栏玉砌应犹在，只是朱颜改。问君能有几多愁？恰似一江春水向东流。

寇准：四十年来身富贵

一

赵匡胤（927—976）发动“陈桥兵变”，从柴家孤儿寡母的手中夺了周室江山，好似不大地道，但也从此换来了中原一统，天下归心，可谓是历史的功臣。而且，他以逼宫之举令小皇帝禅位，整个过程干脆利落，兵不血刃，表现了他在政治上的极度成熟。登基后又不曾加害宗庙，反赐柴家“丹书铁券”：“柴氏子孙有罪，不得加刑。纵犯谋逆，止于狱中赐尽，不得市曹刑戮，亦不得连坐支属。”

《水浒传》里的小旋风柴进在梁山好汉中位列第十把交椅。一百零八位好汉招安后大多不得善终，而柴进却能得享天年，无疾而终，就是因为宋代列位皇帝都遵从祖训善待柴家的缘故。

赵匡胤在政治管理上的超常思维，还表现在对兵权的集中掌控上。

登基次年，也就是建隆二年（961），七月初九，晚朝后，宋太祖赵匡胤将石守信等手握重兵的高级将领留下来喝酒。几番觥筹交错后，忽然放下酒杯说：“众位卿家，我若不是靠你们出力，是做不成皇帝的。可是做了皇帝，却又枕席难安，实在是这个位子太难坐了。”

众人一听，自然连忙表忠心，送安慰：“陛下有何忧虑，臣愿为解忧。”

宋太祖说：“你们都知道我是怎么当上皇帝的，全在于手握兵权，部下拥戴。你们也都有部下，也都拥戴你们。倘若哪一天也如陈桥之变般来一出‘黄袍加身’，就算你们不愿与我为敌，到时候恐怕也是身不由己。这些我都是经历过的，不能不感到忧心啊。”

将领们一听，这明明就是猜忌自己啊，俗话说“匹夫无罪，怀璧其罪”，更何况这些人谁也不是纯洁无辜的小白羊，倘若皇上起了忌惮之心，那是随时会有杀身之祸的。于是一齐跪下，请太祖指点一条活路。

太祖很体贴地说：“人生苦短，如白驹过隙。你们好容易得了今天的大富贵，不如及时行乐，放弃兵权，到地方上多置良田美宅，多买些歌姬艳妾，歌舞酒宴，颐养天年，岂不是好？若还不放心，朕愿同你们结为儿女姻亲，从此君臣无猜，国泰民安，可好？”

这还能不好吗？众将领自然磕头不迭，明明是受赏，倒像在鬼门关走过一遭般，都麻溜儿地放弃了兵权，各自解甲归田，安享晚年去也。

这一出大戏，叫作“杯酒释兵权”。

之后，宋太祖果然兑现了联姻诺言，让众将领做了自己的妹夫、女婿，将领的女儿则成了自己的弟媳妇。

自古以来，“飞鸟尽，良弓藏；狡兔死，走狗烹”。所谓“功高盖主”，手握重兵的功臣素来是帝王心头的大忌。很多新帝一旦得势便忙不迭地杀功臣保皇位，而赵匡胤能够谈笑风生地用一杯酒解决矛盾，可谓四两拨千斤，被视为帝王之术、宽和政治的典范。

赵匡胤根据自身发迹得出的经验，就是握有兵权的武将绝对是帝王的心腹大患。因此宋朝廷实行中央集权的同时，一直崇文抑武。不但以文官出任帐营主帅，鼓励官员享乐，提高商人地位，而且取消宵禁，广设商肆酒馆，让汴京成了歌舞升平的不夜城。

宋朝广开言路，即使平民百姓也可上奏言事。御史可以“风闻奏事”，百姓可以上访告御状，司法制度相当完备。

终宋一代，没有一个文人士大夫因言被杀，即使罪犯不赦，也只是远配流放。

这也就是直至今日，让文人们票选最喜爱的时代，宋朝总是会大比例获选的原因。宋朝文化昌明，言论自由，为宋词的发展提供了最好的温床，也造就了今天的众多宋朝“铁忠粉”。

张择端的《清明上河图》和孟元老的《东京梦华录》，分别以图、文形式，鲜活地表现了大宋的繁华盛世。

不过另一面，大宋经济虽然繁荣，军事力量却很薄弱。非但没有开疆拓土，还在外族来侵时应对乏能，节节败退，一次又一次签下割地赔款的不平等条约。先被辽国、西夏屡屡进犯，后被金国分割了土地，最终丧于蒙古铁蹄之下，从此“弱宋”成为定论。

可是宋王朝的创立却是非常强悍的，结束五代十国的战争如摧枯拉朽一般，是标准的“枪杆子里面出政权”。

二

赵匡胤登基的戏目被称作“陈桥兵变”“黄袍加身”，而赵光义继位的戏码则是“烛影斧声”“金匮之盟”。

赵光义（939—997），原名赵匡义，避帝讳改为光义。

唐朝的时候，帝王登基后，为了免得天下人诸多避讳，都会改个挺生僻的名字。南唐后主李从嘉，继位后改名李煜，便是沿袭这一传统。

但是到了宋朝，赵匡胤却不肯改名，就只好轮到兄弟们避讳了。

开宝九年（976）十月壬午夜，赵匡胤于病中召见赵光义，屏退左右。有人遥遥见得帐内烛光下赵光义时而离席，有趋避之状，接着听见斧声戳地。

次日凌晨，赵光义宣布太祖驾崩，按遗诏继位登基，史称宋太宗。

这就是“烛影斧声”事件。由于宋太祖死得突然，而死的时候身前又只有赵光义一人在场，种种谜团造成人们对赵光义的诸多猜测。同时，赵光义登基后心性多疑，手段阴诡，害死的人也太多了，不但在李煜生日夜赐他一杯牵机药，后来又以同样手法为归顺的吴越王钱俶庆寿送终——当年吴越助宋攻唐时，李煜苦劝其以唇亡齿寒之理，果然应验了。

但在正史上，关于宋室皇位“兄终弟及”的始末，还有另一种完全相反的论调。说这乃是太后遗命，正大光明的。

六月甲午，太后病危，宋太祖侍疾榻前，不离左右。太后问他：“你知道自己是怎么得到天下的吗？”赵匡胤不答。太后循循善诱说：“你能从后周手上得到江山，只为柴氏令幼儿主天下，臣心不稳。如果周有长君，何至于此？所以你应该传位给你弟弟，之后再让弟弟传位给你儿子。四海至广，能记吾言，不可违也。”

赵匡胤磕头答应，大臣赵普于榻前记录后，藏书金匮，命宫人掌之。后来太祖驾崩，赵普便拿出这匣子来，宣布赵光义登基，史称宋太宗。

这个“金匮之盟”的故事记录于《太祖实录》《续资治通鉴长编》等书，言之凿凿。但这些书都是在赵光义的授意与监察下完成的，真实性很是可疑。

首先，太后死时赵匡胤正值健旺之年，有什么理由不能自己做主立嘱，需要太后她老人家提前替皇上决定传位人选？而且太后凭什么认为赵匡胤死时会“主少国疑”，这不是诅咒儿子早死吗？

事实上，赵匡胤驾崩时，其子赵德昭已经二十六岁，赵德芳也有十八岁，不论谁继位都算不得幼主，太后“幼儿主天下”的论调根本立不住。

其次，太后想得还真长远，什么先传给弟弟，弟弟死后再传回给兄长之子。太后不但认为赵匡胤早死，还料定赵光义也活不长，都不算算等赵光义死的时候赵德昭都什么年纪了？而且赵光义自己也有儿子，不传给自己的儿子却传给兄长的儿子，他有这么大方？

他当然没这么大方。所以赵德昭注定活不到叔叔传位的那一天，于赵光义登基三年后的太平兴国四年（979），因受了宋太宗一顿训斥，就痛快地自杀死了。当然，“自杀”也只是史说，究竟自杀还是他杀还两说着呢，说不定也喝错了什么东西。

而太祖的另一个儿子赵德芳更干脆：“（太平兴国）六年三月，寝疾薨，年二十三。”居然在睡梦中死去了，不是下毒是什么？

这位赵德芳在野史中大名鼎鼎，就是在“杨家将”或是“包青天”故事中专门扮演及时雨的“八贤王”，正气凛然，仗义执言。但是实际上，赵德芳根本没机会在历史上留下太多足迹就不明不白地死掉了。后世对他的种种传说，可能正是出于百姓们对他青年早逝的同情，才给了一个“八贤王”的美名。

和赵德昭、赵德芳一样不得善终的还有太祖、太宗两位皇帝共同的弟弟赵廷美，原名赵匡美，后来因长兄登基而改为赵光美，再后来又避二哥之讳改名赵廷美（赵光义即位后倒是改过名字的，叫赵炅）。

因为史上还有一个版本说，“金匮之盟”中不止有赵光义的名字，也有赵光美的名字，所以赵光义登基后，随便找了个借口以谋逆之名将弟弟贬谪房州。最终赵廷美忧悸而亡，死时三十八岁。

至此，赵光义的所有潜在敌人都清除了，终于稳稳地把持了龙椅，还顺利传给了自己的儿子赵恒，史称宋真宗。

三

赵恒（968—1022），太宗第三子，初名赵德昌，后曾改赵元休、赵元侃。也不知道为什么他要不停改名，直到997年登基后认定赵恒二字，终于不改了。

赵恒本有两位哥哥，但大哥发疯，二哥暴毙，他便成了太子。

按照惯例，太子上殿时应位列宰相之上，东宫僚属对太子奏言时须自称微臣，但是赵恒都辞而不受：每每遇见辅导自己的太子宾客李至、李沆，也必定先行拜礼，送至宫阶之下。

同时，赵恒还有一首非常著名的《劝学诗》，用语俗白，却深得人心：

富家不用买良田，书中自有千钟粟。

安居不用架高堂，书中自有黄金屋。

出门莫恨无人随，书中车马多如簇。
娶妻莫恨无良媒，书中自有颜如玉。
男儿若遂平生志，六经勤向窗前读。

尊师好学，赵恒算是个不错的皇帝，而且登基初期还有个重要优点：听劝。

景德元年（1004）秋，辽国萧太后与辽圣宗亲率大军南下，进逼宋境。

于是有大臣建议皇上鞋底抹油开溜，离宫避祸。然而宰相寇准却坚决反对，力劝皇上不但不能逃，还要亲临前线，鼓励三军。

宋真宗在权衡之下，到底采纳了寇准的谏议，亲至澶州（今河南濮阳）督战。众将士看到皇帝现身，信心大振，山呼万岁，声传数十里。而周边很多流兵散众听说御驾亲征，也都纷纷前来投军响应，很快集结了数十万之众，个个生龙活虎，视死如归，给了辽军沉重的打击。

在这种情况下，萧太后不得不致意求和，宋真宗遂派曹利用前往辽营谈判，签订和约：辽宋约为兄弟之国，宋每年送给辽岁币银十万两、绢二十万匹，“以风土之宜，助军旅之费”。宋辽两国以白沟河为边界，约定“沿边州军，各守疆界”，并在边境开设榷场，开展贸易。

这就是历史上著名的“澶渊之盟”。

很多对历史一知半解的人会把“金匮之盟”和“澶渊之盟”搞混。须知前者的最大受益者乃是赵光义个人，换来了四十年帝位；而后者的受益者却是整个大宋子民，迎来了百年安宁。

澶渊之盟后，宋辽两国百年间未再有大的战事，礼尚往来，贸易通商。虽说宋要向辽输银十万两，但这是“岁币”，不是纳贡，相当于扶贫基金。

大宋国势稳定后，岁入银一亿两，而在两国开战时，每年军费消耗五千万两。所以拿出九牛一毛的岁币银十万两而能平息战火，是绝对英明的退一步海阔天空之举。

据统计，至道二年（996），宋朝国家财政收入2224万缗，户口451万；天禧五年（1021），国家财政收入达到150885万缗，户口868万。也就是说，二十余年间，宋朝户口增加了417万户，财富增加了近68倍。往前比，超过了唐朝贞观二十三年（649）总量的四倍；向后比，是清朝乾隆时期的三倍。可谓富甲天下，造福万民。

所以，宋辽之盟绝非屈辱和约，完全可以视作大宋面对敌国的一种外交手段。对待侵略者我们必须反击，但是战争告一段落后，能用钱解决的问题便不一定要继续使用武力，毕竟和平才是大前提。

事实上，其后宋辽百年友好，在辽朝饥荒时，宋还会派人在边境赈济，充分显示出了大国风范。因此宋真宗崩逝时，辽圣宗举宫哀悼，感念宋帝之恩。

若不是后来宋徽宗脑子发热，撕毁宋辽合约而与金国秘密签订“海上之盟”，宋辽友好还会一直延续下去。那样，辽国固然不至亡于金，大宋也不至亡失半壁江山，从北宋变成了南宋。

所以从历史的眼光来看，“澶渊之盟”是一次非常明智的政治决议。

四

在“澶渊之盟”中立下劝进之功扭转战局的寇准，是大宋名相，也是一位大才子。

他为大众熟知，很大程度缘于20世纪80年代刘兰芳的长篇评书《杨家将》。在评书中，刘兰芳俏皮地昵称他为“寇老西儿”，还卷起舌头学山西人讲话。这是因为大宋发迹山西，所以人们想当然地就把寇准当成山西人了，其实错谬。

寇准（又写作寇凖，961—1023），字平仲，其实是陕西渭南人，门第高贵，自小就是一个神童。

七岁时爬华山，即题《咏华山》一绝：

只有天在上，更无山与齐。
举头红日近，回首白云低。

气势太足了有没有？这分明就是“一人之下，万人之上”的调调儿。幸亏他说了“只有天在上”，所以后来会成为“回首白云低”的宰相；要是他写的是“举手托红日”，只怕会成为又一个篡位夺权的新皇了。

太平兴国五年（980），年方十九岁的寇准应举及第。宋朝官场定例，进士得官以弱冠也就是二十岁为限，荫补得官以二十五岁为限，低于此不得任实职。所以就有人教寇准谎报年龄。

但是寇准不同意，反驳说：“准方进取，可欺君邪？”意思是我考举做官是为了报效国家，正准备大展拳脚呢，怎么能一开始就先欺君罔上呢？

此事传开后，寇准的诚实深得众人赞许。虽然不到年龄，还是被授大理评事，先后担任巴东知县、成安知县、盐铁判官、中书侍郎兼吏部尚书、集贤殿大学士等职。

《宋史》中曾有一段非常精彩的记述：“（寇准）尝奏事殿中，语不合，帝怒起。准辄引帝衣，令帝复坐，事决乃退。上由是嘉之，曰：‘朕得寇准，犹文皇之得魏徵也。’”

这里的“帝”，指的是宋太宗。这段话说寇准总是直言上谏，有时惹得太宗不高兴了，拍拍屁股就要走人。可是寇准硬是大胆，竟敢上前扯着皇帝的衣裳，硬拉人家坐下来听自己啰唆完，不然决不退下。

宋太宗从来小心眼，单单在这件事上却表现了一回大度，还赞叹说：“我得到寇准，就像唐太宗得到魏徵一样啊。”——原来，表现大度是为了拿自己和唐太宗李世民相比，真会拔高，真会贴金！

同时这个故事告诉我们：在宋朝，大臣们的话语权是相当强大的，绝不会因为龙颜一怒就吓得立马跪倒，口称“臣不敢，臣有罪”。宋朝臣子不会动不动下跪磕头，面对皇上的不悦也仍会坚持己见。终宋一朝，大臣们廷争面折的戏码常常上演，就连著名昏君宋徽宗也曾在朝堂上被大臣扯破了袖子。

另外，宋朝官员彼此也不会互称“大人”，就连小老百姓也不会乱喊官老爷“大人”。因为“大人”在古代是称呼父母高堂或尊敬的长辈，比如《焦仲卿妻》诗中称：“三日断五匹，大人故嫌迟。”若是用于对官位的尊称，那对方起码要达到王公贵族的身份才行。

直到清朝中期以后，被奴性统治洗脑折膝的人们越来越没了气节，才渐渐逢官便称大人，乱认父母。

同时，宋人对皇帝的称谓是“官家”或“大家”，正式场合称“陛下”，只有书面语才会称为“今上”或“上”，至于“万岁”，更是一种祝福语而非称呼。

而皇子皇女，则和百姓家儿女一样，对皇上称“爹爹”，对皇后称“娘娘”，“父皇”的称呼也是只用于书面语中。彼此之间则按排行称为几哥或几姐，比如皇二十八女管皇三子喊三哥，而三哥则喊妹妹为二十八姐。

单从这些称谓上，也可以嗅出大宋自由民主的气味。

且说宋太宗虽然在朝堂上表演了一把大度，但是私下里终究是小心眼。赵恒被立为太子后，太宗与太子一同拜谒祖庙回来。京城民众拥在街旁争着一睹储君相貌，人群中便有人喊了句“少年天子”。

于是宋太宗就不高兴了，背地里问寇准：“人心归向太子，还把我放不放在眼里？”

寇准若是个奸臣，此时略做添油加醋，只怕太子的储位甚至小命就不保了，史上多有皇帝因为太子觊觎帝位而废储甚至赐死的。好在寇准是个正人君子，闻言立刻拜倒庆贺说：“陛下所选皇储深得人心，这是陛下的眼光，国家的福气啊！”

这下子顺了宋太宗的肺，一场不见刀枪的灾祸就这样消弭于无形了。

但是寇准没想到，当自己的仕途也差点毁在这样一声乱喊时，却没人肯帮他说句话。

事情的缘起简单得不能再简单，简直琐碎到荒谬。有一天，寇准在街上遇到一个疯子，冲出人群对着他喊了一声“万岁”。

不过是疯子呓语，小得不能再小的破事儿。可是言者无心，听者有意，有个叫张逊的枢密院知院，因为与寇准有前嫌，便联合官员王宾奏表上报，拿这件事大做文章。

于是，小心眼的宋太宗本性发作，友谊的小船说翻便翻，当即朱笔御批，罢了寇准的朝官，将他贬到青州去当知府了。

这宋太宗的情商，也就和“疯子”差不多。

不过能当皇上，智商总不会太差，过些日子宋太宗的气平了，也就想明白这根本不关寇准的事。为了一个疯子的胡话却制裁一位正直的臣子，这理儿怎么捋都有点捋不直。

于是不到一年，宋太宗就把寇准召回了京师，拜为参知政事；至道元年（995）又加封给事中，伴君左右，随时请教。

为了收买人心，有一次宋太宗得到一只通天犀，还特地令人加工成两条犀带，一条自己用，另一条赐给了寇准，以示圣眷隆恩。

寇准，可以说是宋太宗除了龙位之外，留给儿子赵恒最好的礼物。

五

《宋史》中关于寇准最多的评价就是他的忠直，如“帝久欲相准，患其刚直难独任”，“准为相，守正嫉恶，小人日思所以倾之”。

朝野对寇准的赞美还有关于他的廉洁。寇准晚年得封莱国公，因此史上又称他为寇莱公。但他在京城里却连座国公府都没有，每次进京述职，都要临时借住僧舍或者租房居住。（“历富贵四十年，无田园邸舍，入觐则住僧舍或僦居。”）

处士魏野因此作诗赞叹：“有官居鼎鼐，无地起楼台。”这句话的意思是说，一个人做到了极高的官位，却没有宅院建阁起楼，形容其俭朴清正。

因为这句诗，寇准从此得了个“无地起楼台相公”的美名。据说，连辽国使者来到汴京时，都会向宋朝官员打听：“无地起楼台相公何在？”

不过，据说寇准并不是一开始就这样自律的。他出身名门，见惯富贵，初掌相位时，生活一度很奢侈，“性豪侈，喜剧饮”。而且不用油灯，只用蜡烛，通宵烛照不灭，早晨扫院子，厚厚的一地烛泪。

寇准喜欢柘枝舞，每次宴客，都要让歌伎跳柘枝舞。常常从早到晚，歌舞不歇，人们谓之“柘枝颠”。

有一次，席上有位官妓人美声甜身段好，寇准一高兴就赏了她一匹绫缎，歌女也没放在眼里，只是淡淡道谢了事。

寇准府上有个歌姬叫蒨桃，见状感慨不已，遂写了一首小诗《呈寇公》：

一曲清歌一束绫，美人犹自意嫌轻。

不知织女萤窗下，几度抛梭织得成？

宋代歌伎分为官妓、市妓、家妓三种。官妓由各级官府管理，按宋朝法制，“卖艺不卖身”，只在宴饮应酬时接待朝廷官员，但不能有私情，更不会陪夜；市妓则是通常意义上的民间乐籍女子，服务大众，侍酒陪夜悉听尊便；而家妓则是官员士大夫在家中蓄养的私妓，往往被看作是主人的侍妾，但也可视为奴婢一样的财物，随意转送。

所以蒨桃这首诗，可以看作是家妓对于官妓的嫉恨不满，也可以看作是姬妾对主公的婉转劝诫。

寇准显然认定是后者，在读诗之后大为触动，深深感悟到“谁知盘中餐，粒粒皆辛苦”的深刻道理。而且寇准八成也会反省：倘若连跟着自己享受荣华富贵的身边姬妾都觉得自己奢侈，那么在别人眼中的自己又如何？

想到这里，真真吓出一身冷汗，从此寇准一改素习，廉正朴素，变成了勤俭节约的好榜样。

一个府上的姬妾都能有如此好文采，自然是因为寇大人酷爱文墨的缘故。

寇准传世诗作三百余首，多半清淡闲雅，且看：

春昼偶书

白昼偶成芳草梦，起来幽兴有谁知。
风帘不动黄鹂语，坐见庭花日影移。

与诗相比，寇准的词作不多，多半是宴饮之作，因此风格沿袭五代花间，多以女子闺怨相思为题。

踏莎行

春色将阑，莺声渐老。红英落尽青梅小。画堂人静雨蒙蒙，屏山半掩余香袅。　　密约沉沉，离情杳杳。菱花尘满慵将照。倚楼无语欲销魂，长空黯淡连芳草。

这是一首描写女子思念远别情人的词作，典型的花间风气。开篇点明时节乃是最难堪的春末时光，伤春复伤别，更哪堪细雨蒙蒙，春愁无限。画着山水的屏风，半掩了画堂正门，沉香袅袅，落英缤纷，女子的心里想着什么呢？

于是下阕明写女子的心事或者说回忆，记着从前的柔情密约，如今却寂无回声，离人渐远渐无情，芳闺寂寞难消磨，连那映照花容的镜子都蒙了一层灰尘。岂无膏沐，谁适为容？我唯有倚楼无语，对着芳草萋萋，长空寥廓，终究只是一声叹息罢了。

这样一首柔婉缠绵的曲子词竟然出自刚烈正直的寇大人之手，是不是让人有点凌乱？但这便是宋初词风，花间正声。

江南春

波渺渺，柳依依。孤村芳草远，斜日杏花飞。　　江南春尽离肠断，蘋满汀洲人未归。

龙榆生词谱中记述《江南春》曲牌为北宋寇准所创。然而这种三五七言的调式，最早见于李白《秋风词》："秋风清，秋月明。落叶聚还散，寒鸦栖复惊。相思相见知何日？此时此夜难为情。"

不过《秋风词》的作者向有争议，而且两首小令的格式虽然都是三五七言，平仄格律并不一致。寇准的显然更工整规范，所以这首《江南春》被视为原创曲牌，专利权判给寇准也是没错的。

能创制新曲自然是精通音律的，这就不难理解寇准在早期为什么会喜欢饮宴听歌，而家中姬妾都会饶有诗才了。

想来，寇准平时填词时，没少找蒨桃唱曲。比如这首：

阳关引

塞草烟光阔，渭水波声咽。春朝雨霁轻尘歇。征鞍发。指青青杨柳，又是轻攀折。动黯然，知有后会甚时节？

更尽一杯酒，歌一阕。叹人生，最难欢聚易离别。且莫辞沉醉，听取阳关彻。念故人，千里自此共明月。

六

寇准为人正直，一生清名，但也有被人质疑的地方。比如他的恃才傲物，一意孤行，"性刚自任"，而且有着严重的地域偏见。

宋太祖赵匡胤曾经有命："不用南人为相。"寇准因为是北方人，对这句帝训特别上心。比他更神童更天才的抚州天才少年晏殊，才十四岁就参加了科举试，真宗欲授其同进士出身，寇准阻止说："殊江外人。"意思是，晏殊是南方人，不宜礼遇。宋真宗反驳说："张九龄非江外人邪？"

写过"海上生明月，天涯共此时"的唐朝名相张九龄，家乡比晏殊还往南，原是广东曲江人，然而学识清嘉，气度俨然，人谓之"曲江风度"，连唐玄宗都为之倾倒。每当有人举荐贤能，玄宗便问："风度比张九龄怎么样？"

宋真宗刚见到晏殊就拿他和张九龄作比，可谓天子吉言，后来晏同学果然也做到了相辅之位。

又有临江军（在今江西）人萧贯本应该被点为状元的，寇准又说："南方下国，不宜冠多士。"硬是把状元改成了北方人蔡齐。出了院子，寇准还得意扬扬地对同僚夸耀说："今天又为中原夺得一状元！"

真是严重的地域保护主义者。

不过寇准的偏执也没有大错，因为宋朝第一个冲破"门户之见"登上相位的江南人王钦若，以及丁谓、林特、陈彭年、刘承珪，都是南方人，被人合称为"五鬼"，可知为人。

当然，有朝廷就有是非，有臣子就有忠奸，原与南北无关。然而物必先腐而后虫生，能让王钦若、丁谓这种奸臣得志，自然是皇帝有眼无珠。

王钦若也是临江军人，为人奸狡多计，善言辞。因身材矮小，脖子上长了个肉瘤，故有"瘿相"之说。

澶渊之役后，宋真宗对寇准倚若长城。王钦若伺机进谗："澶州一战，陛下不以为耻，反而还把它当成寇准的功劳，这是为什么呢？”

真宗愕然，问其缘故。王钦若说：“城下之盟，《春秋》以为奇耻大辱，而陛下为万乘之尊，与胡虏订盟于城下，不但耻辱，而且危险。陛下听说过赌博吗？赌徒快输光的时候，就会倾其所有来赌最后一把，是谓‘孤注’。寇准用巧辞诱陛下亲征督战，这不就是视陛下为孤注，拿陛下的生命来冒险，为自己博功名吗？您怎么还会奖赏他呢？”

从此，真宗便冷落了寇准，次年将其罢相，降为陕州知州。

这便是“孤注一掷”这个成语的来历。

丁谓，才智有余而心术不正，“天下目为奸邪”，被青史明明白白地钉死在奸臣的耻辱柱上。

有一次，他陪皇上在内苑赏花钓鱼，不一会儿诸大臣都各有收获，唯独皇上直如姜太公垂钓一般，鱼儿久久不肯咬钩。真宗自是不喜，丁谓察言观色，上前一步吟道：“莺惊凤辇穿花去，鱼畏龙颜上钩迟。”

原来鱼儿不上钩，是被真龙天子吓跑了。真宗大喜。

要说丁谓的才情是有的，能想出这样的巧话儿为皇上开解不难，难的是这句对联既工又雅，的确难得。丁谓诗作中的名联还有“草解忘忧忧底事，花能含笑笑何人”等句，也都极雅。只可惜出自奸臣之手，让人难以心喜。

《诗经》有云：“靡不有初，鲜克有终。”意思是初衷往往是善的，然而很少有人能够坚持到底，善始善终。

这几乎是历代帝王的通病。即位之初未必不想做个好皇帝，可是小安即纵，渐失本性，变得狂妄昏庸起来。

宋真宗便是如此。宋朝国势渐昌，真宗便飘飘然起来，自以为尧舜再世，圣明无比，最喜欢闻马屁，收高帽。而丁谓的言行，在他眼中看去，真是怎么看怎么顺眼，怎么听怎么悦耳。

真宗好大喜功，丁谓巧取钻营，君臣十分相宜。为了迎合皇上心意，丁谓无所不用其极，巧言鼓动宋真宗大兴土木，在宫城营建玉清昭应宫，建造会灵观，耗资无数，还联合王钦若撺掇皇上封禅泰山。

此事劳民伤财，做忠臣的自然是上疏劝谏反对，但丁谓辩驳说："陛下拥有天下之富，建造宫殿敬奉上天，祈祷万民平安，皇嗣延绵，这有什么错呢？谁有阻挠，我愿意与他对质忠心。"话说到这份上，谁还好再劝？

但是宰相王旦的意见宋真宗总是要顾虑的，于是便私下召王旦饮酒，且说："此酒极佳，归与妻孥共之。"说好东西要与家人分享，你把这酒拿回去跟老婆孩子一起享用吧。王旦谢恩收了酒坛，结果回家打开一看，哪是什么酒，而是满满一坛子珠宝啊。王旦倒未必真是贪财，但是看到皇上这样小心讨好自己，便再也不好意思在封禅一事上加以阻挠了。

为了给封禅造势，宋真宗又开始精心炮制关于天书祥瑞的神话，自称睡梦中满室皆亮，有神人星冠绛袍，对他说："一月三日，应在正殿建黄箓道场，到时会降天书《大中祥符》三篇，勿泄天机！"

之后，真宗蔬食斋戒，在朝元殿建道场。赫赫扬扬喊了一个月后，果然于景德五年（1008）正月初三，有司来报"有黄帛曳左承天门南鸱尾上"，真宗率群臣拜迎，号称"天书"。

上有好之，下必趋之，一时间全国上下掀起了一股"争言祥瑞"的热潮。造势差不多了，真宗便又做了一个梦，这次梦见神人对他说："来月上旬，将赐天书泰山。"于是封禅之行水到渠成。

景德五年（1008）十月，宋真宗率群臣千乘万骑自汴京出发，长途跋涉，东封泰山，光路费就花了约九百万贯，赏赐百官的还不在内，可想而知这次封禅给民生带来多大的负担。

事后王旦极其后悔，临终时告诉儿孙："我别无过，唯不谏天书一节，为过莫赎。我死之后，当削发披缁以殓。"

这也是历史上的最后一次封禅。

七

寇准晚年有一首《蝶恋花》，难得内容迥异于花间派，不再以女子口吻歌唱，而是夫子自道：

蝶恋花

四十年来身富贵。游处烟霞，步履如平地。紫府丹台仙籍里，皆知独擅无双美。　　将相兼荣谁敢比。彩凤徊翔，重浴荀池水。位极人臣功济世，芬芳天下歌桃李。

寇准十九岁中举为官，四十年间几番起落沉浮，五十八岁时被真宗重新召回朝廷任宰相，所以开篇明旨"四十年来身富贵"，得意扬扬。烟霞、紫府、丹台、仙籍，皆指的是皇宫殿阁，而自己游走其间，如履平地，一人之下，万人之上。

下阕的"彩凤""荀池"，用的是荀勖凤池的典故。《晋书·荀勖传》："勖久在中书，专管机事。及失之，甚罔罔怅怅。或有贺之者，勖曰：'夺我凤凰池，诸君贺我邪！'"意思是我都失去中书之位了，你们还祝贺我什么呀。因此，说凤凰回到荀池，也就是荀勖回到了凤凰池，都是指得回相位。

所以这首词很明显是写在寇准还相之时。此时他集军权相位于一身，当真是权倾朝野，位极人臣，更兼门生无数，遍布朝堂，功高盖世，盛极一时。

寇准的这首词，可以说写得太嘚瑟了，充满了“前度刘郎今又来”的得意之情。

可惜的是，他并没有得意多久。因为此时的真宗皇帝得了脑血栓，近乎老年痴呆，常常说前言忘后语，遂被皇后刘娥把持了朝政。

后宫干政向来都是国之大忌，更何况旁边还有丁谓这样的奸臣伺机而动。

寇准的这次还朝，丁谓是出了力的。丁谓的升官途中，曾受过寇准的提拔，因此起初对寇准十分恭敬。而且他知道自己的名望和资历远不足为相，想着此次投桃报李迎回寇准，将来一定会借到他的东风。

没想到，寇准为人实在刚直，厌恶丁谓为人，完全不懂得虚与委蛇这套手段。有一次宴会上，寇准喝汤污了胡须，丁谓马上站起来为他揩拭。寇准讥笑说：“参政，国之大臣，乃为官长拂须耶？”

丁谓十分羞愧，从此记恨于心。

而“溜须”的典故便源于此。宋朝诗人李洪《新交行》诗句“若非大夫尝便客，亦是丞相拂须人”便用此典。

丁谓为人奸诈，对上谄媚，对下贪婪，他和寇准的矛盾几乎是必然的。寇准甚至公开说过：“丁谓、钱惟演，佞人也，不可以辅少主。”

这样的仇隙，丁谓怎能不报？于是联合党羽，诬陷寇准谋反。

虽因证据不足未能问成死罪，却也在刘皇后的包庇下，将寇准罢相出京。

而整个过程，真宗皇帝竟毫不知情，有一天还对近侍说："我很久没看到寇准了。"左右不敢回答。直到真宗驾崩的时候，还依然相信只有寇准和李迪可以托付，只可惜，寇准此时已经远在万里之外了。

只是将寇准贬官，仍然不能平息丁谓之愤。宋真宗死后，丁谓又勾结刘太后令宦官修改诏书，竟把宋真宗病死也归罪于寇准，不仅将他一贬再贬，还趁机将朝中与寇准相善的大臣全部清除，手段极其毒辣。

寇准从河南相州刺史贬为湖南道州司马，再贬到广东雷州的司户参军，最终病逝异乡，正应了他年轻时写过的一句诗：

到海只十里，过山应万重。

有好事者量过，雷州城出东南门距海岸，恰好十里。

不过，丁谓自己也终究恶有恶报，后因得罪太后，被贬为崖州司户参军，四个儿子、三个弟弟也全部被降黜。抄没家产时，从他家中搜得贿赂物品，不可胜计。

一个是"无地起楼台"，一个却家财与恶贯同样满盈，孰忠孰奸，是非曲直，终于盖棺论定。

吴越悲歌：陌上花开缓缓归

一

与李煜殊途同归的吴越王钱氏祖上，有一句非常美丽的祖训：陌上花开，可缓缓归矣。

典故出自吴越王钱镠（852—932），据说他深爱自己的王妃吴氏。有一次王妃回娘家，滞久未归，钱镠甚是想念，遂写信催驾，却并不抱怨牢骚，而是很文艺地说：田间阡陌的花儿都开了，你不回来与我一同赏花吗？早点出发，慢慢赶路，等着你噢。

这句著名的“陌上花开缓缓归”，既显示了钱镠的温柔体贴深情款款，也侧面表现了他为人的圆融沉稳。

吴越，指的是现在的江苏南部、上海、浙江、安徽南部、江西东北部一带的地区。春秋战国时期，吴国和越国是两大敌对国，最为大家熟知的故事就是越王勾践卧薪尝胆，派了“女间谍”西施去勾引吴王夫差，终使吴国灭亡。

不过到了钱镠统治的残唐五代，吴越已经统一，是割据一方的独立霸权。

黄巢叛乱时，时局动荡，民不聊生，唯有吴越国政治清明，偏安一隅，天下士子争相投奔。比如善写讽诗的诗人罗隐，就前往报效。

朱温篡唐后，下旨册封诸侯，册旨也送到了吴越。罗隐疾呼劝进，希望越王钱镠兴兵北伐，恢复唐室。然而钱镠认为，敌强我弱，殊死抵抗不是办法，明哲保身才是上策，且说："当年孙权自知时机尚未成熟，也曾依附曹丕。大丈夫能屈能伸，何必兴兵伐戮？"遂尊中原政权为正统，自居属国之位。

这种贡奉中原的做法，一直延续到钱俶执政时期。

钱俶（929—988），947年继承王位，励精图治，勤政爱民，使得吴越国水土丰足，百姓乐业。另外，钱俶对中原诸王朝贡奉之勤，海内罕有其匹，更是倾国所有，听从赵宋差遣，遂有合兵逼降南唐之举。

李煜遣使致意，苦苦相劝："今日无我，明日岂有君！一旦明天子易地酬勋，王亦大梁一布衣耳。"

唇亡齿寒的道理，钱俶未必不明白。而联合吴越与南唐之力，与大宋决战，未必不可一争雌雄。事实上，宋朝初建未久，战线过长，兵力损耗巨大，也确实考虑过退兵。但是钱俶谨小慎微惯了，到底不愿得罪强大的宋国，于是拒不回复，还把李煜的信转递宋朝廷，以示忠心。

978年，李煜在汴京被毒杀；而钱俶步其后尘，同年奉旨入京被扣，正所谓"易地酬勋"。钱俶自知大势已去，不得已将吴越所据两浙十三州国疆自献于宋，换了赵光义一堆虚赐头衔。

这样的隐忍迁就，也只换来了十年残喘。988年秋，钱俶在南阳庆祝自己的六十寿辰时，宋太宗派人送来寿礼。当夜，钱俶便暴毙了，死后葬于河南洛阳。

没有证据指明钱俶是被宋太宗赵光义毒杀，可是他与李煜如此相似的死法，若不是宋太宗真的很喜欢在人家生日宴上送人一程，难不成是李后主恨他不肯援手故来冤魂索命吗？

钱俶是出过文集的，但是传世的诗作却只有一首七律《宫中作》：

> 廊庑周遭翠幕遮，禁林深处绝喧哗。
> 界开日影怜窗纸，穿破苔痕恶笋芽。
> 西第晚宜供露茗，小池寒欲结冰花。
> 谢公未是深沉量，犹把输赢局上夸。

这首诗写的是深宫生活，文采平平，中规中矩，唯有尾联略显胸怀：“谢公未是深沉量，犹把输赢局上夸。”

天作棋盘星作子，谁人敢下？这一局帝国的对弈，钱俶输了。

《词林纪事》中说，钱俶在晚年曾填过一首词，用《木兰花》牌，且记录了其中两句残词：“帝乡烟雨锁春愁，故国山川空泪眼。”充满伤亡怀旧之痛。

《侍儿小名录》载：

> 钱思公谪汉东日，撰《玉楼春》词云云，每酒阑歌之则泣下。后阁有白发姬，乃邓王歌鬟惊鸿也，遽言：“先王将薨，预戒挽铎中歌《木兰花》（即《玉楼春》）引绋为送，今相公亦将亡乎？”果薨于随州。

这段话的意思是说，钱俶之子钱惟演在贬谪汉东时，也填过一首《木兰花》，每每对酒当歌，凄然泪下。从前侍奉过钱俶的白发歌伎感慨地说："先王临死前，曾遗命要在发引时奏《木兰花》相送。如今钱惟演也爱此曲，莫不是快死了吗？"果然没过不久，钱惟演就死了。

钱俶的《木兰花》只留下两句残词，幸好钱惟演的《木兰花》全篇保留了下来：

木兰花

城上风光莺语乱，城下烟波春拍岸。绿杨芳草几时休，泪眼愁肠先已断。　　情怀渐变成衰晚，鸾鉴朱颜惊暗换。昔年多病厌芳尊，今日芳尊惟恐浅。

首句说登城远眺，最先感受到的不是风景，而是莺声乱耳。莺啼之声清脆娇转，却以一个"乱"字形容，显然乱的不是莺语，而是心绪。

说完城上风光，接着写城下景物，烟波浩渺，春潮拍岸，视野极是辽阔。

如此美景，作者却问出一句"绿杨芳草几时休"，好似颇不耐烦，接着说明原因："泪眼愁肠先已断。"

年年春来，草绿芳菲，然而我眼泪流尽，愁肠已断，哪里还有能力去感知这春秋暗换，光阴流转呢？

下阕进一步加强情感，说我已是暮年之人，情怀渐老，揽镜自照，惊见鬓发如雪，垂垂老矣。

最后说从前我因为身体不好，大夫总是规劝要少喝酒。然而到了今天，何必还在意什么康健长寿呢？只恨酒杯不深，酒不够烈呢。

借酒浇愁，本是诗中最常见的意象，而这首词却妙语翻新，不说愁多，只恨杯浅，可谓变化神奇，独出心裁。

钱氏父子不约而同地，皆于垂暮之年钟爱《木兰花》曲，想其曲调必是婉转悠长，而所填之词又是这样伤感凄切，岂是长寿之相？难怪竟成不吉之谶。

二

钱惟演（977—1034），字希圣，刚刚出生不久便随钱俶归宋。其年幼时，曾赋诗《远山》，有句曰："高为天一柱，秀作海三峰。"钱俶深为赏识，自此对这个儿子益发器重，亲自教导。

只可惜，父子缘浅，钱俶暴毙那年，钱惟演只有十二岁。从未享受过天之骄子的随心所欲，却自小学会了察言观色小心翼翼，这可能就是钱惟演一生都特别在意"靠山"这件事的症结所在。

他平生历任右神武将军、太仆少卿、命直秘阁等职，累迁工部尚书，拜枢密使，官终崇信军节度使，宦途几度沉浮，却始终政绩平平。为人趋炎附势，始以写文章歌功颂德以邀恩宠，后又想尽方法与皇室联姻以固权势，人品为世人所鄙，更被寇准直斥为"佞人"。

但他博学好文，在文学上颇有建树，家中藏书极富，可与国家图书馆相比，他自己也编写过很多书。

1000年，钱惟演写了一本歌功颂德的集子《咸平圣政录》献给宋真宗，从此得以晋身文职。

1005年，真宗让钱惟演加入《册府元龟》的编纂。这本书从1005年至1013年，共编了八年方最后完成。编书之余，杨亿、刘筠、钱惟演等人互相酬唱，且结集为《西昆酬唱集》，共收集了十七位作者的二百五十首近体诗，单是杨、刘、钱三人的就占了二百零二首。

这部诗集在当时影响极大，学子纷纷效法，名之为“西昆体”。西昆体诗人宗法李商隐，讲究砌词雅妙，文采艳丽，音律谐美，对仗工谨，并喜欢引用大量典故和化用前人妙语。

《红楼梦》里北静王水溶初见宝玉时，引用了一句李商隐的诗来夸他：“雏凤清于老凤声。”脂砚斋批语说：“妙极！开口便是西昆体。”可见西昆体在文人心中的地位与影响。

且举一首钱惟演的《无题》为例：

误语成疑意已伤，春山低敛翠眉长。
鄂君绣被朝犹掩，荀令熏炉冷自香。
有恨岂因燕凤去，无言宁为息侯亡。
合欢不验丁香结，只得凄凉对烛房。

无题诗正是李商隐的代表风格，以隐衷不便直述，故曰《无题》。既无标题，则意义不明，欲语还休，见仁见智，且最喜用典拟物，芳草美人，时有寓托。诚如元好问所评：“诗家总爱西昆好，独恨无人作郑笺。”意思是西昆诗体虽然好，可惜隐晦难懂，无人能解。

以钱惟演的这首诗为例，表面上写的是一个女子隐忍委屈的爱情。

首联中“误语成疑意已伤”，说此女原与情郎相亲相爱，可是因为一句口语或是流言，引起猜疑，彼此伤心；“春山低敛翠眉长”，形容女子伤心的样子。“春山”便是“翠眉”，修眉涂黛，如春山秀美，此时低眉敛额，无限忧伤。

“鄂君绣被朝犹掩，荀令熏炉冷自香。”颔联用了两个典故，这也正是西昆体的标志手法。

上联典出《越人歌》，说楚国鄂君子皙泛舟中流，有越人歌之：“今夕何夕兮，搴舟中流。今日何日兮，得与王子同舟。蒙羞被好兮，不訾诟耻。心几顽而不绝兮，得知王子。山有木兮木有枝，心说君兮君不知。”于是鄂君“揄修袂行而拥之，举绣被而覆之”。

下联则说的是东汉美男子荀彧，曾为尚书令，人称荀令君。《襄阳记》载其衣带生香，“至人家，坐处三日香”。

这两句合起来，是说早晨还蒙羞被好，晚上便余香自念了。

颈联又是两个典故。上联“有恨岂因燕凤去”，说的是赵飞燕因为私通官奴燕赤凤，而被汉成帝见疑；下联“无言宁为息侯亡”说楚国灭息国，息夫人被掳，从此不再说话。

这两句似乎表现女子思忆旧情人，又似乎辩白说我的怨恨哪里是因为燕赤凤呢？语意十分混淆。

“合欢不验丁香结，只得凄凉对烛房。”尾联似乎不用典故了，却又是借代比喻，各种托物言情。

合欢花又名忘忧，有“蠲忿”之妙，可解人愁肠；丁香却是一直作为愁结不解的象征，李商隐诗中曾说“芭蕉不展丁香结，同向春风各自愁”。这句话是说纵有合欢灵验，亦难解丁香愁结，只落得个独处深闺，对烛垂泪。

全诗用典香艳，词句隐晦，手法与句式像极了李商隐的《锦瑟》。

《锦瑟》取诗中前两字为题，也就相当于无题诗。诗中字字珠玑，句句经典。中间两联：“庄生晓梦迷蝴蝶，望帝春心托杜鹃。沧海月明珠有泪，蓝田日暖玉生烟。”连用四个典故，幽怨深婉，而语意不明，千百年来不知消磨了文人词客多少笔墨，而终不能给出一个服人的解释，可谓是朦胧诗之鼻祖；尾联“此情可待成追忆，只是当时已惘然”更是写出了一种迷茫惆怅的普世情怀，为人传唱。

而钱惟演此诗，同样大量用典，砌词艳丽，但是情怀却显得浮浅造作，语无余韵；模仿李商隐，形似而神不似，终究还是隔了好几重春山，无数道沧海。

三

1015年，钱惟演晋升为翰林学士，拿到了当时文臣的最高职称。如果他能安分守已地在这个位置上坐下去，继续吟诗作赋，编书拟诏，必定会成为一位名声清雅的好诗人。

他一生做过的最高官职是工部尚书，任枢密使，几乎相当于副相了，离宰相之位只差一步。因此他经常叹息“以不得于黄纸后书名为恨”——黄纸，指的是朝廷颁发的御旨，只有宰相才能在旨上签字。

注意，现在的影视剧中，不论哪朝皇帝，一个心血来潮，就高喝一声：“来人，拟旨！”然后大臣就带着圣旨跑到人家去宣布：“奉天承运，皇帝诏曰……”

——这些，在宋朝通通不可能发生。

宋朝政治虽然是中央集权，但不代表君主独裁，而讲究“权归人主，政出中书”，皇帝旨意“非经二府者不得施行”。“二府”就是政事堂与枢密院。

皇帝颁旨，首先要经过廷臣合议，由二府将意见拟成札子进呈；皇帝御允了，再授意中书舍人草诏，称为“制词”，皇帝的旨意叫作“词头”；如果中书舍人觉得这词头不合法度，可以拒绝草诏，谓之“封还词头”。正因为宰相和中书舍人对于诏书颁拟举足轻重，所以才会有皇帝贿赂大臣的现象出现。

中书舍人拟好诏书，便可以重新进呈皇帝，皇帝签署“御画”后再抄录于黄纸，交由中书舍人签字后“宣行”。开头也不会高喊什么“奉天”，什么“皇帝”，而是“门下”二字，以示谦逊。如果宣行的舍人与草诏的舍人意见不统一，有权拒绝签字，那么诏书就还是不能颁发，须驳回重议。

宋朝廷与士大夫治天下的祖宗家法，使儒生们从骨子里有一种“士以天下为己任”的使命感。诚如范仲淹所说：“夫不能利泽生民，非大丈夫平生之志。”

所以想当宰相，不是急功近利，而恰恰是天下为公。读书人不必遮遮掩掩，而完全可以大大方方地把“我想当宰相”的壮志高声喊出来。范仲淹能说“不为良相，必为良医”，钱惟演自然也可以说“以不得于黄纸后书名为恨”。

但是，钱惟演想当宰相并不丢人，丢人的是他为了升官不择手段，依附太后，想尽方法让自己的姐妹、子女与皇室联姻，竟然联了六门皇亲，以裙带晋升而位极人臣，“官兼将相，阶、勋、品皆第一”，这就太令人不齿了。

天禧三年（1019），真宗患风疾，寇准呼吁太子监国，以丁谓为首的一派则主张皇后辅政，而钱惟演，正属于皇后党。

说到这位刘皇后，可真是位草根逆袭的奇女子。

刘氏芳名刘娥（968—1033），蜀地孤女，嫁与银匠龚美为妻，夫唱妇随，至京中卖艺，当街打小鼓谋生。十五岁时与赵恒相识，假称龚美是其表哥。

刘娥由于出身卑微，被赵恒乳娘嫌弃。赵恒惧怕乳娘向父皇告状，因此一直不敢正式迎娶刘娥，只好把她藏在亲信张耆的家中，自己隔三岔五地去偷会。

这倒也很利于爱情保鲜。刘娥在张家藏了十五年，依然与赵恒恩爱情深。

这十五年可不是白过的，小鼓女刘娥大概拜访了很多名师，不但媚术了得，而且善琴棋书画，博览群书，生生让自己从一个街头卖艺的“草民”变成了风华绝代的“闺秀”，真是“乌鸡变凤凰”的完美励志典范。

赵恒继位后，终于敢大大方方地召刘娥进宫了，景德元年（1004）封其为美人。

这一年，刘娥已经三十六岁了，说徐娘半老都算是很宽容了。然而色衰未曾爱弛，她不但仍然拥有真宗的情意，还能够独擅专宠，荣冠后宫，可以想见其手段与心机。

刘娥既然过了明路，就开始着意培养自己的娘家力量了。遂向真宗请奏，让“表哥”龚美改名刘美，继承刘家香火。

钱惟演苦心巴结的第一门皇亲，正是将妹妹嫁给了这位易姓而得的“国舅”刘美。换言之，刘娥的前夫成钱惟演的妹夫了，于是钱家也就归入了刘氏一派。

不久，郭皇后病逝，真宗想封刘娥为皇后，可是一则刘娥出身低微，二则无所出，大臣们集体反对，还提出册封出身高贵的沈才人。真宗不情愿，只好压下封后的事情不提。

之前真宗先后有过五个儿子，却没有一个活过十岁的。已经年逾不惑却膝下无子，这对于皇帝来说可是一件大事。

正在这时，刘娥的婢女李氏却因受真宗宠幸而受孕，刘娥大喜，立刻想出了一条“借腹生子”的妙计。

这条计，在戏曲中有个非常响亮的名目，叫作《狸猫换太子》。

狸猫换太子的故事出自《七侠五义》，说的是宫中有刘妃与李妃两人同时怀孕，为了争宠夺嫡，刘妃伙同内监郭槐，竟用一只剥了皮的狸猫换掉了李妃刚刚出生的男婴，诬陷李妃生了个怪物。

从此李妃被贬入冷宫，而小婴儿九死一生峰回路转后来成了太子，再后来当了皇帝。包拯包大人体察民情时，偶遇李妃，得知真相，终于为其洗冤，迎妃还朝，而已经成为太后的刘妃则被活活吓死。

乃是一出悲欢离合、善恶有报的典型大团圆戏目。

这个故事因其曲折离奇而广为流传，刘太后也就成了面目狰狞的一代奸后。不过包拯赴京任职时，刘太后早已驾崩，李妃则死得更早。狸猫太子之案，纯属无稽之谈。

而且，刘娥虽然出身草根，历史上对她的评价倒是很高的，称其“有吕武之才，无吕武之恶”。

真相是，刘娥确实以李氏子冒充己出并立为太子，因此得以封后。不过这个计划是她与宋真宗、李氏共同商议的权谋之计，为的只是让她有个封后的资本。所以刘娥并没有残害李氏，而是将她提为才人，死后加封宸妃，以厚礼下葬。

李宸妃一生谨小慎微，安分守己，将秘密一直带进了坟墓。

乾兴元年（1022），真宗驾崩，年仅十二岁的赵祯（1010—1063）继位，史称宋仁宗。

由于新帝年幼，太后刘娥垂帘听政，“五日一御承明殿，帝位左，太后位右，垂帘决事”（《宋史·列传》）。这是宋朝第一位临朝称制的太后。

刘娥虽然是在丁谓、曹利用等人的拥立下临朝，但她以史为鉴，深谙太祖皇帝从周室皇朝孤儿寡母手中夺江山的典故，时时警惕自己决不能重蹈覆辙，因此十分注重培养力量，让朝臣势力均衡，彼此牵制。一方面，她默许丁谓陷害寇准，将其一贬再贬，最终死于雷州；另一方面，她又在临朝不久，找准时机将丁谓罢相，贬至崖州，之后又以谋反罪名逼曹利用自杀。

朝政大权，至此牢牢把握在了刘太后自己的手中。

而钱惟演呢？他之前让长子钱暧娶了郭皇后的妹妹，次子钱晦娶了宋仁宗的表妹，小女儿嫁给了仁宗的堂兄赵允迪，还和丁谓也做了儿女亲家。本以为有如此盘根错节的皇亲国戚网，理应位置坐得稳了。可是这恰恰犯了太后的忌，因为刘娥最恨的就是结党营私。做臣子的以联姻来加固地位是常事，可是钱惟演的姻亲都快拉成一张网了，还要觊觎宰执之位，这就是刘太后所不能允许的了。

于是当有臣子上表奏议钱惟演之过时，太后顺水推舟，将他贬到了四川任武胜军节度使，让他远远离开了京中。四川可是刘娥老家，想来钱惟演在那里，是怎么也扑腾不出什么浪花的。

钱惟演在四川待了一年，实在受不了巴蜀生活，上书说先父俶葬在北邙，自己已然老迈，希望回到洛阳，以便祭祀先祖，尽些孝心。

这要求不算过分，于是太后看在姻亲的分上恩准了。

天圣八年（1030），钱惟演回到洛阳，任使相。做洛阳留守的三年，可谓钱惟演晚年最优裕自在的生活时光。

这一年，后来身列“唐宋八大家”之一的大文豪欧阳修刚刚考中进士，次年得官洛阳留守推官，也就是秘书，其上司正是钱惟演。

钱惟演慧眼识珠，对才华横溢的欧阳修很是青睐，专门腾出一个院子给他们开诗社，叫作“白莲庄”。从此，以欧阳修、梅尧臣为首的文学青年们形成一个诗文圈子，标志着北宋诗风由西昆体逐步转向现实主义的主流风向。

换言之，不论是西昆体的盛行，还是宋初现实主义诗风的兴起，钱惟演都起到了重要的推动作用，这一点，功不可没。

都说文人相轻，而钱惟演官风虽然不雅，却能礼遇文士，奖掖后进，对几个刚参加工作的下属如此眷顾，实属难得。

有个小故事：一日，欧阳修与谢绛相约登嵩山，因为天降大雪而被阻龙门。两人正忧心不知何时雪停方好赶路，忽见有人骑马冒雪而来。原来是钱惟演派来的厨子和歌伎，且带来口信说：“诸位登山辛苦，不妨在山上多留几日，饮酒赏雪。府里公事简易，不必急着赶回。”

钱惟演的这番体贴，正是袭自“陌上花开缓缓归”的优良家风啊！

欧阳修在《归田录》中记述：“钱思公生长富贵，而平生惟好读书，坐则读经史，卧则读小说，上厕则阅小辞，盖未尝顷刻释卷也。”

受钱公启发，欧阳修也得出了自己利用时间读书和打腹稿的“三上”经验：马上、厕上、枕上。

四

如果钱惟演就此风花雪月地待在洛阳终老，也可谓顺心如意、颐养天年了。

可是他偏偏太喜欢折腾，仍然想着抓住一切机会重回朝中，手握大权，完成“在黄纸上签字”的终极目标。

此时宋仁宗赵祯已经成年，太后刘娥却仍然霸着玉玺迟迟不肯还政于帝。有逢迎后意的臣子投其所好，便上折子奏请刘娥“依武后故事”，甚至献《武后临朝图》暗示其称帝。

刘娥撕碎奏章，掷地有声地说：“我决不会做这种对不起大宋列祖列宗的事！”

但是她嘴上说着不愿称帝，心里却是迷恋权力的，不但重修晋祠，把神像塑成自己的样子，还不顾臣子反对穿上了皇帝衮冕拜祭太庙，并上尊号“应天齐圣显功崇德慈仁保寿皇太后”，大有效仿武则天取代儿子睿宗之势。

不过，从太庙归来，刘娥就重病不起，却仍不舍得脱下衮衣。直到临终前，想到穿帝服如何同先帝合葬，才示意身边人为她换上皇后翟衣下葬。

明道二年（1033）三月，刘娥崩逝，年六十五，谥号“章献明肃皇后”。

这一年，宋仁宗二十三岁，终于得以亲政。

宋仁宗亲政仿佛让钱惟演看到了东山再起的曙光，于是他立即上书仁宗，请求把刘太后和仁宗亲娘李宸妃的灵位一同摆在太庙。

这主意深得仁宗欢心，可是大臣们不愿意。这也怪钱惟演太着急了，也不想想自己这些年来只惦记着结交皇亲，在朝臣中人缘可并不好。如果他安安稳稳待在洛阳养老，是不会有人没事踩他一脚的，可是他的拍马奏折一递，却让大臣们嗅到了一丝危险气息，知道他这是想卷土重来了，还不趁他没冒头赶紧罗织罪名狠狠打压？

钱惟演的奏议受到朝臣们的强烈反对，御史中丞范讽批评钱惟演作风不正，刻意与皇族联姻，又擅自议论皇家宗庙大事，总之有的没的列举了一堆罪名。

此时仁宗刚刚亲政，即使心中巴不得抬高生母地位，也绝不敢轻举妄动，得罪朝臣，只好将钱惟演申斥一通，贬为崇信军节度使，三个儿子也被调出京城。

要说钱惟演实在太想不开了，安安分分地待在洛阳做使相，过几天逍遥日子不好吗？有诗有酒有朋友，还有欧阳修等一干年轻人的推崇敬爱，何等惬意？为什么非要没事找事，找块石头硬往上撞呢？

明道二年（1033）九月，钱惟演追悔莫及地离开洛阳赴湖北随州，欧阳修等前往相送，彼此伤心垂泪，啜泣不止。

钱惟演走后，欧阳修等人的好日子也跟着结束了。继任者是一位年逾古稀不苟言笑的老先生王曙，非常看不惯欧阳修这帮年轻人整天游山玩水，不务正业，隔三岔五就把他们叫过来训斥一番。白莲庄的美好生活一去不回。

直到很多年后，欧阳修还满怀留恋地写道：

曾是洛阳花下客，野芳虽晚不须嗟。

一年后，钱惟演卒于任上。

朝臣在讨论谥号时，太常公按《谥法》主张以“文墨”为号。

“敏而好学为文，贪而败官为墨。”这个考语来形容钱惟演并不算错。“贪”不一定指的是贪财，贪恋功名长袖乱舞导致败官，也可以称之为贪。所谓“人心不足蛇吞象”，钱惟演卒于贬地，不就是因为执念官场，太过贪心吗？

但是钱惟演的儿子不愿意，于是提出申诉。最后，仁宗亲自出面斡旋，“以惟演无贪黩状，而晚年率职自亲，有惶惧可怜之意，取《谥法》追悔前过曰‘思’，改谥为‘文思’”。

七年后，宋仁宗到底把生母李宸妃的灵位搬进了太庙，而这正是钱惟演当年奏议的。钱暧看到了转机，立即上表，再次请求为钱惟演更改谥号，仁宗赐谥号“文僖”。一段改谥风波终告消歇。

钱惟演一生功过参半，其人虽然名声有玷，但其文不可废。而且钱家以吴越王族兴家，历朝历代人才辈出，近代最为著名的有：钱穆、钱其琛、钱三强、钱学森、钱锺书……

他们在不同领域各有建树，不知年年花开时，可曾想起祖上这句最温柔的话：陌上花开，可缓缓归矣。

梅妻鹤子林和靖，罗带同心结未成

一

“学成文武艺，货与帝王家”是莘莘学子十年寒窗的共同理想。然而有些人，他们读书只是为了个人修养，不求为官，不慕名利，只喜欢寄情山水，散淡人生。这样的布衣才子，被称为“隐士”。

隐士传统早自上古的许由与巢父就开始了，商周的伯夷叔齐采薇首阳山，秦汉时期的“商山四皓”，魏晋时期的“竹林七贤”与陶渊明，都是著名的隐士。但是到了唐宋时期，这样的人越来越少了。

并不是躲在山林间生活的人就能叫隐士。首先你得是位“士”，即有才能有声名的知识分子，可以为官而不肯出仕的人。唐朝的很多大诗人，如李白、王维、韦应物，都曾在诗作中无数次向往山林，高喊着“书此谢知己，吾寻黄绮翁”，“功成拂衣去，归入武陵源”，但是他们一生沉浮官场，追名逐利，隐得很不彻底。就连著名的“诗僧”皎然、“茶圣”陆羽，也号称“隐心不隐迹”，又是搞诗社又是斗茶会，交际应酬多得让人眼花缭乱。隐士传统渐渐只成了一个理想、一个口号，或是一个标签，名存实亡。

到了宋朝，诗人们干脆连喊的兴致都没有了，无论是忠烈如寇准，还是贪墨如丁谓、钱惟演，都是一生在官场打滚沉浮，斗志无穷。而林逋，可以说是宋代屈指可数的隐士代表。

林逋（967—1028），字君复，谥号“和靖”，故而世称“和靖先生”。

他自幼父母双亡，跟随长兄生活，一则家境拮据，二则兄嫂照顾不周，致使他常常缺衣少食。但是林逋天资聪颖，勤奋好学，经史百家无不通晓，且自小性情恬淡，不慕虚荣，对所有的苦难处之泰然，颇有“一箪食，一瓢饮，在陋巷，人不堪其忧，回也不改其乐”（语出《论语》）之志。

稍微年长一点，林逋便与兄嫂分家了，寄兴山水，游走江淮一带，居无定所。尝了一些世味，看了几许沧桑，林逋对世人营营役役追名趋利的奔劳颇觉厌恶，遂立志“扰扰非我事，深居断俗情”，返棹归来，于西湖畔孤山建屋隐居，结茅为室，编竹为篱，二十年未入城市，虽非与世隔绝，却是不沾红尘。因此又称“西湖处士”。

最特别的是，林逋一生不曾婚娶，只在山中遍植梅树，还养了两只仙鹤，故而人称“梅妻鹤子”。

梅树是一株一株种下的，高高下下，依山傍水，绕屋依栏，前前后后共种了三百六十五棵之多。为的是梅花缟素襟怀、冷香滋味，与自己的性情最为相合，堪为知己，白首相偕。

《西湖佳话》里说他“朝置一楼，暮横片石，相地栽花，随时植树。不三四年间，而孤山风景已非昔日矣”。

梅开时节，香闻山野，有许多慕名来赏梅的人，林逋也并不深拒，只在门板上书写：“休教折损，尽许人看。不迎不送，恕我痴顽。”

有人问他说：“这是你的私宅，你的梅林，完全可以不许闲人进入，为什么任人偷香？”林逋笑说：“偷香折梅固然不许，但是香色岂能窃去？”所以乐得做个大方豪主。

林逋爱梅成痴，待之如妻如友，每当梅花盛放之时，他便累月不出门，唯将诗下酒，踏月赏梅，久久盘桓其间，吟哦成章。

梅花落后，渐渐绿叶成荫子满枝，而卖梅子的钱，便是林逋主仆的主要开支来源了。

他将每一树的售梅所得包成一小包，共分成三百六十五包，有多有寡，每一包就是一天的盐米所费。如果这一包的分量重些，今天便可以多加一道菜，若是分量轻，就节省点好了。

这样清淡的日子，被他过得有滋有味。

他还给自己的鹤儿取了名字，叫“鸣皋”，取“鹤鸣九皋，声闻于天”之意。

林逋曾有诗句：“瘦鹤独随行药后，高僧相对试茶间。”可以想见，每当多病的林逋服过药，拄杖而行时，鹤儿便随其左右，依依相伴；而他每次出门还家，鹤儿亦会引颈相迎，依恋不已。

林逋喜游历，日常闲放小舟，游湖垂钓，朝出暮返，殊无定迹。倘若在他外出的时候有客人来访，守门童子就会先烹茶待客，然后把鸣皋放飞，盘旋湖上。林逋远远望见，便会回来了。

鹤飞冲天，比飞鸽传书更便利。

二

林逋精书法，会弹琴，工笔画，擅为诗，还会种树造房，采药养鹤，可谓多才。沈括在《梦溪笔谈》里说，林逋常自称：“世事皆能之，唯不能担粪与著棋。”

琴棋书画，林逋精通三艺而唯独不擅手谈，这也没什么，但是为什么要与担粪并提呢？

莫不是因为人们常把世事比棋局，而把官场比作对弈之道，而林逋既不通俗务，亦不肯磨心，故将二者并论？

林逋的书法以行草最为有名，宋代四大书法家之一的黄庭坚都为之赞叹不绝，曾道“林处士书，清气照人，其端劲有骨，亦似斯人涉世也”，又道“君复书法高胜绝人，予每见之，方病不药而愈，方饥不食而饱”。

而林逋的诗，孤峭澄淡，落笔高华，多有奇句。但他总是写完便扔，并不注意收集。有人问：“为什么不整理成集以传后世呢？”林逋说：“我既然隐迹山林，便不打算以诗扬名一时，更遑论后世呢？”

但是有心人却为之可惜，往往看到他的诗便收藏起来，这样拾遗搜拣的，竟然也集合了三百多首，可见林逋原本写的有多少！而其诗中，尤以咏梅之作最多，词清句秀，深得梅花神韵，为世人称赏。如今且略举数联：

雪后园林才半树，水边篱落忽横枝。

湖水倒窥疏影动，屋檐斜入一枝低。

蕊讶粉绡裁太碎，蒂疑红蜡缀初干。

横隔片烟争向静，半粘残雪不胜清。

……

林逋一生诗句中，最著名的莫过于《山园小梅》：

众芳摇落独暄妍，占尽风情向小园。
疏影横斜水清浅，暗香浮动月黄昏。
霜禽欲下先偷眼，粉蝶如知合断魂。
幸有微吟可相狎，不须檀板共金樽。

这是一首标准的七言律诗，首句入韵平起式。首联总起写梅花清韵，盛开于众花凋零的深冬，小园中只有它一花独秀，占尽风光。

颔联进一步描写梅花的情态，是一种疏淡清幽的美，斜枝照水，香气浮动，摇曳多姿。写梅枝交错并不直书其姿态，而偏写水中倒影；说梅香动人亦不盛赞遥闻近送，却着重月下清风。不但优雅，而且含蓄，于韵致之外更见身份。

颈联则背面傅粉，用霜禽、粉蝶对梅花的向往来侧面写出梅花之美。霜禽，可指在寒霜中的飞禽，也可指羽白如霜的鸟，或许就是和靖先生的鹤儿子鸣皋吧。

鹤儿盘旋空中想在梅枝上停歇时，知道是主人心爱之花生怕踏坏，总要先偷看两眼，不知是偷看梅花呢，还是偷看主人的眼色？

“霜禽”一句或是实写，而“粉蝶”下句则是想象。因为蝶飞于夏，并不知世上有梅花，倘若知道梅花之美远胜群芳，一定会相思断魂吧？

最后尾联归于自身，说可以与梅花相亲的，只是俯首低吟之清雅，而无须酒宴歌舞之繁华。这说的是只有自己与梅花最可亲近呢，抑或自喻心性清淡，不慕荣华，只有梅花诗赋可相狎？又或是二者兼有——梅既是我之钟爱，又何妨视如我之本尊，梅即是我，我便是梅吧。

这首诗可谓历代咏梅诗中的魁首，“疏影”“暗香”一联尤为流行，后来竟成为词牌名。司马光赞其“曲尽梅之体态”，苏东坡亦称颂“前世咏梅者多矣，未有此句也”，因为戏曲《荆钗记》而闻名的南宋状元王十朋则说“暗香和月入佳句，压尽千古无诗才”。

《侯鲭录》卷八则记载了一则逸闻，说苏东坡、王居卿、孙巨源等人聚于扬州，席间，王居卿说：“和靖诗中‘疏影横斜水清浅，暗香浮动月黄昏’句虽好，但是拿来咏杏花桃李，又有何不可呢？”苏东坡道：“可则可，只怕杏花桃花不敢当。”众人大笑。

苏东坡对和靖先生极为敬重，钱塘有水仙王庙，苏东坡以和靖清节映世，移其神像配享水仙王。黄庭坚有《水仙花》便用此典：“暗香靓色撩诗句，宜在孤山处士家。”

彼时，苏东坡大概怎么也不会想到，数年后，人们在孤山建三贤祠供奉的三位先贤，正是他的人生偶像白居易，他最敬重的林和靖，以及他自己。

三

林逋不想扬名，但是他的名字却偏偏传了出去，经常有人登门拜访。

当时的郡守薛映，便因为爱其诗文，经常来孤山拜访林逋。林逋恬然交接，不亢不卑，却从不曾进城回拜；薛映也并不介意，反而对他愈加敬重。

后来，连宋真宗都听说了他的传奇，特地诏赐粟米、布帛，且令官吏一年中依时令慰问；还曾想请他出山做太子师，却被林逋拒绝了。

这位太子自然就是后来的宋仁宗。林逋去世时，已经是仁宗朝，“和靖先生”的谥号便是仁宗赐给这位差点成了自己老师的西湖处士的。

世人有以己度人者，认为林逋的西湖隐居是一种姿态，只为没机会出仕；又有人替林逋抱不平，觉得他怀才不遇，情必抑郁。其实都是曲解了和靖先生。

清代古吴墨浪子在《西湖佳话》第五卷《孤山隐迹》里形容得好：

> 鼓钟琴瑟未尝不佳，以我志揆之，则落英饥可餐，笑举案齐眉之多事；紫绶金章未尝不显，以吾心较之，则山林偏有味，愧碌碌因人之非高。

子非鱼，焉知鱼之乐？

林和靖的孤山放鹤，正如同陶渊明的南山种菊，是一种真正的看淡名利，山水自得，从骨子里认定的一种清淡选择。

最难得的是，他并不因选择隐居便故作高深，摒绝世人，但凡有客来访，无论贵贱，他都会欣然迎接。若遇知音，便字画相酬，诗文互对，煮酒品茗，相待至诚；但若是对方言语无味，无一可取，他便会很快端茶送客了。因此一般人还真不敢去打扰他，虽然林逋并不避客，俗客却多半自知回避。

见过林逋的人都说他“风姿飘逸，若高峰瀑布，望之可敬，即之愈清”，于是“和靖先生”之名愈盛。

丞相王随以给事中出知杭州，久闻林逋大名，登庐造访，问他："林处士何不出仕？"

林逋答："非不出也，无出之才耳。"

王随又问："出须何才？"

林逋道："上致君，下泽民，岂草野散人之所易及耶？"

王随叹赏："林君高名，自有真也。"

从这段对话可以看出，林逋并非自视清高，更不会觉得怀才不遇，而是对自己有清楚的认识，对官员有着深切的冀望，认为做一名好官，必须效力君王，泽被百姓，而自知本性散淡，不足为仕。

范仲淹曾有诗《寄林处士》：

片心高与月徘徊，岂为千钟下钓台。
犹笑白云多事在，等闲为雨出山来。

可见范文正公才是林处士的红尘知己，他曾先后写过五首诗寄赠林逋，对其清操雅逸、恬然自得极为推赏。

林逋虽自己不愿出仕，却并不反对别人求官。兄长的儿子林宥，就是在他的指导下读书，得登进士甲科的。

林逋听说侄子及第，高兴地作诗以记："闻喜宴游秋色雅，慈恩题记墨行清。岩扉掩罢无他意，但爇灵芜感盛明。"可见林逋性虽隐逸，却不乖僻，对于红尘功名的态度十分健康。

林逋在寓居临江时，曾认识一位举子李谘，当时尚无人知李谘之名，但林逋断言："此人必是公辅之才。"后来李谘果然位列三司，因此深感林逋知遇之恩。

可见，如果林逋愿意，不论是考举得官，还是通过名声举荐入仕，都绝对不是难事。他的不仕不娶，绝对是深思熟虑实心实意的抉择。

林逋去世时，李谘正好被解除三司使的职务任州太守，曾着白色冠服在其墓前哭吊七天，恪尽弟子之礼。

林逋临终前，在自己屋旁修造坟墓，并作诗明志：

自作寿堂因书一绝以志之

湖上青山对结庐，坟头秋色亦萧疏。

茂陵他日求遗稿，犹喜曾无封禅书。

这首诗首句纪实，说的是自己的墓冢所在，孤山结庐，坐对西湖，坟前只有几株稀疏的竹子，清贫冷淡。

至于“茂陵”一句，则引用司马相如病故茂陵，死前为汉天子留下一卷关于封禅之书的典故，暗喻真宗朝的封禅泰山一事。算算时间，林逋正是在“天书”闹剧愈演愈烈之际归隐的，彼时举国文人纷纷献赋称贺，谀辞如潮，连忠直为本的寇准都不得不靠献祥瑞而重回相位。

而林逋正是在这一年远离尘嚣，禁足孤山。“天书”闹剧延续了十五年，林逋则二十年间再未踏入都城一步。故而自诩平生虽好翰墨，却绝无歌功颂德的附庸谄媚之作，遂谓之“犹喜曾无封禅书”。

修墓遗诗已毕，林逋踱出庭前，抚摩着鹤儿子鸣皋的头说：“我欲别去，南山之南，北山之北，任汝往还可也。”又对着满山梅林说：“二十年来，享尔之清供已足，从此听尔之舒放荣枯可也。”不久便无疾而终，时年六十二岁。

而鸣皋悲唳不已，旬日也死于墓前，时人将其葬于墓侧，是为“鹤冢”。

至今杭州西湖孤山面对北山路一侧，仍有“放鹤亭”和“和靖先生墓”，是为西湖景胜。亭柱上有林则徐所撰两副楹联：

世无遗草真能隐，山有名花转不孤。

我忆家风负梅鹤，天教处士领湖山。

鲁迅更有一句名联将梅林与岳飞墓并题，令人感慨：

坟坛冷落将军岳，梅鹤凄凉处士林。

四

林和靖的孤山梅花，与陶渊明的南山菊花一样，成为后世文人的精神象征，孤标高格，千古流芳。

或许就是因为林和靖的缘故吧，宋代诗人放弃了唐代诗人钟爱的牡丹，而多喜咏梅，比如略晚的宋代诗人王淇就是这样认定的：

梅

不受尘埃半点侵，竹篱茅舍自甘心。
只因误识林和靖，惹得诗人说到今。

和靖先生的名声这样大，后世便不免有欲攀亲附荣者。

宋代美食杂记《山家清供》的作者林洪，字可山，便曾自称是林逋七世孙。然而和靖先生“不娶不仕，梅妻鹤子”，何来子孙？因此有人作诗相嘲：

嘲林洪

和靖当年不娶妻，只留一鹤一童儿。
可山认作孤山种，正是瓜皮搭李皮。

与林洪同时代的诗人施枢之亦作诗云：

读林可山西湖衣钵

梅花花下月黄昏，独自行歌掩竹门。
只道梅花全属我，不知和靖有仍孙。

后人赞咏林和靖的诗连篇累牍，而我最爱张岱文中的一副对子：

白石苍崖，拟筑草亭招放鹤；
浓山淡水，闲锄明月种梅花。

宋室南渡之后，杭州成了帝王行在，西湖孤山也成了热门景点。宋高宗下旨将孤山上原有宅田墓地迁出，修建皇家寺庙，却唯独留下林逋墓不动，以示敬重。

然而宋亡之后，大和尚杨琏真伽发墓取宝，以为林逋是名士，墓中珍宝必定很多，竟去挖掘。可是挖开之后才发现，陪葬品只有一方端砚，一支玉簪。

林逋一生诗画双绝，书法尤佳，以端砚下葬极为合理；但是玉簪呢？难道他一生不娶，并非无情，而恰恰是因为至情至性，心有所属而终生守诺？

或许，他的一首小令隐藏了答案：

长相思

吴山青，越山青，两岸青山相送迎，谁知离别情？
君泪盈，妾泪盈，罗带同心结未成，江头潮已平。

词意不难理解，写的是一对男女在吴越山水间相逢相爱复相别，情深缘浅，泪眼盈盈，从此潮起潮落，相思相念，终无了期。

“罗带同心结未成”，说的是一种古时风俗：新婚之夜，一对佳偶会将衣带系在一起，打作一个同心结，意喻永结同心，白头偕老。然而这对有情人，却心系彼此，未能结带，只落得一个青山冷冷，云水迢迢，唯以一生不娶来报此刻骨铭心之情。

我忍不住想，那个女子的名字，或者便叫作小梅吧？

潘阆：弄潮儿向涛头立，别来闲整钓鱼竿

一

中国的两大传统宗教是儒教和道教。孔孟的儒教是入世的，老庄的道教是出世的；《论语》和《孟子》致力于兼济天下，《道德经》与《逍遥游》却善祝善祷，只望独善其身。

“藐姑射之山，有神人居焉。肌肤若冰雪，绰约若处子；不食五谷，吸风饮露；乘云气，御飞龙，而游乎四海之外；其神凝，使物不疵疠而年谷熟。”（《庄子·逍遥游》）如此逍遥境界，让人何其向往！

“至人无己，神人无功，圣人无名。”庄子的三无境界，比佛祖的四大皆空更有说服力，也更加明晰接地气。

历代隐士高人，桃源逸客，莫不以老庄为宗，吸风饮露，神游于逍遥空明之境。只可惜，古往今来，终究几人真能做到？

宋代隐士罕见，林和靖是其间佼佼者，而潘阆，则是尴尬者。

百度词条上对潘阆的定义是：“宋初著名隐士、文人。字梦空，一说字逍遥，号逍遥子，大名（今属河北）人，一说扬州人。”

籍贯、生年均不详，却有明确的归类，乃是隐士，而且字号就叫作“逍遥子”，生怕别人不知道他是庄子的忠实门徒。

而且，潘阆的词集就叫作《逍遥词》，可见其志向的确是想做一位逍遥世外的隐者、神仙。

可惜，他如是想如是说，却并未如是做。

潘阆的前半生，非但不像位隐士，还非常热衷朝政，曾在太宗和真宗两朝都做过官，惹过事，获过罪。

这也还罢了，关键是他还熊胆包天到参与皇帝立储夺位的大事，几近造反，而且造了两次。这就未免太惊险太刺激了。

潘阆的第一次涉政是参与到宰相卢多逊策划的拥立赵廷美一案中，这自然是大大地得罪了宋太宗，遂于事败后躲入佛门，落发为僧。

但即使在逃亡中，潘阆也不懂得低调做人，曾经公然题诗钟楼：“散拽禅师来蹴踘，乱拖游女上秋千。”真是狂悖之至。如此大胆妄言，非但为佛门不许，亦遭寺僧猜疑。潘阆遂不得不离开中条山寺，继续逃亡，曾以卖药为生，浪荡江湖。

至道元年（995），潘阆时来运转，竟然因人举荐，获得太宗赏识，赐进士及第，授国子四门助教。

但是官做了没多久，就又因为他的一首《扫市舞》惹出祸来。词曰：“出砒霜，价钱可。赢得拨灰兼弄火。畅杀我。”意思是只要出得起价钱，让我杀人放火，绝无二话。

身为国子助教，竟如此口吐狂言，太宗焉能不怒？遂追还封赏，将他赶出了汴京。

到了太宗末年，喜欢挑战极限的潘阆又不安分起来，竟然和参知政事李昌龄等人密谋造反，辅立太祖之孙、赵德昭次子赵惟吉为帝。

——历史事实告诉我们，后来是真宗赵恒即位，谋反者显然或诛或逃，窜入江湖。潘阆亦潜往舒州，熟门熟路地重新披上袈裟，混入潜山寺为僧。

可是清寂的佛门哪里约束得住浑身反骨的潘逍遥？没隔多久，他就偷偷潜回京都，只为了去吃一顿开封包子。结果被店小二举报，被捕入狱。

其实，就算没有这顿包子，以潘阆的不知死活，被捕入狱也是早晚的事儿。但是真宗亲自过问案情后，竟然被他的舌灿莲花打动，不知道是不是看在他才情过人的分上，竟将其从宽释放，贬为滁州参军了事。

谋反大罪竟能获赦，真宗的确算得上一位宽待文人的好皇上。

赴任滁州途中，潘阆有诗记之：

赴滁州散参军途中书事

微躯不杀谢天恩，容养疏慵世未闻。
昔日已为闲助教，今朝又作散参军。
高吟瘦马冲残雪，远看孤鸿入断云。
到任也应无别事，愿将清俸买香焚。

这首诗首联说自己遇赦逃命，算是邀天之幸，世间罕闻。颔联说的是他曾为国子四门助教，但因其狂妄，在其位未能谋其政，是为“闲助教”，正与如今这“散参军”相对，所谓世事浮沉，变幻莫测。

这句极为工整的自嘲，让我们仿佛看到潘逍遥嘴角一抹讥讽的笑容。

颈联忽作放旷之语，情思俳达，颇有“海阔凭鱼跃，天高任鸟飞”之志。最后归结当下，说我就算到任就职，这个散参军也是没什么好做的，不过白浪费些月俸，赚点香火钱罢了。

二

潘阆两次谋反而仍能脱身，不能不说是一个奇人。但他也实在折腾不动了，于是晚年遨游大江南北，放怀湖山，与林和靖做了邻居，且与寇准、钱易、王禹偁、许洞等人交游唱和，有《逍遥词》传世。

以“逍遥”为名，自是向庄子致敬。杨湜在《古今词话》中评价：“潘逍遥狂逸不羁，往往有出尘之语。”比如这首《酒泉子》：

酒泉子

长忆西湖，尽日凭阑楼上望。三三两两钓鱼舟，岛屿正清秋。　　笛声依约芦花里，白鸟成行忽惊起。别来闲整钓鱼竿，思入水云寒。

这首词忆的是西湖风光，词风清淡，并没有着笔西湖上各种名胜景点，却只写了最常见的场景——点点渔舟，淡淡岛屿，隐约笛声，翩跹鸥鸟。更以一句“思入水云寒”归结，充分营造出钓鱼翁隐没湖山的出尘之心，点明归隐之志。

伯牙之后，樵夫便成了知音；屈原之后，渔父便成了高人。

中国古代诗词音乐绘画艺术中，渔父和樵夫的形象从来都不是单纯的山野村民，而代表了遗世独立的隐士形象。

自从张志和首倡词牌《渔歌子》，渔父的标签上便更加浓墨重彩地添抹了一笔云间色彩。柳宗元的“渔翁夜傍西岩宿”如是，李煜的“一纶茧缕一轻钩”如是，潘阆这首“笛声依约芦花里”，也是一般的水云情怀。

潘阆自创的《酒泉子》共有十首，各自描写了杭州风物的一个片段，其中最著名的，却也最有入世精神的一首是这样的：

酒泉子

长忆观潮，满郭人争江上望。来疑沧海尽成空，万面鼓声中。　　弄潮儿向涛头立，手把红旗旗不湿。别来几向梦中看，梦觉尚心寒。

这首词被誉为千百年来吟咏钱塘江潮的绝佳代表作，气势豪迈，文笔刚健，脱尽绮罗香泽闺阁情态，首开宋词壮美风光之先河。

词的起首“长忆观潮”四字，点出此为追忆之作，写的乃是观潮盛事。钱塘江每年中秋前后必然涨潮，巨浪滔天，蔚为奇观，人们倾城而出，争看江面涨潮。

“万面鼓声中”向有两种解释，一是说此为修辞手法，比喻钱塘江潮涌的排山倒海、声如雷鸣，比如南宋周密的《武林旧事》中就曾记述过钱塘江潮来之时，“大声如雷震”；二是说实写观潮风俗，杭人击鼓迎潮，以纪盛事。

古时朝廷将每年农历八月十八日潮汛的最高潮期定为潮神生日，举行盛典。“浙江之潮，天下之伟观也，自既望以至十八日为最盛。”这一天，皇亲权贵都会前来观潮，是一年中的大事。

涨潮之际，官府精心选拔的数百位弄潮健儿披发文身，手举红旗，脚踩滚木，跃入江中，“出没于鲸波万仞中，腾身百变而旗尾略不沾湿，以此夸能”。

岸边军士则一齐擂鼓助威，让弄潮儿踩着鼓点和浪头舞动红旗，任浪潮汹涌，手中红旗却舞动自若，便如今天玩水上滑板的运动高手一样，迎着潮头踏浪而舞，蔚为壮观。

这首词写了观潮的壮观，更写了弄潮的震撼，遂成钱塘绝唱，传诵今古。

我曾于钱塘观潮，之后每于梦中重现斯时斯景，醒来犹觉心惊。

要注意的是，现在的钱塘观潮，指的是浙江海宁；但在北宋时期，观潮胜地却在杭州。海宁观潮的习俗，始自明朝，是钱塘江改道以后的事情了。

三

潘阆虽因其放浪形骸不容于官场权贵，但是文人逸士却对其极为追崇：

黄静之赞曰："潘阆，谪仙人也，放怀湖山，随意吟咏。词翰飘洒，非俗子可仰望。"

王禹偁有《寄潘阆处士》诗说他："烂醉狂歌出上都，禾风时节忆鲈鱼。江城卖药长将鹤，古寺看碑不下驴。"

魏野《赠潘阆》则说："昔贤放志多狂怪，若比今来总未如。从此华山图籍上，又添潘阆倒骑驴。"

翰林学士宋白则干脆说："宋朝归圣主，潘阆是诗人。"直将其视为当朝第一文士。

苏轼曾两任西湖太守，每于江上行吟，所见所思，湖光山色，多不出潘逍遥词中所述，因此时时吟咏，并手书《酒泉子》诸阕于玉堂屏风之上，可见爱之甚矣。

潘阆漂泊江湖之际，曾与道士冯德之相约，百年后归骨天柱山。潘阆死后，冯德之果按其遗言，迁其骨葬于杭州洞霄宫之右。

迄今杭州城内，犹有"潘阆巷"，容我们一吊先贤遗踪，发思古之幽情。

得意时“弄潮儿向涛头立”，失意时“别来闲整钓鱼竿”，淡泊时“高吟瘦马冲残雪”，放浪时“乱拖游女上秋千”。

潘阆这一生，谋过反，入过狱，做过官，出过家，曾为四门学士，翻成江湖狂客，活得可真是痛快，真叫传奇。说他是逍遥隐士或者未必，若说江湖浪子，却是绰绰有余。

出没风波里，而能“手把红旗旗不湿”，问世间，有谁人?

自是白衣卿相，何妨奉旨填词

一

宋朝扬文抑武，宋真宗亲题《劝学诗》，于是举国上下，人人手不释卷，孜孜苦读，皆相信“书中自有黄金屋”“书中自有颜如玉”。

这样的风气，自然为全民欣赏水平的提高及宋词的极大流行提供了丰沃土壤。即便不读书的人，至少也会晓得品析一首新作曲子词的优劣。

加之“澶渊之盟”为大宋换来了百年安乐，朝廷又鼓励官员享乐，瓦舍勾栏便如雨后春笋般应运而生，盛极一时。而曲子词的需求量也就越来越大，各青楼名花在争风头时，皆以能唱新曲为优。

最受欢迎的曲子词作者，是柳家七少爷柳永，以至于连西夏国使者回朝复命时都会特别提及：“凡有井水处，皆能歌柳词。”

古时候的女人常把打水的井栏边当成交流信息的会客中心，往往着意打扮后才会出门挑水，因此唐朝诗人刘禹锡在描写蜀中风情的《竹枝词》中会说“银钏金钗来负水”。背个水还要遍插金银，宛如赴宴，这种现象，数十年前还能在没有自来水的乡村看到。

农家妇女出门挑水前，总会把自己打扮得齐齐整整，头发梳得一丝不乱，然后才扭扭搭搭来到井台边。打好了水，也不会立刻返回，总要坐下来闲话一回，借打水之便和全村熟人交换东家长西家短的最新八卦。

如今这“井栏会”的风俗则被“广场舞”取代了。宋朝时的女人们扎堆时必会有人唱起柳七的歌，而今天的广场舞大妈则无人不知“凤凰传奇”或是“筷子兄弟”，流行度是够高的，然而“你是我的小呀小苹果”的格调，又如何能比“今宵酒醒何处？杨柳岸，晓风残月”呢？

唐五代与宋初词以小令为主，短小隽永。到了柳永，则颇擅慢词，他一个人所写的慢词相当于与他同时而略晚的张先、晏殊、欧阳修、范仲淹等人的总和，从根本上改变了唐五代以来词坛上小令和中调一统天下的格局，使慢词与小令两种体式平分秋色，齐头并进。

并且，柳永音律娴熟，创制词调一百多个，对词牌的丰富做出了巨大的贡献。可以说，词至柳永，方才体制全备，令、引、近、慢，各有所长，为词调在体式的发展和内容的开拓上提供了前提条件，可谓是宋初词坛的一座丰碑。

但是这样重要的一位大词人，在《宋史》中却没有本传，这或许是因为柳永“多游狭邪”，浪迹青楼，“薄于操行”之故吧。

柳永（约984—约1053），最初叫三变，字景庄，因在族中排行第七，又称柳七，并因谐音改字耆卿。

柳家原是河东大族，世代为官，书香门第。父亲柳宜出仕南唐，为监察御史，战乱时南下避难至福建崇安。因此史书介绍柳永时，多谓崇安人。

柳宜于南唐灭后入宋为官，官至工部侍郎。他在生下长子时就很有远见地取名“三复”，似乎早就知道会生而复生，连中三元。果然不久二子接着出生，就叫作“三接”，到了三儿子，名为“三变”。

当然柳宜取名的原意不是这样，各名字都是引经据典很堂皇的，比如“三变”乃取自《论语》子夏的话：“君子有三变：望之俨然，即之也温，听其言也厉。”

这段话的意思是说，君子给人的感觉，应该是远看时庄严谨慎，及至交往又觉得和蔼可亲，但是听他说话又觉得理性严厉。

显然，柳宜对三个儿子的寄望颇厚，希望他们能成长为一日三省，望之俨然的端庄君子，故而三变字景庄。

柳家三子也确实很争气，个个勤学饱读，才华横溢，人称“柳氏三绝”。

小三变更是聪明绝顶，过目不忘，十八岁便通过层层选拔，早早取得了礼部应试的资格，抱着“定然魁甲登高第”的愿望，信心满满地赴京赶考去了。

画风就在这时候改变了。

通常的励志故事里，这时的举子应该是风餐露宿，日夜兼程，一心奔向京都贡院，消磨十年寒窗苦，只为今朝跃龙门。

然而柳三变却正好相反，一路游山玩水，走走停停，来到人间天堂的杭州后，竟然住下不走了，每日流连烟花之地，听歌买笑，交了一大票红颜知己。她们亲昵地喊他“柳七”，只要他的词，不要他的钱。

三变也乐得消受美人恩，左拥右抱，依红偎翠，竟一口气淹滞了六年。直到大中祥符元年（1008），才正式参加第一次考试，毫无意外地名落孙山了，从此干脆住进勾栏专心填词，不思进取。

由于柳永在正史中没有传记，龙榆生《唐宋名家词选》中所辑录词书逸史对他的记述也很有限，因此柳永的生平经历十分模糊，连生卒年月都不确定。追寻他的故事，很多时候只能像破案一样靠比对各种资料证据进行推测。

比如，为什么柳永的科考之路竟会走了六年之久？是在这期间发生了什么缠绵动人的感情故事因而滞留异乡，还是其实他早在1002年初次赴京时便参加过一次考试，但是没考上，所以又重新回到杭州，等待第二次科考？

也有说法是，这六年中，柳永是回过家乡的，因为他的母亲、父亲、妻子先后去世，加之初榜落第，令他伤心欲绝，这才沉迷花月、借酒浇愁的。家乡、京都、苏杭这三地，是他反复来去的，而并非一直耽搁在西湖。

我以为这种说法更为可信，西湖风月只是他盘桓最久的地方，并非停驻之地，这期间他应该是既去过京城，也回过家乡的。

总之，无论他此前是否参加过考试，又或是参加过几次考试，可以确定的就是他在1008年的落榜。

柳永自负才情，又放浪不羁，此前不知在花花柳柳面前吹过多少牛，这次失利让他很没面子，遂于羞恼之下，填了一首《鹤冲天》来找补：

鹤冲天

黄金榜上，偶失龙头望。明代暂遗贤，如何向？未遂风云便，争不恣狂荡。何须论得丧？才子词人，自是白衣卿相。　　烟花巷陌，依约丹青屏障。幸有意中人，堪寻访。且恁偎红依翠，风流事、平生畅。青春都一饷。忍把浮名，换了浅斟低唱。

《鹤冲天》是柳永的又一新创词牌。这首词的上阕意思是说：今春科举，我未能金榜题名，独占鳌头，这只是个偶然。在政治圣明的时代，君主也会一时打眼，错失贤才，我今后该怎么办呢？既然风云场上未有一席之地容我发挥，那不如随心所欲地游乐，何须为功名得失而烦恼？留下生花妙笔为众位歌姬美人度曲填词享尽风流不是挺好吗，纵使一介布衣，何亚于公卿将相？

这句“才子词人，自是白衣卿相”很是著名，从此柳永得了个“白衣卿相”的美号，却也带给他一生的烦恼。

古时官员服色随官阶而不同，绯紫青绿，刺绣图案，都有严格的规定。举子参加考试时，要穿褐布麻衣，考上举人得了官，就可以脱下褐衣换官服了，称之为“释褐”。

所以，未经释褐、没有得官的平民，不论穿什么，都被称为“布衣”，或者“白衣”，哪怕把绫罗绸缎全部披挂上身再绣个万紫千红花团锦簇，也只是彩衣，不是官服，色彩再鲜艳热闹，仍然只能叫作白衣。

柳永科举落第，无缘释褐，仍是一介布衣，却拿“白衣卿相”为自己贴金，口气是挺大的，可是也很虚。

为了壮声势，他在下阕极力炫耀自己在青楼中如何受欢迎，而烟花巷的布置如何华美，丹青画屏，佳人有约，花红柳绿，暖玉温香，何等畅快风流？

最后说：青春如此短暂啊，自然要尽情挥霍，怎能为了功名利禄而错过这大好时光？我宁可把虚名浮利，换成这手中酒杯，低吟浅唱。

“来啊，快活啊，反正有大把时光；来啊，爱情啊，反正有大把愚妄”。尽情地喝吧，唱吧，再不问何处是家乡。

说得真痛快。

可是说归说，柳三变打心底里还是想着要科举进士，扬眉吐气的，所以他一边花红柳绿，一边发愤图强。第二年，也就是宋真宗大中祥符二年（1009），二十六岁的柳三变又巴巴儿地报名应试了。

临行前，还填了一首《长寿乐》誓志：“临轩亲试。对天颜咫尺，定然魁甲登高第。待恁时、等著回来贺喜。”

宋朝科举，只要通过省部考试，就算是进士了。

其中前三名为一等，第四到二十名为二等。前二十名同属“一甲”，称为“进士及第”。

第三等为“二甲”，“赐进士出身”。

第四等和第五等，则是“三甲”，称为“同进士出身”。

不过这只是省试的成绩，最后的名次还要由皇上在殿试中亲自钦定，正式成为“天子门生”。

柳词说“临轩亲试。对天颜咫尺”，自然是指名登三甲，有机会参加殿试了，柳三变同学真是信心足啊。

结果你猜怎么着？这回柳三变还真的考上了。可是新科进士的卷子呈至殿前御览时，却出事了——宋真宗看到柳三变的名字，微微一笑：“这不是那个自称‘白衣卿相’的浪荡子吗？”御笔一挥，将柳三变的名字轻轻抹去，且批：“此人风前月下，好去浅斟低唱，何要浮名？且填词去。”

柳三变这个气呀。他哪里想到自己名气恁大，不过是一首随手填来吹牛遮羞的曲子词，竟然如此流行，上达天听，原来名声远扬并不是一件好事。费了这么多力气，好容易“对天颜咫尺”了，可是没能“魁甲登高第”，却换了句“且填词去”，这不是绝了自己的仕途吗？可让柳七如何“回来报喜”，面对烟花巷陌的意中人呢？

好，你不是让我“且填词去”吗？那我就填词去！

狂放不羁的柳三变一不做二不休，索性做面小旗，就像官员出巡的牌子那样高高竖起，上面龙飞凤舞七个大字：奉旨填词柳三变！

不过，殿试又称“廷试”，通常只定名次而不会再黜落考生。

有史记载的例外是西夏的太师张元，原为宋朝举子，却在金殿面试时被黜落，落榜后一怒之下投奔了西夏，回过头把韩琦打得落花流水。从此大宋殿试中再也不敢黜落一人，视之为大忌。

但是柳永居然也被皇上御笔黜落，而且还没等见到皇上，就被从名单里划除，未免冤得近于传奇了。这段逸事只见于野史，很可能是后人杜撰的。

二

词被称为“诗余”，向来是文士官人们宴前飞花、月下斗酒时的闲暇之作，用的是余力，而并不以其为正务。

李煜以词见长，因为他是皇帝，却又做不好皇帝，只得填几首曲子消愁解闷；一般人读书为了考举，试卷中只有诗赋，哪有命题填词的，因此词只为小道。

然而柳三变奉旨填词，招摇过市，却将填词这件事当作头等要务，从此成了中国历史上第一个职业词人、市井作家。

而且，他填词的主要内容和服务对象，都是妓女。因为她们既是他的文字知己，也是他的米饭班主。宋末元初罗烨《醉翁谈录》中说：

> 耆卿居京华，暇日遍游妓馆。所至，妓者爱其有词名，能移宫换羽，一经品题，声价十倍，妓者多以金物资给之。

别的客人是重金招名妓，而柳三变刚好相反，是妓女们争着给他钱，只要能得到柳三变新填曲子词，就会名声陡涨，身价十倍。不会唱柳词的歌伎，不是好歌伎；而纵能唱遍柳词，却没有他为自己专门填制的主打歌，也仍然成不了花魁。

因此，她们出尽百宝变着法儿地讨他的好，用金钱，用美色，用柔情，用媚眼如风和笑语迎人，亲昵地喊他“柳七哥”，声称为了他，连帝王神仙都不放在眼里，更遑提什么将相士卿呢？

> 不愿穿绫罗，愿依柳七哥；不愿君王召，愿得柳七叫；不愿千黄金，愿得柳七心；不愿神仙见，愿识柳七面。

这是一首流传于当时青楼的顺口溜。她们供养着他，崇拜着他，仰慕着他，也吹捧着他。

此时的柳永，真真像一个被宠坏了的孩子。

元代戏曲家关汉卿有一首著名的曲子《一枝花·不伏老》，其中有：“我是个普天下郎君领袖，盖世界浪子班头。”

这句话，用来形容柳永大概是最恰宜不过了。

他的词集《乐章集》中，共收录二百多首词，其中咏佳人、歌伎、情爱的占半数以上，而这还是筛选删减过的，可想而知，真正的比例要比这个还惊人。

因此李清照评价他：

> 始有柳屯田永者，变旧声作新声，出《乐章集》，大得声称于世。虽协音律，而词语尘下。（《词论》）

这段话写出了柳永的名声与成就，在于“变旧声作新声”，且“协音律”，真正独步词家；但也批评了他的“词语尘下”，格调不高。

不过从另一面看，柳永虽沉迷花街柳巷，颇多冶艳之调，却并不是一味贪恋温存，放纵肉欲，而是将妓女们当作知己朋友，彼此给予心灵的慰藉和艺术的灵感，不然也没有那么多好词面世了。

且看这首：

迷仙引

> 才过笄年，初绾云鬟，便学歌舞。席上尊前，王孙随分相许。算等闲、酬一笑，便千金慵觑。常只恐、容易蕣华偷换，光阴虚度。　　已受君恩顾，好与花为主。万里丹霄，何妨携手同归去。永弃却、烟花伴侣。免教人见妾，朝云暮雨。

这首词深刻地写出一位青泥白莲沦落风尘而渴望光明的心态。

上阕写的是女子从前之事。笄（jī），就是簪子。古时女子十五岁举行及笄之礼，插簪以示成年。到了笄年，就要把头发盘起来，由垂髫而改为峨髻高绾。

若是普通人家的女孩子，过了及笄之年，就代表别人可以上门提亲了；可是青楼女子，却要开始学习歌舞，尊前献艺。

从前青楼老鸨从人贩子手上买下八九岁的小女孩，都是让她们先从洒扫杂务的小丫头做起，一边帮忙打扫侍奉姑娘们，一边学习待人接物，熟悉青楼环境。到十四五岁时，才会让她们插上簪环，换上彩衣，正式挑帘接客。

词中女子显然是一位能歌善舞的绝色花魁，歌舞侑觞，曲意逢迎，由着王孙公子们随意打赏，一笑千金也是等闲事。但这并不是她最在意的事情，也并不能真正使她快乐。

“千金慵觑”，何等气度？千金懒于一顾，那又有什么是最重要的呢？

原来，她最怕的是“蕣华偷换，光阴虚度”。蕣华，即木槿花，朝生暮落，难以终朝。而青春红颜，亦如蕣华弹指老，转瞬即逝。

于是，词的下阕便在着意表达这女子的未来之愿。她说，我已经得到君子的宠顾，从此只望名花得主，终生相依。盼你拔我于泥涂，携手归去，从此万里云霄，比翼双飞。让我永远离开这烟花风尘之地，再不需要过这送往迎来、朝云暮雨的苦楚日子。

这首词明白晓畅，感情真挚，表现出风尘女子拼却一切只愿挣脱泥潭的渴望与决心。千金易得，知音难求，历朝历代的痴心女子都只有一个共同的愿望：愿得一人心，白首不相离。青楼女子又有什么不同呢？

只是，她们的愿望因为比一般女子更难得偿，因此也就更悲哀，更可怜，更坚定，也更强烈。

柳永，明确地替她们唱出了心声。

三

为了回报美人深恩，也为了赚取衣食资费，柳永为一个又一个花国魁首写下诸多情词艳曲："秀香家住桃花径。算神仙、才堪并。""有美瑶卿能染翰。千里寄、小诗长简。""翠娥执手送临歧，轧轧开朱户。"

有一段时间，他也和钱惟演父子一样，喜欢上了《木兰花》的曲子，为很多红颜填了新词："心娘自小能歌舞，举意动容皆济楚"，"佳娘捧板花钿簇，唱出新声群艳伏"，"酥娘一搦腰肢袅，回雪萦尘皆尽妙"，"虫娘举措皆温润，每到婆娑偏恃俊"。

心娘、佳娘、酥娘、虫娘，春花秋月，各擅胜者，莫不是柳永在花楼中搞了一次文艺会演，让四大花魁各自展示一番?

在柳词中出现名字频率最高的，是虫娘。

虫娘，昵称虫虫，原名张泥泥，苏州人。柳永对她可谓是一见钟情，神魂颠倒。尽管他早已见惯风花雪月，罗绮成丛，可是爱上一个人，就会觉得天上地下，独一无二，眼里只有这一人，此外的万紫千红都不在眼中。

他在词中高调放言："就中堪人属意，最是虫虫。""但愿我、虫虫心下，把人看待，长似初相识。"

他形容她："有画难描雅态，无花可比芳容。""坐中年少暗消魂，争问青鸾家远近。"

他与她山盟海誓："算得人间天上，惟有两心同。"且许她："便是有、举场消息。待这回、好好怜伊，更不轻离拆。"

——说到底，还是要考试，还是想当官。

这也难怪，柳永出身书香门第，祖上世代为官，自己的父亲、叔叔、哥哥全是进士，就只剩下他这一个布衣百姓，可不有辱门楣？而且不得官，就没有俸禄，长年依靠为妓女填词来赚润笔吃软饭，毕竟不大光彩。

于是，为了赶考，为了求官，也为了身份所拘，不能长久徘徊于一家楚馆中经年不去，人生中也就有了一次又一次的别离，一夜又一夜的相思。

离别与相思，也就组成了柳词的两大主题。倘若把这些词中所有的相思堆积起来，那真是千丝万缕，可以缠地球一圈了。

只可惜，它们从来都不属于同一个女子，而她们中的任何一个，也未能得到他全部的心。

昼夜乐

洞房记得初相遇。便只合、长相聚。何期小会幽欢，变作离情别绪。况值阑珊春色暮，对满目、乱花狂絮。直恐好风光，尽随伊归去。　　一场寂寞凭谁诉。算前言、总轻负。早知恁地难拚，悔不当时留住。其奈风流端正外，更别有，系人心处。一日不思量，也攒眉千度。

忆帝京

薄衾小枕凉天气，乍觉别离滋味。展转数寒更，起了还重睡。毕竟不成眠，一夜长如岁。　　也拟待、却回征辔。又争奈、已成行计。万种思量，多方开解，只恁寂寞厌厌地。系我一生心，负你千行泪。

雨霖铃

寒蝉凄切，对长亭晚，骤雨初歇。都门帐饮无绪，留恋处，兰舟催发。执手相看泪眼，竟无语凝噎。念去去，千里烟波，暮霭沉沉楚天阔。　　多情自古伤离别，更那堪、冷落清秋节。今宵酒醒何处？杨柳岸、晓风残月。此去经年，应是良辰好景虚设。便纵有千种风情，更与何人说！

柳永的妙词警句太多了，不胜枚举，且只说这首选入了中学课本的《雨霖铃》，是柳词中的代表作。

这首词写在柳永离开汴京之际，上阕写的是临别时的情景，先交代时间、地点、环境，乃是夏末秋初的黄昏，因为还有蝉声，刚下过一阵急雨。有情人执手相看，四目交投，虽有万语千言，都只作两行清泪。想着这一走，烟波万里，天高地远，真不知何时再见。

都门，指的是京都城门外；帐饮，旧指搭起帐篷请人喝酒，也可代指小酒馆或是任何一个临时喝酒的地方；兰舟，就是船，看来词人走的是水路。“千里烟波”对应“兰舟催发”，而“暮霭沉沉”呼应“对长亭晚”，进一步写出趁夜行船的伤感。

下阕想象别后情形，一句“多情自古伤离别”写出千古以来共有的普世伤怀，再一句“更那堪，冷落清秋节”则道出此时当下，尤为凄切。

律诗讲究起承转合，而词的中长调在换调时也要讲究承转，这两句的承转就做得极为漂亮。用“伤离别”总结上阕主题，以“清秋节”带出下阕情景。自问自答：“今宵酒醒何处？杨柳岸、晓风残月。”进一步推想今后独行天涯，惨不成欢的相思之苦。

深夜酒醒，伊人天涯，陪伴我的，唯有江边杨柳，风中残月，这情形已经够令人伤心的了。可这还不是最难过的，最难过的是从此以后，纵使再有良辰美景，春花秋月，既然无你相伴，更又与我何干？

这首词通篇只说了“伤别”二字，却情景交融，层层推进，情绪极为浓烈，无怪乎会成为当时最流行的“宋朝十大金曲”之一。

俞文豹《吹剑续录》里记了一个小故事，说苏东坡帐下有个很会聊天的幕僚，有一次苏东坡问他：“我词何如柳七？”此人对曰：“柳郎中词，只合十七八女郎，执红牙拍板，歌‘杨柳岸、晓风残月’；学士词，须关西大汉，铜琵琶，铁绰板，唱‘大江东去’。”

这段话说得真是十分巧妙。可想而知，一般属下为了拍马屁，肯定要说：柳七怎能跟您比呢？您是科举榜眼的文坛巨子，他不过是个花街柳巷的流行词客，天上地下，不值一提。

可是苏轼既然能问出这样的问题，必然是对柳词表示激赏的，又怎么会愿意听到别人贬低柳永呢？而且东坡先生为人正直，只怕也不喜欢听到这样言过其实的谀辞吧？

又或者人家回答：肯定是柳七写得好呀，凡有井水处，皆能歌柳词。世人谁不知柳七大名？他的经典词句太多了，随便找个人都能背那么三五七首，况且他又精通宫羽，能自制体式，而苏公不谙音律，只怕和柳七无法相比。

且不管这是不是实话，当事人肯定不愿听。何况，苏东坡诗词文赋俱佳，虽然李清照批评他的词是“句读不葺之诗”，但是词风豪迈，独成一家，也是传唱天下的呀。既然他想和柳七相比，自是觉得有这个比较的资格的，哪肯认输？

所以，这个问题貌似随意，其实相当难回答，然而这幕僚却一张巧嘴，左右逢源，不去评价孰高孰低，却非常恭敬又非常贴切地形容出两个人的不同风格，因此“公为之绝倒”。

这个故事，绝对是教导说话之道的好案例。

四

十七八女郎们敲着红牙板，唱了一辈子柳七的词，从春风夏月唱到秋雨冬雪。

然而“白衣卿相”柳三变表面上装作风流潇洒不在意，心里却不能不郁闷。此后，又多次赴考，贡院的门踏了一次又一次，却始终落第。

他也很为自己的孟浪后悔，于是填了很多颂圣之词以示悔改。比如在宋真宗天禧元年（1017），“天书”降临的十周年，又正值真宗六十大寿，赵祯被册立为皇太子，柳三变写了《御街行·圣寿》，满篇称谀之辞。

除此，他还有很多关于京都风光、庆元宵、竞龙舟等盛况的记述，词中多“帝居壮丽，皇家熙盛”“太平时，朝野多欢”之类的颂谀之辞，写尽太平盛世朝野上下的欢声笑语，被誉为词作中的“清明上河图”。

其中最有影响的是一首《破阵乐》，描写君王与民同乐的情形，繁华都丽，深为仁宗所喜。因为首句有“露花倒影，烟芜蘸碧”的句子，故被苏东坡笑称“露花倒影柳屯田”。

称柳永为柳屯田，是因为他改名柳永后， 终于在仁宗朝景祐元年（1034）得中进士，派官睦州团练，之后又历任定海盐官、泗州判官、余杭县令、著作佐郎等职，官终屯田员外郎。

世人习惯以官员做过的最高官职来作为敬称，比如李白称李翰林，王维称王右丞，杜甫称杜工部，而柳永，就被叫作柳屯田了。

唐朝有句谚语：“五十少进士，三十老明经。”说五十岁中进士也还算年轻。可是宋朝科举录取人数已经大大放宽，柳永五十一岁才成为新科进士还真是挺令人唏嘘的。

柳永在科举路上如此执着，从侧面反映了他的矛盾心理——一边高喊着“才子词人，自是白衣卿相”，一边不能不正视柳家满门朱紫，唯有自己声名狼藉，以服务青楼为生途的可悲事实。

隋唐以降，“学而优则仕”几乎是古代知识分子实现个人抱负的唯一途径，所以这个进士，还是不能不争取的。

离京赴任之际，全汴京的妓女倾城相送，拥至郊区置酒饯别，当真红裙掩映，绿鬓如云。柳永遂口占《如梦令》一首相酬：

如梦令

郊外绿阴千里，掩映红裙十队。惜别语方长，车马催人速去。偷泪，偷泪，那得分身应你。

自古官员走马上任，总有许多亲朋故旧置酒驿栈，诗词唱酬，早已成为惯例，也因此才有大量的赠别诗流传，比如“劝君更尽一杯酒，西出阳关无故人”“海内存知己，天涯若比邻”“挥手自兹去，萧萧班马鸣”……

然而柳永却与众不同，极少在词史上看到有什么人同他唱和，倒有全城的红裙相送，这阵仗，让人艳羡，也遭人非议。风流才子柳三变，纵使脱下布衣，也终究只是个花国的卿相。

五

柳永虽以艳词称世，风流为名，但他一生作品极多，并非一味贪欢弄巧之作。而且，他的官做得很不错。

宝元二年（1039），五十五岁的柳永从睦州调任定海（今浙江省舟山市定海区一带）担任盐官。就在这里，他写成了著名的七言长诗《鬻海歌》。

鬻海之民何所营，妇无蚕织夫无耕。
衣食之源太寥落，牢盆鬻就汝轮征。
年年春夏潮盈浦，潮退刮泥成岛屿。
风干日曝咸味加，始灌潮波塯成卤。
……

“民间疾苦，笔底波澜。”《鬻海歌》慷慨激昂，大气磅礴，真实地反映了舟山盐民的苦难生活，与柳永以往柔艳细丽的诗风迥然不同。这也是最早反映海岛盐民生活的诗作，被钱锺书先生评价为“宋元两代写盐民生活最痛切的诗之一”。

之后柳永赴任余杭县令，也做得相当不错，还被清嘉庆《余杭县志》列入《名宦传》：

柳永字耆卿，仁宗景祐间余杭令，长于词赋，为人风雅不羁，而抚民清静，安于无事，百姓爱之。建玩江楼于南溪，公余啸咏，有潘怀县风。

在这段考语中，虽然年逾花甲的柳永仍然“风雅不羁”，但能“抚民清静”，以至“百姓爱之”，可谓好官。

杭州真是个风雅之处，白居易来了，留下白堤；苏东坡来了，留下苏堤；只不知，柳永所建的玩江楼可还在南溪否？

庆历三年（1043）八月，柳永由泗州判官升为著作佐郎。

柳永侄所作《宋故郎中柳公墓志》云：

> 叔父讳永，博学，善属文，尤精于音律。为泗州判官，改著作郎。既至阙下，召见仁庙，宠进于庭，授西京灵台令，为太常博士。

这次“召见仁庙”，是柳永第一次面圣，也是宋仁宗第一次见到柳永。

宋仁宗是喜欢柳永词的，叶梦得《避暑录话》卷下提到柳永曾写《倾杯乐》，记述元宵盛景，其中有“会乐府两籍神仙，梨园四部弦管”之句，传入禁中，深为仁宗喜爱。

《后山诗话》也说：“柳词骫骳从俗，天下咏之。遂传禁中。仁宗颇好其词，每对宴，必使侍从歌之再三。”

因为皇上喜欢柳永的词，柳永也就再接再厉，次年上《永遇乐》为仁宗祝寿，三年后再上《醉蓬莱》新词贺圣，却没想到又惹了麻烦：

醉蓬莱

> 渐亭皋叶下，陇首云飞，素秋新霁。华阙中天，锁葱葱佳气。嫩菊黄深，拒霜红浅，近宝阶香砌。玉宇无尘，金茎有露，碧天如水。　　正值升平，万几多暇，夜色澄鲜，漏声迢递。南极星中，有老人呈瑞。此际宸游，凤辇何处，度管弦清脆。太液波翻，披香帘卷，月明风细。

庆历八年（1048）秋，天上出现了吉祥的“老人星现”，占星家以为祥瑞之兆，预示国泰民安。内官趁机让柳永献词奉上，柳永遂作《醉蓬莱》，极写太平盛景，天下祥瑞。

但是开篇即云“渐亭皋叶下，陇首云飞，素秋新霁”。这个“渐”字，有循序渐进的意思，在《周易·渐卦》中有“鸿渐于干”“鸿渐于陆”等词，可比喻官宦升迁，仕进于朝。

这个词用在普通人身上倒没什么，最多就是表现出升官发财的渴望来。可是用来颂圣，而且是颂圣词第一个字，却是不大敬：已经是九五之尊的皇上了，还要进升，进到哪儿去呀？升天吗？

好吧，也许柳永没那么想，可是架不住皇上心眼多。王辟之《渑水燕谈录》中说，宋仁宗才看到第一个字就“色若不悦”。接着读下去，又有一句“此际宸游，凤辇何处”，这与仁宗亲自撰写的真宗挽词暗合，是再次诅咒宸辇归天啊，太不吉利了！于是仁宗脸色“惨然”，越来越不好看了。最后读到末句“太液波翻，披香帘卷，月明风细”，终于忍无可忍地发作起来，翻你妹呀翻，这是要颠覆朝廷吗？遂掷卷于地，恨恨道：“为什么不说‘波澄’？”

天威难测，柳永这首词献上，也就宣告了自己从此升官无望。

不过，依我说，宋仁宗已经那么不高兴了，也没有治柳永的罪，只不过“自此不复进用”，已经非常客气了。这要是搁在清朝，柳永有十个头也杀了。

关于柳永因词招祸，最惊悚的还要属《望海潮》，原为投献之作，希望用这首描写杭州盛景的词作为叩谒地方长官的敲门砖。

望海潮

东南形胜，三吴都会，钱塘自古繁华。烟柳画桥，风帘翠幕，参差十万人家。云树绕堤沙，怒涛卷霜雪，天堑无涯。市列珠玑，户盈罗绮，竞豪奢。　　重湖叠巘清嘉，有三秋桂子，十里荷花。羌管弄晴，菱歌泛夜，嬉嬉钓叟莲娃。千骑拥高牙。乘醉听箫鼓，吟赏烟霞。异日图将好景，归去凤池夸。

这首词对于杭州的都市繁华湖光秀美描摹备至，迅速传遍了大江南北，一直传到了遥远蛮荒的北方金国。

金国主完颜亮反反复复地唱着这曲子，被词中那“三秋桂子，十里荷花”的美景撩拨得坐立难安，“遂起投鞭渡江之志”，终于1161年渡江南侵。

一首词招来了一场战争，柳永这个祸可闯得大了。但是，那时候距柳词面世已经一百多年，谁能证明就一定是此词惹的祸呢？

不过完颜亮让人依据词意画了一幅西湖风光图是事实，还亲笔在屏风上题了一首诗以明志：

万里车书一混同，江南岂有别疆封？
提兵百万西湖上，立马吴山第一峰。

这故事流传太广，宋人谢处厚还为此写了一首诗进一步坐实证据：

谁把杭州曲子讴，荷花十里桂三秋。
那知卉木无情物，牵动长江万里愁。

看来，这个黑锅，柳永不背都不行。

六

因为仁宗喜欢柳词，所以给了他太常博士的荣誉；但也就因为此后柳永不断媚词进上，一首《醉蓬莱》触了仁宗的霉头，从此不得重用，而宫中也“自是不复歌其词矣”。

真是以词荣，以词败，柳永一生的成就与阻碍，都是因为填词。

不过，人们再不喜欢柳永也不得不称赞他的词风俊爽，独步当世，连苏东坡都赞美过他的《八声甘州》可以和最好的唐诗相比。

宣和年间，有位刘侍郎在相国寺设宴，谈及当世歌词，对柳永极度贬低，旁若无人。在座有位柳永的老粉丝听到，愤愤不平，拿过纸笔递到侍郎面前说："子以柳词为不佳者，盍自为一篇示我乎？"

翻译过来就是：你行你来！

仁宗至和三年（1056）春天，柳永填了人生中最长的一首慢词《戚氏》后，搁笔辞世，终年七十三岁。

戚 氏

晚秋天。一霎微雨洒庭轩。槛菊萧疏，井梧零乱惹残烟。凄然。望江关，飞云黯淡夕阳间。当时宋玉悲感，向此临水与登山。远道迢递，行人凄楚，倦听陇水潺湲。正蝉吟败叶，蛩响衰草，相应喧喧。　　孤馆度日如年。风露渐变，悄悄至更阑。长天净，绛河清浅，皓月婵娟。思绵绵。夜永对景，那堪屈指，暗想从前。未名未禄，绮陌红楼，往往经岁迁延。　　帝里风光好，当年少日，暮宴朝欢，况有狂朋怪侣，遇当歌、对酒竞留连。别来迅景如梭，旧游似梦，烟水程何限。念利名、憔悴长萦绊；追往事、空惨愁颜。漏箭移、稍觉轻寒。渐呜咽、画角数声残。对闲窗畔，停灯向晓，抱影无眠。

"离骚寂寞千载后，戚氏凄凉一曲终。"（宋·王灼《碧鸡漫志》）

关于柳永之死，史上有多个版本：

《避暑录话》卷三云："永终屯田员外郎，死，旅殡润州僧寺。王和甫为守时，求其后，不得，乃为出钱葬之。”

这里说柳永官终于屯田员外郎是没错的，七十致仕后云游山水，死于客途僧寺。因为找不到他的后人，只好由地方官出钱葬于润州。

不过前面既然引用过柳永侄子为他写的墓志铭，可见还是找到了后人的，所以这个说法并不可信。

曾敏行《独醒杂志》卷四则云：“柳耆卿风流俊迈，闻于一时。既死，葬于枣阳县花山。远近之人，每遇清明，多载酒肴，饮于耆卿墓侧，谓之吊柳会。”柳永的埋骨之地变成枣阳县花山了。

清朝王士祯则认为他葬在江苏仪征，还吟诗悼念：“残月晓风仙掌路，何人为吊柳屯田？”

冯梦龙《喻世名言》第十二卷《众名姬春风吊柳七》是流传最广的版本，则说他死于长安，身畔只有赵香香、陈师师、余冬冬、谢玉英等几个旧时相好陪伴，且由众妓集资殡葬，在乐游原上买地起坟，碑上刻“奉旨填词柳三变之墓”。

自葬后，每年清明，诸名妓各备祭礼，往柳七坟上拜扫，名为“吊柳七”，又叫作“上风流冢”，说是可以保佑生意盈门的。后来渐成风俗，直到高宗南渡后方止。

且不说此风俗是否真实，但是全国各地不止一处柳永坟倒是真的。想来，是因为柳永生前游历各大繁华都市，相好无数，他死后，众妓欲吊祭而不得，遂联名筹资，将他从前留下的遗泽赠品聚在一起，筑成衣冠冢，是很有可能的。

这大概就是柳坟众多的原因吧。

《红楼梦》中的贾宝玉有个宏愿，只望自己死后，姐妹们的眼泪流成河，就可谓死得得时，不负我心了。

柳永，充分做到了。

柳永与晏殊：诗词的三重境界

一

唐宋时期，每当有人发明了一种新的词作格式，谱曲流传，就会形成一个新的词牌。词牌就是词的腔调与格式、韵律、曲谱，有了词牌，就可以按照规定的字数、韵脚、平仄、格式来填词了，这就叫“倚声填词”。

但是有的时候，几个格式会共用一个词牌名，因为它们都是同一旋律的变体；也有的时候，同一个格式会拥有几个词牌名，这是因为填词人的叫法不同。

通常来说，词的分类根据乐曲体制分为令、引、近、慢四种：

令即小令，名称来自唐代行酒令，即席填词唱小曲，又叫令曲。

引来自乐府中曲调名，是在大曲中的首段序或散序之后，比小令要长。

近，又称近拍，规模与引相近。

慢又称慢曲，大部分为长调。

唐五代以及宋朝初年，词多以小令和中调为主，至柳永慢曲始多。因为柳永精谙音律，所以任意长短，谱曲行词，而且他就住在妓院里，有的是时间慢慢地度曲填词。但是一般文人多是宴前戏作，只能照着现成的谱子填词，又记不住那么长的曲谱，自然是多填小令了。

这也就使得曲子词“声词相从”的规格渐渐放宽，从按乐谱宫商填词变成了按词牌格式填词，往往“哀声而歌乐词，乐声而歌怨词”，只分平仄四声，不论宫调律吕，“倚声填词”渐渐成为单纯的案头之作。

苏东坡名重当世，词风豪迈，沈括却讥讽其“声与意不相谐”，认为他不懂曲乐，只是作填字游戏；李清照虽赞他“学人天际”，却认为他的词只算是“句读不葺之诗”，以此可以侧面看出宋词的发展变化。

旧时流传的曲子词，本是倚声而成，词目与曲谱并传，然而随着声词分离，渐渐只留下文字而乐谱失传。今人评词，就只能单就文采论优劣，而无法对曲乐议短长了，真是非常可惜的事情。不过单就文字而言，宋词仍是中华文坛上最瑰丽的一页。

因为对音乐体制的不了解，令、引、近、慢的词式划分，也渐渐变成了机械地按字数多少分为三大类：

五十八字以内为小令，五十九字至九十字为中调，九十一字以上为长调。

按照段落，则可以分为四类：

词的一段叫作一片，或者阕、叠。不分段的词称“单调”或者“单片”，通常都是小令，一韵到底，在配曲上属于同一宫调。

分上下段的称为“双调”，又叫前后片、前后阕，或上下片、上下阕；如果前后片格式不同，后片开头一句就称为“换头”“过片”或“过遍”。双调中，上下片格式完全一样的，称为“叠格双调”；仅在下片开头不同的，叫“换头双调”；前后片大部分相同，仅有一两句不同的，叫“变格双调”；前后片格式完全不同的，叫“异格双调”，多为长调慢词。

依此类推，词中分为三段的称为“三叠”，分为前片、中片、后片。

分为四段的叫“四叠”，较为少见。四个段落一般以叠称之，也就是一叠、二叠、三叠、四叠。

通常来说，双调最为常见，小令次之，三叠、四叠较为罕见。

“词为诗余”，又有“词为艳科”之说，故而晏殊、欧阳修这些士大夫虽然也都填词，但多填小令，虽以填词为自得，却不以填词为正务。

宋人张舜民《画墁录》中记录了柳永谒见晏殊的一段对话：

> 柳三变既以词忤仁庙，吏部不放改官，三变不能堪，诣政府。晏公曰：“贤俊作曲子么？”三变曰：“只如相公亦作曲子。”公曰：“殊虽作曲子，不曾道‘彩线慵拈伴伊坐’。”柳遂退。

宋朝官员外任，每年要由州府长官按规定考核功过，分九等写入考状，任期满后，根据考绩决定职位升降。为防止申报不实或升降不当，须经吏部和各道观察使反复查验，这叫“磨勘”。通常文臣三年一迁，武臣五年一迁，谓之“改官”。如果表现好或是后台硬，往往减至两年一迁。

而柳永磨勘多年，不得升迁，便找到宰相晏殊走后门，希望念在文学同好的分上能够得到提携。

晏殊，字同叔，抚州临川人。虽然年龄比柳永还小十几岁，可是人家是神童，七岁能文，十四岁真宗亲赐同进士出身，三十二岁迁枢密副使，十年后升副相，五十二岁拜相。

柳永称晏殊“相公”，是对宰相的敬称，可不是女子称呼丈夫的“相公”。

见了面，晏殊开口便问：“听说贤俊很擅长作曲子词呀。”

这句话的信号很是暧昧，如何回答可要想清楚了。如果柳永像苏东坡那位会说话的门客那样懂得审时度势，就应该很婉转地说：下官不才，年轻时放浪不羁，混迹烟花巷，写了些淫词艳曲流传，有污上听，如今已经不大作那些了。

这样说话，就是既承认了自己填词的盛名，也谦逊地表达了悔改之意，有意致力于仕途之心，才是求取上进的好辞令。

可是柳永偏不，他还想着和晏殊套近乎呢，竟自作聪明地答：“对呀，我是很喜欢作曲子词，和相公一样呢。”

这话晏殊能爱听吗？人家是堂堂宰相，爱填词怎么了，那是业余爱好，可不耽误十四岁中举，峨冠博带。你一个小小的县令，好同宰相比？

因此晏殊立刻沉了脸，讽刺道：“本人虽作曲子，可没写过‘彩线慵拈伴伊坐’这种不思进取的淫荡句子。”

柳永这才知道自己又说错了话，满面羞愧，只得告辞退出。

且看一下柳永这首词的原貌：

定风波

自春来，惨绿愁红，芳心是事可可。日上花梢，莺穿柳带，犹压香衾卧。暖酥消，腻云亸，终日厌厌倦梳裹。无那！恨薄情一去，音书无个。　　早知恁么，悔当初、不把雕鞍锁。向鸡窗，只与蛮笺象管，拘束教吟课。镇相随，莫抛躲，针线闲拈伴伊坐。和我。免使年少，光阴虚过。

这首词以女子口吻，抱怨郎君远行，将自己抛在深闺，每日无心梳洗，芳心可可，受尽相思之苦。

这本是“悔教夫婿觅封侯”的惯见题材，可是行文更加泼辣灵动，并在下阕写出了女人的报复计划：锁上你的马鞍，盯着你读书写字，早晚相随，不许闪躲，一边做着针线活一边陪你闲聊天，让你早早晚晚地只陪着我一个人，再不教青春虚度，芳闺冷落。

整首词充满了胸无大志不思进取之意，自然为士大夫所不喜，而柳永还非要拉人同道，晏殊怎么会愿意呢？

晏殊特意提起这句词，也是暗示晏殊：你不是左一句“才子词人，自是白衣卿相”，右一句“我不求人富贵，人须求我文章”吗，那就“针线闲拈伴伊坐”去好了，还求什么官呢？这样的人，居然说和我一样是词客，你也配？

然而，晏殊没想到的是，有一次家中宴客，士大夫们听说相府五岁的小公子晏幾道聪颖伶俐，就逗他说：唱一首诗来听听。

大家满以为小小孩童，就算背诵的不是真宗皇帝的“书中自有黄金屋”，也该是“鹅，鹅，鹅，曲项向天歌”之类吧。

谁知道小晏同学一拍手，竟然奶声奶气摇头晃脑唱起了柳七的著名艳词：“酒力渐浓春思荡，鸳鸯绣被翻红浪……”

老晏相公的脸都绿了，众官员只好酒杯遮脸，原先想好的“雏凤清于老凤声”之类贺词通通换成了“小公子口齿伶俐，声音清亮，嘿嘿，呵呵，哈哈……”

二

晏殊对柳永词不以为然，耻于为伍，然而清末大儒王国维在《人间词话》中，却偏将两个人相提并论，从两人词中各抽一句组成自己的三重境界说：

> 古今之成大事业、大学问者，必经过三种之境界："昨夜西风凋碧树。独上高楼，望尽天涯路。"此第一境也。"衣带渐宽终不悔，为伊消得人憔悴。"此第二境也。"众里寻他千百度，蓦然回首，那人却在灯火阑珊处。"此第三境也。此等语皆非大词人不能道。然遽以此意解释诸词，恐为晏、欧诸公所不许也。

这段"境界说"特别著名，所引用的三句本来是词人描写爱情的三种状态，王国维却拿来形容作词的三大境界，同时也可以放之四海而皆准，引申到事业、学问、爱情、人生态度等各个领域。

第一句"昨夜西风凋碧树"，出自晏殊词：

蝶恋花

> 槛菊愁烟兰泣露。罗幕轻寒，燕子双飞去。明月不谙离别苦，斜光到晓穿朱户。　　昨夜西风凋碧树。独上高楼，望尽天涯路。欲寄彩笺兼尺素，山长水阔知何处？

词的上阕说菊花轻烟微笼，兰花露水晶莹，这本是初秋常见景象。但是晏殊并不肯平平写去，而是"以我之眼观物，物皆着我之色彩"，故谓之"愁烟"，谓之"泣露"。

菊花因何发愁？兰花为何哭泣？显然是词人自身的悲伤所致，

从伤心人眼中看去，无物不着伤心之色。

于是，他怨恨燕子双飞，更怨恨月光皎洁，搅得一夜睡不好觉。貌似无理，实为多情。一句“离别苦”，点明事情缘由。于是，时间、地点、人物、事件，诸事皆备：时间乃是秋天的深夜至凌晨，地点是罗幕朱门，人物是失眠的词客，事件是离别与相思。

然后下阕开始有动作了，睡不着早上也得醒，醒来了百无聊赖，于是登楼望远。一句“西风凋碧树”，进一步点明时间是初秋，因为树叶还是绿的，刚刚落下，且补述昨晚一夜失眠，听着风声萧肃，想见树叶凋零；“独上高楼”则是再次说地点，从罗幕微卷的朱户转移到可登高望远的小楼上来了；然后是事件的发展，词人想写信，但是不知道该往哪儿寄。

也有版本这句作“欲寄彩笺无尺素”，有评论家以为误笔。但我倒觉得这句更好些，理由同“明月不谙离别苦”一样，无理而有情。一个住在朱户高楼里的人，想写封信，怎么会没有纸呢？这不过是给自己找借口，因为真正的理由就在下句：“山长水阔知何处？”

不是没有纸笔，而是写了信也不知道往哪里寄，索性别费劲去找什么尺素了。这样的理解，会更有深意些。

王国维将“独上高楼，望尽天涯路”比作人生的第一境界，因为做任何事，都需要高瞻远瞩，立定目标，之后才谈得上立志与抉择。

再看第二句“衣带渐宽终不悔”，仍是一首《蝶恋花》，出自柳永，但也有版本说为欧阳修所作：

蝶恋花

伫倚危楼风细细。望极春愁，黯黯生天际。草色烟光残照里，无言谁会凭阑意。　　拟把疏狂图一醉。对酒当歌，强乐还无味。衣带渐宽终不悔，为伊消得人憔悴。

这首词和上首的画面感几乎完全一致，也是在楼上登高怀人，也是百无聊赖相思难诉。但是时间变了，是“春愁”，而且是“残照”，可见是春天的黄昏；所做的事情也有点不一样，前者是想写信没法写，这位是想喝酒又觉无味，总之是做什么都不对。

不过，一句“无言谁会凭阑意”，又一句“拟把疏狂图一醉”，透露出词人虽云“伫倚危楼”，但并不是一个人在楼上，而是一帮朋友在饮酒散心，依红偎翠，只是他伤心人别有怀抱，才有点不合群罢了。

人群中的寂寞才是真正的孤独，词人的心沉浸在一个人的世界中不可自拔。虽在热热闹闹的聚会里，却独自倚楼，感慨无人明白他的心事；打算佯狂豪饮，图谋一醉，却又觉得强乐无味。

柳永浪迹青楼，身边自然少不了莺莺燕燕，他为她们填词度曲，与她们把酒拨弦，但是他真的快乐吗？他说自己“强乐还无味”，而心中难以倾诉无人可解的“凭阑意”又是什么呢？

最后一句是词眼，清楚表明了憔悴之由是为了“伊”，而意愿是“不悔”，境界蓦然提高了。因为纵然为伊伤怀憔悴，却没有怨恨，只有执着。这就比第一首词的“山长水阔知何处”要好，因为前者的最终行为是放弃，本词的最终结论却是坚持。坚持就是胜利，所以就凭这一句，这首词较第一首完胜。

晏殊与柳永之争，王国维做裁判，最终判定：柳永胜！

三

既然已经讲了两首，就让我们把第三首也一起说完吧。这一首，来自南宋的辛弃疾：

青玉案·元夕

东风夜放花千树，更吹落，星如雨。宝马雕车香满路。凤箫声动，玉壶光转，一夜鱼龙舞。　　蛾儿雪柳黄金缕，笑语盈盈暗香去。众里寻他千百度，蓦然回首，那人却在，灯火阑珊处。

这首词的时间是明确的：元宵节的夜里；地点也是清晰的：灯会闹市之中。

当年，柳永是写《倾杯乐》记述元宵盛景，因有“会乐府两籍神仙，梨园四部弦管”之句而得了仁宗的喜爱；但在王国维的评选中，辛弃疾这首《青玉案·元夕》才是咏元宵绝唱。

“东风夜放花千树”，并不是真的一夜之间繁花尽开，而是漫天烟花，或曰树上系满了彩饰，开的不是花，是灯；“更吹落，星如雨”，吹落的当然也不是星，而仍然是烟花或彩灯；“一夜鱼龙舞”，舞蹈的当然不是鱼龙，而是走马灯。

孟元老的《东京梦华录》让我们清楚地了解到宋代元夕花灯会的热闹，是比春节还要繁华隆重的狂欢夜。这首《青玉案·元夕》非常真实形象地描写出灯会的盛况：树树悬灯如花开，焰火飞坠如星雨，车来车往，人过留香，音乐响彻，马灯走起，舞龙耍灯，好不热闹。

上阕总写灯市盛况，而下阕则着力捕捉美中之美的特写镜头：蛾儿、雪柳、黄金缕，说的都是女子的头饰。形容美丽的女子珠翠满头，说说笑笑与词人擦肩而过。不知道词人是对其中一位美人一见钟情呢，还是看到了自己早已心心念念的意中人，总之立即转身寻找，却只看到一大堆珠摇翠动，暗香盈盈，再也看不到自己要找的人。正着急呢，全词的高潮来了："众里寻他千百度，蓦然回首，那人却在，灯火阑珊处。"

"阑珊"是灯火稀疏的意思，所以这句可能指时间——词人从灯火辉煌一直寻到了人群渐散，灯火稀疏；也可能指地点——从最繁华的闹市中心寻到了较为偏僻、灯火稀疏的小路。

无论是哪一种，都足以表现出词人寻找伊人的热切与辛苦，也就越发衬托出寻得之后的喜悦与惊艳。在千百次回头旁顾之后，蓦然回首，看到那个女子戴着一头珠翠，站在灯光之下，明眸浅笑，飘然若仙。灯下看美人，是何等旖旎靓丽的一个永恒定格！

这首词通篇"写境"，没有一句情绪抒发，除了景物描写就是事件陈述，可是最末一句却让读者清楚地感觉到词人欣喜若狂的心境，不由得跟着眼前一亮，心里一动。

词人完全不必使用任何情绪词去影响你，却让你不知不觉地深受影响，感受到他的所见所闻所思所感，这才是大手笔，所以是三首词中的冠军得主。

这三首词，写的都是爱情，然而王国维却各选一句出来解释人生的三大境界，所以他说晏殊等大家如果知道他如此解释，可能不会同意的。

第一句"望尽天涯路"说的是理想，人要有所追求，寻找目标；第二句"衣带渐宽终不悔"说的是执着，一旦锁定目标，就要执迷不悔，努力争取；第三句"蓦然回首"则说的是悟出了真谛，得到了真法的超然喜悦。

以此形容写诗，可以分为三步：先要广泛阅读，所谓"熟读唐诗三百首，不会作诗也会吟"；到了为斟词酌句、字字锤炼而废寝忘食时，就如同贾岛"僧推月下门"之苦思冥想，便进入了第二境界；而经过这种食不知味的思索追求，有一天终于豁然开朗，灵犀贯通，那就有好诗出现了，所谓“物华似有平生旧，不待招呼尽入诗”。

这个道理，也同样可以推之于任何事业、学问、理想的追求上，发愤刻苦，孜孜以求，扰扰半生，回首之际，更有何种成就可比得上“众里寻他千百度，蓦然回首，那人却在，灯火阑珊处”更加让人欢喜的呢？

《红楼梦》中香菱学诗，便真真印证了这样三个境界。她先是向黛玉求诗，黛玉布置作业给她说：

> 你只听我说，你若真心要学，我这里有《王摩诘全集》，你且把他的五言律读一百首，细心揣摩透熟了，然后再读一二百首老杜的七言律，次再李青莲的七言绝句读一二百首。肚子里先有了这三个人作了底子，然后再把陶渊明、应玚、谢、阮、庾、鲍等人的一看。你又是一个极聪敏伶俐的人，不用一年的工夫，不愁不是诗翁了！

如果香菱果然能这般饱览群诗，哪怕是囫囵吞枣地看，也可以说是“独上高楼，望尽天涯路”了。之后，她读得“茶饭无心，坐卧不定”，如痴如醉，宝钗形容她“你本来呆头呆脑的，再添上这个，越发弄成个呆子了”，这便是“为伊消得人憔悴”了。

接连作了两首咏月，先是黛玉说她：“意思却有，只是措辞不雅。皆因你看的诗少，被他缚住了。”后来宝钗又说：“不像吟月了，月字底下添一个‘色’字倒还使得，你看句句倒是月色。”让她越发“挖心搜胆，耳不旁听，目不别视”，以至于探春说句“闲闲罢”，她都回以“错了韵了”。如此殚精竭虑，颠倒迷离，连晚上做梦都在吟诗，“精血诚聚，日间做不出，忽于梦中得了八句”。这便是“蓦然回首，那人却在，灯火阑珊处”了。因此众人都齐声赞扬：“这首不但好，而且新巧有意趣。可知俗语说‘天下无难事，只怕有心人’。”

“新巧有意趣”，便说的是意境了。

红楼梦中人都是要经贾宝玉来评定品题的，因此作者特地在这里写了宝玉的极力一赞：“这正是‘地灵人杰’，老天生人再不虚赋情性的。我们成日叹说可惜他这么个人竟俗了，谁知到底有今日。可见天地至公。”

宝钗是不放过任何教育宝玉的机会的，于是当下很可气地旁敲侧击了一句：“你能够像他这苦心就好了，学什么有个不成的。”

宝钗的这种道学调调儿虽然很惹人厌，但说的却是大实话、大道理，同王国维的理论不谋而合。香菱学诗经历的三大境界，也可以用到任何事物上，而对于任何事业、学问、理想的追求，倘能有如此苦心，又有什么不成的呢？

晏殊：一曲新词酒一杯

一

晏殊（991—1055）可以说是北宋最幸福的词人了。天资好，运气好，人缘好，一生没有大的波折，也没有大的政绩，然而知人善用，提拔贤能，为朝廷举荐了不少贤人，范仲淹、孔道辅、欧阳修、张先、王安石、富弼、韩琦、苏舜钦，不是出自他的门下，就是得过他的提拔。

南北两宋三百余年，最好的时光就是真宗、仁宗两朝，可谓“百年无事，太平天下”。

古代以三十年为一世，《春秋》三世：“衰世”，即乱世；一世无战，由衰转安，则谓“升平之世”；最高境界，便是“太平盛世”，相当于理想国，其实很难实现。

但是北宋百年来国泰民安，对外无大的战事，对内无大的政变，自然可以称为“太平盛世”。而晏殊，便是“太平宰相”。

晏殊于真宗朝进士出身，仁宗朝登上天子堂。仁宗做了四十一年皇上，晏殊则做了五十年官员，日子过得顺风顺水。朝务之余，便聚集一帮高官雅士宴集唱和，组成风雅一时的“江西词派”，还顺便摘了个“北宋倚声家初祖”的头衔，名垂青史。晏殊家派对的邀请帖，朝中大臣人人都想争得一份，连宋仁宗都艳羡不已。

大宋三百年，再没有第二个词人如他这般惬意的。

《宋史·晏殊传》中说，晏殊以“神童”之名，为江南安抚使张知白举荐应试。宋真宗让十四岁的晏殊和千余名新科进士一起参加殿试。

看到题目后，晏殊非常自信地说：这个题目我做过了，请另出一题。

这若是个成年人，皇上可能会觉得他恃才傲物或故作惊人语，有表演之嫌；但是晏殊年仅十四岁，目光澄净，因此真宗认定他是品性诚实，小小年纪，如此聪慧，又如此磊落，注定不是等闲之辈，便真的给他另出一题。

小小晏殊“神气不慑，援笔立成”，真宗看了卷子，字迹清俊，文采菁华，不禁更加欣赏，遂赐同进士出身，擢为秘书省正字，留秘阁读书。

因为晏殊年龄太小，也因为宋真宗够八卦，所以特地命直史馆陈彭年暗中观察晏殊平时和什么人交往，喜欢去哪里，做什么，而得到的回复每每令皇上对晏殊更加喜爱。

但从《梦溪笔谈》《墨客挥犀》《道山清话》等笔记小说来看，真宗命人观察晏殊言行，应该是为了给“狸猫太子”也就是未来的宋仁宗赵祯寻找一位德才兼备的伴读，所以必须详细考察东宫官员品行。

陈彭年回来汇报说：“听说朝中大臣，无不喜嬉游宴赏，而只有晏殊每次下朝，便乖乖回家读书，当真规行矩步，大好少年。”

真宗听了非常高兴，次日当面嘉奖晏殊。谁知道晏殊却很诚实地回答："我不是不想去参加宴会，只是我家穷，不好意思空手吃白食。我要是有钱买礼物，我早去了。"

这样的大实话，非但没有令真宗失望，反而益发欣赏他的谨厚诚实。

晏殊确实说的是实话，因为后来他一旦有了钱，就不但喜欢参加宴会，而且还成了派对的中心。

欧阳修《归田录》说："晏元献公以文章名誉，少年居富贵，性豪俊，所至延宾客，一时名士多出其门。"

叶梦得《避暑录话》则说："晏元献喜宾客，未尝一日不宴饮。"

张爱玲说过："出名要趁早。来得太晚的话，快乐也没那么快乐。"

晏殊出名，可真是够早的，也真懂得如何让自己快活。

不过，歌舞声色是在仁宗朝的事儿了，真宗在位时，晏殊的表现一直是个循规蹈矩的好青年。

晏殊父亲过世，依理当以"丁忧"回临川守孝三年。但是朝廷不准假，谓之"夺服"。

听上去似乎不近情理，实则是一种难得的恩宠，代表皇家对大臣的重视。因为丁忧回了家，不但三年没有俸禄，而且不能参与政事，朝局瞬息万变，谁知道三年后再复职时官场上会是什么局面呢？

所以做臣子的都害怕"丁忧"，都盼着"夺服"，而晏殊得到了两次这样的殊荣：第一次父亲去世，皇帝不许他还乡，"诏修宝训，同判太常礼院"；第二次，因为母亲去世，晏殊再次乞假还乡，皇帝又不许，且升他为太常寺丞，不久擢为左正言、直史馆，成为升王府记室参军。又没多久，再升尚书户部员外郎，为太子舍人，后又为知制诰、判集贤院。

晏殊这官升得真有点莫名其妙。但也看得出皇上有多么离不开他。

宋朝有三馆，即昭文馆、史馆、集贤院。所有宰相都要由此出身，或兼任三馆大学士一职。换言之，进了三馆，就成了宰相的储备军。通常宰相满员三人，首相为昭文馆大学士，次相为监修国史，末相为集贤院大学士。

书生写字，也以这三院书法为标准字体，称作“三馆楷书”，清时称“馆阁体”。

不过，晏殊真正拜相已经是庆历二年（1042）的事，那时已是仁宗朝了。

二

《宋史》中记载了一个关于皇上和晏殊玩传字条的小把戏。每次皇上有事问晏殊意见，不当面问，却写在纸条上偷偷传递；而晏殊总是回答得体，并且在回传时不忘把皇上的字条一起封在信封里，暗示“我绝不会泄露你的秘密噢”。

史书中没有署名这位皇上到底是真宗还是仁宗，不过这行径太像小伙伴交换秘密，所以是仁宗的可能性比较大，而且应该是在仁宗朝初期，也就是“狸猫太子”刚刚即位而没有亲政的那段日子，因为太后专权，仁宗不能公然表达自己的想法，只好和晏殊偷偷传字条。

不过晏殊担任宰相兼枢密使时，仁宗已亲政十年。这年富弼擢为枢密副使，晏殊为了避嫌（富弼是晏殊的女婿），想辞去枢密使一职，但是皇帝特地下诏不许，可见何等信任。

然而再亲密的关系也不能事事包庇，晏殊一帆风顺的仕途生涯中，偶尔也有小小的浪花。比如有一次他随皇帝去玉清宫，因为随侍迟到，他在盛怒下竟用笏板打断了人家的牙齿，因此被御史大夫弹劾，贬官应天府，就是今天的河南商丘。

到了任上晏殊也没闲着，手上有了实权，反而比在朝廷更易发挥能力，施行实事。于是他办了应天府书院，并且聘请范仲淹来教学。

五代以来，儒学废弛，兴学之风自晏殊而始，可谓大功一件。仁宗朝被称为宋代人才最多的时代，很多都是从晏殊的门里走出来的，时人形容："门前桃李重欧苏，堂上葭莩推富范。"

应天府书院后来也成了宋朝官方国子监，名列宋代四大书院之一。另外三个分别是长沙的岳麓书院、河南的嵩阳书院和江西的白鹿洞书院。

四大书院我曾一一拜访，可惜去到应天府书院时，正值全城改造，大兴土木，只得远远对着障幔围墙望了一眼，未能亲临其境，看一看范文正公讲学的地方。

又有一次，有人向皇帝说，当年宸妃的墓志铭是晏殊所撰，说他明知宸妃是皇上生母，却未在铭文中有所作为，只提到宸妃生一女，早卒，罪犯欺君。

可是宸妃崩时，章献太后刘娥正在临朝，俨然有女帝之势，谁又敢说穿这件宫廷秘闻呢？更何况在宸妃碑铭上写出，那不是找死吗？

所以这纯属欲加之罪。不过身世之谜本是仁宗心底最深的痛，什么时候提起什么时候难受，于是就随便捏了个理由又把晏殊贬了。

像这样无缘无故的贬徙在晏殊宦途中发生了好几次，但都是小打小闹，无伤根本的。不过，这也足够让他看惯沉浮，领略沧桑了。因此他的作品集《珠玉词》弥漫着一种迷茫无奈不可久长的幻灭感。

最具有代表性的，就是下面这首《浣溪沙》：

浣溪沙

一曲新词酒一杯，去年天气旧亭台，夕阳西下几时回？　　无可奈何花落去，似曾相识燕归来。小园香径独徘徊。

《浣溪沙》词牌体式极近七律，晏殊的这首词，在结构上非常标准而本能地使用了律诗起承转合的手法。

首句“一曲新词酒一杯”，正是惯常的起兴。贾宝玉乞红梅诗中首句“酒未开尊句未裁”很可能就承袭此句，黛玉谓之“起得平平”，因为在诗中如此起笔，说了等于没说，的确平平。

不过曲子词原为宴前小令，以此句引起却是非常合宜的。尤其是接下来一句“去年天气旧亭台”，也就使这酒品出味道来了。词人黄昏把酒，想到去年此时，也是这种天气，也在这座亭台，可是情怀却不一样了。

“夕阳西下几时回？”其实何须问呢，自然是明天还有一个太阳。然而，明天的太阳和今天刚刚落下的，是同一个吗？

这是一个充满了哲学思考的提问，也是不可能有答案的。旧时亭台，眼前落日，这是承接把酒填词时的所见所想，将情绪同时铺向时间和空间的远方。

接着下阕一转，高潮来了：“无可奈何花落去，似曾相识燕归来。”这是这首词的词眼所在，也是千百年来最为世人称道的工对之一。以“无可奈何”对“似曾相识”，简直神来之笔，而“花落去”对“燕归来”，又何其工整。

年年花开花落，重开的花不是落去的那一朵，而归来的燕子是去年飞走的那一对吗?

后来，他的儿子晏幾道将这一联的意境翻新，写出了同样漂亮的一联警句：

落花人独立，微雨燕双飞。

亭台如旧，天气如旧，夕阳如旧，落花如旧，燕子如旧，可是一切又分明不同了，时间就在这貌似重复起落间不知不觉地流走，如何抓得住飞逝时光?

于是，词人在结句说“小园香径独徘徊”，夕阳已经落下，他还在徘徊什么，是不忍心让这一切美景无声无息地独自消歇吗?

三

虽然《宋史》本传及时人评说中都赞美晏殊“奉养清俭”，然而晏殊却偏有一番独到的富贵词论，曾笑说：“有人诗中炫富，就写些什么‘轴装曲谱金书字，树记花名玉篆牌’，真是小家子气。富贵哪是这种写法，只有叫花子想象富家气象才会如此鄙俗。”

晏殊认为的富贵气象，应该是白居易的“笙歌归院落，灯火下楼台”，或是自己的“楼台侧畔杨花过，帘幕中间燕子飞”，以及“梨花院落溶溶月，柳絮池塘淡淡风”，不写富贵而贵气逼人。

这种气象，穷人子弟非但不能见，甚至也不能想象，自然更没办法闲闲写出。

后来，他的这番理论被沈括学得，更是口出惊人语，一棒子打倒唐诗："唐人做富贵诗，多记其奉养器服之盛，内贫眼所惊耳。"

这也难怪，宋代物质丰富，生活优裕，在唐朝让驿卒们跑断了腿的贵妃特供鲜荔枝，在宋朝时东京街头就有的卖，当真是"旧时王谢堂前燕，飞入寻常百姓家"。如此，宋人自然是有资格嘲笑唐人拘窘的。

晏殊评词的另一个标准，是"忌脂腻"。他喜欢唐人韦应物的诗，每每称赏"全没些脂粉气"，自已选诗时亦是"凡格调猥俗而脂腻者皆不载"，这也是他不喜欢柳永词的缘故。

晏殊的《珠玉词》三卷，存词一百三十余首，几乎全是小令与双调。词虽上承花间，多为伤春悲秋之绪，却雍容清艳，风流蕴藉，温润秀洁，迥无尘俗语。

晏殊词极少沉思细恨及抑愤之语，多半只是清浅、婉约、精致。后人对晏殊词使用最多的形容词就是"闲雅"，而他的愁，也多半是"闲愁"。

玉楼春·春恨

绿杨芳草长亭路，年少抛人容易去。楼头残梦五更钟，花底离情三月雨。　　无情不似多情苦，一寸还成千万缕。天涯地角有穷时，只有相思无尽处。

采桑子

时光只解催人老，不信多情。长恨离亭，泪滴春衫酒易醒。　　梧桐昨夜西风急，淡月胧明。好梦频惊，何处高楼雁一声？

踏莎行

碧海无波，瑶台有路。思量便合双飞去。当时轻别意中人，山长水远知何处。　　绮席凝尘，香闺掩雾。红笺小字凭谁附。高楼目尽欲黄昏，梧桐叶上萧萧雨。

浣溪沙

一向年光有限身，等闲离别易销魂，酒筵歌席莫辞频。
满目山河空念远，落花风雨更伤春。不如怜取眼前人。

这些词多半写于酒筵歌席，抒发的无非是流光易逝、知己伤别的老套路，难得的是在他落力写出“满目山河空念远，落花风雨更伤春”这样工谨大气的对联后，还能发出“不如怜取眼前人”的警语。

柳永说“多情自古伤离别”，而晏殊则说“等闲离别易销魂”，因为宦海沉浮，离别是太寻常不过的事了，可还是免不了伤心；柳永说“便纵有千种风情，更与何人说”，而晏殊则说“不如怜取眼前人”，有伤感，更有旷达，于浅白中见深沉，蕴藉中寓顿挫，看似平淡，而意味深长。

什么人会在满眼富贵、歌舞欢娱之时，还本能地想到“满目山河”呢？自然是位极人臣的宰相大人。

所以，同样是写离愁，同样是写相思，同样是写酒席，但是晏词比柳词，总是多一分清华气象。

而他词中最以“清秀”为人称道的，是一首关于民女斗草的小照：

破阵子·春景

燕子来时新社，梨花落后清明。池上碧苔三四点，叶底黄鹂一两声。日长飞絮轻。　　巧笑东邻女伴，采香径里逢迎。疑怪昨宵春梦好，元是今朝斗草赢。笑从双脸生。

花间词多有描写女子情态的，但通常刻画的都是绣苑香闺中柔腻慵懒的女子，如晏词中这样生气活泼的民女形象是极为罕见的。

这首词上阕写景，下阕写人。先以一联对句开篇，点明时间是在新春社日。

社日是祭土地神的日子，有春秋两社。新社就是春社，在春分前后的戍日。逢社日，闺中女子可以放下针线，尽情游玩，所谓“今朝社日停针线”。

而清明在春分后十五日，是上坟祭祖的日子，同样也是踏青游春的日子。从春社到清明，可谓是一年里最好的春光。

词人点出“新社”“清明”这样两个日子不算，还以“燕子”“梨花”进行修饰，开篇就让人感受到一股扑面而来的春天气息，心情大好。

接着又是一句对偶：“池上碧苔三四点，叶底黄鹂一两声。”这句写的是地点、环境，乃是一个清幽静美的园子，有池塘有柳树，碧苔点点，鸟语声声，飞絮蒙蒙，莫不是《红楼梦》中的大观园？

有大观园，自然便有金陵十二钗。接着，果然红香绿玉的宝钗、黛玉走来了——不，这样健康活泼的女子，应该不是侯府金钗，而是梨香院的小戏子们，是红楼十二官。她们满园中玩了一回，采了些花草兜着，坐在花草堆中斗草。

这一个说：“我有观音柳。”那一个说：“我有罗汉松。”这一个又说："我有君子竹。"那一个又说："我有美人蕉。"这个说："我有星星翠。"那个说："我有月月红。"这个说："我有《牡丹亭》上的牡丹花。"那个又说："我有《琵琶记》里的枇杷果。"荳官说："我有姐妹花。"香菱便说："我有夫妻蕙。"荳官便笑她是思春了。小女伴们彼此嘲笑着，拉扯着在草地上打滚，不小心污了簇新的红石榴裙子……

这是多么快活明媚的春景啊，天下间还有比豆蔻少女银铃般的笑语更动听的声音吗？而这少女的笑声，不过是因为赢了斗草而出，多么纯粹光明；她唇边那满足的笑靥，更只是为了昨晚的一个好梦，多么容易满足的心灵。

花季少女的心，纤尘不染，在春光里无限放尽，此情此景，美若仙境。而词人抓住这一个"笑从双脸生"的定格而止，带给我们的美好感受却无限延伸，手法之巧，措辞之新，古今词话中罕见其匹。

晏殊少年老成，为人圆滑谨慎，然而这首小令，却表现出他永远不老的童心。

四

至和二年（1055），晏殊抱病乞假，宋仁宗打算亲往问疾。但晏殊素来谨慎，岂肯让皇上为了自己而轻易出宫，倘若有个闪失，岂非大过？于是立即派人飞马上奏说："只不过是我的老毛病犯了，就快好了，不足以让陛下担忧。"皇上听他这样说了，也就没有坚持探访。

却没想到，晏殊不久病逝。宋仁宗亲临祭奠，对于自己没能在他病中亲自慰问深表遗憾，特地罢朝两天，并追赠晏殊为司空兼侍中，谥号“元献”，因此史上又称其为“晏元献”。

晏殊的功德碑，由门生欧阳修撰写。

魏泰《东轩笔录》里记载了一个关于欧阳修和晏殊交往的小故事。庆历元年（1041）冬，欧阳修往晏府做客，赏雪吟诗，当席作《晏太尉西园赏雪歌》。

这是一首古风乐府的长歌行，开篇道：“阴阳乖错乱五行，穷冬山谷暖不冰。”暗讽时局不稳，奸臣当朝，邪风遍布，瘟疫暗生；接着一段颂圣，说雪是瑞雪，是上苍听到众生祈祷才降落的，“圣人与天同一体，意未发口天已听”，“清晨拜表东上合，郁郁瑞气盈宫廷”。

看来，这年是暖冬，很久都没有下雪，百姓不安。忽然天降瑞雪，朝廷上下都很振奋。今宵西园宴客，为的就是赏雪吟诗，过后说不定还要订成集子献上的。所以欧阳修的诗中免不了有几句颂圣的套话，虽然开篇提到不和谐现象，但也还不算太过。

“晚趋宾馆贺太尉，坐觉满路流欢声。”笔风从朝廷写到了晏府，西园宾客满堂，飞觞斗酒，一派热闹繁华。这本是件挺高兴的事儿，依惯例最后再来几句恭维太尉的套话就可以收尾了。可是欧阳同学不知道哪根筋转动，不按套路出牌，写到这里画风一转，触霉头的最后四句来了：

主人与国共休戚，不惟喜悦将丰登。
须怜铁甲冷彻骨，四十余万屯边兵。

这段说晏殊身为权臣，应当时时刻刻心念黎庶，与国运共休戚。虽说是瑞雪兆丰年，但这不该是你晏太尉高兴的理由，你可想到，边关四十万将士，大雪天可让他们怎么活？

这番理论，便是范仲淹的“先天下之忧而忧，后天下之乐而乐”。然而天下民众万千，农夫盼下雨，行船求天晴，永远有人在忧苦发愁，岂不是让晏太尉绝无高兴之时，高兴就是犯罪了？

欧阳修这首诗心系百姓是没错的，若是用来反省自己，自是令人敬重；可是拿来要求别人，却未免苛刻。更何况，他出身晏殊门下，当执弟子之礼出言谨慎，就这么见不得老师高兴？

宋人赵令畤《侯鲭录》、吴曾《能改斋漫录》、阮阅《诗话总龟》、胡仔《苕溪渔隐丛话》等都提到了这件事，多半只引用最后四句，《侯鲭录》更谓：“次日，蔡襄遂言其事，晏作此罢相。”说蔡襄拿欧阳修的诗做文章，导致晏殊罢相。

不过，晏殊罢相是三年后的事，应与此诗无关。这首诗虽然让晏殊没面子也很不高兴，但是并没有因此疏远欧阳修，还因为欧阳修直言快语，于庆历三年（1043）向朝廷荐举他为谏官。

二人在朝堂上经常因为政见不合而辩驳，欧阳修言语激烈，从来不给老师面子。晏殊越来越烦这个学生，曾对人道：“吾重修文章，不重他为人。”两人嫌隙渐深。

晏殊出任颍州后，欧阳修多次致书老师，称晏殊为“朝廷元老，学者宗师”，且感念师恩，表明心迹：

> 修伏念曩日相公始掌贡举，修以进士而被选；及当钧衡，又以谏官而蒙奖擢。出门馆不为不旧，受恩知不为不深。然而足迹不及于宾阶，书问不通于执事。岂非飘流之质愈远而弥疏，孤拙之心易危而多畏？

这段话是说晏殊做主考官时，选拔了自己做进士；晏殊做宰相时，推荐了自己做谏官。我对老师的恩情永志不忘，可是现在老师对我越来越冷淡了，书信不通，弃之门外，学生可有多委屈!

这封信的态度端正多了，可是晏殊的心已伤，对欧阳修昔日触逆仍难释怀，只口述数语，让秘书代笔回信。有人劝晏殊："欧阳修现在名闻天下，这样回复他太草率了。"晏殊不屑地答："回复一个旧时门生，已经够了。"（宋·邵博《邵氏闻见后录》："答一知举时门生已过矣。"）

这之后，二人交往益稀，但也仍然维持着表面礼节。欧阳修母亲去世，晏殊也曾遣使慰唁；而晏殊去世时，欧阳修则为其撰《晏元献公神道碑铭》，又作挽词三首，极赞其"谋猷存二府，台阁遍诸生"的成就与风采。且举一首：

四镇名藩忽十春，归来白首两朝臣。
上心方喜亲耆德，物论犹期秉国钧。
退食图书盈一室，开樽谈笑列嘉宾。
昔人风采今人少，恸哭何由赎以身。

至此，晏殊终于可以原谅他的好学生了吧？

范仲淹：一生只爱履霜操

一

苏幕遮·怀旧

碧云天，黄叶地。秋色连波，波上寒烟翠。山映斜阳天接水，芳草无情，更在斜阳外。　　黯乡魂，追旅思。夜夜除非，好梦留人睡。明月楼高休独倚，酒入愁肠，化作相思泪。

渔家傲·秋思

塞下秋来风景异，衡阳雁去无留意。四面边声连角起。千嶂里，长烟落日孤城闭。　　浊酒一杯家万里，燕然未勒归无计。羌管悠悠霜满地。人不寐，将军白发征夫泪。

这两首词一缠绵，一雄壮，很难让人相信竟然出自一人之手。这比一手绣花一手舞剑还让人惊愕。这样的人，注定惊世骇俗。

他就是“先天下之忧而忧，后天下之乐而乐”“居庙堂之高则忧其民，处江湖之远则忧其君”的文正公范仲淹（989—1052）。

范仲淹少年求学的故事绝对励志。

他小时候并不叫范仲淹，而叫朱说。因为刚满周岁时就失去了父亲，母亲谢氏改嫁，他随继父姓朱。

不知哪年，小朱说大概是在和小伙伴吵架时被骂“野孩子”“拖油瓶”之类，第一次得知了自己的身世，又伤心又屈辱，遂离开朱家，寄宿于长白山上的醴泉寺，发愤苦读。

因为穷，他每次煮粥都煮得稀烂，放在屋外经夜凝固后，再用刀切成四块，早晚各吃两块果腹；一截咸菜也要断成十段，省着点吃。这叫作“划粥断齑”。

北宋有四京：东京开封府（今河南开封），南京应天府（今河南商丘），西京河南府（今河南洛阳），北京大名府（今河北大名）。

大中祥符四年（1011），二十三岁的范仲淹来到南京应天府书院就读，依然保持着划粥断齑的俭朴习惯。

他的同学中有一位是南京留守的公子，回家同父亲说起这件事，留守很有远见地说：你这位同学将来一定有出息，你要多多和他结交。

于是这位同学再回书院时，就给范仲淹带来了很多美食。范仲淹苦辞不得，只得收下。可是过了些日子，这位同学发现他送的食物被丢在房间角落，一口没动，已经发霉了，不禁有些生气。

范仲淹抱歉地说：“由俭入奢易，由奢入俭难。我已经习惯了喝粥的日子，一旦享受了美食，只怕日后再不能吃苦。”这位同学哭笑不得，只好不再送他食物了。

大中祥符七年（1014），宋真宗率领百官到亳州朝拜太清宫，途经应天时，全城轰动，同学争着跑去看御驾出行，唯有范仲淹待在书斋里两耳不闻窗外事。有同学问他："看皇上啊，这可是千载难逢的机会。"小范非常淡定地回答："会有机会的。"

果然，次年春天，范仲淹便金榜题名，得以金殿面圣，把龙颜看个饱了。

范仲淹中举后的第一个职位是广德军司理参军，官居九品。这是新科进士最正常的官阶。

北宋官制中，高品官极为难得，很多高官的品级并不高。

知县一职基本上都是从八品的京官，而正八品的朝官就有资格参加朝会、晋见天子了。到了正七品就可以做知州了。宰相一般也只是四品五品，甚至连六品七品的都有。

电视剧里满朝一品大员，朱红顶子当街卖的盛况，是清朝时候的乱象，在宋朝是不可能出现的。

宋朝官员的服饰根据品级而不同，九品以上为青袍，就是蓝色的官服；七品以上为绿袍；四品五品为朱色；三品以上，那就是紫色。所谓"紫陌红尘扑面来""满朝朱紫贵"，指的就是高官们。

这时候范母已经是第二次做寡妇了，在朱家住得名不正言不顺。范仲淹有了俸禄，便赶紧将母亲接出来奉养。

又过了两年，范仲淹升任集庆军节度推官，便回到范家，正式认祖归宗，恢复范姓，名仲淹，字希文。

令人唏嘘的是，天圣四年（1026），范仲淹的母亲谢氏病故。因为一生两嫁，其先夫范氏家族与第二任丈夫朱氏家族，都不肯答应让她葬入祖坟与丈夫合墓。

范仲淹来回奔波，无奈之下，只得将母亲暂葬于应天府宁陵。五年后又在洛阳伊川县万安山下高平陵买了墓地，将母亲移葬。

范仲淹去世后，遗言要葬在母亲的下首，永念慈恩。

他那么辛苦地认祖归宗，但是死后，却放弃葬入范氏祖坟，而甘愿永远地陪着母亲，孝敬母亲。

他的子孙殁后，也都葬于此地。

既然没有人肯收留谢氏遗骸，那么，范仲淹就为母亲重建一座范氏墓园，让母亲成为祖冢的首葬者吧。

二

范仲淹二十七岁进士及第，已经算不得年轻。他并不是晏殊那样的天才神童，能够中榜凭的全是刻苦与自律，正如他在《睢阳学舍书怀》中写的那样：

> 白云无赖帝乡遥，汉苑谁人奏洞箫？
> 多难未应歌凤鸟，薄才犹可赋鹪鹩。
> 瓢思颜子心还乐，琴遇钟君恨即销。
> 但使斯文天未丧，涧松何必怨山苗。

诗中以“一箪食一瓢饮”的颜回为楷模自我鼓励，表现出“穷且益坚，不坠青云之志”的坚毅胸怀，用典非常恰当；该句的下联说伯牙得遇钟子期这样的知己，已经是贫境中最大的安慰，只不知他指的是谁。

有版本说这是范仲淹送给晏殊的，且说二人是同学。

然而晏殊十四岁中举，久居帝都，范仲淹二十三岁才来到睢阳书院，两人应该是没有什么机会同窗的。倒是天圣五年（1027）晏殊为南京留守时，重建睢阳书院，改为应天府书院，其时正值范仲淹为母守丧在家，晏殊遂邀范仲淹执掌应天府学教席，或许这首诗写于那时候也未可知。

不过，倘若此诗真是写于天圣五年（1027）以后，则写诗的心情已非苦夜抒志，而是忆苦思甜了。

范仲淹来到应天府时，还把自己的一位年轻朋友富弼引荐给了晏殊。后来，富弼就成了晏殊的女婿。

天圣六年（1028），范仲淹服丧期满，向朝廷上万言书《上执政书》，奏请改革吏治，安抚将帅。在晏殊和宰相王曾的极力举荐下，仁宗于年底征召范仲淹入京，任为秘阁校理，负责皇家图书典籍的校勘和整理。

这时的宋仁宗已经成年，而章献太后依然主政。冬至立仗，礼官为了谄媚太后刘娥，请奏仁宗率领百官在会庆殿为太后祝寿。范仲淹认为是逾礼之举，上疏说："皇帝有侍奉亲长之道，但没有为臣之礼；如果要尽孝心，于内宫行家人礼仪即可，若与百官朝拜太后，有损皇上威严。这是混淆了国礼与家礼，万万不可。"

然而上疏奏报内廷后，却没有获得答复。不久，范仲淹更是大胆上书太后，请求还政仁宗，奏疏再次石沉大海。

素来小心的晏殊听说后，大惊失色，责怪范仲淹说："你也太鲁莽了，这样肯定会得罪太后的，祸事不小，而且还会连累了我。毕竟，是我举荐你的。"

然而范仲淹据理力争，正色回复说："您举荐我，是信任我的正直，让我为朝廷效力，辅佐皇上的。我为了朝廷社稷而秉公直言，虽有杀身之祸也在所不惜。没想到竟会因为这样得罪先生，这合理吗？"

晏殊“惭无以应”（宋·司马光《涑水记闻》）。

这次上奏虽然未被朝廷采纳，但也未给晏殊和范仲淹带来祸患，故而也并未影响到晏殊与范仲淹的友谊。

倒是范仲淹自己觉得在朝廷难以施展抱负，不如远离是非之地，于次年自请离京，被任为河中府通判。亦有版本说，是被贬往河中的。

临行之前，秘阁同僚置酒相送，恭祝说：“范公此行，极为光耀。”

明道二年（1033），太后驾崩，范仲淹重新被召回京中，拜为右司谏。

此时仁宗亲政，群臣改了嘴脸，便又来历数太后垂帘听政时的诸多弊政，范仲淹却认为太后秉政多年，有养护仁宗之功，朝廷应当掩饰其非而成全其美德，此方为仁德之君、清明之政。

仁宗恍然大悟，遂诏令群臣不得再议太后是非。

七月，天下大旱，灾情严重。范仲淹奏请朝廷派人视察灾情，仁宗认为不必急在一时，置之不理。范仲淹质问：“如果宫中停食半日，陛下当如何？”仁宗无言以对，遂派范仲淹担任赈灾使。

范仲淹开仓济民之余，特地给仁宗带回了一件礼物：灾民用以充饥的野草。这下弄得六宫内廷好一阵子不好意思大鱼大肉。

后廷无肉，却不缺美人，免不了会闹出些宫斗丑闻来。

宋仁宗宠信杨美人，厌恶郭皇后，夫妻失和。郭皇后脾气暴躁，有一次在宫中与美人争执，大打出手。仁宗来拉架，竟然被皇后一巴掌掴在脸上。

这一掌终于给了仁宗废后的理由，范仲淹率领谏官疾呼反对，皇上拒不听劝。于是范仲淹大半夜地跑去宫中敲门，敲了半天仁宗也没理他。

范仲淹气呼呼地回了家，朝服也不脱，就坐在那里打腹稿，想着你现在不听我说，明天上朝还能不听我说吗？

没想到，第二天大早，他还没来得及进宫，宫中诏令已经先到了，范仲淹被贬睦州，即刻起程，不得有误。

范仲淹无奈上路，朝臣们对他夜闯殿阁的忠勇行为十分佩服，再次纷纷赶至郊外相送，举杯道贺："范君此行，愈觉光耀。"

且说郭皇后一直与宰相吕夷简不睦，多次在仁宗面前说吕相坏话，还曾一度令吕夷简罢相。如今郭皇后被废，吕相也就重得重用，大权在握。

对于郭皇后的废立，大概就是范仲淹与吕夷简最大的分歧。

景祐二年（1035），范仲淹因为治理有功重回朝廷，向仁宗献上《百官图》，弹劾宰相吕夷简选拔官员多出私门，并指出近臣必须由皇帝亲任，不能委宰相行事。

吕夷简哪里肯认，反过来指责范仲淹"离间陛下群臣"，且说他与欧阳修、余靖、尹洙等人结为朋党，并将四人一同贬官。

宋皇帝致力于中央集权，最怕重臣结党，因此"朋党"是个百发百中的暗箭，皇上即使不信，心中也会存疑。

范仲淹这次离京，来送行的人已经很少了，因为不得不避讳"朋党"之嫌。但是仍有一位耿直的老臣王质赶到郊外饯酒，举杯说："范公此行，更觉光耀。"

范仲淹哈哈大笑："如今老夫前后已是三光了。"

从此，范仲淹得了个"范三光"的雅号。

三

在朝廷官员们口诛笔伐打内战的同时，党项族首领李元昊于景祐五年（1038）在灵武称帝，宣布建立大夏国，史称西夏，与辽宋形成三国鼎立的局面。

宋朝以“澶渊之盟”换来的平安局面，又被西夏撕开了一角。两军对战，宋军多次失利，西北吃紧。宝元三年（1040），吕夷简主动向仁宗推荐范仲淹，擢其为龙图阁直学士、陕西经略安抚副使，镇守陕西。

这也看出，吕夷简确为一代名相，虽与范仲淹往往政见不合，但对范公的为人与能力却是认可的。

欧阳修曾批吕夷简“二十年间坏了天下，其在位之日，专夺国权，胁制中外”，但是吕夷简虽然打击异己，却不会置人于死地，亦懂得相机善用。故而《宋史》评价他“于天下事，屈伸舒卷，动有操术”。

而北宋朝廷政治的相对清明，亦由此可见一斑。

范仲淹开赴西南边境，屯兵三年，深沟高垒，号令严明。他虽然并不曾亲自戎马上阵，但整顿边防，运筹帷幄，扭转了宋军一直被动挨打的局面，反守为攻，终于逼得西夏主动议和。

当时民间流传一句歌谣说：“军中有一韩，西夏闻之心骨寒；军中有一范，西贼闻之惊破胆。”

韩指韩琦（1008—1075），比范仲淹小九岁，弱冠登举，取得第二名的好成绩。他在西夏防御中与范仲淹并肩作战，并称“韩范”。

宋人重文轻武。韩琦知定州时，与名将狄青狭路相逢，因为狄青桀骜，韩琦便欲杀其部将焦用立威。狄青喊冤：“焦用可是战功累累的好男儿！”韩琦却轻蔑地一笑：“东华门外戴花游街的（指状元）才是好男儿呢！”到底当着狄青这只“猴”，杀了焦用这只“鸡”。

后来狄青官拜枢密使，虽然与韩琦品级一样，但是武官仍不如文官有体面，因此愤愤不平地说：“我与韩枢密同级，所差的不过是一个进士及第罢了。”

可是“进士及第”真的很重要。宋时律例“刑不上士大夫”，进士出身的官员即使犯错，也不过是降职贬官，过几年转个身就可以东山再起；而武官犯错，却动辄连降数级，甚至直接杀头的都有。

韩琦后来相三朝而立二帝，配享宗庙。狄青却因为文官们的接连弹劾，贬知陈州，最终抑郁而死。

天壤之别的命运，正是差在一个“进士及第”啊。这也就是范仲淹在关中遇到张载，明知其喜读兵书，有武将之才，却仍然力劝其致力学问，弃武从文的原因。

后来，张载果然进士出身，著书立说，成为一代大儒，创立“关学”，还写下了“横渠四立”这样振聋发聩的话：“为天地立心，为生民立命，为往圣继绝学，为万世开太平。”

范仲淹的理论是：“儒者自有名教，何事于兵？”

这种理论得到很多人的认可，连西夏人在背后都把范仲淹称作“小范老子”，议论说：“小范老子腹中自有数万兵甲，看来延州（今陕西延安）是不要再想了。”

于是，范仲淹便又创造了一个新成语：腹中甲兵。

而他的一首《渔家傲》成为脍炙人口的边塞绝唱，也就是写于这个时期，这是宋词史上第一首豪迈之作。此词牌首创于晏殊，原曲苍凉洒脱，仍是他一贯流光易逝、及时行乐的调调儿：

渔家傲

画鼓声中昏又晓，时光只解催人老。求得浅欢风日好。齐揭调，神仙一曲渔家傲。　绿水悠悠天杳杳，浮生岂得长年少。莫惜醉来开口笑。须信道，人间万事何时了。

范仲淹大概经常听老师唱这曲子，自己便也记熟了，于是在延边守关时，便也依谱填了一首，况味悠长不输原调，而气势雄浑青出于蓝。

我们再回到开篇来看看范仲淹的这首词：《渔家傲·秋思》。

开篇“塞下秋来风景异”，点明地点是在边关，时间是在秋天，萧瑟之气扑面而来。接着不急于写人，却写“衡阳雁去无留意”，借南飞的大雁写出边境之荒凉。雁尚且无留意，人又当如何？

此处既是倒装亦是用典，其实应作“雁去衡阳”。衡阳是历史名城，自古有“北雁南飞，至此歇翅停回”的传说，说北雁南来，到了这里就不再南飞了，栖息于城南回雁峰下，即潇湘八景之一的“平沙落雁”，故衡阳又雅称“雁城”。

“四面边声连角起”以声音塑造氛围，从视觉的辽阔到听觉的绵远，使得整首词音画效果同时达到极致。再一句“千嶂里”，让我们益发仿佛听到群山的回声，大地都跟着颤动起来。而后再回到视觉上，“长烟落日孤城闭”，从高到低，从远到近，整个世界都笼罩在这样一种苍凉悲壮的氛围里。

李陵《答苏武书》中有一段塞边听角的描写特别传神：“侧耳远听，胡笳互动，牧马悲鸣，吟啸成群，边声四起。晨坐听之，不觉泪下。”范仲淹这首词，很可能受其影响。

写完边声落日后，词的下阕聚焦于自身，点出思乡之情、报国之志：“浊酒一杯家万里，燕然未勒归无计。”

东汉年间，窦宪追击北匈奴，出塞三千余里，登燕然山刻石记功而还。而此时“燕然未勒”，指的是寸功未建，还没有完成退敌的任务。尽管军中将士思乡情切，可是匈奴未退，何以言归?

“羌管悠悠霜满地”，把酒临风，听羌人笛曲，看寒霜遍地，想家乡万里，何以成眠？故曰“人不寐”。

至此，情绪已是一叠翻上一叠，终于逼出最后“将军白发征夫泪”的叹息。

唐朝多边塞诗，而宋代边塞词的豪放之风却由范仲淹《渔家傲》首开先声，凡曾经兵事者无不成诵。

据说欧阳修听到后，曾嘲笑说：“真是穷寨主之词。”并且另填一首《渔家傲》赠予入关同僚，并自谓是“真元帅之事”。词中说：“战胜归来飞捷奏，倾贺酒，玉阶遥献南山寿。”当真善祝善祷，却毫无真情实感，败给“穷寨主”不是一个两个阶梯。

不过，宋初词坛还是婉约派的天下，因此范仲淹豪情多寄诗中，而词作内容往往以相思苦闷为主。除了影响深远的“碧云天，黄叶地”之外，另如《御街行》也流传甚广：

御街行·秋日怀旧

纷纷坠叶飘香砌。夜寂静、寒声碎。真珠帘卷玉楼空，天淡银河垂地。年年今夜，月华如练，长是人千里。

愁肠已断无由醉，酒未到、先成泪。残灯明灭枕头敧，谙尽孤眠滋味。都来此事，眉间心上，无计相回避。

四

庆历三年（1043）四月，范仲淹与韩琦一起从陕西边塞回到朝中，同任枢密副使。

仁宗正在励精图治之际，颇想有所作为，催促众臣尽快拿出救世方案。范仲淹遂上《答手诏条陈十事疏》，提出“均公田、厚农桑、修武备、减徭役”等十项以整顿吏治为中心的改革主张。宋仁宗采纳了大部分意见，施行新政。

但由于新政触犯了贵族权臣的利益，遭到当权者的强烈阻挠，并再次祭出“朋党”的绝杀来指摘范仲淹及其支持者。

次年初，范仲淹再次被贬，他的盟友韩琦、富弼、杜衍、欧阳修等人也都受到牵连，相继被排挤出朝廷，各项改革随之废止，史称“庆历新政”。

这次改革虽然以失败告终，却为后来的“王安石变法”拉开了序幕。

王安石盛赞范仲淹“名节无疵”，堪为“一世之师”；而写《资治通鉴》的史学家司马光则称他“前不愧于古人，后可师于来者”。王安石和司马光在政见上是不共戴天的死敌，然而两人对范仲淹的首肯竟是一致的。

宋朝第一诗人黄庭坚认为范仲淹“当时文武第一人”，连古板无趣的理学大儒朱熹都评价他是“本朝第一流人物”。

换言之，范仲淹是个完人。

范仲淹因为家贫，一门心思出人头地，耽误了谈恋爱，迟至三十四岁才结婚，但是没耽误生儿子。四个儿子后来都做了官，且官声清肃，居家俭朴，深得乃父之风。

有则逸闻，说范家长子范纯仁在朝廷做官时，有一次留同事晁端在家吃饭。晁端出门后一本正经地对旁人说："可惜啊，范丞相家的家风败坏了！"人们听到后都大吃一惊，忙八卦地聚拢来打听是怎么回事，是否范纯仁奢侈浪费挥金炫富了？晁端慢条斯理地答："范文正公有划粥断齑之德，子孙虽不至如此清素，也都是生活俭朴，平日饮食不过是青菜豆腐之类。这次他留我吃饭，竟然在咸菜豆腐上面放了一小坨肉，也太厚待我了吧。"众人大笑。

范仲淹自己的生活这样节俭，但是对族人却十分大方。或许是因为他曾随母改嫁，姓了二十多年的朱姓，直到年长后才有机会认祖归宗的缘故，对于范氏宗亲特别在意，不愿使范氏后代再经受自己幼时孤儿寡母贫苦无依之难。

于是，暮年之时，范仲淹捐尽家资，在苏州买田置屋，兴办义庄，周济族人，让族中孤寡贫弱者老有所养，幼有所依，并写下《告诸子及弟侄书》："自祖宗来，积德百余年，而始发于吾，得至大官。若独享富贵而不恤宗族，异日何以见祖宗于地下，今何颜入家庙乎？"

他还给义庄订立章程，设立族学和管理范氏宗族的公益基金，规范族人的生活，简直相当于一个小社会。这是最早的家族义庄，也是中国有史可查的第一个非宗教性质的民间慈善组织。

范仲淹一生乐善好施，不蓄余财。妻子衣食，仅能自充。临终时积蓄罄尽，一家人只在官屋借住，境况十分凄惶，葬仪也极其简单。然而对义庄的供给维持，却始终没有停止。

这样的人，非圣人而何？

直到范仲淹死后，他的儿子宰相范纯仁、尚书丞相范纯礼，仍然继承父志，不断增添义庄条例，维持义庄的供给。

范仲淹的义举，深深影响了天下士子，“吴中士大夫多仿而效之”，纷纷修建义庄，造福族人，“乡约”之风也随之兴起。因此，要说范仲淹是中国慈善事业的发起人也不为过。

范氏义庄在战火中几遭破坏，又被范氏后人加以整顿，捐助维持，直到清朝宣统年间依然运作良好，田亩增扩至五千三百亩。

从范仲淹置田建庄直至最终解散，范氏义庄共持续了八百多年，堪称慈善史上的奇迹。

五

诗人元好问评价：“文正范公，在布衣为名士，在州县为能吏，在边境为名将……在朝廷则又孔子所谓大臣者，求之千百年间，盖不一二见。”

为官，锐意创新改革吏治；填词，一不小心就成了豪放派的开山掌门；弹琴，平生只弹一曲《履霜操》；作文，对着一幅烟水图就能写出洋洋洒洒的千古奇文，同王勃的《滕王阁序》一起，成为中国文坛登临之作的双璧。

这样的人，不仅是完人，几乎是圣人。

我特别感兴趣的是范仲淹对琴曲的选择。

据说他雅好古调，“忘忧曾扣易，思古即援琴”。曾经拜师当朝第一琴师崔遵度，又专门拜访余杭隐士唐异学习琴道，想来琴艺必是精湛无双；但是反反复复，平生却只喜弹一曲《履霜操》，以至于得了个“范履霜”的美名。

他为什么会特别喜欢这支曲子呢？

“履霜”一词，源自《易经·坤卦》中的“履霜之戒”，意思是脚踏薄霜，须警严冬将至。因为霜乃冰之先兆，故寓意防患于未然。

《履霜操》一曲相传为西周尹吉甫之子伯奇所作。伯奇因遭后母陷害，被父亲赶出了家门，行于荒郊，“集水荷以为衣，采楟花以为食”，因伤郁而作是曲，歌之云：

朝履霜兮采晨寒，考不明其心兮听谗言。
孤恩别离兮摧肺肝，何辜皇天兮遭斯愆。
痛殁不同兮恩有偏，谁说顾兮知我冤。

伯奇为后母所害，而范仲淹有个后爹，不知道他是不是因为这个缘故才喜欢这首曲子。

当然这只是一种猜测，但是原生家庭对一个人的影响是延至终生的。少时的伤是内伤，寄人篱下的往事曾经给过范仲淹强烈的刺激，使他在弹起这首曲子时对伯奇有着本能的知己之感，也是很合理的。

同时，这是一首见谗抒愤之曲。范仲淹一生数次遭贬，身在宦海，如履薄冰，最终还死于左迁途中。他于抚弦之际独爱此曲，悲凉心态可见一斑。

范仲淹心怀宽阔，却对此曲情有独钟，也再次表现出他性格上的多重侧面。

范仲淹曾在家书《与中舍书》中说：“千古圣贤，不能免生死，不能管后事，一身从无中来，却归无中去。谁是亲疏，谁能主宰？既无奈何，即放心逍遥，任委来往，如此断了。”

他有一首著名的小诗《江上渔者》描写打鱼人出没风波的辛苦，其实又何尝不是他自身沉浮宦海的沧桑写照呢：

江上往来人，但爱鲈鱼美。
君看一叶舟，出没风波里。

或许，正是因为这种动荡不安、如履薄冰的生活，才让范仲淹特别敬佩或者说向往林逋的淡泊名利，远离红尘吧。他曾写诗《寄赠林逋处士》，赞他“风俗因君厚，文章至老淳”。

而林逋回赠了一首《送范寺丞》，其中有：“马卿才大常能赋，梅福官卑数上书。”赞誉范仲淹才华横溢可比司马相如，而正直敢言、心系天下，则有如直臣梅福。

这两位文友，虽然往来并不繁密，却彼此欣赏，是真正的知音。

而大家最熟知的范仲淹密友，则非巴陵郡守滕子京莫属。

滕子京，就是滕宗谅，与范仲淹同科进士。因事被贬巴陵郡，想在任上搞点动静出来，于是重修岳阳楼，以彰政绩。他非常明白自古以来，凡高楼雄台若无华彩文字便不得传世的道理，便邀请同年好友范仲淹写篇《岳阳楼记》为自己扬名。

但是范仲淹没来过湖南，也没见过岳阳楼怎么办？滕子京有办法，找人画了幅《洞庭晚秋图》，连同稿费一起“快递”给了老范。

范仲淹开卷一看，傻了：画上苍茫云水，烟波万里，有岳阳楼的一片瓦吗？

不过这也难不倒范同学，不是让我看湖水吗？那就写湖水吧：

予观夫巴陵胜状，在洞庭一湖。衔远山，吞长江，浩浩汤汤，横无际涯，朝晖夕阴，气象万千……

这篇文章，让善于制造成语的范仲淹批量发行，一口气创造了

“政通人和”“百废俱兴”“浩浩汤汤”“气象万千”“淫雨霏霏”“薄暮冥冥”“波澜不惊”“一碧万顷”“心旷神怡”“把酒临风”等数十个成语，还写了“不以物喜，不以己悲”“先天下之忧而忧，后天下之乐而乐”这样振聋发聩的警世名句，让千年后的中学生背得“死去活来”。

能写出这样的文字，自然是因为拥有这样的胸怀。范仲淹的这篇《岳阳楼记》，除了文采华赡成为后世学习的范文，更在精神上成为文人自励的楷模。正如同他自己赞颂好友时写过的一段话：

云山苍苍，江水泱泱，先生之风，山高水长！

皇祐三年（1051）五月，范仲淹抱病赶往徐州，方到任上即溘然长逝，享年六十四岁。

死讯传开后，朝野上下乃至西夏对手都为之哀痛，斋戒数日以示追念。

宋仁宗闻讯后也十分难过，追加范公为兵部尚书，谥号文正，且亲书褒贤之碑。

古代《谥法解》里对于称“文”的规定是很严格的，要符合“经天纬地”“道德博闻”“慈惠爱民”等六种情况之一方能得此号。道德完人范仲淹得谥“文正”，可称身后殊荣，实至名归。

范仲淹的神道碑则由欧阳修撰写，称其“公少有大志，每以天下为己任”。

这样的身后荣光，又岂是盛大的悼念仪式可比的。

范公此生，着实光耀！

张先：一树梨花压海棠

一

柳永因为风流而为士大夫们所不齿，即便年逾半百终于中了进士，做了官，也还是不能进入上流社会的朋友圈；虽然红颜知己无数，清歌艳曲流传，却极少看到有同辈词人与其唱和的身影，想来柳七也不是不寂寞的。

然而有一位与柳永同时且齐名的词人，同样是一生风流，老少通吃，却既不耽误偷香窃玉，也不妨碍吟风弄月；不但受到晏殊的重用被辟为通判，还收获了蔡襄、郑獬、李常等一大票吴中名士的友谊，且是苏东坡的忘年交。

这个人，就是张先。

张先（990—1078），字子野，乌程人（今浙江湖州）。四十岁中进士，因为曾任安陆知县，因此人称“张安陆”。

张先这辈子，那可真是风流倜傥，艳遇无数，至死方休。关于他最著名的故事，就是“一树梨花压海棠”了。

说的是张先八十岁的时候，娶了一位十八岁的小妾，得意之余，作诗一首晒“朋友圈”：

我年八十卿十八，卿是红颜我白发。
与卿颠倒本同庚，只隔中间一花甲。

新婚宴尔，高朋满座，前来道喜的宾客里，就包括了善戏谑的苏东坡，听到张先如此嘚瑟，遂和诗一绝取笑：

十八新娘八十郎，苍苍白发对红妆。
鸳鸯被里成双夜，一树梨花压海棠。

这里的“梨花”指八十老翁的满头白发，而“海棠”则指十八女儿的娇艳红颜，一个“压”字，道尽洞房花烛鸳鸯共枕的秘事，明明戏谑，偏偏雅致得很。因此这句即兴打油的“淫词”竟然不胫而走，也实在出乎张、苏二人的意料。

后来，好莱坞经典电影《洛丽塔》的中文译名，使用的是这句诗，致使此句为近人熟知。《洛丽塔》讲述的是一位中年大叔亨伯特与花季少女洛丽塔的情爱故事，后来“洛丽”或“萝莉”就成了少女诱惑的代名词，凡是被“中年怪黍蜀”觊觎的青春美少女，都被称为小洛丽。

再后来，某女星穿了一件满身绣花的礼服走红地毯，对着满世界镁光灯得意地宣称该设计灵感乃是来自“一树梨花压海棠”的优美意境，却不知将自己置于何地？没文化，真可怕！

八十老翁入洞房，竟还不是张先的最后一次做新郎。八十五岁那年，他又娶了一房小妾，苏轼又写了一首律诗嘲笑，其中有句：“诗人老去莺莺在，公子归来燕燕忙。”

苏轼这一打趣可好，从此“莺莺燕燕”就成了娇妾美婢的代称了。

不过这回张先没有太嘚瑟，却很低调地解释说，只不过因为夫人过世，自己娶房小妾解闷罢了，其实算不得花心："愁似鳏鱼知夜永，懒同蝴蝶为春忙。"

言若有憾，心实不足。张先在娶妾后又活了三年，于八十八岁高龄寿终正寝。他一生共有十子二女，八十岁娶的小妾还为他生了两男两女。最年长的儿子与最小的幼女之间年龄相差六十岁，兄妹俩走在一起，宛如爷爷领着孙女，倘不小心摔一跤，其情形，恰也似"一树梨花压海棠"了。

二

《石林诗话》说，张先"能诗及乐府，至老不衰"。他的词和晏殊是同一个路子，多反映士大夫的诗酒生活和男女之情，含蓄凝练，意象繁复，最善写相思："天不老，情难绝。心似双丝网，中有千千结。"缠绵入骨，至今还被谱入流行歌曲传唱大江南北。琼瑶小说《心有千千结》的灵感就是来自张先。

千秋岁

数声鶗鴂，又报芳菲歇。惜春更把残红折。雨轻风色暴，梅子青时节。永丰柳，无人尽日花飞雪。　　莫把幺弦拨，怨极弦能说。天不老，情难绝。心似双丝网，中有千千结。夜过也，东窗未白孤灯灭。

鶗鴂，是杜鹃的别名，谐音"啼绝"，始见于屈原《离骚》："恐鶗鴂之先鸣兮，使夫百草为之不芳。"也就是说当鶗鴂开始啼叫的时候，春天也就该走了，众芳凋零。故而作者在开篇说："数声鶗鴂，又报芳菲歇。"

作者因为伤春而不忍春光早逝，故而想折取花枝为念。奈何雨轻风暴，花尽谢去，梅子青青，柳絮绵绵，哪里还有什么残红堪折取？

下阕说我因伤春而想听歌解闷，可是亲爱的琴女啊，你弹琴时可千万别弹拨最细的那根弦，那根弦的声音太伤心了。

接着自己把最伤心的部分说出来了，天若有情天亦老，寸心愁作千千结，真是彻夜无眠，伤感不已。不知不觉，已是东窗将白，孤灯烛尽，无边清凉裹挟着我的伤心，更有何人能解？

多情的张先为言情圣母琼瑶阿姨提供了诸多灵感，他自己的爱情故事当然也不会少。

流传最广的一个，是说他在年轻时，曾与一个小尼姑发生了禁忌之恋。事情败露后，犯戒的小尼姑被住持禁闭在湖中小岛的阁楼上面壁思过，但这反而给张先和小尼姑提供了避开众人耳目幽期密会的便利条件。每当夜深，张先便偷偷划船渡河，爬上阁楼与小尼姑相会。这情形倒有点像西方的罗密欧与朱丽叶，只差一个弧形阳台。

罗密欧对着朱丽叶念了一首“那不是云雀是夜莺”的诗，让多情的女观众们哭得死去活来；而张先则为小尼姑留下一首《一丛花令》，让后世读者吟咏不已。

一丛花令

伤高怀远几时穷？无物似情浓。离愁正引千丝乱，更东陌、飞絮蒙蒙。嘶骑渐遥，征尘不断，何处认郎踪？双鸳池沼水溶溶，南北小桡通。梯横画阁黄昏后，又还是、斜月帘栊。沉恨细思，不如桃杏，犹解嫁东风。

不论这是不是与小尼姑有关，但它无疑是一首闺怨词中的上乘之作，描写的是女子独处高楼，望着情郎离开的背影默默流泪的情形。

开篇以问句起笔，这是从李煜“春花秋月何时了”之后宋代词人最常使用的手法，一句“伤高怀远几时穷”，写出女子曾无数次登高望远，伤怀身世，正是未来茫茫不可见，此恨绵绵无绝期。

问过之后，却不做正面回答，反以一句“无物似情浓”顾左右而言他，似乎没有作答，却又实实写出了两情到浓处，相思无了期的悲哀觉悟。正如张先在另一首《木兰花》中提到的：“人生无物比多情，江水不深山不重。”

既然情毒无药可解，一开篇就将情绪推到了极致，再抒情下去只会累赘，便宕开一笔，开始写景，也就是“伤高怀远”的所见所想：飞絮漫天，如离愁缠乱；飞马来去，可有我爱郎的踪影？

描绘过这一登高望远的女子小像后，作者在下阕才开始正式回忆两人的交往过程：“双鸳池沼水溶溶，南北小桡通。”

桡，就是桨，小桡就是小船。何惧春水隔开了鸳鸯，我自会划着小船儿通向你的心房。所谓伊人，在水一方，但得有舟楫，南北变通途。

船儿摇到你的画阁下，一架梯子从窗中递出，我且援梯而上，与你相会。彼时月朦胧，鸟朦胧，你我相偎相拥，爱意情浓。你对我说，身处佛门之内，终生不得自由，都说桃花薄命，而你还不如桃花，不得嫁东风。

又或者，这两句说的是两人已经分手，又到斜月黄昏，女子独立窗前，想着梯子已经架好了，小船儿却何时再至？似水流年，如花美眷，就这样白白地辜负，不禁沉恨细思，闲愁万种，遂发出“不如桃杏”之叹。

《皱水轩词筌》有评：

> 唐李益诗曰："嫁得瞿塘贾，朝朝误妾期。早知潮有信，嫁与弄潮儿。"子野《一丛花》末句云："沉恨细思，不如桃杏，犹解嫁东风。"此皆无理而妙。

说"无理"，是因为嫁潮水嫁春风都属脑洞大开之想，违背常识；说"妙"，却因其奇趣盎然，幽情益绝，新奇的比喻更加深刻形象地表达了女子的哀怨。

今天的女子同丈夫吵架，也会发狠说："我瞎了眼才会嫁给你，早知道嫁猪嫁狗也不嫁给你。"

然而诗人眼中的女子却说：我想嫁给潮水，因它涨落有信；我想嫁给东风，如花迎春开放。

个中境界，差之何异云泥？

三

张先和欧阳修都出自晏殊门下，也都得过晏殊的举荐为官。但是欧阳同学却一直没机会与张先结交，徒然一遍遍念着他的《一丛花令》抱憾不已。

直到有一天，张先路过欧阳修居所，主动登门拜访，乐得永叔同学连鞋子都来不及穿好就忙忙迎出门去，大笑说："这不是'桃杏嫁东风'郎中吗？"

从此，张先便得了个"桃杏嫁东风郎中"的美名。

一样是依红偎翠，拈香窃玉，然而柳永就被人批评"词语尘下"，张先却被晏殊引为亲信，连《珠玉集》都交给他作序，且于宴席间“往往歌子野所为之词”；以刚直闻名的欧阳永叔对他倒屣相迎，王安石、梅尧臣也都与他互相唱和，苏轼参加了他一次又一次婚礼，虽然作诗戏谑，却仍以忘年交为荣，这是不是有点不公平？

但这多少代表了古时士大夫的一种价值观：泡妞纵酒不要紧，狎妓放游也不要紧，写多少词令小曲送给妓女都不要紧，就是不能以此为业，当成正事来做。

比如被晏殊嫌弃的柳永的“针线闲拈伴伊坐”，非但没出息，而且简直以妓为妻，把泡妓院当成过日子了，这是士大夫们所不能容忍的。

宋代吴曾《能改斋漫录》评：“张子野与柳耆卿齐名，而时以子野不及耆卿。然子野韵高，是耆卿所乏处。”

这个韵，说的既是遣词造句的尺度，也是行文记事的品格。

《张子野词》中虽然也颇多宴前赠妓之作，但是这个尺度，把握得相当好。且看：

醉垂鞭

双蝶绣罗裙，东池宴，初相见。朱粉不深匀，闲花淡淡春。　　细看诸处好，人人道，柳腰身。昨日乱山昏，来时衣上云。

这首词以女子的装束开头，却只着重写她的裙子，上面彩绣双蝶，翩然若飞，给词人留下了极深的印象。

这是他们第一次见面时的情景，乃是在东池小宴上，女子朱粉轻匀，如春日闲花，人淡如菊，美不胜收。

既然是宴中初见，显然这女子不是什么良家女子，而是一名侑酒歌伎，而且，知道她的客人很多，对她的身材尤为夸赞，说是杨柳细腰、袅娜可爱。

但据词人看来，何止身材，这女子简直样样都好，而且特别会打扮。第一眼看到的是她绣着双蝶的彩裙，再一眼才注意到她素色的衣衫更加漂亮，像是染了昨夜山头的云。

这个云字，可以理解作“云无心而出岫”，也可以理解成“朝云暮雨”，充分渲染出了一种朦胧之美。或许这女子的衣衫是纯白色的，所谓云裳；又或许是粉色渐变，有如晚霞，故曰“乱山昏”；再或者是绘着云头，或者是满幅云烟，又或是长袂飘飘，如乱云垂地，随风摆动……

总之，可以解释的意思很多，留给我们的联想也很多。何必一定拘泥于所谓标准答案呢？我们只要知道，那一个女子，如娇花映水，细柳拂风，纤腰一挪，凌波微步，确是一个绝色美女就好了。

张先喜欢的女子，大多都是统一的形象：纤瘦，淡妆，身姿轻盈。

“肥唐瘦宋”，显然到了张先的时代，杨贵妃型的美女已经不受待见了，能做掌上舞的赵飞燕在李煜打造的金莲台上“借尸还魂”，瘦美人重新一统天下。

张先多次描写自己喜欢的美女，如《南乡子》中：“相并细腰身，时样宫妆一样新。”《醉红妆》中：“薄云衣、细柳腰。一般妆样百般娇。”

最著名的还要属《行香子》，从化妆到服装再到口才性情，全方位赞颂了一位名妓的风采：

行香子·般涉调

舞雪歌云，闲淡妆匀。蓝溪水、深染轻裙。酒香醺脸，粉色生春。更巧谈话，美情性，好精神。　江空无畔，凌波何处。月桥边、青柳朱门。断钟残角，又送黄

昏。奈心中事，眼中泪，意中人。

唐朝时，宴饮狎妓之风盛行，但是客人们最看重的并不是美貌，而是妓女的才艺尤其口才，言谈诙谐、妙语如珠为上；其次是音律，要能弹会唱，精通音律；再次是居处的装修水准与饮食招待，要让客人们待得舒服，吃得高兴，如此才能主雅客来勤。

比如蜀中诗妓薛涛，名动天下，都快成蜀中名片了。先后十一任川西节度使，没有一个到了成都不先拜会薛涛的，但是薛涛早已束发出家做了女冠，不复为青楼中人，而且也不再年轻了，为什么人们还会趋之若鹜呢，就是因为她的口才与诗名。

客人召妓饮酒或是邀集别的客人来青楼宴饮，自然需要这妓女会聊天，帮忙招待取悦客人，为宴会助兴，所以口才和幽默感是第一位的；不会说，会唱也行，表演个节目让大家耳目一新，也能活跃活跃气氛；要是这也不行，至少环境讲究，饮食有特色，也有个请客的名目。至于妓女美不美嘛，五官端正看得过眼就好，反正又不娶回家，要那么漂亮干吗？

此风沿至宋朝，尤为强劲。因为曲子词大量产生，客人宴前行令，填了新词出来，妓女却不懂得唱，可有多煞风景？所以这才艺二字，最为重要。一个不会弹唱的哑巴美人，再漂亮也是红不起来的。

张先这首词，开篇便赞美此妓“舞雪歌云”，显然能歌善舞，技艺超群；接着写她的妆容，是张先最爱的调调儿，“闲淡妆匀”，显然士大夫们审美品位极高，不爱浓脂艳粉，喜爱女子淡妆；再下来是服饰，仍是先看裙子，是湖蓝色长裙，于是张先的联想力又来了，这次不说昨晚的云彩堆积了，而认定这裙子乃是溪水染就；再然后是招呼功夫，“酒香醺脸”，侑酒妓身份无疑；最重要的是“巧谈话，美情性，好精神”，口才手段都是一流的啊。

揄扬溢美至此，下阕却一反前调，写出女子在宴罢人散之后的清冷忧伤：独立于江畔无人之处，于画角声中望断黄昏，无限心事，千言万语，谁人知晓？

只有一个女子才貌出众，充分引起了客人注意，才会让人进一步关注到她的内心，甚至联想到她是不是有了意中人。

当然了，美人必有心事，而且连眼泪也是美丽的，要不怎么叫“美丽与哀愁”呢？不美丽，谁会心生怜惜，关心你的哀愁？

四

《行香子》对一名歌伎进行了如此从外表到内心的全方位描写，自然会成为青楼最爱，席上金曲，被人时时唱起。

有人称赞张先说：“先生诗词精工，为人称道，大家背后都叫你‘张三中’呢，‘心中事，眼中泪，意中人’，真正绝妙好词。”

这高帽戴得相当端正，可是张先却还不满意，自卖自夸说：“为什么不叫我‘张三影’呢？我平生最得意的三首词，‘云破月来花弄影’‘娇柔懒起，帘押残花影’‘柳径无人，堕絮飞无影’，不是更应该大书特书吗？”

张先提到的三首词中，又以“云破月来花弄影”最为著名。

天仙子

水调数声持酒听，午醉醒来愁未醒。送春春去几时回？临晚镜，伤流景。往事后期空记省。　　沙上并禽池上暝，云破月来花弄影。重重帘幕密遮灯，风不定，人初静。明日落红应满径。

这是张先的又一首伤春之作，写于他在嘉禾做判官时，当时已是年过半百，遂时有临老伤春之叹。

《水调》，是《水调歌头》的简写，也是宋初很流行的曲牌。把酒听歌，本是士大夫生活最常见的优裕常态，不过作者不觉快乐，而是满心闲愁。因为“临晚镜，伤流景”，面对暮春时节，想到从前年少光景，感慨如今时光飞逝，忧虑将来时日无多，件件都让人心生烦恼。

池上鸳鸯并宿，益发显得自己形单影只（也不知道他众多的妻妾哪里去了）。看着月亮从云后面出来，花枝影乱，微风不定，人们渐渐都沉睡了，自己也转身回屋了，所以是“重重帘幕密遮灯”。

虽然睡下，心思却还不能平静，仍是思前虑后，闲愁万种，怜惜地想：明天风停，一定又是落花满径了。

这首诗中的“影”字固然用得妙，“云破月出”岂非更妙，而最妙处，则在于一个“弄”字，成为诗词“炼字”的模范案例。

其实，张子野又何止“三影”呢？《青门引》中“那堪更被明月，隔墙送过秋千影”，《木兰花》中“中庭月色正清明，无数杨花过无影”，以及诗作中“浮萍断处见山影”，也都清奇巧丽，令人拍案。

《天仙子》新词一出，又是风行天下，再次经年累月占据金曲流行排行榜首。有一次工部尚书宋祁去拜见张先，便对门房说：“请通传，宋尚书求见‘云破月来花弄影’郎中。”

张先听说是宋祁来了，大笑出迎说：“原来是‘红杏枝头春意闹’尚书到了。”

于是，名号繁多的张子野，于“张三中”“张三影”“桃杏嫁东风郎中”之外，又得了一个“云破月来花弄影郎中”的绰号，而宋祁，也跟着成了“红杏枝头春意闹尚书”了。

“红杏尚书”宋祁，你的世界我永远不懂

一

王国维在《人间词话》中讲究炼字之功时，将张先与宋祁并提举例：

> 红杏枝头春意闹，著一“闹”字而境界全出；云破月来花弄影，著一“弄”字而境界全出矣。

张先人称“张安陆”，而“红杏尚书”宋祁，正是湖北安陆人。

宋祁（998—1061），字子京，天圣二年（1024）和哥哥宋庠一同考中进士，后历任知制诰、工部尚书、翰林学士等职，与欧阳修共同修撰《新唐书》，谥景文。

宋祁的才学在哥哥宋庠之上，考举时本来排名第一，但是刘太后御览时看到兄弟同榜，摇头说：哪有弟尊而兄卑的道理？遂将宋庠改为头名，而将宋祁排于第十名。

但是坊间却觉得这代表了兄弟二人“双状元”，将他们称为“大宋”“小宋”。

宋祁少年时家境贫寒，比范仲淹强不了多少，连书也是靠租借来读，哥哥读完了弟弟读，有时还要轮换抄写。

后来兄弟俩一齐中举做了官，宋祁便开始大手大脚挥霍奢侈起来，到处参加派对，尤其喜欢往晏殊家钻，往往欢饮达旦，早晨起来连家都来不及回就要赶去上朝。

一日，宋祁又从晏家酒宴出来，直接上朝去了。谁知当日议题竟是关于晏殊罢相事，而这个罢贬敕书，便由身为翰林学士的宋祁草拟。

人们都想着宋祁在公是晏殊门生，在私是晏家酒客，如今奉命拟诏，怎么也会笔下留情，轻轻揭过。孰料宋祁趁着昨宵余醉，洋洋洒洒，挥墨淋漓，竟然毫不留情地在书中大斥晏殊借军事谋利，敛财无度，大帽子一顶一顶压过来，把满朝文武都听傻了。

晏殊被贬，宋祁没处蹭酒席，就自己做起东道主来，夜夜笙歌，拥妓醉饮。

难得他怜香惜玉，雨露均沾，对每个女子的情绪都很照顾。有次在锦江设宴，天气微凉，宋祁命婢女取半臂（坎肩）来御寒。结果每个婢女都争着殷勤，一时取了十几条来，这让宋大人十分发愁，不知道接受谁的才不让美人觉得自己偏心，索性一条都不穿，“忍冷而归”。

宋祁的夜夜饮宴穷极奢侈让哥哥宋庠很是看不过去，遂劝诫说：“你忘了当初我们是怎么样咸菜稀粥彻夜读书的吗？如今这般作为，岂非忘本？”

宋祁理直气壮地反驳：“可是我们从前吃咸菜喝稀粥彻夜苦读，不就是为了换取这欢乐今宵吗？”

宋庠被噎得无言以对，于是宋祁拿过琵琶来，继续高唱：“至如今，始惜月满、花满、酒满……倚兰桡，望水远、天远、人远。”

其实，宋祁的论调很符合宋朝士大夫及时行乐的普遍心态，论起源头，还要承自宋太祖“杯酒释兵权”时对大臣们的谆谆鼓励：“多积金帛田宅以遗子孙，歌儿舞女以终天年。”

这在为宋祁赢得“红杏尚书”美名的词作《玉楼春》中表达得尤其彻底：

玉楼春·春景

东城渐觉风光好，縠皱波纹迎客棹。绿杨烟外晓寒轻，红杏枝头春意闹。　　浮生长恨欢娱少，肯爱千金轻一笑！为君持酒劝斜阳，且向花间留晚照。

这首词上阕写游湖。縠（hú）皱，即皱纱，形容波纹细如皱纱。棹（zhào），船桨，代指船。

作者用了一个“迎”字，使湖水拟人化，显得轻盈欢快；又用了一个“闹”字让杏花得生机，益发活泼明媚。在宋词中，这样鲜明亮丽的色彩是很不多见的。

可惜的是，下阕便又回到了春光苦短的老调调儿上来了，词人感慨浮生若梦，欢少苦多，不如及时行乐，豪掷千金，但求美人一笑，所以满斟了酒敬夕阳一杯，好言相劝：何不暂住共饮，留照花间?

最后一句语出李商隐诗《写意》：“日向花间留返照，云从城上结层阴。”意思是留住夕阳余晖，且在花间多照一会儿吧。

先有李白之“举杯邀明月”，后有苏轼之“把酒问青天”，俱是神夺天工之妙句，而宋祁这句“为君持酒劝斜阳”，可谓与“诗仙”“词圣”鼎足而三矣。

二

显然宋祁很喜欢李商隐的诗，倒背如流，经常在自己词中盗用几句，从没给李家后人付过版权费。

除了上面这首《玉楼春》，还有一首《鹧鸪天》用得更是抄你没商量：

鹧鸪天

画毂雕鞍狭路逢，一声肠断绣帘中。身无彩凤双飞翼，心有灵犀一点通。　　金作屋，玉为笼，车如流水马游龙。刘郎已恨蓬山远，更隔蓬山几万重。

关于这首《鹧鸪天》还有个故事，说有一天宋祁走在开封繁台街上，正好碰见皇家车队经过，有辆车子的窗帘被拉开，探出一张如花美面来，一个女子的清脆声音带着惊喜响起："那不是小宋吗？"

车子迅即驰远，宋祁却沉浸在这一声呼唤中久久不能回神。虽只是擦肩而过，可是女子的面貌与声音却瞬间刻在了宋祁心上，让他再也不能平静。

宋祁想笑，想喊，想大叫，待想到再也无法见到这禁苑女子时，又忍不住潸然泪下。百感交集中，他写下了这首《鹧鸪天》。

首句说的是他与宫女的邂逅，那女子乘坐着雕镂精美的车子与他陌路相逢，喊了一声"小宋"，令他从此魂牵梦萦。

这是故事的缘起，也是全诗中唯一由作者原创的句子。接下来便开始东拼西凑了，说自己明明与佳人心意相通，却偏偏不能在一起，只为她住在金屋玉笼之中，隔断红尘，暗指女子身份乃在宫中御苑。

“刘郎”的典故说的是汉明帝时，刘晨和阮肇入天台山采药，因为迷了路，采桃充饥，后来得遇两位仙女邀他们进入山洞，四个人一起生活了半年，每日饮酒欢歌，乐不思蜀。过了半年，二人回到家乡，才发现中间已经数百年过去了。

仙女可遇不可求，蓬山本在沧海间。这句说的是相遇已经是难而又难的了，宛如刘郎遇仙山一般偶然，何况我心中的仙女还在仙山之外，今生今世还有再见的机会吗？

这真是一句好词，可惜不是宋祁的原创，而出自李商隐的《无题》诗。

宋祁这首词一共八句，其中六句都是抄的，不仅抄了李商隐的“身无彩凤双飞翼，心有灵犀一点通”“刘郎已恨蓬山远，更隔蓬山一万重”，还抄了李商隐侄子韩偓的“绣屏金作屋，丝幰玉为轮”以及李后主的“还似旧时游上苑，车如流水马如龙”。

这哪里是填词，分明是集句！

但是事情就是这么不公平。宋祁这首东拼西凑之作，因为荟萃了这么多名家经典，竟也成了打榜金曲，传唱得连宋仁宗都听说了，便叫来所有宫女问：“那天是谁在街上喊了小宋的名字？”

再三询问之下，一个宫女站了出来说：“之前在宫中侍宴时曾听大臣议论，都管他叫小宋。那日在街上偶遇，就喊了一声。”

仁宗大笑说：“蓬山不远矣。”遂将宫女赏了宋祁。

抄诗竟抄出一个美人来，真是没天理。

三

宋祁平生多次创作落花诗。少年时，安州太守夏文庄听说宋家兄弟文名，曾设宴邀见，席间命他们以落花为题吟诗。

宋庠先说："汉皋佩冷临江失，金谷楼危到地香。"

宋祁后说："将飞更作回风舞，已落犹成半面妆。"

夏文庄点头称叹说："咏落花而不言落，大宋当状元及第，且风骨秀重，以后当作宰相。小宋不及其兄，但应该会登科中举。"

后来的故事我们都知道了，因为太后的凤笔改卷，宋庠状元及第，后来更是官居宰相，而小宋亦金榜高中，但只落了个第十名。

而大宋的宰相之位，据说最初也是提名宋祁的，但是仁宗想了想没有接受，却给了兄长宋庠。宋祁则改任龙图阁学士、史馆撰修。

这是原应属于宋祁的荣耀再一次莫名其妙转落到了哥哥头上，宋祁对这样的命运大概也是徒呼奈何吧。

不过从历史的眼光来看，也许这样对宋祁更好。宋代多少宰相，无论生前如何荣耀繁华，也只是沧海一粟；而宋祁与欧阳修编纂的《新唐书》，却可以位列二十四史之一，宋祁也得以史家之名永垂青史。

暮年时，宋祁又赋落花云："香随蜂蜜尽，红入燕泥干。"

有心人听到，叹息说："只怕宋祁将与落花俱尽。"

不久，宋祁果然去世了。

这故事，也被记录在了陆游的《老学庵笔记》中，且与李煜并提：

> 李后主《落花诗》云："莺狂应有限，蝶舞已无多。"未几亡国。宋子京亦有《落花》诗云："香随蜂蜜尽，红入燕泥干。"亦不久下世。诗谶盖有之矣。

临终前，宋祁自己先写好了墓志铭，并亲自撰就一篇"遗戒"，交代后事："三日殓，三月葬，慎无为流俗阴阳拘忌也。……冢上植五株柏，坟高三尺，石翁仲、他兽不得用。"

意思是说，丧事一切从简，不要被时风流俗所拘，找阴阳先生堪舆起坛地费事，只停放三日意思意思就可以下葬了。坟上也不用弄那些夸张装饰，守墓石人牛马什么的一概不用，只种五株柏树即可。

他且交代说："吾学不名家，文章仅及中人，不足垂后。为吏在良二千石下，勿请谥，勿受赠典。"

这是说自己学问普通，文章平平，不足以传诸后世，做官也只是个小官，所以让儿子们在自己死后不必上奏请求谥号，亦不接受朝廷赠典。

宋祁生平喜豪奢，乐酒宴，临死却这般节俭省便，不知何意。

这件事就和他为什么要撰文大骂晏殊一样，令人生疑。我只能说，若不是史官把宋氏两兄弟的遗嘱弄错了，就是天才的世界，凡人实在不懂。

欧阳修：此恨不关风与月

一

前面已经讲过很多关于欧阳修的小故事了，但是直到本篇才进入永叔正传，从这一点也看出这个人物的重要性。

名人之所以能成为名人，就是他会在很多人的生命中留下痕迹，影响众生。

欧阳修是晏殊的学生，苏轼的恩师，官至翰林学士、枢密副使、参知政事，倡导北宋诗文革新，主修《新唐书》，撰写《新五代史》，有《欧阳文忠集》传世。

也就是说，他不仅是文学家、诗人，还是政治家、史学家，牛不牛？

他的学生苏轼评价他：“论大道似韩愈，论事似陆贽，记事似司马迁，诗赋似李白。”

这四句话体现了欧阳修在散文、政论、撰史、写诗四个方面的才干和成绩，样样拔尖。

韩愈是“唐宋八大家”之首，而在科举试中选出韩愈的座主正是陆贽。那一届的榜单被称为“龙虎榜”。

而欧阳修任主考官的那届科考，声势成绩远远超过历代金榜，遂带着自己的门生苏洵、苏轼、苏辙、曾巩，浩浩荡荡加入了“唐宋八大家”之列，与韩愈齐名了。

前面说过，范仲淹是个“完人”，少时家贫而刻苦好学，身居高位而胸怀天下，为人正直而才华横溢，可谓人见人夸，花见花发。

欧阳修的经历与他像极，也是幼年丧父，自强不息，发愤苦读，位极人臣。

范仲淹刻苦读书的故事叫“划粥断齑”，而欧阳修的励志故事叫“画荻教子”。

欧阳修，字永叔，出生于景德四年（1007）六月，是家中的独子，而且是老来子。他出生的时候，父亲已经五十六岁了，对这个孩子的宝贝可想而知。

可惜的是，在他四岁的时候，父亲就去世了，家中贫至“无一瓦之覆，一垄之植”，母亲只得带着他到湖北随州去投奔其叔父。孤儿寡母，寄人篱下，自然要省吃俭用。

母亲想教他读书写字，却又不好意思向小叔伸手要钱买纸笔，就以荻秆在沙地上书写教子。

欧母画荻，与孟母三迁、岳母刺字一样，都是中国女性传统美德的集中体现，有着言传身教的深远影响。

在母亲的教育下，欧阳修发愤图强，严于律己，他天资聪颖，每每借书来抄时，往往书抄完，也背完了。作诗习赋，少年老成，下笔已如成人。

叔父见他如此聪慧，便不介意长线投资，且对大嫂说：“永叔有奇才，将来必可光宗耀祖，名扬天下，嫂子就等着享福吧。”

但是欧阳修的科举之路并不顺利，接连两次报考落第，就在叔父开始犹豫要不要切断他的教育基金的时候，他却在开封府最高学府国子监以及之后的考试中，连中三元，母亲与叔父长舒了一口气。

虽然宋朝科举录取的进士远比唐朝要多，但是贡院里也容不下全国百万学子向官之心，所以必须先要通过地方选拔，取得“贡生”资格后才能参加礼部省试。这种选拔被称为“解试”，于大举前一年就开始在各州郡举行。

如果通过了解试而未能通过省试，那么成绩就算作废，下次还要从头来过，重新考取贡生资格。所以唐宋学子的求官之路当真是千难万险，比过五关斩六将还要惊险。

通过了省试，就算是进士了。最后的殿试通常不会再黜落考生，而只是由皇上亲自决定名次，正式成为“天子门生”。

且说天圣七年（1029）的春天，欧阳修先是在国子监的广文馆试、国学解试中均获第一名，成为监元和解元，又在第二年的礼部省试中再获第一，成为省元，于是声名大震。

最后的金殿面试在即，坊间都传言欧阳永叔必夺状元，甚至黑市里已经放起暗花来。欧阳修也是信心满满，还特地做了身新衣服准备接榜时穿。

他有个同学叫王拱辰，看到欧阳修的新衣服，故意抢过来披在身上说：“我穿状元袍子啦！”

没想到，殿试那天，王拱辰真的中了状元。而欧阳修却只排在第十四名，位列二甲进士及第。

后来主考官晏殊说，欧阳修未能夺魁，主要是因为名声太响亮，众考官欲挫其锐气。但是我猜，真正的原因可能是赌市里买欧阳修的人太多，如果让他中了状元，赌坊关张都赔不起。

这王拱辰的身世和欧阳修差不多，也是自幼丧父，且是家中长子，很小就挑起了家庭重担，照顾寡母和三个弟妹。他的读书刻苦也不在欧阳修之下，经常天不亮就起床读书，十几岁就写得一手好文章，中状元这年只有十九岁。

真是，你惨我比你更惨，你用功我比你更用功。可见王拱辰取代欧阳修成为状元，倒也不是偶然的。

要说这两个人的缘分也真是奇特，既在殿试前有“夺衣”之谑，更在中榜后有“连襟”之情，而且还“连”了不止一回，关系错乱纠结得让史官们打起笔墨官司来。

原来，宋代科举素有“榜下捉婿”之风，因为举子们只要进士五甲以上便可直接授官，而且升迁快，级别高，远比其他途径入仕的人要占优势。两宋宰相中，进士出身的人占到九成以上，正所谓“满朝朱紫贵，尽是读书人”。

新科举子这样有前途，也就成了达官贵人心目中理想的乘龙快婿，因此每年进士张榜之日，便有众豪门家丁守在榜前，但见哪位举子高喊“我中啦”，便立刻一拥而上，扛了就往府里跑。最疯狂时，竟有一日之间“中东床者十八九”的盛况发生。连“捉婿”的嫁妆都打起擂台来，且水涨船高，比房价涨得还快。

北宋笔记《萍州可谈》载：“近岁富商庸俗与厚藏者，嫁女亦于榜下捉婿，厚捉钱以饵士人，使之俯就，一婿至千余缗。”

缗，是古代穿铜钱的绳子，每串一千文。“捉婿”还有价码，成不成先来一千多缗嫁妆钱，这对于寒门士子来说可是太诱惑了。要知道，北宋宰相的月薪才三百缗，成为富家之婿，何异于少奋斗十年？

最恶搞的是有一个叫韩南老的新科进士，已经七十多岁了还被人提亲，于是作了一首绝句回复：

读尽文书一百担，老来方得一青衫。

媒人却问余年纪，四十年前三十三。

当时，户部侍郎薛简肃家有几个女儿，都已过了及笄之年，正火眼金睛地要在新科进士中挑女婿呢。年轻新秀欧阳修和王拱辰便都被薛大人罗至门下做了女婿，三家人做起姻亲来。欧阳修还要称王拱辰一声“姐夫”。

欧阳修和王拱辰都是穷小子出身，一结婚就有高额嫁妆可收，自然也很乐意“被捉”。可是王拱辰克妻，没过几年薛大小姐死了。薛大人痛哭一场后，想来想去，还是舍不得王拱辰这个女婿，干脆又把小女儿嫁给了他做续弦。

这么着，王拱辰继续和欧阳修做连襟，却从姐夫变成了妹夫。欧阳修遂写了副对子调笑他：“旧女婿为新女婿，大姨夫做小姨夫。”

二

欧阳修中举后分配的第一份工作是西京留守推官，也就是钱惟演帐下秘书。其间与梅尧臣、尹洙等结成文学社，互相切磋。

欧阳修自幼喜读韩愈，并以之为榜样，反对骈文，效法两汉先秦的“古文”，留下许多名篇。

钱惟演本身是“西昆派”的中坚人物，却对主张维新的年轻诗人们十分提携，实行“富养”政策，少派工作多给钱，还给他们专门拨了一个院子做雅集会所。从这一点可以看出吴越王族“陌上花开缓缓归”的宽容大度。

欧阳修一改从前的清苦简约，过上了“座上客常满，樽中酒不空”的日子，活得十分潇洒滋润。

今人提起“一代道宗”欧阳修，都以为必是满口礼仪一本正经的道学先生，其实，欧阳修年轻时很是风流多情，甚至可以说是年少轻狂，不亚于柳永。

有一天，钱惟演在后花园设宴，酒过三巡，欧阳修和一位官妓托词解手，先后失踪了，过了许久才姗姗归来。梅尧臣、谢绛、尹洙等都不怀好意地笑起来，钱惟演自然也是知情的，假装生气地责问官妓为何迟到。官妓说不小心丢了金钗，找来找去找不到，累了，不知不觉在水榭里睡着了。

钱惟演明知她满口扯谎，却不戳穿，只道："不如你唱支曲子说明此事缘由，唱得不好，两罪并罚；唱得好，不但不罚，我还会赔你一支金钗。"

官妓忙向欧阳修求助。那还有什么可说的，欧阳修赶紧濡墨挥毫，立就一首：

临江仙

柳外轻雷池上雨，雨声滴碎荷声。小楼西角断虹明。阑干倚处，待得月华生。　　燕子飞来窥画栋，玉钩垂下帘旌。凉波不动簟纹平。水精双枕，傍有堕钗横。

这首词上阕写闺中女子夏日傍晚倚楼望月的慵懒心情，细雨荷声，意境幽美；下阕则写出沉酣一梦，圆了女子水榭小憩的谎言，还没忘了补上那支钗子。

钱惟演听了，哈哈大笑，不但没罚官妓，还赏了她许多珠宝。

好上司、好工作、好朋友、好情人，欧阳修在洛阳的日子过得好不快活。

但是快活的日子里也有很不痛快的时候。欧阳修在洛阳大哭过两回，一回是钱惟演被贬，欧阳修为他送行的时候，写了首五言律诗《留守相公移镇汉东》；二是任满离开，父老乡亲为自己送行的时候，欧阳修流着泪写了首《玉楼春》交给歌伎，唱得一众宾客泪洒当席：

玉楼春

尊前拟把归期说。未语春容先惨咽。人生自是有情痴，此恨不关风与月。　　离歌且莫翻新阕。一曲能教肠寸结。直须看尽洛城花，始共春风容易别。

开篇“尊前拟把归期说”点明时间、地点、事件，乃是在暮春时节，送别宴上，一说要走的这件事就哽咽难言，这是有多舍不得离开啊。

伤春与伤别，俱是人生多情事，天生了这敏感心肠，感受的悲伤也就比别人为多，其实与风月无关。

“人生自是有情痴，此恨不关风与月。”这句词风流晓畅，婉转清奇，堪为天下情种写照，从此传唱不休。

下阕“离歌”承上启下，听着座中弹唱的送行曲，柔肠百结，不忍再听。想想洛城三年，还没有看遍春花秋月，就这样告别，怎能甘心？

欧阳修曾有《洛阳牡丹记》，可见对“洛城花”的感情相当深厚。

当然，“洛城花”亦可作双关语看，代指座前弹唱的妙龄歌伎们。

洛阳是欧阳修人生的重要地标，他在此第一次真正享受到了雍容闲适的文士生活，因此对“洛城花”有一种近乎初恋般的情感。另有一首《浪淘沙》，是赠予另一洛城好友梅尧臣的：

浪淘沙

把酒祝东风，且共从容。垂杨紫陌洛城东。总是当时携手处，游遍芳丛。　　聚散苦匆匆，此恨无穷。今年花胜去年红。可惜明年花更好，知与谁同？

欧词的最大特色在于措辞通俗而意境深远，情致婉约而气态潇洒，并且擅长化用唐诗妙境。比如这首词下阕抓住赏花的“去年”“今年”“明年”三个时间点，充分写出今昔之叹，其创意分明从“去年今日此门中，人面桃花相映红”化来，朴实直白如口语，却又韵味无穷，丝毫不见伧俗。

因此王国维评价他：“于豪放之中，有沉着之致，所以尤高。”

三

景祐元年（1034），二十八岁的欧阳修回到东京开封做了馆阁校勘，参与编修《崇文总目》。

十年为官，让他有了新的伙伴、新的追求，参与了范仲淹、韩琦、富弼等人的“庆历新政”，成为革新派干将，提出改革吏治、军事、贡举法等主张。

庆历五年（1045），新政失败，范、韩、富等相继被贬，欧阳修上书抗争，且写信大骂谏官高若讷：“范仲淹刚正博学，无人能及，如今无罪被贬，你作为谏官不辨忠奸，还有何面目出入朝廷，简直是不知羞耻！”甚至叫阵说：“你如果不要脸，就拿这封信给皇上看，把我也贬官算了。”

他没能估计到的是，高若讷真的就不要脸，真的就拿了这封信向皇上告状，于是欧阳修也就真的被贬了。

欧阳修再接再厉，又巨笔如椽写了篇《朋党论》力辩，提出“小人无朋”的论点，令人动容。而被他斥为“小人”的敌对方也没辜负了这个名号，真个使出了最小人的撒手锏，拿欧阳修的作风问题做文章，诬蔑他与外甥女通奸。

理由竟是欧阳修的一首双调：

望江南

江南柳，叶小未成阴。人为丝轻那忍折，莺怜枝嫩不胜吟。留取待春深。　　十四五，闲抱琵琶寻。阶上簸钱阶下走，恁时相见已留心。何况到如今。

在宋朝，台谏官拥有“风闻奏事”的特权，即对传闻中得到的举报材料，不问真假，便可据而弹劾大臣，即使是诬告也不必担负任何责任。倘若被告无辜，那就想办法自证清白吧。

因此且不管欧阳修通奸是否属实，帽子反正是先戴上了，立案再审。

《乐府余论》记述了欧阳修的答辩理由：“丧厥夫而无托，携孤女以来归。张氏此时年方十岁。”说写词时外甥女才十岁，与词中少女根本不是同一个人。但是敌对方强辩说：“这不正是学簸钱的时候吗？”牵强附会如此，也可谓欲加之罪，何患无辞了。

此案虽然查无实证，但是宋仁宗仍然在压力下以“有伤风化”为由将欧阳修贬出京城，任滁州（今安徽滁州）太守。

欧阳修深知，“若臣身不黜，则攻者不休”，他对皇上毫无怨怼，对朋友问心无愧，走得十分坦然。

欧阳修词中颇多香艳之作，宋代道学家曾慥《乐府雅词》认为皆属“仇人无名子所为”，是敌对方写了来攻击欧阳修的。但就词论词，这些作品雅俗相间，灵动生姿，艳而不妖，便归于文忠公亦无妨碍。

更何况，“词为艳科”，欧公本就是多情种子，喜作宴游，作这许多艳词也在情理之间，其实不必推诿。

比如有首《南歌子》，描写一对新婚夫妇的亲昵密语，如何梳妆打扮，如何绣花写字，闺中情趣，溢于纸上：

南歌子

凤髻金泥带，龙纹玉掌梳。走来窗下笑相扶，爱道画眉深浅入时无？　弄笔偎人久，描花试手初。等闲妨了绣功夫，笑问鸳鸯两字怎生书？

这首词上阕引用唐人朱庆馀诗句“画眉深浅入时无”，描写女子的装束和体态，凤髻、金泥带、龙纹、玉掌梳，四种意象彼此衬托，对仗十分工谨，措辞典雅华丽，将新嫁娘雍容之态尽显无遗。这与辛弃疾的“蛾儿雪柳黄金缕，笑语盈盈暗香去”一样，都是用头饰的繁复重叠来写出一种堂皇绮丽的情境。

一句“走来窗下笑相扶”，可见女子不是明珠暗投，而是理直气壮地为悦己者容，且这被悦者是领情的，已经早早迎上来了。于是女子娇笑相问：我今天的眉妆画得可好？其亮丽心情，如闻如见。

下阕又用了一个工对来描写女子形态，虽在弄笔描花，却不认真，而是一味倚在爱郎身边撒娇，娇滴滴地问：鸳鸯两个字怎么写啊？

上下阕中女子各问了一句话，都问得恰到好处，情意绵绵。而且行文流丽，直白而不伧俗，柔艳而不冶媚，实为词中上乘之作。

只是这句“等闲妨了绣功夫”与柳永的“针线闲拈伴伊坐”颇为相类。若说是写实之作，那么欧阳修是又娶了新娘吗？以闺中事公之于众，毕竟不雅；倘若如柳永般也为赠妓之作，则又不免“以妓为妻”之嫌。

或许，这便是曾慥等极力维护，认为此词绝非文忠公所作的缘故吧。

在这次壁垒分明的“庆历新政”舌战中，御史中丞王拱辰坚定地站在了欧阳修的对立面。

王拱辰和欧阳修同年同朝又连襟，可谓几世修来的缘分。可是两人的政治立场却截然相反，欧阳修写《朋党论》为自己和范仲淹等新党大声疾呼。而王拱辰却论奏不已，罗织罪名贬斥滕子京、苏舜钦等人以孤立范仲淹，甚至干脆“居家自贬”，使出要挟手段逼皇帝就范，令仁宗都反感地批评他“沽名”。

也正因为如此，王拱辰在后世风评不高，招牌不响。

不过，他有个曾外孙女可是名声赫赫，乃是千古第一才女李清照。

李清照是欧阳修的铁杆粉丝。欧阳修撰写了今存最早的金石学著作《集古录》，李清照与丈夫赵明诚在此启发下写了《金石录》；欧阳修有词《蝶恋花》，李清照酷爱其首句“庭院深深深几许”，并以此为题填词数阕，向前辈致敬。且看欧阳修原词：

蝶恋花

庭院深深深几许？杨柳堆烟，帘幕无重数。玉勒雕鞍游冶处，楼高不见章台路。　雨横风狂三月暮，门掩黄昏，无计留春住。泪眼问花花不语，乱红飞过秋千去。

四

正所谓“君子坦荡荡，小人长戚戚”。也就是在这样的坦荡心境下，欧阳修虽然被贬滁州，却丝毫不会怨天尤人，而是逍遥山水，怡然自得。

沈括《梦溪笔谈》里记载了一个欧阳修知滁州的小故事。当地有个教书先生因为学生不来上学，就找到学生家登门授课，可学生不肯开门。这先生就递状告到了衙门，三班奉职王向判决：

礼闻来学，不闻往教。先生既已自屈，弟子宁不少高？盍二物以收威，岂两辞而造狱？

宋朝律制，诉状正文不得超过二百字，所以如何简明扼要还能辞情并茂地把案件说清楚，绝对是一门学问，这也是打官司必定要请好讼师来代写状子的原因。因为写状子，当真是门技术活儿。

反之，官衙批复状讼，自然也要讲究文采，除了道理明白外，还要引经据典，以示公理。这就和今天的法庭诉讼中，律师们总是要援引以往案例为自己当事人辩护一样，要有理有据，还要词锋犀利。

王向的这个判决，翻译过来就是：自古礼数，都是弟子登师门求教，没听说先生有主动去弟子家授课的。既然先生自己屈尊前往，弟子又怎么不会态度轻慢？所以为师者何不重振师道尊严，拿起戒尺藤条好好惩罚一下这学生，哪里用得着上诉公堂呢？

“礼闻来学，不闻往教”出自《礼记·曲礼》，而“盍二物以收威”典出《礼记·学记》：“夏楚二物，收其威也。”二物，指梗条（楸树条）、荆条，是古时学塾用以处罚学生的用具。从这个故事看来，宋代是没有家庭教师这回事的。倒不知道家教之风，始自何时？

且说这教书先生觉得王向判决不公，拿着状子继续上诉，告到了欧阳修这里。不料欧阳修看了王向的判词，以为词句警然，用典贴切，言简意赅，风情大落，大为赞赏，遂对其鼓励奖掖，并帮忙传布名誉，终于使王向功成名就。

对于今天的中学生来说，欧阳修在滁州的最大成就还不是政绩，而是写下了珠玉琳琅的《醉翁亭记》：“环滁皆山也……醉翁之意不在酒，在乎山水之间也。山水之乐，得之心而寓之酒也。……”

有山有水有好酒，醉翁很知足。这篇文章创造了无数成语警句让后代中学生苦读背诵，从此死死记住“庐陵欧阳修也”的名号。

不过，这已经是欧阳修发善心大力斧削过的删减版了。据说文章初成时，光是开篇就有好长一段：“环滁四面皆山，东有乌龙山，西有大丰山，南有花山，北有白米山，其西南诸山，林壑尤美……”

后来欧阳修经过几度修改，将开篇减为一句“环滁皆山也”，让我们少默写好多字。

欧阳修喜欢行文简练，编修《新唐书》时，力求简约明了。有一次，他与三位下属出游，看到路旁有匹飞驰的马踩死了一只狗。欧阳修提议：“请你们试着以记史的方式来叙述一下此事。”

一人率先道：“有黄犬卧于道，马惊，奔逸而来，蹄而死之。”第二人道：“有黄犬卧于通衢，逸马蹄而杀之。”第三人说：“有马逸于通衢，卧犬遭之而毙。”

欧阳修笑道：“像你们这样修史，一万卷也写不完。何不直书‘逸马杀犬于道’足矣！”三人恍然拜服。

欧阳修一生精于推敲，晚年亦如是，再三斟酌自己的文集，常常至夜深。夫人开玩笑说：“何必自苦，难道还像小学生交功课，怕被先生责备不成？”

欧阳修道：“不畏先生嗔，却怕后生笑。”绝不肯留一废字与后世。

清代袁枚曾咏诗赞曰：

爱好由来下笔难，一诗千改始心安。
阿婆还似初笄女，头未梳成不许看。

欧阳修生平入仕四十余年，宦游人生，几度沉浮，聚散匆匆，词作中颇多持酒唱阳关之作，这其中，有赠友人的，也有赠美人的，且各举一首为记。

踏莎行

候馆梅残，溪桥柳细。草薰风暖摇征辔。离愁渐远渐无穷，迢迢不断如春水。　寸寸柔肠，盈盈粉泪。楼高莫近危阑倚。平芜尽处是春山，行人更在春山外。

候馆，就是旅舍；溪桥，写出路景；征辔，马的缰绳，代指行程。首句接连几个意象，点明这首词乃写于客途：早晨告别旅舍，骑着马儿走过小桥流水，听到风儿摇动马铃的声音。

这里既有静态美，又有动态美，梅残柳细，草薰风暖，显然是暮春时节。

写景之后，便是抒情，说离愁而不直言其长，却以春水迢迢做比喻，极言其缠绵不断之意。以流水比喻离愁的用法并不新鲜，李白的"抽刀断水水更流，举杯消愁愁更愁"，李煜的"问君能有几多愁，恰似一江春水向东流"都尽情尽致。欧阳修擅化用古人诗意入词，得心应手。

而他更妙的警句还在下阕尾声："平芜尽处是春山，行人更在春山外。"春山隔断目光，而行人还在山的那一边。不知这人是在楼上看了有多久！

欧阳修与范仲淹是挚友，这首词，让人不禁想起范仲淹《苏幕遮》中的名句："山映斜阳天接水，芳草无情，更在斜阳外。""明月楼高休独倚，酒入愁肠，化作相思泪。"

欧阳修巧借春光，一不小心连老朋友的妙境也偷来了。

诉衷情·眉意

清晨帘幕卷轻霜，呵手试梅妆。都缘自有离恨，故画作远山长。　　思往事，惜流芳，易成伤。拟歌先敛，欲笑还颦，最断人肠。

这首词的独特之处在于抓住美人眉妆这个特写镜头来表现离愁。

"清晨帘幕卷轻霜"，清楚写出时间乃是初冬的早晨，而一句"呵手试梅妆"更是形象鲜明。女子小手冰凉，有点僵了，所以要一边往手上呵气取暖，一边细细地化了一个梅妆。因为满怀离情别绪，故意把双眉画成山峰的模样。

古人多以山峰来形容美女眉峰，这句话反过来说，是将美人画眉的意绪描写得更加悠长。

下阕着笔写美人愁情，还不仅是为了离别，而是因为离别引起的生平之恨，想往事如烟，叹年华飞逝，未来无主，多少伤心。

然而再伤心，职业素养要求她们还得宴前献唱，咽泪装欢。可是"拟歌先敛，欲笑还颦"，让她怎么唱得出来呢？

这句与前面《玉楼春》中的"未语春容先惨咽"异曲同工，以笑写泪，更见断肠。而"惜流芳"之语，则让人很容易联想到歌女的卖笑生涯与短暂芳华，顿起无限同情。

欧阳修的这首词中"梅妆"，亦可谓"眉妆"。

不过，北宋词人中以山水来比喻美人眉眼的，最好的还要数王观的一首词：

卜算子·送鲍浩然之浙东

水是眼波横，山是眉峰聚。欲问行人去那边？眉眼盈盈处。　　才始送春归，又送君归去。若到江南赶上春，千万和春住。

五

欧阳修喜游历，曾于1036年自开封赴夷陵路上写下行纪《于役志》，开创了旅行日记的新文体，引起世人的纷纷仿效。南宋陆游的《入蜀记》、范成大的《吴船录》，都受此影响。

喜欢旅游之人必喜山水林阁。欧阳修在滁州时常盘桓于琅玡醉翁亭；三年后迁任扬州太守，没了亭子，干脆在郡城西北大明寺蜀岗峰上修建平山堂，“壮丽为淮南第一。堂据蜀冈，下临江南……”（宋·叶梦得《避暑录话》）“负高眺远，江南诸山拱揖槛前，若与堂平，故名。”（宋·郑兴裔《平山堂记》）

每到夏天，欧阳修都携客来到平山堂，命人采来荷花，饮酒传花。每传一人，便摘掉一片花瓣，摘到最后一片时，就饮酒一杯或填词为兴，“往往侵夜载月而归”。

有一次，他与文朋诗侣们喝酒行令，出了个题目，让每人吟两句诗，形容可能犯下的最大罪行。一人说：“持刀哄寡妇，下海劫人船。”众人共饮一杯。

又一人说：“月黑杀人夜，风高放火天。”举众皆贺。

轮到欧阳修了，他豪爽地干掉一杯酒，抹了抹唇角，捋了捋袖子，清了清喉咙。众人都以为这下子不定说什么滔天大罪来了，没想到欧阳修却微微一笑，文绉绉地说道：“酒粘衫袖重，花压帽檐偏。”

众人哗然，都说这不算数，这怎么能叫犯罪呢？欧阳修呵呵一笑：“喝酒喝到这种程度，还有什么坏事做不出来的呢？”众人叹服。

欧阳修还曾在平山堂亲种柳树，谓之“欧公柳”。多年后，他早已离开扬州，而好友刘原甫被任命扬州太守。欧阳修在饯行宴上作《朝中措》相赠，词前小题“送刘仲原甫出守维扬”，其中有“手种堂前垂柳，别来几度春风”之句，一是回忆平山堂旧事，二来也是暗喻自己在扬州的政绩。

朝中措·送刘仲原甫出守维扬

平山阑槛倚晴空，山色有无中。手种堂前垂柳，别来几度春风？　文章太守，挥毫万字，一饮千钟。行乐直须年少，尊前看取衰翁。

欧阳修在这首词中上阕写景，下阕抒情，为自己打造了“文章太守”的形象，“挥毫万字，一饮千钟”，颇为自得。末句更是直抒胸臆，点出及时行乐的感触，颇有“七十从心所欲不逾矩”的豪迈。

他的学生苏轼对此词十分喜爱，曾多次在自己的诗作中提及：“认得醉翁语，山色有无中。”“欲吊文章太守，仍歌杨柳春风。”深以老师的旷达为榜样。

皇祐元年（1049），欧阳修移知颍州（今安徽阜阳），对这座小城的清秀安闲极为喜爱：“爱其民淳讼简而物产美，土厚水甘而

风气和，于是慨然已有终焉之意也。”（《思颍诗后序》）

有了这个择一城终老的心思后，二十年间他每当对浮宦生涯感到倦怠，就忍不住思念颍城，兴起隐居之念。这个愿望，终于在二十二年后实现了。

古人七十致仕，欧阳修却从六十岁就开始申请退休，但直到六十五岁才获批准。苏轼写信道贺。

宋神宗熙宁四年（1071），欧阳修以观文殿学士、太子少师致仕，归居颍州，终于过上了理想中的日子：“《集古录》一千卷，藏书一万卷，有琴一张，棋一局，酒一壶，一翁老于其间。”遂号“六一居士”。

欧阳修这段时间的词作，最为人称道的是纪景组词《采桑子》，在词作之前有一段《西湖念语》：

> ……况西湖之胜概，擅东颍之佳名。虽美景良辰，固多于高会；而清风明月，幸属于闲人。并游或结于良朋，乘兴有时而独往。鸣蛙暂听，安问属官而属私。曲水临流，自可一觞而一咏。至欢然而会意，亦傍若于无人。……

《采桑子》组词一共十首，撷取了十个湖上特写镜头进行细致入微的描写，轻快明丽，有动有静，有声有色，充满对西湖胜景的喜爱，恬淡自适，别成一格。洗尽五代词抑郁忧伤的格调，是对“词为艳科”的一次极大突破。

同时，欧阳修也是最早将民歌鼓子词的“联章体”形式引入词作的文学家，这组《采桑子》是宋词联章体形式的创作典范。

所谓“联章体”，是指由两首以上相同词牌的词联合组织在一起共咏一事。自欧阳修之后，始成词家常作。

欧阳修的《集古录》是中国第一部金石学著作，《于役志》是

第一部旅行日记，《采桑子》组词是第一组联章体词作——“文章太守”当真名不虚传，轻轻一下笔，就可以引领一种新文风。

且举《采桑子》组词其中三首为例，分别描写晴日游湖、醉中游湖和雨后游湖的不同情调，充分表现出远离仕宦生活的喜悦，充满了民歌风味。

采桑子（组词）

其一

轻舟短棹西湖好，绿水逶迤。芳草长堤，隐隐笙歌处处随。　无风水面琉璃滑，不觉船移。微动涟漪，惊起沙禽掠岸飞。

其三

画船载酒西湖好，急管繁弦。玉盏催传，稳泛平波任醉眠。　行云却在行舟下，空水澄鲜。俯仰留连，疑是湖中别有天。

其四

群芳过后西湖好，狼藉残红。飞絮蒙蒙，垂柳阑干尽日风。　笙歌散尽游人去，始觉春空。垂下帘栊，双燕归来细雨中。

《醉翁亭记》写滁州，《朝中措》写扬州，《采桑子》写颍州，前后历时近三十年，而所表现的逍遥之乐竟是一模一样的。“醉翁”也罢，“衰翁”也罢，都是这样潇洒快意，醺然自得。

从此，世人提起欧阳修，眼前便出现了一个醉醺醺笑眯眯的白胡子老头儿，沉醉东风，好不快活！

北宋词人的朋友圈

一

隋唐科举以来，掌贡举的主考官被称为“座主”，而当科及第的学子都算是座主的“门生”，考中之后，要先拜谢座主，称为“谢恩”。

座主与门生，可谓是封建传统意义中最正统的师生关系。

但在宋太祖执政的第三年即建隆三年（962），却颁布了一条诏令说：“及第举人，不得呼知举官为恩门、师门及自称门生。”

因为宋朝以叛夺权，最惧某人有殊望，支持者众，所以军事上实行“将从中御”，军权牢牢掌握在皇帝手中；边军三年一换防，官员也是频频调动，谁也别想把根基扎稳。

而官员选拔于科举，所以宋朝皇帝特别在乎殿试，亲自出题阅卷，选出当年举人，这样，所有的进士就都成了“天子门生”，以此杜绝唐朝官场中座主与门生结党成派的情况发生。“朋党之戒”，可谓是宋代统治者最大的心魔。

这就是范仲淹、富弼、韩琦、欧阳修等倡议的“庆历新政”虽明明有效，而吕夷简以“朋党”为武器攻之便可轻易取胜的内在原因。

欧阳修特地为此写了一篇《朋党论》，认为：“大凡君子与君子以同道为朋，小人与小人以同利为朋，此自然之理也。然臣谓小人无朋，惟君子则有之……”

但是宋仁宗视而不见，或者说看见了，却不理会你是君子还是小人，而只以“朋党”为意，遂将范仲淹等一起贬斥出京。

不过，尽管宋太祖明文有诏，但是积习难改。中华传统是讲究尊师重道的，举子们感谢主考官慧眼识珠，在莘莘学子中选拔了自己，还是会对座主心怀感恩，终生执弟子之礼，自称门生，座主也都欣然受之。

例如晏殊对欧阳修恭谨客气的来信淡然相对，理由便是“答一知举时门生已过矣”，俨然以恩师自居。

晏殊做主考官时，选拔出了举子欧阳修；后来欧阳修也做了主考官，选出了苏轼、苏辙、曾巩——师徒四人占据了“唐宋八大家”的半壁江山。

另外半壁是唐朝的韩愈、柳宗元和宋朝的苏洵、王安石。韩愈中举那一届的榜单上因为人才济济，时人称之为“龙虎榜”。而欧阳修主考的这届科举，绝对是宋朝的“龙虎榜”。

经常有人把欧阳修比作唐朝的韩愈，一是因为二人同样乐于助人，举荐贤能；二是他们同样地乐观向上，九死不悔。

苏轼兄弟刚中进士不久时，欧阳修读到苏轼一篇文章，抚须赞叹：“读苏轼书，不觉汗出，快哉！老夫当避路，放他出一头地也。”且断言：三十年后就没有人再提自己，只知苏轼，而不知欧阳修了。

此言不胫而走，成为文坛佳话。当权者看到有劲敌冒头往往会各种打压，而欧阳修却既有知人之明，又有容人之量，不仅主动给苏轼让路，更祝福年轻人快马加鞭，一骑绝尘。

这份胸襟见识，堪称一代宗师。

以晏殊、欧阳修、苏轼这三代师生作为节点画个范围，大半数的北宋词人都会拢入其中。

晏殊，991年生人，1055年去世。

欧阳修，1007年生人，1072年去世。

苏轼，1037年生人，1101年去世。

从晏殊到苏轼，跨越一百一十年，这也是大宋最好的一百年。百年间出现的著名文人有：

柳永、范仲淹、张先、石延年、宋祁、梅尧臣、苏舜钦、苏洵、蔡襄、司马光、王安石、王观、晏幾道、苏辙、黄庭坚、李之仪、秦观、米芾、贺铸、陈师道、周邦彦、朱敦儒、李清照……

这几乎是北宋全部词人的名单了，以李清照为分水岭，之后便要称之为南宋词人。

这名单上所有的人，都与晏、欧、苏三人有着直接或者间接的关系，随便拈一个名字出来，拐不过三道弯就能与之连接上了。

用今天的话说，他们都在一个朋友圈里。

这个圈子里的人，盘根错节，互为援引，共同构成了大宋词坛的繁华盛世。其实单以年龄论，范仲淹、张先都要比晏殊年长，但是谁让晏殊出道早，十四岁便已中举出仕呢？于是，几位“长者”反而成了他的门下，“门前桃李重欧苏，堂上葭莩推富范”。

于是本书也就将晏殊传提前，然后再将“富范欧苏”们缓缓道来了。

这次，轮到石延年。

石延年（994—1041），字曼卿，又字安仁。

他是欧阳修的好朋友，曾用澄心堂的纸给永叔写诗，笔力遒劲，颜筋柳骨。

不过他的运气可没有欧、苏等人好，屡试不第，搞得灰扑扑的。宋真宗曾下诏选三举不中进士者，授以三班奉职。石延年爱面子，耻不就任。有人劝他：你无职无俸，拿什么供养高堂呢？

石延年想了想，一直“啃老”的确不是办法，况且自己又素来贪杯，没银子就没酒，没酒就没命。为了老娘盘中餐，醉汉杯中酒，这个官还是要做的。

虽然好酒，不过石延年的公事干得也不错，既有才情也有远见，曾预言过西夏战事，“与人论天下事，是非无不当”。所以虽非进士出身，却一路晋升，累官至光禄寺丞、大理寺丞。因为和范仲淹一起捋袖子上奏，请章献太后还政仁宗，被贬海州（今江苏连云港）。

诗酒风流的石延年嫌海州荒凉，山势险峻少色彩，命人遍种桃树，高峻不可攀之处，也要用弹弓把桃核射上去。这样子，没过几年，满山满谷桃花盛开，盛景直逼黄老邪的桃花岛。

这让人想起他的一首小令来：

燕归梁·春愁

芳草年年惹恨幽，想前事悠悠。伤春伤别几时休。算从古、为风流。　　春山总把，深匀翠黛，千叠在眉头。不知供得几多愁。更斜日、凭危楼。

这首小令的题目叫作《春愁》，看来石延年颇为多情，见不得春天有草无花，连伤春都没个名目，遂遍种桃花满山谷。

对于自然景物，石延年是喜欢色彩明丽的，这从他的一首咏园亭的七律就可以看得出来：

金乡张氏园亭

亭馆连城敌谢家，四时园色斗明霞。

窗迎西渭封侯竹，地接东陵隐士瓜。

乐意相关禽对语，生香不断树交花。

纵游会约无留事，醉待参横月落斜。

这是石延年三十三岁出任山东金乡县令时，游张氏园亭为主人题赠的七律。

首联说园中亭台楼阁连绵不断，规模宏伟，可比东晋谢园。魏晋时期，中国门阀制度达到顶峰，王、谢两大家族势力通天，富可敌国，唐朝刘禹锡曾以“旧时王谢堂前燕，飞入寻常百姓家”之句，追念王、谢盛况。而张氏园亭可敌谢家，何等富丽！

颔联再用两个典故，以渭川竹得封千户侯，与东陵侯种瓜之事，来形容主人富有隐逸之风与园林的雅致。一个“迎”字，写出窗外竹林幽趣；一个“接”字，则显出园子占地广阔。

颈联说园中禽鸟相和，花树掩映，“乐意”直抒心情愉悦，“生香”衬托生机盎然，对仗工整，措辞明丽，成为宋诗名联。

尾联回到作者最爱的酒席上，既然主人如此好客，自己当然不醉无归，遂把酒赏月，直至夜深。

石延年好酒，可以想象得出，这顿酒必定是喝得嗨了，方能写出这样好诗来。

不过石延年在诗文上最为人熟知的作品既不是诗也不是词，而是一句对子。

唐朝“诗鬼”李贺有一句“天若有情天亦老”，后代以为绝唱，无数骚人墨客想以此为上联而对下句，却无一妥帖。有日众诗友在酒席上议及此事，石延年脱口而出：“月如无恨月常圆。”众人哄然称绝，举杯共贺。

天若有情天亦老，月如无恨月常圆。

这对句不但工整，而且雅致，风流蕴藉，的确是难得的工对。

后来毛主席曾在自己的《七律》中引用李贺此句，吟成“天若有情天亦老，人间正道是沧桑”。虽然流畅，但因为用于尾联，无须对仗，还不能成为对子。

所以迄今为止，石延年隔着时空属对的这句下联，仍然无人超越。

章献太后驾崩后，石延年回到京中，迁秘阁校理，官至太子中允。

秘书省西邻大庆殿，有一次宋仁宗从角门经过，望见有醉汉倒在台阶上呼呼大睡。左右正欲呵斥，仁宗问知是石延年，便不许惊扰，说：我们绕道走好了。当下众侍从放轻脚步，悄无声息地经过，生怕惊扰了诗人的好梦。

九五之尊的皇帝竟然在自己的宫苑里给一个横卧陛墀的醉汉让路，这样的事，也只能发生在尊重文士的大宋朝。

宋仁宗因为欣赏石延年的才华，对他酗酒无度很是担心，曾经亲自劝他戒酒。但是石延年终究戒不掉，不但鲸吸牛饮，酒量过人，还发明了许多独特怪诞的饮酒方式，堪称是喝酒的行为艺术，比如：披发赤脚，戴上枷锁，假装死囚临刑前的开怀壮饮，谓之“囚饮”；学隐士巢父爬到树上，邀天共饮，叫作“巢饮”；从树上到地上跳来跳去地喝酒，叫作“鹤饮”；夜里摸着黑与人对饮，谓之“鬼饮”；最搞笑的是他还用稻麦秆把身子层层围裹，只露出一个头来喝酒，称之为“鳖饮”——好端端为什么要做王八？华佗发明了五禽戏，莫非曼卿要做五禽饮？

石延年醉酒的故事有很多。比如有一次，他醉醺醺地骑马从街上经过，因为牵马人一时失控，马儿惊走，竟将他从马上摔下来。

路人一齐围拢来，都以为石大人必定大发雷霆要责骂马夫的，不料石延年只是抖抖衣裳，慢条斯理地叹气说：“幸亏我是石学士，如果是瓦学士的话，岂不早被摔碎啦？”一众哄然。

石延年酗酒成病，到底中年早卒，享年仅四十八岁。

老朋友欧阳修为他写了篇清峭奇崛凄婉纵横的《祭石曼卿文》，称他“生而为英，死而为灵”“轩昂磊落”“昭如日星”；又为其作《石曼卿墓表》，称其为人“以气自豪。读书不治章句，独慕古人奇节伟行非常之功，视世俗屑屑无足动其意者”。

这一文一表成为后世祭文的经典篇章，金圣叹盛赞“胸中自有透顶解脱，意中却是透骨相思”。

欧阳修有没有为石延年写过悼诗我没查到，倒是他们共同的朋友苏舜钦写了一首《哭曼卿》，虽为吊挽之作，却饱含潇洒之气，摘录在这里：

> 去年春雨开百花，与君相会欢无涯。
> 高歌长吟插花醉，醉倒不去眠君家。
> ……

二

苏舜钦（1008—1048）最为人称道的故事是“汉书下酒”。

他住在岳父杜衍家中时，每天饮酒一斗。杜衍深以为奇，觉得他既无邀朋，亦无招妓，一个人喝闷酒，怎会喝那么多？于是就派人偷偷观察。

下人回报说，姑爷在读书，每读到高兴时便大声朗读，口中念念有词，可知读的是《汉书·张良传》。读到张良行刺秦始皇却只“误中副车”时，他拍案叹道：“惜乎！击其不中！”于是满饮一杯为憾；读到张良对刘邦推心置腹，说是天意让我遇见陛下时，他又不禁拍案高叹："君臣相遇，其难如此！"于是再浮一大白。

杜衍大笑：有这样的好书下酒，一斗也不算多啊。遂命人再送十坛酒给女婿，任他喝个痛快。

从这个故事可以看出，苏舜钦好酒不在石延年之下，难怪二人会成挚友。

苏舜钦曾为《石曼卿诗集》作序，充分表达了自己对诗歌创作的主张："诗之作，与人生偕者也。人函愉乐悲郁之气，必舒于言。"主张师法古风，为民发声，这与杜甫的现实主义诗风，以及白居易提倡的诗论精神非常一致。

所以苏舜钦的字也和杜甫相同，谓之"子美"。幸亏他没有入赘，不然跟了岳父姓杜，名字就撞了十足十了。

杜子美有"朱门酒肉臭，路有冻死骨"的名句传世，苏子美也有表现百姓饥荒的古风《城南感怀呈永叔》，沉郁悲怆，且录中间一小段：

前去固无望，即日已苦饥。
老稚满田野，斫掘寻凫茈。
此物近亦尽，卷耳共所资。
昔云能驱风，充腹理不疑。
今乃有毒厉，肠胃生疮痍。
十月七八死，当路横其尸。
犬彘咋其骨，乌鸢啄其皮。
胡为残良民，令此鸟兽肥？

这首诗的写作时间不明，但我怀疑是明道二年（1033）夏天，也就是范仲淹赈灾回来，给仁宗带了把野草当礼物的那会儿。"十月七八死，当路横其尸”数句，触目惊心，直斥当朝无为。

苏舜钦的岳父是范仲淹好友，他由岳父推荐给范仲淹，又被范仲淹举荐为集贤殿校理，监进奏院。庆历四年（1044），范仲淹“庆历革新”失败，杜衍与苏舜钦翁婿也都被牵连，或贬迁，或免官。

苏舜钦倒也不以为意，淡淡说：“今得脱去仕籍，非不幸也。自以所学教后生、作商贾于世，必未至饿死。”

唐朝时商贾地位很低，甚至出身商贾之人不得考科举。但是宋代商业发达，商人地位也随之水涨船高，就连士子入京赶考，都常常在行李中随带纱匹货物，搂草打兔子，顺带做买卖，赚回自己的路费。

苏舜钦认为出则为仕，退则教书或经商，都能过得挺好。

事实上，他在苏州过得的确不错，还花四万贯买下五代废园重修，题名“沧浪亭”，隐居不仕。

很明显，他这是宣称：“沧浪之水清兮，可以濯吾缨；沧浪之水浊兮，可以濯吾足。”

欧阳修应邀作《沧浪亭》长诗，其中有一句：“清风明月本无价，可惜只卖四万钱。”从此沧浪亭声名大振。

闲居期间，苏舜钦诗心爆发，写下不少名篇。比如他在中秋夜于吴江亭把酒赏月，写下古风《中秋夜吴江亭上对月，怀前宰张子野及寄君谟蔡大》，开篇云：

独坐对月心悠悠，故人不见使我愁。
古今共传惜今夕，况在松江亭上头。

这首诗一为怀念张先，二为寄赠蔡襄，让我们再次见证了宋朝诗人朋友圈的错综紧密。

另有一首《水调歌头》，是专写沧浪亭的，最能表现苏舜钦豪迈阔大的情怀。

水调歌头·沧浪亭

潇洒太湖岸，淡伫洞庭山。鱼龙隐处，烟雾深锁渺弥间。方念陶朱张翰，忽有扁舟急桨，撇浪载鲈还。落日暴风雨，归路绕汀湾。　　丈夫志，当景盛，耻疏闲。壮年何事憔悴，华发改朱颜？拟借寒潭垂钓，又恐鸥鸟相猜，不肯傍青纶。刺棹穿芦荻，无语看波澜。

这首词描写沧浪亭隐居生活，上阕写景，下阕写情，清旷豪迈，慷慨深沉。

开篇点明洞庭山在太湖之畔，以“潇洒”“淡伫”来形容山水，是以拟人手法将山水形容为闲淡飘逸的隐士君子，也是自己的精神知己。

所以接下来就写了两位归隐江湖的先贤名士：陶朱公，就是助越王勾践伐吴成功后携西施归隐的范蠡；张翰，曾在秋风起时因想念家乡的鲈鱼脍和莼菜羹而挂冠求去，称为“莼鲈之思”。

此二人或是功成身退，或是无心仕途，总之都闲散烟霞了。苏舜钦借《水调歌头·沧浪亭》向先贤致敬，是对自己闲居太湖、一身抱负无法施展的生活状态做出解释，有自我宽慰之意。“撇浪载鲈还”之句，再次暗合张翰故事，点明志向。而“落日暴风雨，归路绕汀湾”既是描写自然风景，也是暗喻政治风雨，急流之下，自己别寻归路，寄情山野，其实也是一种无奈的选择。

下阕中，作者忽然笔力一转，直抒胸臆：“丈夫志，当景盛，耻疏闲。”原来上阕说得那样洒脱，其实他白发已老，壮志难酬，仍是以闲居无为而耻的。

“拟借寒潭垂钓，又恐鸥鸟相猜，不肯傍青纶”，典出《列子》，说的是“鸥鹭忘机”的故事：有渔人烟波垂钓，空中水鸟常常飞落，与之相戏。渔人的父亲听说了，便对渔人说：那些鸟儿既不避你，你明天就趁它们不备抓一只回来。渔人答应了，第二天再来江边时，就一边故作镇定地和往常一样撒网垂纶，一边暗暗观察飞鸟伺机捕猎。奇怪的是，鸥鹭们只管盘旋往复，却再也不肯停落，过了一会儿，就都四散飞去了。

人无机心，鸟兽可亲；机心一动，鸥散鹭飞。

词人一边想着陶朱、张翰的散淡无为，一边又难禁垂纶出仕之心，心态十分矛盾，于是自己对自己提出批评，告诫自己勿动机心，只管拨棹芦荻，无语观潮罢了。

《吴越春秋》说，楚亡后，伍子胥奔吴，曾藏身芦苇之中。渔夫呼之曰：“芦中人，芦中人，岂非穷士乎？”因此，“芦中人”常用来指代不得志的能臣。李白的“我辈岂是蓬蒿人”便用此典。而垂纶者，则常代指八十称相的姜太公。

所以末句“刺棹穿芦荻，无语看波澜”仍是一语双关，既实写了词人驾舟摇桨，穿行于茫茫芦荻，静看波澜，亦可暗示心中起伏不定，仍有藏芦待出，垂钓观渔之志。

全词充满矛盾，蕴藉无限，意象繁复却流畅豪迈，一气呵成，为宋初词坛罕见。因此我认为，这是一首千年来被低估了的豪放派杰作，其俊爽痛快，不在苏、辛之下。

苏舜钦在苏州整整闲居了三年，直到庆历八年（1048）方被重新起用，复官湖州长史。可惜的是，词人未及上任便病故了。卒时年仅四十一岁，比他的酒友石延年还短命。

三

苏舜钦与梅尧臣并称“苏梅”（也有说法是“梅苏”），欧阳修又与梅尧臣并称“欧梅”，被誉为宋诗的“开山祖师”。

梅尧臣（1002—1060），字圣俞，安徽宣城人，世称“宛陵先生”。

他的出仕经历与大多数人不同，不是靠科举出身，而是靠“拼爹”，以祖荫补县主簿，后历任镇安军节度判官等职。一生不曾考取过功名，直到五十岁时因得仁宗召见，才赐以同进士出身，为太常博士。所以，既没有恩师也没有同年。

不过，他是靠欧阳修推荐成为国子监直讲的；欧阳修知贡举时，梅尧臣任点检试卷官，他们共同选出苏轼、苏辙、曾巩这批大才子。

所以，梅尧臣可以算是欧阳修的同事，苏东坡的师门，稳居于北宋朋友圈的中心。

梅尧臣与欧阳修结缘很早，早在河南任职时，便同入钱惟演帐下，成为“白莲庄”的常客。

欧阳修自认诗不及尧臣，且将苏舜钦与之并论道：“子美笔力豪隽，以超迈横绝为奇；圣俞覃思精微，以深远闲淡为意，各极其长，虽善论者不能优劣也。”

他对梅尧臣的《河豚鱼》一诗最为赞誉，说自己每每身体不适，只要将此诗诵之数遍，便不药而愈。于是常常将此诗抄写送人，分享经验。

只不过，不知道他的朋友们收到这首诗，是不是也能同样起到治愈系作用？

门生苏东坡知道恩师最爱梅诗，曾在四川时看到有少数民族把梅圣俞的《春雪诗》绣在土布弓衣上，便特地买下来送给欧阳修。

欧阳修爱不释手，不忍盛弓，恰好家里藏有一床古琴，与这弓衣的图案为配可谓绝妙，便以之为琴囊，正可谓相得益彰。

梅尧臣曾有一首《梦后寄欧阳永叔》：

不趁常参久，安眠向旧溪。
五更千里梦，残月一城鸡。
适往言犹是，浮生理可齐。
山王今已贵，肯听竹禽啼。

这首诗写于至和二年（1055），梅尧臣母丧守制期间。闲居三年，他于某日晚上梦见好友欧阳修，遂写了这首诗。

“常参”，指的是宋朝宫廷制度，五品以上官员每天参加朝见，称“常参官”。官员一般在五更鸡鸣时便须等待上朝，是谓“待漏”。

梅尧臣守孝免职，无须待漏，所以说已经没有常参，可以在家乡的双溪边安眠到天明了。首联说明自己的状况，以“安眠”引起颔联之“梦”。

“五更千里梦，残月一城鸡”是诗眼所在，说我梦魂千里，飞到了京城与你相会，醒来时正是五更时分，鸡鸣阵阵，落月帘栊，想着这正是你上朝待漏之时，无限思念。

这句诗被誉为梅尧臣“状难写之景，含不尽之意”的范例，脱胎于杜甫《梦李白》的“落月满屋梁，犹疑照颜色”而胜之。

颈联写的是梦中的情形，欢叙之情言犹在耳，想想人生在世，亦如梦幻泡影，怎不感慨？

最后尾联的“山王”，说的是“竹林七贤”的山涛和王戎，都曾官居尚书。这是说从前一起喝酒吟诗的好朋友，如今我闲居在家，而你高登显贵，可还肯像过去同在洛阳时，共听竹鸡啼鸣？亦可解释为，老朋友如今禄马辛劳，可还有心情闲听鸡啼？

梅尧臣主张“作诗无古今，唯造平淡难”。从这首诗中即可见一斑。他与苏舜钦、欧阳修一道，在诗史上起到了承上启下的作用，一改残唐遗风与“西昆体”的纤巧工丽，而开创了宋诗大开大阖的新面貌，辞尽于言，言尽于意。

他写了很多表现劳苦民众命运的作品，如《田家四时》《汝坟贫女》《伤桑》《新茧》等；即便是常见的山水风景诗，也是平凡中寓深刻，如“野凫眠岸有闲意，老树着花无丑枝”“不上楼来知几日，满城无算柳梢黄”等语，都质朴深俊，淡而有味。

刘克庄在《后村诗话》中称他为宋诗的“开山祖师”；陆游在《〈梅圣俞别集〉序》中，将梅尧臣的诗与欧阳修的文章、蔡襄的书法并称“三者鼎立，各自名家”；胡应麟更是断言梅诗“为宋人之冠”。

但是理学家朱熹对梅尧臣却特别不以为然，认为欧阳修誉之太过。永叔推许梅所注《孙子》，朱熹说：“如何得似杜牧注的好？”永叔说“圣俞长于诗”，朱熹便说：“诗亦不得谓之好。”永叔赞梅诗平淡，朱熹说：“不是平淡，乃是枯槁。”对于永叔盛赞的那首《河豚鱼》，朱熹更是恶语形容：“只似脱了衣裳，上人门骂人父一般，初无深远底意思。”也不知道朱熹对梅尧臣哪来那么大仇。

不过我向来不喜欢朱熹，觉得他智商超标但情商极度欠缺，其实是儒教的罪人。这个后面再讨论。

梅尧臣以诗闻名，词作不多，这主要是因为他极少参加派对的缘故。史上说他在京任职时，足迹“不登权门”，就连好友欧阳修的家也很少去，倒是欧阳修隔三岔五地主动来访。

当年梅尧臣配合欧阳修选拔举子时，是提议将苏轼定为状元的，但是欧阳修坚持给了第二名。因此苏轼中举后曾给梅尧臣写过一封辞情恳切的感恩信，大意是：我是看着您的文章长大的，如今能亲眼见到偶像，得您赏识，真是三生有幸！

不过后来的交往过程中，苏轼却是和欧阳修的关系更亲密，可能就是因为梅尧臣不大理人的缘故吧。

既然不喜欢应酬，不参加酒宴，自然就少了把酒听歌的消遣，也就更少了宴前助兴的令词了。梅尧臣难得的几首词，也多写于欧阳修的宴上。

“卖花担上看桃李，拍酒楼头听管弦。”这是欧阳修生活的常态，梅尧臣作为故交好友，再不喜应酬也免不了被他拉着坐几回席。

一次，因有客人称赞林和靖的春草词，众人以为美，梅尧臣一时兴起，以同题为词，“欧公击节赏之”。

且看这两首词：

点绛唇

林逋

金谷年年，乱生春色谁为主？余花落处，满地和烟雨。　又是离歌，一阕长亭暮。王孙去，萋萋无数，南北东西路。

苏幕遮・草

梅尧臣

露堤平，烟墅杳。乱碧萋萋，雨后江天晓。独有庾郎年最少。窣地春袍，嫩色宜相照。　接长亭，迷远道。堪怨王孙，不记归期早。落尽梨花春又了。满地残阳，翠色和烟老。

梅词以“翠色和烟老”力战林氏之“满地和烟雨”，以“堪怨王孙，不记归期早”对“王孙去，萋萋无数，南北东西路”，与其说遥相对抗，不如说暗自回应。

向来咏物之词最忌文中出现题字。两首词都注意了这一禁忌，都做到了情景相融，意在言外，一般俊秀。而两相较之，林词意淡而梅词情浓，堪称一时瑜亮。

嘉祐二年（1057），梅尧臣晋尚书都官员外郎。这是他做过的最高官职，故而世称“梅都官”。

梅尧臣曾参与修《新唐书》，自觉以己之才来修史，实是手到擒来，因向妻子笑曰：“吾之修史，可谓猢狲入布袋。”不料，妻子反口回道：“君之仕宦，何异鲈鱼上竹竿。”形容夫君升官之难。梅尧臣哈哈大笑。

嘉祐五年（1060），汴京爆发疫病，梅尧臣不幸染疾，刚刚修成《新唐书》，还没来得及奏呈仁宗便去世了，享年五十九岁。

欧阳修自然又免不了要为之写祭文，极度颂扬梅尧臣之文采：

韩孟于文词，两雄力相当。
……
寂寥二百年，至宝埋无光。
郊死不为岛，圣俞发其藏。
患世愈不出，孤吟夜号霜。
……

狸猫太子与黑面包公的故事

一

关于包拯包青天，我们最熟悉的两个故事大概就要属“狸猫换太子”和“铡美案”了。

但是前面刘太后与宋仁宗的故事让我们知道，狸猫太子之说纯属虚构。而且这件事也和包拯完全扯不上关系，因为那段时间，老包根本就不在开封。

那么，“开封有个包青天”到底从什么时候开始的呢？让我们从头来看一下宋仁宗与包拯二人的履历，推算一下他们的交集。

宋仁宗赵祯，宋真宗第六子，生母为李宸妃。大中三年（1010）出生，乾兴元年（1022）登基，由太后刘娥垂帘，直到明道二年（1033）刘太后薨逝始得亲政。在位期间爆发第一次“宋夏战争”，任用范仲淹抗击西夏并发起“庆历新政”，不久失败。嘉祐八年（1063）驾崩，在位四十二年，享年五十四岁。

包拯（999—1062），字希仁，安徽合肥人。父母双全，父慈子孝。史书上说他“少有孝行，闻于乡里”，所以什么生来异相，被父母遗弃，由兄嫂养大的传说，也都是虚构文章。

圣朝以孝治天下，讲究“求忠臣必于孝子之门”，将“侍疾”“丁忧”等孝礼看得极重。《论语》有云：“父母唯其疾之忧。”又道是：“父母在，不远游。”因而包拯二十八岁进士及第后，并没有接受官职，却回到乡里侍奉双亲。直到双亲过世，又服孝三年才肯出仕。

无独有偶，范仲淹的儿子范纯仁也是在考中进士后回到父母身边侍奉，直到范仲淹过世才出来做官，并且一直做到宰相之位。

司马光记述：“拯进士及第，以亲老侍养，不仕宦且十年，人称其孝。”

十年不出，也就是说当包拯终于为官时，刘太后已经殁了，仁宗已经亲政，又何须包卿多此一举，拉太后下马呢？

更何况，包拯出仕时只是一名小小知县，直到四十四岁也就是庆历三年（1043）才调往京城任监察御史，此时刘太后都入土十多年了。李宸妃死得更早，晏殊还差点因为没有在李宸妃墓碑上写明“这里埋的是皇上亲娘”而被贬，案情早已大白于天下，包拯与整个太后垂帘及还朝仁宗的故事完美错过，又去哪里替皇上找亲娘？

包拯断案也未如传说中那么神，洗冤决狱的本领远不如南宋的宋慈，并不见得特别机智。

史书上关于他断案的故事只有一件，还是在他做天长县知县的时候，有个农民报案说自家的牛舌头被割了。包拯断定此为挟私报复，此人怀恨在心，必然不会只做此一次。于是让农民回家把牛杀了，把牛肉拿到街市上叫卖。

按宋时法律，民间私杀耕牛是犯法的。他的仇人抓了这个把柄，岂有不趁机报复之理，立刻跑到衙门告密。包拯出其不意地问："你为什么割了人家的牛舌？"此无赖没想到自己瞬间从告密者变成了被告，惊惶之下只得招认罪状。

这个"引蛇出洞"的计划的确聪明，加上包拯清正廉明，治吏严谨，名气也就越来越大，遂累官之后，调入京城任监察御史。

御史名分好听，其实没多大实权。之后包拯又历任京东、陕西、河北路转运使及天章阁待制、知谏院、龙图阁学士等职，仍然都是虚衔。

天章阁是存放朝廷图书文献的地方，龙图阁是皇家图书馆，无论待制之衔，还是龙图阁学士，都是有名无权，不过包拯由此得了两个名号："包待制""包龙图"。

虚衔之外，他同时兼任谏官，倒是一点没浪费这职位，多次在朝堂抨击不法权臣，且对时政弊端提出种种批评和建议。

带着这个虚衔，包拯又在河北、庐州、池州、江宁等地做了几年地方官，而后重新回到京城任开封府尹。

直到这时候，才真正开辟了"开封有个包青天"时代，也确实做到了"铁面无私辨忠奸"。当时开封城内有一条惠民河，某年因为天下大雨，河水泛滥，淹没了很多平民的房舍。包拯在调查后发现，河水泛滥在于河道淤塞，而河道堵塞是因为很多达官贵人在河上筑堤修坝，将河水引入自家住宅，建造园林之用。于是包拯下令拆毁沿河所有堤坝和花园，因此得罪了不少权贵。

官司一直打到宋仁宗那儿，仁宗认为包拯做得完全正确，最终压下此事，安慰了权贵们几句了事。包拯一心为民，着实得到百姓爱戴。

不过包拯在开封府任上也只干了三年，并没有太多传奇故事，也没有龙头铡虎头铡什么的，更没铡过公主驸马，陈世美其人完全子虚乌有，就连八王爷也是杜撰，因为其原型赵德芳早在二十岁就已经英年早逝了。

宋朝的死刑条目虽多，有三百多种，但是实施死刑的犯人人数却极少，宋真宗咸平三年，曾经出现过整个月里全国没有一个死刑审核的现象。这一则是由于宋朝政治清明，司法制度严谨，实行的是现代西方法律体系的“疑罪从无”，量刑极为慎重；二则也是因为宋人道德水准有一定高度，生活舒适，极少作奸犯科。

就算真的判了死刑，也不一定死得成，因为在“秋后问斩”前还有翻案的机会，而且朝廷还时不时会来场大赦。

因此，老包就算真有什么龙头铡、虎头铡、狗头铡，也没多少机会开斩，更不会当堂问斩。

另则，包拯做过的最大的官是三司使和枢密副使，相当于副宰相。传说中包拯是宰相甚至是首相，人们呼之为“包相爷”是贴金装潢，其实包拯从未任过宰相。

实际上包公的脸也没有那么黑，《宋史》中并没有关于包拯长相的特别记载。故宫南熏殿里有一幅包拯画像，阔面长须，不但不黑，甚至还挺白的；额头上更没有什么月牙儿。种种相貌特征，都是小说家为了配合包公“日能断阳，夜能断阴”的传奇故事而配套包装的。

辨谎完毕，大家会不会很失望？不过，包拯确实是个正直的好官。

东京开封位于天子脚下，多的是皇亲国戚与高官权贵，而包拯不惧强权，上诉国戚，下治府吏，且大力改革诉讼制度，将开封治理得井井有条。

顺便强调一个细节：如今的电视剧里凡出现诉讼，且不论哪朝，都是惊堂木一拍，两边衙役高呼“威武”，原告被告就都跪在地上发起抖来。

然而综合各种宋代文献及宋画如仇英《五刑章图》等来看，小民上诉公堂是不需要下跪的，拿好状纸站着诉说案情就好，即所谓“持牒径至庭下”。

只是由于包公传奇等故事都是在元朝以后才见于话本杂剧，于明清两朝方才流传的，后世文人忘了或根本不知道大宋文明盛世是尊重人权的，只习惯于元清的奴性统治，以至于戏中人物多半都是跪着说话。此风延至今天，影视观众如果看到平民站着跟官老爷说话，几乎都要不自在起来，恨不得跳进电视大喝一声：“跪下！”——还以为这才是尊重祖宗礼法。

宋代设有登闻鼓，普通百姓也可击鼓上闻，直达天听。曾经有个叫牟晖的乡民有一次敲响登闻鼓，得到宋太祖赵匡胤的亲自召见，结果不过是因为家里丢了一头猪。

气得赵匡胤一口老血憋在喉中，还要强忍腥甜，赐给他一千钱，算是补偿。之后便告诉宰相不要什么事都惊动他老人家亲自过问了。

但是赵匡胤很能自我安慰，很快就平复了怒气，且对宰相赵普说：“今日有人声登闻来问朕觅亡猪，朕又何尝见他猪耶？然与卿共喜者，知天下无冤民。”

从这件事就可以看出，宋人有多么喜欢打官司。有记载说地方州府日接诉讼二十余件，可谓烦冗。

按旧制，告状者须先向门吏递状子，再转呈官员。这就给衙吏们制造了一个获取灰色收入的接口：诉讼者能不能见到府尹，案子有没有机会得到审理，都要看递状人的银子是否给到位。穷人哪怕有天大冤情，也往往因为送不起钱财而告状无门，遂有电视剧里时常演出的拦轿喊冤现象。

包大人就是在被人拦了一次轿子后，决定革除此弊，大开府门，让告状者可直接至公堂纳状喊冤，遂绝酷吏贪贿之路。

能够做到公正，首先要做到廉洁。包拯之廉，以端砚为例可见一斑。

包拯曾出知端州（今广东肇庆）。众所周知，端砚历来是文人士大夫的收藏至爱。往任官员到此，莫不在“贡砚”数额外加征数十倍，用以自藏或赠送亲友，贿赂权贵。而包拯任职期间，除贡砚外未加一方，离任时“不持一砚归”。

士大夫死时都会有笔砚陪葬，包拯的墓在1973年被挖掘，其中只有一方普通砚台，未见端砚。可知这个传说是可信的。

无欲则刚。一个人不贪财不好色，就自然会坚持原则，不畏强权。无论开封有多少皇亲国戚，达官显贵，但包拯持心以直，守身以正，不受贿赂，不讲情面，不惧权贵，因此令行禁止，名震京都，“贵戚宦官为之敛手，闻者皆惮之”。

当时士大夫们中间流传一句话：“富公真宰相，欧阳永叔真翰林学士，包老真中丞，胡公真先生。”

意思是说，同一时期内，明决果断的富弼为宰相，名满天下的欧阳修为翰林学士，忠直刚正的包拯任御史中丞，博学强识的胡瑗在太学侍讲，都是才德兼备之人。正可谓天朝得贤，各当其位，天下遂将四人并称“四真”。

仁宗一朝，集中了大宋三百年最多名士，最贤良臣，确实是最好的时代。

二

明君重直臣，昏君喜媚臣。而包拯虽然面孔没有传说中那么黑，可是不会笑，当然就更不会对皇上谄媚了。但这也没影响了他步步高升，可见宋仁宗确实知人善用。

不过，仁宗也有对包拯头疼的时候。这是因为包拯意见太多，而且太执着，也太不肯转弯的缘故。

仁宗最宠爱的妃子张贵妃，想为伯父张尧佐争取一个宣徽使的官职。但仁宗在朝堂上提出来的时候，包拯却极力反对，认为张尧佐资质平庸，不当提拔。仁宗只得说句“后议”，把事情拖了下来。

但是禁不住张贵妃的枕头风，过了几天，仁宗又在朝堂上重提旧事，没想到包拯继续反对，还说了一大堆理由。仁宗急了，说诏令已拟，又不是什么了不起的官儿，包卿就当给朕一个面子，这事儿就这样吧，行吗？

包拯牛脾气发作，非说不行，而且滔滔不绝大道理无数，唾沫星子喷了仁宗一脸。气得仁宗拂袖而去，回到后宫犹自愤愤不平。偏偏张贵妃又没眼力见儿地赶上来问张尧佐的宣徽使可封了？气得仁宗骂道：“你只知道宣徽使、宣徽使，难道不知道堂上有个包御史吗？”

包拯为人忠直，刚正不阿，曾弹劾仁宗最亲信的大太监阎士良，舒王的女婿郭承佑等皇亲宠臣，屡次让仁宗下不了台。

所谓“水至清则无鱼，人至察则无徒”。包拯不畏权贵，也不和任何人结盟，反对饮宴，自然更不喜参加派对，一生几乎没什么朋友，和北宋三大中枢的晏殊、欧阳修、苏轼也很少交集。但在三司使夺职事上，却与欧阳修发生了口角。

原来，包拯曾弹劾三司使张方平利用职权贱买富民邸舍，致其免官。张方平罢官后，宋祁接任此职，但包拯又以“在蜀燕饮过度”为由弹劾宋祁。于是这个职位，就由包拯以枢密直学士之职暂代。

宋祁的铺张奢侈是真的，前面说过，他曾因为夜夜豪饮，连亲哥哥宋庠都看不过眼，教训他忘了根本。宋祁分辩说：“我们十年苦读为的不就是今天吗？”

这个论调，代表了当时士大夫的集体心态，晏殊、欧阳修等人也都是派对爱好者。若以此为罪，那是会打倒一大片的。而且宋祁在蜀时，每晚宴罢还要燃烛展纸，夜修《唐书》，并没有误了干正事。

宋氏兄弟性情相反，大宋为人自律，道德高尚；小宋才子风流，率性潇洒。而包拯对这两兄弟同样弹劾，先批评宋庠身为重臣却毫无建树，又不满宋祁夜夜笙歌不思进取。

这让和宋祁私交极好的欧阳修十分不满，于是洋洋洒洒写了篇《论包拯除三司使上书》奏表，夸大其词，说朝廷让包拯做三司使，不但于包拯有贪权嫌疑，便是于朝廷的名声也有损碍，且掉书袋说：“此所谓蹊田夺牛，岂得无过？而整冠纳履，当避可疑者也。”

“蹊田夺牛”，典出《左传·宣公十一年》：“牵牛以蹊人之田，而夺之牛。牵牛以蹊者，信有罪矣；而夺之牛，罚已重矣。”意思是说，因为牛踩踏了田地，就夺了人家的牛，比喻罪轻罚重。

欧阳修暗讽包拯重罚宋祁，自己却贪图三司使肥缺，损人利己。

包拯闻言，宅在家里躲避三司使之职，以此自明。但因为仁宗坚持，僵持了好久后，还是命包拯接任此缺。看来，仁宗对欧阳修的危言耸听是很有意见的。

这件事里，不得不说欧阳修有点刻薄，而且恃才傲慢。他也承认包拯是好人，可是却鸡蛋里挑骨头地以人家没文化来讥讽，未免不厚道，在上书中说：“拯性好刚，天资峭直，然素少学问，朝廷事体或有不思……但其学问不深，思虑不熟，而处之乖当，其人亦可惜也！”

说来说去，就是说人家读书少，性子直，做事欠考虑，不会做人处世，不懂圆滑周到——说得好像他多圆滑似的，也不想想他当初是怎么样因为不会说话而得罪老师晏殊的。

包拯性子直，不会应酬是肯定的，至于说学问不深，后人无法定评，但是能做国家图书馆管理员，混一个“包龙图”的名号，就算是虚衔，也不会是白给的吧。

而且野史中传说，包拯和狄青是上天派来辅佐一代明君宋仁宗的两位魁星，一个是文曲星，一个是武曲星。都文曲星下凡了，文化水平总不会太差的。

不过除了为《三侠五义》等野史小说提供过大量文学素材外，包龙图确实没有多少脍炙人口的著作传世，也不见他和名士圈有什么诗词唱和。

包拯传世的唯一诗作，是一首五言律诗，倒是充分体现了“诗言志”这一宗旨：

书端州郡斋壁

清心为治本，直道是身谋。
秀干终成栋，精钢不作钩。
仓充鼠雀喜，草尽兔狐愁。
史册有遗训，毋贻来者羞。

首联开宗明义：心思纯净是我做人原则，正直奉公是我为官宗旨。

颔联用了一正一反两个比喻：高大笔直的树干，终会成为栋梁之材；精淬的好钢，不可能用来制作弯钩，意谓宁折不弯。

颈联继续比喻：贪官如同鼠雀，见粮仓充盈，就满心欢喜；民众好似狐兔，见百草荒芜，就愁苦不已。也可以单纯地将这句话理解为“民以食为天”的道理，“鼠雀”或“兔狐”的比喻不带感情色彩，并没有褒贬的意思，只是告诫自己和所有为官者：当以百姓疾苦为头等大事。

尾联总结：圣贤在古籍中留下为人之道的遗训，我们当引以为戒，不要贻羞后辈。

这首诗很符合包龙图刚直不阿的形象，与其说是诗，不如说更像一篇座右铭或是家训格言。

包拯留下的家训，则更为简单粗暴：“后世子孙仕宦有犯赃滥者，不得放归本家；亡殁之后，不得葬于大茔之中。不从吾志，非吾子孙。”

生不得归，死不得葬，这堪称史上最严厉的家训了。

嘉祐七年（1062）五月，包拯突然发病，宋仁宗遣使赐药，但还是没能救得了老包的命。从发病到亡故仅隔十三天，因此关于包公之死，在民间有许多传言。

包拯享年六十四岁，死后朝廷追赠礼部尚书，谥号“孝肃”，故而后世又称他为“包孝肃”。

次年，仁宗驾崩，君臣二位，到地下继续做伴去了。

三

宋仁宗赵祯（1010—1063），是宋朝执政时间最长的皇帝。而他在位期间，也是大宋最好的时光。

武大郎卖个炊饼就能买房买楼，前铺后院，可见居民生活富足。顺便说一下，炊饼原本叫“蒸饼”，仁宗登基后为了避讳赵祯的“祯”字，才改叫炊饼的。

也有人曾质疑过一个沿街卖烧饼的小贩，居然住得起临街小二楼，还养着个不用上班打卡只知涂脂抹粉的风流婆娘，可能吗？他兄弟武松不劝他勤力干活，还要叮嘱他每天早点收工回家守着婆娘，真是不当家不知柴米贵。

于是，有好事者给武大郎算了一笔账：北宋的走街小贩和底层工人的日均收入是一百到三百文钱，而武大郎那间临街二层小楼的月租大约二百到四百文。也就是说，他勤快点，卖一天烧饼就可以赚足一个月的房钱了，剩下的时间全用来赚取吃穿杂用，供应两口之家，绰绰有余。

所以说像武大郎这样勤劳肯干的烧饼郎，养活个把好吃懒做的潘金莲完全不是问题。而潘金莲对他的嫌弃，也不是因为嫌贫爱富，主要是因为他个子矮，还不解风情。

看到这儿，有没有冲动想拍桌子大喊一声：走！穿回宋朝卖炊饼去！

翻开《宋史》，于仁宗一朝没几行就可以看到某项仁政，或是下令减少某地赋税，或是赈济某地灾民，或是因为边境战争失利而下诏自责、停止宴饮歌舞，或是释放数名宫女出宫……善行之密，历代罕有。

当时四川有个老秀才，给成都太守献诗说："把断剑门烧栈道，西川别是一乾坤。"竟是劝太守割据自立。吓得太守赶紧把老秀才下了狱，写了折子奏报朝廷，表示我可一点儿都没打算造反啊。

宋仁宗看了折子，笑道："老秀才要官耳，不足治也，给他个小官。"非但结案放人，还给他赐了个官做。

这时候再想想清朝的几次文字狱，别说老秀才注定被砍头无疑，只怕诛杀满门都是轻的，九族捎带脚儿的全得风声鹤唳。

宋仁宗不但在体制管理上文明大度，生活细节也是一样。

有一次，宋仁宗在后花园散步，途中口渴，可是几次回头看随从，却发现他们没有预备水壶。于是就忍着干渴走回寝殿，一进门赶紧对宫女说："快拿水来，渴坏了。"

宫女问："为什么刚才在花园的时候不命随从立刻去取水呢？"仁宗说："如果问起此事，随从没有提前备水，肯定会被责罚的，所以不提也罢。"

对随从尚能如此慈悲，就更不用说对待朝臣官员了。能在仁宗朝为官，包拯也罢，欧阳修也罢，都是幸福的。

嘉祐八年（1063）三月，宋仁宗去世，终年五十四岁。朝野上下，莫不哀恸哭号，纷纷披麻戴孝。《宋史》记载："京师罢市巷哭，数日不绝。虽乞丐与小儿，皆焚纸钱，哭于大内之前。"

不只是大宋域内，就连老对手辽国听说，亦是举国哀悼，"燕境之人无远近皆哭"。辽道宗耶律洪基见了讣告，痛哭说："四十二年不识兵戈矣。"要为仁宗建衣冠冢以寄托哀思。四十二年，正是宋仁宗在位的年数。

耶律洪基是最早的大宋追慕者，曾经费银百两铸像，后刻“愿后世生中国”。

此后的辽国皇帝，都将宋仁宗当作先祖来对待，直到金国灭北宋时，破坏了所有皇帝陵寝，也没有动宋仁宗的昭陵。

乾隆皇帝曾说过：平生最佩服的三个帝王，乃是祖父康熙、唐太宗和宋仁宗。

做帝王能做到这样，确为千古楷模了。

唐朝皇帝动辄几十个儿子，所以“一日杀三子”眼睛都不带眨的；宋代皇帝却大多子孙不旺，而且不容易养活，真真难为了。

赵光义从哥哥手中接了皇位，未肯依誓传位于侄，却给了自己的儿子真宗赵恒。赵恒迟迟无子，直到晚年才喜出望外得了根独苗儿赵祯，遂有“狸猫换太子”的故事流传。

而赵祯一生仁恕，却偏偏后继无人，三个儿子全部早夭，只得立濮王赵允让第十三子赵宗实为皇子，即位后更名赵曙（1032—1067），史称宋英宗。

英宗赵曙也只做了四年皇帝就驾崩了，在位期间无甚过错，却也无甚功业。最大政绩是为司马光大开方便之门，命他设局专修《资治通鉴》，为后人留下了中国第一部编年体史书。

说起来真不公平，赵祯身为皇上，三宫六院，只生了三个儿子还都没能长大，都不够唐太宗李世民一天杀的。而他的堂兄弟赵允让却生了二十二个儿子，偏偏赵祯又从这二十二个备选中挑出了短命的赵曙，这是上天示警，见不得赵光义的后代长期霸坐龙椅吗?

可惜赵恒、赵祯、赵曙都不肯这么想，皇位又传给了赵曙之子赵顼，史称宋神宗。直到南宋赵构无子，才终于找回太祖之后传位，将帝位还回了太祖一脉。

这让人不禁想，倘若仁宗无子之际，就想到把帝位交还赵匡胤嫡传，历史不知道会改写成什么样子？

司马光与王安石：诤友还是政敌?

一

自从赵丽蓉老太太说了个“司马缸砸光”的段子后，我每次提到司马光的名字，都要在“光”与“缸”之间好一番“咣当”后才敢小心翼翼地落音。而且，眼前老是一个捧着大石头的虎头虎脑小胖孩儿的形象，很难和撰写《资治通鉴》的大史学家联系起来。

司马光（1019—1086），字君实，号迂叟，西晋安平献王司马孚之后，山西夏县涑水乡人，世称涑水先生。

出身名门，天资聪颖，自然是位少年才子。司马光没有辜负父母厚望，二十岁一举及第，高中进士甲科，同年新婚，大小登科，双喜临门，人生真是再美满没有了。

但是乐极生悲。结婚不久，母亲去世，司马光按制服孝三年；未满，父亲又去世，于是再闲居三年。

一个初登仕途前途无量的大才子就这样稀里糊涂地在家中闲居了六年，不知道司马光有没有把气撒在妻子头上，更何况，他的妻子还一直没有生育。

不过司马光是宋朝少有的一夫一妻拥护者，即使妻子不育，他也不肯纳妾。反倒是司马夫人急得要命，在“不孝有三无后为大”的传统道德规范指引下，亲自挑选了一个美女塞在司马光房中，自己借故外出，方便二人成其好事。

不料司马光看到美女进了自己房间，竟然板下脸斥责：“夫人不在，你进来做什么？”吓得美女大哭，气得夫人大骂。

夫人终身未育，司马光于是过继了哥哥的儿子继承家业。

司马光恪守礼法是出了名的，缺乏情趣也是出了名的。

某年上元节，夫人想去街上看灯。司马光板起脸来说：家里没有灯吗？何必抛头露面到街上去看？

夫人解释：上元佳节，街市上多热闹的，说是看灯，实为看人嘛。

司马光更加不以为然：人有什么好看？难道老夫是鬼？

这种抬杠，简直让人无言以对。

上元节差不多是宋朝最热闹的节日了，而古板的司马光一向跟享乐有“仇”，在家管束夫人不许出街看灯，在朝还要劝诫皇上不能观看女子相扑。

嘉祐七年（1062），仁宗与民同乐，驾临宣德门城楼，观赏诸色技艺，包括女子相扑。女选手们身材硕美，着装清凉，近身肉搏，互扯衣裳。宋仁宗大乐，赐予银绢，犒赏各行艺人。

这可把司马光气坏了，立刻义正词严地上了一道《论上元令妇人相扑状》：“宣德门者，国家之象魏，所以垂宪度，布号令也。今上有天子之尊，下有万民之众，后妃侍旁，命妇纵观，而使妇人赢戏于前，殆非所以隆礼法，示四方也。”

赢，即裸。司马光将女子相扑名为“裸戏”，当真犀利之至。

一个“赢”字，吓坏了仁宗，自此女子相扑就从宣德门前消失了，仅存于勾栏瓦舍的民间取乐中。

难以想象的是，这样古板的一个司马光，居然也曾经写过艳词，而且还写得不错，流传颇广：

西江月

宝髻松松挽就，铅华淡淡妆成。青烟翠雾罩轻盈。飞絮游丝无定。　相见争如不见，有情何似无情。笙歌散后酒初醒。深院月斜人静。

这里描写的是北宋词作中最常见的酒席艳情。上阕写舞姬的妆容发型，头戴珠翠冠，身穿轻罗衣，淡妆盈盈，舞姿翩翩，营造出一种恍惚迷离浪漫轻盈的情境；下阕写分别后的相思，那种挣扎矛盾的心态。出语自然，妥帖停匀，意不晦涩，语不雕琢，是文采与情意俱佳的好词。

就像《红楼梦》中警幻仙子对宝玉所说的：“世之好淫者，不过悦容貌，喜歌舞，调笑无厌，云雨无时，恨不能尽天下之美女供我片时之趣兴，此皆皮肤淫滥之蠢物耳。如尔则天分中生成一段痴情，吾辈推之为‘意淫’。‘意淫’二字，惟心会而不可口传，可神通而不可语达。”

好色即淫，多情更淫。司马光洁身自好，肯定不是好色拈花的登徒子。但是不好色，不代表不爱美，不懂审美，所以他才会对这个有着神秘迷离色彩的歌舞姬意有所动。

但他是自律的，对女子的欣赏只停留在倾慕和怀念的底线上，故说：“相见争如不见，有情何似无情。”

不见，即无色；无情，自然更无淫欲。这正是警幻仙子推崇的“意淫”。

意淫是“惟心会而不可口传，可神通而不可语达”的，而司马光偏偏能够表达得出，乃是“飞絮游丝无定”，无情更见多情。

司马光与周敦颐、邵雍、张载、程颐、程颢并列北宋“六先生”。司马光不以词闻名，能找到的词作只有三首，居然都是艳情词，然而这却让我们看到了道学先生的人情味儿，这也是北宋独有的风流吧？

二

宋朝士大夫多喜纳妾蓄妓，如司马光这般洁身自好者堪称异数。

无独有偶的是，同朝为官的还有一位坚决不纳妾不蓄妓的拗相公，正是司马光的死敌王安石。两人都是“不好声色，不爱官职，不殖货利皆同”。

按说这么两个罕见的怪人碰了面应该结为终身好友才对，而他们也确实曾是朋友，可是后半生却因政见不同而剑拔弩张，互为仇敌，至死不休。

战争的引子是关于变法。

宋朝自立国以来，兴文抑武，导致边境战事频仍，烽火连绵，大宋军队在与西夏、契丹的战争中频频失利，损失惨重。因此范仲淹守城归来后，才会立刻提出变法主张。虽然新法在守旧派的反对下终告失败，但是已经让皇权统治者看到了改革的必要性。

宋神宗即位后，宋朝财政年度亏空已近两千万两白银。由于赋税徭役，高利贷盘剥严重等弊端，民间屡屡发生暴动；而边境强敌环伺，虎视眈眈，可谓内忧外患、岌岌可危。宋神宗开始对太祖皇帝制定的“祖宗之法”产生怀疑，在多方征求治国良策后，于熙宁二年（1069）决定起用王安石为知事，着手变法，历史上称之为“熙宁变法”。

变法遭到了以司马光为首的保守派的强烈反对，反对理由主要有两个：一是祖宗之法不可变；二是认为变法是把属于百姓的财富强行夺到了国库，容易激起民变。

司马光在朝堂上雄论滔滔，私下又给王安石写信再三劝诫“以尽益友之忠”，认为王安石“用心太过，自信太厚”，做事草率冒进，以致天下怨谤。

司马光的去信苦口婆心，写了三千多字；王安石的回信却言简意赅，只有三百多字，但在历史上鼎鼎有名，便是词锋严密的《答司马谏议书》。书中将司马光指责自己的论点归纳为“侵官、生事、征利、拒谏”四罪，并一一进行反驳：“某则以谓受命于人主，议法度而修之于朝廷，以授之于有司，不为侵官；举先王之政，以兴利除弊，不为生事；为天下理财，不为征利；辟邪说，难壬人，不为拒谏。”

司马光眼看既劝不了王安石回头，又不能让宋神宗回心转意，加上好友范镇因为反对变法而被罢官，一时气涌心头，于熙宁四年（1071）愤而上疏为范镇鸣不平，甚至对宋神宗说：“臣之于王安石，犹冰炭之不可共器，若寒暑之不可同时。”颇有不共戴天之势。

即使如此神宗也不改变法之心，雷厉风行，将新法推行全国。司马光羞恼之下，愤而辞去朝中职务，索性眼不见为净，隐居洛阳，一心编纂《资治通鉴》，不问政事。

《资治通鉴》最早从英宗治平三年（1066）动笔，英宗下旨让司马光设立书局，由他自择官属作为自己的助手。

次年英宗病逝，神宗赵顼即位。欧阳修向神宗极力推荐司马光，说他“德性淳正，学术通明”。司马光遂得任翰林学士、御史中丞。

但是由于神宗重用王安石，司马光一怒之下，索性隐居洛阳著书，以此回报宋英宗的信任。

这时期的著书生涯，司马光有一首《夏日西斋书事》，堪谓最真实心态写照：

榴花映叶未全开，板影沉沉雨势来。

小院地偏人不到，满庭鸟迹印苍苔。

陶渊明隐居之际，曾有诗“采菊东篱下”“心远地自偏”。而司马光的隐居是一种暂时的蛰伏，虽远离纷争，著书西斋，清幽为怀，淡泊为志，却又充满了“地偏人不到”的不甘心与不服气。

诗中描写花影参差，风雨欲来，于平淡中寓波澜，饱含了一种压抑的情绪。“满庭鸟迹印苍苔”之句更是流露出他对乏人问津的现状感到抑郁不平。

司马光在洛阳的居所极为简陋，为求安静修书，特地挖了一个地下室做书房。这段时间，刚好欧阳修的连襟王拱辰也在洛阳，家中装潢却是以豪奢闻名的，中堂建屋三层，最上一层称朝天阁。因此洛阳人戏称：“王家钻天，司马入地。”

司马夫人去世时，清贫的司马光无以为葬，只好把仅有的三顷薄田典当出去，置棺理丧。

司马光官高名重，居然要典地葬妻，其廉洁清肃可想而知。

说到史书，我们总会想到“史家之绝唱，无韵之离骚”的《史记》。这是中国第一部纪传体通史，被公认为是中国史书的典范。

记载了从上古传说中的黄帝时期到汉武帝元狩元年，长达三千多年的历史，是“二十四史”之首。

而《资治通鉴》则是中国第一部编年体史书，从周威烈王二十三年（前403）写起，一直到五代的后周世宗显德六年（959），计跨十六个朝代一千三百六十二年。

司马光先后耗时十九年编成《资治通鉴》，这是他一生最大功绩，从此让司马光的名字与史书同铸汗青。

虽然司马迁与司马光都姓司马，而且都编史书，可是两个人没有任何关系。只能说，司马家族多奇才，不仅善于创造历史，也善于总结历史。

三

司马光的作品不只有严肃的史学巨著《资治通鉴》，还有许多更个性化的文集专著。比如《涑水记闻》，关于北宋六朝（960—1070）的语录体笔记；《潜虚》，仿汉代扬雄的《太玄》而作，吸取阴阳、易卦、占筮等多方观念，探索隐秘本原。可惜文将成而身先卒，或是因为泄露天机了吧？

算起来，司马光人生的大半光阴都是在闭门读书中度过的。

二十岁之前读书是为考科举，选择书目都是被动的；而中举后，为父母守孝的六年中，对于书籍的选择是主动的，是厚积薄发的真正酝酿期，为他后来著史打下良好基础。

司马光的仕宦生涯是从二十六岁服丧结束后正式开始的，为官廉肃，政声赫然。入仕二十六年，于五十二岁辞官归隐，著书洛阳。

这一隐，就是十五年。

如果司马光一直隐居不出，未尝不是一件好事。然而元丰八年（1085），宋神宗病死，年仅十岁的赵煦继位，史称宋哲宗。哲宗年幼，由神宗之母太皇太后垂帘听政。

高太后崇信祖宗之法，在神宗朝时就很反对变法，如今自己当家做主了，自然要随心所欲。于是立即下诏重新起用六十七岁的司马光，先知陈州，不久除授门下侍郎（即副宰相）。

司马光还朝之后，即向高太后进言，废除了王安石变法的所有内容，且把因反对新法而被贬的刘挚、范纯仁、李常、苏轼、苏辙等人全部召回朝中任职，同时贬黜了所有支持新法的人。因其时为元祐元年，史称“元祐更化”。

在司马光连上的《请革弊札子》《请更新新法札子》两个折子中，把新法比作毒药，请求全部更新。在他的坚持下，保甲法、方田均税法、市易法、保马法被接连废除。

然而司马光仍不满足，得知免役法、青苗法和将官法还未被废除时，无限感伤地说：“吾死不瞑目矣！”上表请求辞位。

高太后对司马光十分倚重，非但不准辞位，且下诏让其正式拜相。司马光一旦大权在手，便排除异己，很快就废除了免役法、青苗法。

此时经过二十年变法，青苗法和免役法已经深入人心，被百姓所认可，就连很多保守派官吏也很支持。但是司马光坚持己见，终于将新法全面废除，完成了平生夙愿，且得意地写下又一首抒怀诗《客中初夏》：

四月清和雨乍晴，南山当户转分明。

更无柳絮因风起，惟有葵花向日倾。

在诗中，“柳絮”指的是随风飘散的王安石等变法新党，暗示他们的变法是投机取巧、轻浮浅薄之举。如今雨停风住，柳絮不起，讥讽新法的失败。“葵花”，则代表了自己对皇帝的忠心，并以“四月清和”来表达政治胜利之喜。风雨过后，云霁日出，如今胜负已明，司马光全面大捷。

这首诗表面写景实则抒情，是一首政治抒怀诗。而王安石亦有一首著名的拟物诗抒发自己的政治怀抱：“会与蒿藜同雨露，终随松柏到冰霜。”

王安石将自己比作竹子，而司马光则在《春游》一诗中说：“此时松与柏，不及道傍花。”遥遥呼应，一语成谶。

当年“板影沉沉雨势来”，如今“四月清和雨乍晴”，司马光为相不足三个月，就将宋神宗和王安石历行革新十几年的心血一朝洗尽。王安石在病中听到消息，不堪打击，痛心长叹：“亦罢至此乎？”含恨而亡。

司马光震动之下，未免心有凄凄，担心得势之人会在王安石死后痛打落水狗，遂抱病作书：“介甫文章节义，过人处甚多……光意以谓朝廷宜优加厚礼，以振起浮薄之风。”

后来，宋哲宗果然依据司马光建议，追赠王安石为太傅，谥号“文”。

只不知，王安石在天有灵，知道自己的谥号由死敌司马光所拟，会不会愿意？

元祐元年（1086）十月，司马光去世，与王安石之死相距不足半年。高太后与宋哲宗亲临丧礼，追赠司马光为“太师”，封“温国公”，谥号比王安石多了一个字：文正。

北宋有好几个著名的文正公，其中一个是锐意革新推行新法的范仲淹，一个却是反对变法至死方休的司马光。

这让人益发感慨大宋的风华。

四

司马光博古通今，刻苦自律，常以“日力不足，继之以夜”自诩，堪称儒学教化下的典范；而王安石遍览群书，诗词文赋无所不精。两个人一般才华横溢，一样刚直廉明，一样洁身自好，甚至连绰号都是一样的，是神宗朝齐名的“拗相公”。

同一时期，出现了两个才华、性情如此相像的人，却又让他们斗了一辈子，这让人不能不想起三国之叹：既生瑜，何生亮?

历史功过向来是很难评价的，司马光与王安石亦敌亦友，各抒己见。历史上对于王安石变法的褒贬向来就很有争议。

有人说，如果王安石变法成功，能够一直推广下去，根本就不会有“靖康之耻”；也有人说，正是因为王安石的改革动摇了大宋根本，加速了北宋灭亡。

不过，王安石变法尽管急功冒进了些，但从实际效果看，青苗法、免役法、方田均税法等都是为百姓带来了好处的，也使国库稍为充实，军力日益强盛；而司马光的连根拔除，则将宋朝廷很快又推向了内忧外患的境况。

尤其是在对待西夏的态度上，保守的司马光以妥协政策为上，把神宗时攻占的安疆、葭芦、浮图、米脂四寨主动退还给西夏，以求偷安一时。

这是最让社会上有志之士不满的。

范仲淹的儿子范纯仁，在王安石变法时曾经上书神宗，指责这是与民争利，因此遭到贬黜。但后来，却反对司马光的全面废除，指出：“新法有利民可取之处，不应因人废言。”

但是司马光坚持己见，火力全开，完全听不进任何意见，气得曾为他门生的苏轼也在背后跺脚叹息：真是司马牛，司马牛！

“因人废言”，范纯仁指出了司马光新政的最大弊端。老年的司马光枉修了半世通鉴，却全然做不到以史为鉴，更不具备史官应有的公正客观之心。不但对新法全部废除，而且排斥异己，重用佞臣，大肆招揽了一批肯听自己话的小人，制造朝廷上一面倒的虚假繁荣。

他不顾现实地一刀切，粗暴下令全国必须在五日内尽废免役法。众人都以为这样的草率做法不可行，只有蔡京迎合上司，不顾民怨，强压执行。这个蔡京，便是“北宋六贼”之首，以花石纲将一百零八条好汉逼上梁山的始作俑者。

司马光等保守派反对变法的主要理由是搬出仁孝的大道理，呼吁“祖宗之法不可变”。可是《论语》中也说了：“三年无改于父之道，可谓孝也。”如今哲宗幼岁登基，却一上来就要推翻父皇施行了十五年的新法，这算不算不孝呢？

但是司马光是饱学大儒，闻言淡定地对太皇太后说：儿子不能更改父道，但是宣仁太后有权“以母改子”啊。高太后欣然纳之。敢情《论语》和礼法都是他编的，这是想怎么解释就怎么解释呀。

就这样，一个老太后，一个老宰相，一拍即合，一呼一应，将神宗在位期间积累的那点微薄家底迅速挥霍一空。司马光的举措，可谓倒行逆施。这个编纂历史的人，反成了历史的罪人。

值得一提的是，宋朝士大夫之间的矛盾不像唐朝中晚期的“牛李党争”。不管多么壁垒分明，都是君子动口不动手，只是把对方弄出朝廷，随便贬到哪个地方做官就好了，并不会往死里整，也不会一网打尽除之后快。而且争论的重点在于政见，极少为私怨而喋喋不休，所以也不会结下死仇。

比如范仲淹变法，敌对方以“朋党”之说使之被贬，可是过不了几年范仲淹也就回来了，大家继续客客气气做同僚。

再如王安石与司马光，在政治上无异于死敌，私下也早已不再是朋友，可他们是真真正正的一路人，打心眼里敬重彼此，除了打倒对方的政治主张外，从没打算向对方下死手。

王安石变法失败，有人落井下石，是司马光为其仗义执言；而苏轼反对变法，王安石将其贬官，但在“乌台诗案”中苏轼受诬下狱时，却也是王安石主动为其奔走疾呼。

宋朝文人的气节，可见一斑。

王安石：无奈被些名利缚

一

“天变不足畏，祖宗不足法，人言不足恤。”

这是王安石变法的三句口号，充分表现了他的坚定与狂妄。

是的，狂妄。有些事，可以说但不能做，也有些事，可以做但不能说。比如，王安石推陈出新改革祖宗之法，可以条分缕析提出论点论据，但就是不能明明白白狂言“祖宗不足法”；同样的，他可以不计荣辱坚持己见勇往直前，这是一个先行者必须具备的勇气和魄力，但是表面上，他得做出沉着的样子，不能直接说“人言不足恤”。

说了，就是授人以柄；说了，就是自曝短处；说了，就会得罪人。

除了司马光，王安石一生中化友为敌的同人还有很多，包括欧阳修、范仲淹、韩琦、富弼、苏轼……简单地说，为了变法，他把能得罪的人全得罪了，就连自己的同胞弟弟王安国、王安礼也差点反目成仇。

真不知道，如果晏殊足够长寿的话，他们的友谊能否坚持到最后？

王安石（1021—1086），字介甫，号半山，江西抚州临川人，晏殊实斧实凿的老乡。据说他出生时，有一獾窜入产房，倏而不见，故家人唤其小名为“獾郎”。

高人出生必有异象，少年必有奇遇，这都成了“套路”了。獾郎自不例外。当时乡里有一位喜欢头上插花的道人，能断人生死。一日来访，对王安石父亲说：“此子他日以文名天下，俟其执政，当见之。”预言王安石他日必然宰执天下。

庆历二年（1042），王安石参加科举，在同年录取的八百三十九名进士中，高居榜首。但是殿试时，宋仁宗赵祯因为其文中有“孺子其朋”一词，想到自己年幼登基，太后垂帘的往事，十分不悦，遂将他画出三甲，录在第四名。

出榜后，王安石与同年一起前往宰相晏殊家拜谒。晏殊对这位比自己小了整三十岁的同乡青睐有加，视若子侄，拉着他的手语重心长地说：“早就听说家乡出了位年轻俊才，老夫与有荣焉。你日后能达到的名位，不在老夫之下，不过老夫有句话希望你能记在心中：能容于物，物亦容矣。”

王安石点头答应了，回到旅馆却对朋友说：“晏公位极人臣，却只会说这些中庸琐碎的明哲保身之道，未免太圆滑流俗了。”

直到四十年后，王安石与弟弟王安礼重提此事，才幡然醒悟说：“真没想到，晏公仅一面之缘，就发现了我的致命弱点。若能早听他一句话，也不至于到今天，身边所有的朋友都离我而去呀。”

“能容于物，物亦容矣。”真正是警世格言。晏殊少年得意，平生为官五十载，将大半气力都用在了维持平衡上，却也免不了时有沉浮之感。他对王安石的劝诫，绝对是站在同乡前辈立场上的肺腑之言。

可惜，年轻气盛的王安石全然听不进去，反而对晏殊从此轻视，读了晏殊词后还笑说：“晏同叔官居宰相而喜作小令，实在浅俗，这样的人怎么能管理得好国家呢？”

晏殊因为柳永词作“针线闲拈伴伊坐”之语而对其轻视的时候，一定没想到自己也会因为作小令而遭到晚辈的嘲笑吧？

在王安石的心里，大丈夫念圣贤之书，思天下之事，忠君爱民，无欲则刚。他和司马光一样，不纳妾，不蓄妓，不贪财，不重享乐。连吃菜他都只吃放在面前的那一碗，如果夫人吴氏不动手调换碗碟，就从来想不起要把筷子伸远一点。

有一次，坊间传言王安石喜吃獐子肉，吴夫人听了觉得奇怪，我怎么不知道他还有这癖好？遂问那传话之人：那日宴席上，獐子肉放在什么位置？此人答：恰好摆在他面前，先生一口一口把整盘肉吃光了，都没想着给别人留一点。

夫人哑然失笑：下次你放盘野菜在他面前，他也会一样吃光的。

獐子肉也还罢了，最离谱的是，有一次宋仁宗与臣子同乐，相约钓鱼，还给每位大臣发了盘鱼饵。没想到王安石心不在焉，一边思考问题一边顺手抓起鱼饵往嘴里塞，竟然不知不觉把一盘鱼饵给吃光了。

仁宗当然不会认为王安石爱吃鱼饵，但认为他是故意作秀，事后对人说：“偶尔误食一两粒还有可能，但是能将整盘鱼饵全部吃光，这不科学啊。可见王安石是个虚伪狡诈之徒，欺世盗名，不可重任。”

王安石还有个缺点常被敌对党攻击，说他不讲卫生，长年不洗澡、不换衣裳，而且长得不帅：“面黑，牛耳虎头，目睛如龙，又皮肤粗糙如蛇皮。”苏洵还写了篇《辨奸论》讽刺：“今有人，口诵孔、老之言，身履夷、齐之行，收召好名之士、不得志之人，相与造作言语，私立名字，以为颜渊、孟轲复出，而阴贼险狠，与人异趣。……衣臣虏之衣，食犬彘之食，囚首丧面，而谈诗书，此岂其情也哉？……以盖世之名，而济其未形之患。虽有愿治之主，好贤之相，犹将举而用之。则其为天下患，必然而无疑者……”

不过，苏洵过世时，王安石还闲居江宁，并未有变法之议，称相更是四年后的事情，苏洵又怎么会未卜先知，预先攻击王安石“收召好名之士、不得志之人”且“为天下患”呢？

所以有专家指出，这篇文章多半是反对变法的人杜撰出来，假苏洵之名以为攻击的。

王安石任知制诰时，夫人曾给他买了一个妾。那女子前来侍奉时，王安石问：“你是谁？”女子跪下陈明身世，说自己其实已有丈夫，但因为欠了官债，被迫卖身。王安石听罢，不但出钱替她还清官债，还送她与丈夫团圆去了。

这样的一个人，几乎除了做学问思政务，就没有任何事挂在心上，更不觉得世上有任何事需要圆滑处之，任何人需要虚与委蛇。

三十岁那年，他的一首七言绝句将这种意气风发表现得淋漓尽致：

登飞来峰

飞来峰上千寻塔，闻说鸡鸣见日升。

不畏浮云遮望眼，只缘身在最高层。

此时还在仁宗朝，王安石在浙江鄞县知县任满回江西临川故里时，途经杭州而作。距离“身在最高层”还有二十年的距离，只是一个底层官，却早已初露峥嵘，气冲霄汉。

李白曾作《登金陵凤凰台》，有“总为浮云能蔽日”之句，抒发一生抑郁不得志。而王安石却高呼“不畏浮云遮望眼”，与他后来的口号“天变不足畏”遥遥相呼，可见这狂妄的性子并不是当上宰相才生成的。

二

王安石历任淮南节度判官、鄞县知县、舒州通判、常州知州等职，每到一地，即兴修水利、扩办学校，治绩斐然。先后得到宰相文彦博、欧阳修等人的推荐，请求朝廷褒奖加官。但是王安石大约知道仁宗不待见自己，每每以不愿越级提拔、祖母年高须赡养为由推辞，不肯赴京。

直到嘉祐三年（1058），王安石移提点江东刑狱，进京述职，作万言书上奏仁宗，总结了自己多年在地方为官的经历，指出国家积弱积贫的现实，第一次系统地提出变法主张。

这就是被梁启超称为“秦汉以下第一大文”的《上仁宗皇帝言事书》。但是仁宗并没有采纳，这让王安石十分失望，对于仁宗朝政彻底失去信心。

此后，朝廷屡次想对王安石委以重任，都被他固辞。官员们都以为王安石无意功名，深以无缘结识为憾。因此，当王安石终于接任集贤院之职审查京城刑狱案件时，全城轰动，争着一睹荆公风采。

但是他们很快就发现，这实在是一个不好相与的同僚，纷纷敬而远之。

王安石做京官没多久，就因为对法制改革据理力争而得罪了诸位王公大臣。嘉祐八年（1063），因母亲病逝，王安石辞官回江宁守丧，彻底无官一身轻了。

仁宗过世，英宗继位，统共只做了四年皇上。前三年都赶上王安石在守孝，因此屡次征召，都被他以服母丧为由推拒。等到三年孝满，这个借口用不成了，王安石就以抱病为由，继续拒绝入朝。朝廷隔三岔五地召他为官，为了躲避诏书，他能藏到厕所里假装不在。

直到治平四年（1067），宋神宗赵顼即位，起用王安石为江宁知府，王安石才重新出仕。

这也是没办法，他可以用抱病为由来拒绝入京，可是江宁就是他的家乡，宋神宗让他在家门口当官，他总不好推辞吧。既然已经出来了，那么不久宋神宗召他入京为翰林学士也就是顺理成章的事了。

由此可见，宋神宗年纪不大，却很有心机。

王安石的名与东晋谢安的字相同。当年谢安胸怀韬略，却隐居会稽东山，不肯出仕。人们将他比作卧龙岗的诸葛先生，传言说："安石不出，如苍生何！"都希望他出来主持大局。晋简文帝时，国运每况愈下，已过不惑之年的谢安，终于决定出山，由会稽赴建康接任丞相。

这个典故叫作"东山再起"。李白有诗云："东山高卧时起来，欲济苍生未应晚。"

王安石独负天下盛名三十年，人们都把他比作东晋的谢安石，连司马光都去信劝他："远近之士，识与不识，咸谓介甫不起则已，起则太平可立致，生民咸被其泽矣！"认为只要王安石出相，必能开太平，泽生民。

后来司马光为这封信悔青了肠子。早知道王安石出山会搞什么变法，和自己大打擂台，估计他把王安石毒死在江宁的心都有，哪里还会苦劝他入京复官呢？

王安石重出东山这年，已经四十七岁了。

司马光完全没想到王安石会给朝廷带来多大的风波，还到处为他背书："（王安石）好读书，能强记，虽后进投艺及程试文有美者，读一过辄成诵在口，终身不忘。其属文动笔如飞，初若不措意，文成观者皆服其精妙。友爱诸弟，俸禄入家……议论高奇，能以辩博济其说，人莫能诎。始为小官，不汲汲于仕进。"不吝溢美之词，把王安石捧上了天去，学问、德行、心性，无一不好。

但是后来就变味了。王安石入宫侍讲，常与神宗讨论天下时局，深得器重。次年，上《本朝百年无事札子》，阐释宋初百余年间太平无事的情况与隐患，提出"大有为之时，正在今日"，开始为变法铺路。

这一次，宋神宗没有让他失望，给予了大力支持。司马光与王安石彻底翻脸，发出不共戴天之叹后，回家编《资治通鉴》去了。保守党纷纷下野，声势浩大的"王安石变法"正式拉开帷幕。

熙宁三年（1070），王安石任同中书门下平章事，位同宰相，开始在全国范围内推行新法。财政方面有青苗法、免役法、方田均税法、农田水利法等；军事方面有保甲法、保马法等。次年又颁法改革科举，废除诗赋辞章取士的旧制，恢复以"春秋三传"明经取士。

这就是载入中学课本的"王安石变法"，史称"熙宁变法"。自熙宁二年（1069）开始，至元丰八年（1085）因宋神宗去世而告终，共持续了十五年，是中国古代史上继商鞅变法后又一次规模巨大的社会变革运动。

此时王安石的心情，在他的绝句《元日》中表现得极为明了：

爆竹声中一岁除，春风送暖入屠苏。

千门万户曈曈日，总把新桃换旧符。

直到宋朝时，贴对联的风俗还没有形成，而是在门上挂桃符。正月初一时，人们在桃木板上写“神荼”“郁垒”两位神灵的名字，悬挂在门旁，用来压邪。

元日，就是农历正月初一，代指春节。曈曈，形容日出时光亮温暖的样子。

这首诗表面写新年，实则写变法推行，万象更新。说的是又一年过去了，人们放爆竹，饮屠苏酒，在门上挂上新桃符，驱邪避瘟，除旧迎新，欢度春节。家家户户沐浴在初春朝阳的光照之中，迎来新的一年。

“总把新桃换旧符”代表的是王安石革除旧政施行新法的喜悦之情。而“千门万户曈曈日”则表现了他对新法的信心，认定所行如同“春风送暖”，将给大宋带来一片光明。

全诗使用白描手法，撷取了与春节紧密相关的几个特色习俗，极力渲染欢快明亮的节日气氛，一语双关，含而不露。无论是作为单纯的新春诗作还是作为政治家的改革宣言，都充满了明快张扬的气势。

这种明快的心情，在他为数不多的词作中也有所表现：

浪淘沙令

伊吕两衰翁，历遍穷通。一为钓叟一耕佣。若使当时身不遇，老了英雄。　　汤武偶相逢，风虎云龙。兴王只在谈笑中。直至如今千载后，谁与争功？

伊吕，指伊尹与吕尚。伊是姓，尹是官职。伊尹本是伊水旁的弃婴，后来成为有莘氏的奴隶，并作为有莘王之女的陪嫁奴隶给了商汤。汤王慧眼识珠擢用了他，伊尹后来成为商汤灭夏的开国功臣。

吕尚就是姜太公，姓姜，名尚，字子牙。贫穷半生，碌碌无为，晚年在渭水垂钓，遇周文王得重用，辅武王灭商，封侯于齐。

伊尹和吕尚，曾经一个是奴隶，一个是渔翁，经历了所有的沉浮荣辱。如果不是遇到商汤王、周文王这样的明君并得到重用，也就老死山野了。

幸而君臣得遇，便如云生龙、风随虎一般，谈笑中完成了兴王道、建国家的大事业。伊吕之功，超盖千载，无人可比。

枢密使曾公亮说过："上与介甫如一人，此乃天也。"认为王安石是上天专门派来辅佐神宗皇帝的相才，君臣一心，正得其时。

显然，王安石自己也是这样认为的。

三

对于王安石及王安石变法，历史上的评价始终褒贬不一。

同为神宗朝宰相的韩琦认为："安石为翰林学士则有余，处辅弼之地则不可。"只承认他的治学才华，不同意他的治国能力。

大诗人黄庭坚却盛赞："余尝熟观其（王安石）风度，真视富贵如浮云，不溺于财利酒色，一世之伟人也。"

他的政敌司马光则很中立地说："人言安石奸邪，则毁之太过；但不晓事，又执拗耳。"

到了南宋时期，程颢的再传弟子朱熹对王安石口诛笔伐，恨不得将北宋之亡全推在他身上："而安石乃汲汲以财利兵革为先务，引用凶邪，排摈忠直，躁迫强戾，使天下之人嚣然丧其乐生之心。卒之群奸嗣虐，流毒四海，至于崇宁、宣和之际，而祸乱极矣。"

后世对王安石的评价就更加大相径庭。

清初思想家颜元盛赞：“荆公廉洁高尚，浩然有古人正己以正天下之意。及既出也，慨然欲尧舜三代其君。……且公之施为，亦彰彰有效矣。用薛向、张商英等治国，用王韶、熊本等治兵，西灭吐蕃，南平洞蛮，夺夏人五十二砦，高丽来朝，宋几振矣。”

梁启超更是大呼：“若乃于三代下求完人，惟（荆）公庶足以当之矣。”认为国民应该买丝绣像，为王安石塑像供奉起来。

连蒋介石都说，中国古代的政治家中，只崇拜周公和王安石两人。

周公不用说了，孔子都奉为至圣先师的，而蒋介石竟将王安石与周公并论，可见推崇。“介石”是蒋公在日本留学时给自己取的笔名，不知道是不是从荆公的字“介甫”与名“安石”中各取一字组成的。

那么，变法究竟是好还是坏呢？

综合各家学说，主流意见是变法的目的是为了富国强兵，但在推行过程中，出现了很多问题。

此时距“澶渊之盟”已经过去六十年了，大宋政治稳定，经济发展，但是狭隘保守的弊端也就随之显现出来，改革势在必行。王安石在这个时候提出关于变法的种种措施是合时合理的。

然而他低估了反对派的强大势力，上有太后的坚决阻挠，中有司马光等保守派大臣的强烈抵抗，下有层层酷吏阳奉阴违，变法进行得十分艰难。

比如青苗法中的“青苗贷”，是于青黄不接之时，由官府向民间放贷，借钱借粮，春借秋还；两分利息，远比民间高利贷要低得多，而国库也可广开财路。其实是利国利民的好事，但却触动了豪绅世家的利益，因此就被弹劾为“与民争利”。也没错，地主也是民，就看到底是哪个“民”的利益被削了。

反对派们为了同王安石捣乱，也为了中饱私囊，就在实际操作过程中把自由认贷变成了强行摊派。不论农民是否需要都必须贷款，秋后加息偿还，利息也远远比王安石规定的要高得多。有些地方官甚至根本不贷款，却直接暴利征息。这自然使得民怨沸腾，怒火全都指向颁布法令的王安石了。

再如保甲法。募兵制度是大宋积弱的主要原因，宋朝的兵丁是终身制的，军中羸老者众，无疑会拉低了战斗力。而且每年军供耗资巨大，三司使蔡襄曾指出：“臣约一岁总计，天下之入不过缗钱六千余万，而养兵之费约及五千（万）。是天下六分之物，五分养兵，一分给郊庙之奉、国家之费，国何得不穷？民何得不困？”

一年军费五千万缗，占去朝廷收入的六分之五，而这还只是静态的养兵费用，倘遇战时，又当如何？难怪宋朝历代皇帝都害怕打仗，仇视主战派呢。只要开战就是大笔开销，打赢了还好说，如果输了，军费之外还要再给战胜方割地赔款。真是鸡飞蛋打，两头损失。

而且，宋朝廷惧怕武官拥兵自重，重演陈桥故事，不仅以文官执大印，还要三年一迁，免得官兵在当地势力太强，自建小朝廷。这样确实有利于权力的向上集中，但就更加造成了军费陡增。

正如苏轼在《定军制》中所说的：“费莫大于养兵，养兵之费莫大于征行。今出禁兵而戍郡县，远者或数千里，其月廪岁给之外，又日供其刍粮。三岁而一迁，往者纷纷，来者累累。虽不过数百为辈，而要其归，无以异于数十万之兵三岁而一出征也。”

募兵制使得壮劳力不断流入军中，对农业生产的影响也是必然的。而王安石提出的民兵制，是农时耕田，闲时练兵，战时入伍。一则可以源源不断地补充新兵；二则可以节约军资，使各地壮丁接受军训，与正规军队相参为用；三则亦不使农田荒芜，人伦离散。同时把各地人民按保甲编制，可以建立更严密的治安网，稳定地方秩序，显然是利国利民的好制度。

但在新法推行中，百姓为逃避保甲，甚至出现自断手腕的行为。这就更给了反对派借口，上书声言变法导致“天怒人怨”。

王安石的弟弟王安国任满回京，神宗召见时询问他沿途所见，各地百姓对于变法的反响如何。王安石满心以为弟弟会帮自己说好话，没想到跟他一样方正的弟弟老老实实地回答：“民间叫苦连天，都说臣兄用人不当，急功冒进，做法太欠妥当了。”气得王安石好几天没跟弟弟说话。

这个王安国也是才子名臣，作词有香泽之态，试举一例：

减字木兰花

画桥流水，雨湿落红飞不起。月破黄昏，帘里余香马上闻。　　徘徊不语，今夜梦魂何处去。不似垂杨，犹解飞花入洞房。

王安国词风清艳，秀丽典雅，与王安石的洒脱爽利颇为不同。因此有人说，王安石的“春色恼人眠不得，月移花影上栏干”“浓绿万枝红一点，动人春色不须多”其实都是王安国的诗，被王安石抄录，以至于被世人讹传。

王安国本不是举人，但是他文章写得好，一口气拿出五十篇来砸在神宗座前，神宗一高兴就赐他个进士出身。

王安国反对变法，苦劝兄弟不得，曾怅叹：“吾家灭门也。”不过有了这个进士出身，就不用害怕了。因为进士对于宋朝官员来说就是护身符，刑不上士大夫，进士为官的人犯了再大的错，只要不是谋逆大罪，怎么也不至于杀头。比如前文写到的焦用战功再多，韩琦一句话就可以把他杀了。如果焦用有进士出身，就不会死了，最多就是贬官，贬到岭南甚至海南，就算是顶格重刑了。

话说对于王安石变法的诸多条目，我最不赞成的就是科举改革。

科举制发源于隋朝而在唐朝走向成熟，主要分为进士与明经两科。进士考包括诗赋辞章与政论，而明经考则是熟读经史，以背诵、释义为主，为才子名士所不屑为。故有“三十老明经，五十少进士”之说，就是说五十岁考中进士也还是年轻的，但是三十岁中明经就已经够老的了。因为这是一项考核记忆力为主的试项，当然是年龄越小记忆力越好，不太容易见出真本事。

王安石自己是个横绝千古的杰出诗人，又是一榜及第的进士出身，却偏偏要提出弃诗赋，重经义，认为写诗作赋是“以空言取天下之士”，所以科举试只考经义和策论。并且，他亲自主持撰写《三经新义》，“先儒传注一切废不用”，对《诗》《书》《礼》三部经典重新注释，颁行全国官学，作为应试经义的标准答案。

但是策论就不是“空言”了吗？自古以来“诗言志”，诗赋又岂是只懂空谈而没有抱负之人可以做得好的？更何况，经典解读本来就是百家争鸣的事，又怎能设定标准解答？

也许他的动机是好的。因为古人微言大义，经书本身很短，但注释却很多，经不通有传，传不通有注，注不通有疏，疏不通还有补注、补疏。

比如孔子“笔削春秋”，有注释九种，传下来《左传》《公羊传》《榖梁传》三种。而这三传又需要无数注疏来释译，然后对于早年的注疏，又有当代大家做出新的注解……于是乎，只是一本《春秋》，也令老学究们往往穷尽一生也无法读完所有相关书籍，真正皓首穷经，未得不惑。

尤其到了宋朝，儒士们特别热衷注经，对汉唐通行的儒家注疏渐渐看不上眼，开始别出机杼，各抒已见，讲究立功立言，弄出了无数个版本宗派的注疏论述来。诚如清代才子金圣叹所谓：“读书如断狱，务要判得明尽。”

然而，谈何容易？

但是王安石偏要自诩讼官，断了这宗文字狱。为了统一思想，索性亲自出马，做出一份注疏的标准答案来，让天下学子同心同德。这和汉代董仲舒“罢黜百家，独尊儒术”的出发点一样，其目的都是为了钳制思想，政治独裁。但是这种通过局限思维设定答案来选拔人才的方式，显然是一种历史倒退。

也正因为有了王安石的始作俑，宋代诸儒尤其理学门派争批荆公新学，口沫官司从北宋打到南宋，此是后话。

且说从历史数据来看，青苗法等的施行使财政收入有了明显增加，国库充裕，宋神宗年间国库积蓄可供朝廷二十年财政支出。

保甲法也极大地增强了北宋军队的战斗力。熙宁六年（1073），熙河路经略安抚使王韶在王安石的支持下带兵进攻吐蕃，收复了三百年前在唐朝安史之乱中失去的河湟六州，拓地两千余里，受抚羌族三十万帐，军心大振。

顺便说一下，这个文武全才的王韶，也是嘉祐二年（1057）中举的进士。欧阳修主考的这一届，可谓是为国家揽尽了人才。

河湟大捷是积弱之宋在军事上取得的一次空前大捷，更是新法施行富国强兵的直接效果。

但是反对派们对这些成果视而不见，只一味对王安石擅改祖宗法度进行百般攻击，把天灾地震也都算在他头上。

熙宁七年（1074），天下久旱，饥民流离，有地方小官郑侠上疏，将所见流民扶老携幼困苦之状绘成《流民图》献上，并说："旱由安石所致。去安石，天必雨。"直把王安石视为妖孽了。王安石遂有"天变不足畏"之豪言。

但王安石觉得"不足畏"，宋神宗心里却是在意的。加上慈圣太后与宣仁太后也都向神宗哭诉"王安石乱天下"，以韩琦为首的大臣们也都倾力反对，层层阻挠，终于使得神宗在压力之下，不得不将王安石罢相以平众怒，改任为观文殿大学士、知江宁府。

一代名相，就这么被一幅画打败了。

王安石身心憔悴，写下《千秋岁引》一词，表达了这种凄凉的心态。

千秋岁引·秋景

别馆寒砧，孤城画角，一派秋声入寥廓。东归燕从海上去，南来雁向沙头落。楚台风，庾楼月，宛如昨。　　无奈被些名利缚，无奈被他情担阁，可惜风流总闲却。当初谩留华表语，而今误我秦楼约。梦阑时，酒醒后，思量著。

这首词以《秋景》为题，写尽物候变化，风月闲抛；对自己的半生忙碌感到茫然，深觉惆怅。华表，又名诽谤木，是古代臣民对君王提出诤谏之处。王安石对于自己从前提出的那些改革意见似乎深感后悔，觉得为名利争夺耽误了半世时光，有点得不偿失。

是年冬天，王安石又写下了著名的咏梅绝句，借诗明志：

梅　花

墙角数枝梅，凌寒独自开。

遥知不是雪，为有暗香来。

四

新法艰难地推行着，皇上已经尝到了甜头，却还是犹犹豫豫，怕东怕西，这让王安石未免有点心累。

因此，当一年后宋神宗重新下诏使其复相时，王安石便显得并没有那么兴奋，并在从江宁去开封的途中，写下了《泊船瓜洲》：

京口瓜洲一水间，钟山只隔数重山。

春风又绿江南岸，明月何时照我还？

这首诗充分表明，王安石并不是那么渴望出相，刚刚离开家乡，就已经惦记着什么时候回去了。从骨子里说，他仍是一个喜欢安静读书的隐士。

据说，这首诗的草稿上，最初写的是“春风又到江南岸”，后来改成“过”，又改成“满”“入”……最后才定为“绿”字，成为诗词炼句炼字的典范。也同时见出，王安石在入京途中，心情十分闲适平静，才有心思这样慢悠悠地推敲词句。

复相后，王安石在朝中的支持力量已经很少，新法推行更为艰难。而王安石也已年迈多病，不复从前的壮志雄心，遂多次托病求退。他曾在壁上题句：“霜筠雪竹钟山寺，投老归欤寄此生。”一心归隐。

熙宁九年（1076），王安石最看重的长子王雱（pāng）病逝。王安石白发人送黑发人，益发悲伤不堪，力请解官。

且说这位王雱公子少年聪慧，有曹冲称象之才。王雱只有几岁大的时候，有客人送给他家一头獐和一头鹿，逗他说：“你认识哪只是獐，哪只是鹿吗？”他看了许久并不认识，很聪明地回答：“这有什么难的？獐旁边的那只就是鹿，鹿旁边的那只就是獐。”众人拊掌大笑，无不称奇。

王雱二十二岁就中了进士，与父亲王安石、叔叔王安国并称“临川三王”。诗词俱佳，文风颇似乃父，著有《论语解》《注孟子》《新经尚书》《新经诗义》《王元泽尔雅》《佛书异解》等，为父亲注译“三经”帮了不少忙。神宗时曾任职太子中允、崇政殿说书，最高做到龙图阁直学士，却因病不能就职。三十三岁病卒，赠左谏议大夫。

值得一提的是，王雱病逝前，王安石就做主让儿媳妇与之“和离”，并亲自为儿媳妇选了个好夫婿，隆重地将其嫁了出去。这件事被称为“王太祝（王雱）生前嫁妇”，传得沸沸扬扬。

王雱诗词传世不是很多，但有一首《眼儿媚》却极其经典，不知是不是为了生别爱妻所作。

眼儿媚

杨柳丝丝弄轻柔，烟缕织成愁。海棠未雨，梨花先雪，一半春休。而今往事难重省，归梦绕秦楼。相思只在，丁香枝上，豆蔻梢头。

同年十月，王安石终得辞去宰相之位，重新出判江宁府。次年，封舒国公。又隔一年，改封荆国公。从此蛰居江宁，十年不问政，生活也益发简约。

罢相后，王安石闲弄笔墨，诗词更见清淡，下面这首《菩萨蛮》，最能见出情怀：

菩萨蛮

数间茅屋闲临水，窄衫短帽垂杨里。花是去年红，吹开一夜风。　　梢梢新月偃，午醉醒来晚。何物最关情？黄鹂三两声。

好一句“何物最关情？黄鹂三两声”，只有真正经过大富贵大起落的人生，才能锤炼得出这样疏旷放达的警句。

《能改斋漫录》注解：“王荆公筑草堂于半山，引入功德水作小港，其中叠石作桥，为集句填《菩萨蛮》。”

这句“数间茅屋闲临水”，可见荆公草堂之旁犹有邻舍，依山傍水，环境清幽；“窄衫短帽”，写的是便服。这里没有了官居鼎鼐的宰相，只有一个白发萧索的老人。他漫步江畔，闲赏新花，把酒邀月，醉听莺啼。

显然，与司马光“满庭鸟迹印苍苔”的悻悻然不同，王荆公对自己的隐居生活是很满意的。倘若没有司马光的复起，尽废新法，王安石即便隐居山野，也是快意平生的。

元丰八年（1085），神宗去世，哲宗即位，太皇太后垂帘听政，司马光起复为相，用三个月全面废除新法。

王安石惊怒之下，病情加重，逝于元祐元年（1086）四月，享年六十六岁。

王安石一生，成也变法，败也变法，正如他在《春风》诗中自嘲：

春日春风有时好，春日春风有时恶。
不得春风花不开，花开又被风吹落。

五

王安石诗赋俱佳，警句颇多，如：“细数落花因坐久，缓寻芳草归来迟。” “含情欲说独无处，传与琵琶心自知。”皆脍炙人口，精妙绝伦。

欧阳修曾将他与李白、韩愈并提，作诗云：

翰林风月三千首，吏部文章二百年。
老去自怜心尚在，后来谁与子争先？

欧阳修见到苏轼文章时曾说要为此子让路，看到王安石的文采又说自己不能相比，当真谦虚宽厚，长者风范。

诗中的“翰林”指李白，“吏部”指韩愈，欧阳修在写这首诗时，大概没想过后世会将自己和韩愈、王安石、苏轼一起，并列入“唐宋八大家”吧？

王安石不以词名，李清照更是批评其“文章似西汉，若作一小歌词，则人必绝倒，不可读也”，以为安石之词如同写文章，岂止不协音律，无法入曲，简直不可读。

不过，一曲《桂枝香·金陵怀古》首开宋词登临怀古之先河，还是让王安石毫无争议地登上了北宋著名词人之列。

桂枝香·金陵怀古

登临送目，正故国晚秋，天气初肃。千里澄江似练，翠峰如簇。归帆去棹残阳里，背西风、酒旗斜矗。彩舟云淡，星河鹭起，画图难足。　念往昔、繁华竞逐。叹门外楼头，悲恨相续。千古凭高对此，谩嗟荣辱。六朝旧事随流水，但寒烟衰草凝绿。至今商女，时时犹唱，后庭遗曲。

登临怀古，在唐诗中自成一派，金陵题材尤多。但在宋词中，这是第一篇。

金陵是六朝古都，历经孙权的东吴政权及西晋、宋、齐、梁、陈六朝，终毁于隋。而《后庭花》又名《玉树后庭花》，为六朝最后一位国主——陈国后主陈叔宝所作，其音哀婉，后人常称之为亡国之音。

当隋朝大将韩擒虎统兵攻入建康（金陵），来到朱雀门外时，陈叔宝还带着宠妃张丽华在结绮阁上歌舞。听说宫门大开，才想起逃跑，却已经来不及了。于是左手拉着张丽华，右手抱着孔贵嫔，“肉夹馍”一般藏身于后宫景阳井中。被隋兵发现后用绳索拎了上来，其状极其狼狈。

因此唐朝诗人杜牧曾作怀古诗对此加以讽刺：

台城曲二首

其一

整整复斜斜，随旗簇晚沙。
门外韩擒虎，楼头张丽华。
谁怜容足地，却羡井中蛙。

泊秦淮

烟笼寒水月笼沙，夜泊秦淮近酒家。
商女不知亡国恨，隔江犹唱后庭花。

如今王安石登临金陵城头，想起六朝往事，不禁抚今追昔，感慨不已。

开篇“登临送目”，明确点出题旨，同时为全词视野打开一个高远的境界；“故国晚秋”，则点明时节、地点。故国，指故都。

接下来就是登临所看到的开阔景象了：千江如练，群峰如簇，落日帆影，西风酒旗。有点有面，有动有静，有色彩，有心情。其中“彩舟云淡，星河鹭起”是点睛之笔：视力所及的水平线处，几点征帆远去，水天一体，一行白鹭却从江上飞起。这是巧妙化用了“落霞与孤鹜齐飞，秋水共长天一色”的意境，难描难画，美不胜收，故用一句“画图难足”加以总结。

而下阕以“念往昔”三字重起，明确进入怀古篇章。

“叹门外楼头”，指的是杜牧诗“门外韩擒虎，楼头张丽华”。门是朱雀门，楼是结绮阁。陈后主曾于台城建过三座数丈高阁：结绮阁、临春阁、望仙阁，窗牖壁柱皆以沉檀香木建造，饰以金玉珠翠，瑰奇珍丽，极尽奢华。然而逃亡之际，却只向井中寻一匿身处，而终不得全。故而王安石想到从前那些“繁华竞逐”的往事，自是“悲恨相续”，故曰“谩嗟荣辱”。

而末句“至今商女，时时犹唱，后庭遗曲”更是化用杜牧“商女不知亡国恨，隔江犹唱后庭花”。杜牧借陈朝之亡，讽刺朝中权贵醉生梦死不知国之将灭，是典型的亡国预言。而王安石再问后庭遗曲，又何尝没有此意？

王安石逝世四十年后，北宋告亡，这首怀古词，几可视为大宋宰相为末世提前敲响预警之作。

这样的预感或许苏轼也是有的，故在闻得此词后叹息说：“此老乃野狐精也。”

儒学在北宋拐了一个弯儿

一

自从孔子编订六经以教化四方，儒教便成为中国传统教育的正朔。后人常说“孔孟之道”，然而孟子和孔子说的是不是一回事呢？

文天祥说：孔曰成仁，孟曰取义。可谓对二圣主旨最精到的总结。

孔子的核心精神是“仁”。《论语》二十篇中，谈论“仁”的有五十八章，“仁”字出现一百零九次。那什么是仁呢？

子曰：“爱人。”“克己复礼曰仁。”

孔子为“仁”织就了一幅极富诱惑力的美景：“知者不惑，仁者不忧，勇者不惧。”“唯仁者能好人，能恶人。”“智者乐水，仁者乐山。智者动，仁者静。智者乐，仁者寿。”

孔子且开了一张“仁之方”：“夫仁者，己欲立而立人，己欲达而达人，能近取譬，可谓仁之方也已。”

反之，则“己所不欲，勿施于人”。

这一正一反，构成了孔子仁教的“忠恕”之道。

仁是外化的：“博学而笃志，切问而近思，仁在其中矣。”

仁又是唯心的："仁远乎哉？我欲仁，其仁至也。"

仁是孔子的理想人格，往低了说是为人处世的道德标准，往高了说，也是孔子的治世之道。"天下归仁"，是孔子的最高理想。

孔子生活在"王道衰，礼义废，政权失，家殊俗"的春秋时期，周王朝统治已经名存实亡，诸侯间争战不断，以至于"君不君、臣不臣、父不父、子不子"。因此孔子带领门徒周游各国推行自己的王道，主张"为政以德"，用道德和礼教来治理国家，但不为各国政权所接受，遂退隐与弟子一起著书立说，编订六经，创立儒学一脉。

之后，孔子传曾参，曾参传子思，子思传孟子。于是从《论语》《大学》《中庸》而至《孟子》，号称"祖述尧舜，宪章文武，宗师仲尼"的儒家理论遂得一脉相传，不断发扬，这便是"四书"。

而经孔子删削校订的《诗经》《尚书》《礼记》《易经》《春秋》，便被称为"五经"。

孟子的"义"，是在孔子的"仁"的基础上进一步阐发，提出："恻隐之心，仁也；羞恶之心，义也。"

恻隐之心就是同情心、怜悯心、不忍之心，也就是佛家所讲的"慈悲心"。有了恻隐之心，才能真切体会到别人的悲痛和忧伤，才会推己及人。

这是道德的底线，也是君子立身处世的基础，是一种设身处地、将心比心的思考方式。有了这样的思考，才能仁爱天下，这就是治世之道，仁君之德。

那什么是"羞恶之心"呢？就是憎恶与羞愧。憎恶是对别人的，羞愧是对自己的，这就是义。

相对“仁”的纯粹温和，“义”更有批判性、进攻性和斗争性，所以才会有“大义灭亲”之说。

而支撑“义”的是什么呢？“浩然之气”也。

孟子说，气，乃“集义所生”，是正义积累的结果；“配义与道”，和道义相伴而生；且为道义和正义所培养，“至大至刚，以直养而无害，则塞于天地之间”。如是，则“人皆可以为尧舜”。

所以，孔子讲的是“仁心”，孟子讲的是“义气”。仁心是温和的、谦逊的、知足的，义气是刚勇的、进取的、自信的，敢于大呼“如欲平治天下，当今之世，舍我其谁也”。

因为这样的自信与进取，孟子说话很喜欢怼人，觐见梁惠王时，王刚说了句“叟不远千里而来，亦将有以利吾国乎？”孟子就怼了一句：“王何必曰利？亦有仁义而已矣！”

梁惠王是一国之君，此前早已听说了孟子的大名，知道他周游六国推广治国之道，自然想问问他有什么利于梁国的好方法，这话问得没毛病呀。可是孟子却说，你身为大王，应该仁义为先，这么着急跟我谈利益干嘛？身为王者，张嘴就说利益，俗不俗啊。把梁惠王怼得瞠目无语，然后孟子就讲了一大堆关于仁义的道理。

孔子游说六国，待人以礼，述之以仁，即使面对南子那样名声不好的女人，也是一样。子路对于老师答应拜见妖妃表示不满，孔子却不以为意，仍以礼相见，当然，中间是隔了一道珠帘的。而南子对孔子，也是相当恭敬，盛服礼拜。

这就是孟子与孔子的异与同。

孔子织经，孟子织纬。孔子强调以仁治世，道德为上；而孟子则以仁义行天下，将道德与法度紧密结合，明确提出“仁政”

的概念。

孟子“仁政”的根基是民本思想，“民为重，社稷次之，君为轻”，主张“民有恒产”“勿夺农时”“省刑罚，薄税敛”。

孟子的理论更讲究实用，也就更多规范，在后世的解读中，也更容易走向狭义。比如“夫仁政，必自经界始”，对土地划分提出想法。但是这想法并不具体，所以无论支持者还是反对者都可以用自己的观点来代替孟子学说，对其任意引用或批评。

宋代儒学，更多的是对孟子学说的继承与发展。

二

最早将孔子学说与政权统治相结合上升至国家思想规范的，是在汉朝，董仲舒提出“罢黜百家，独尊儒术”，从此奠定儒学的大一统地位。

但这时候的“儒术”，与孔孟之道已经有了很大区别，儒外法内，其实是给法家披了一张儒家的外皮，打着仁政的旗号实行法治。

按照《说文解字》的说法，儒，柔也，术士之称。在春秋之前，儒者是一个阶层，有治国平邦之术者，是为儒；但孔子之后，儒学成为显学，儒便成了一家之用；而到汉武帝独尊儒术，儒成了士子的代名词，而儒学，则成了帝国统治的一种思想工具。

汉朝末年，玄学兴起，清谈之风盛行，于是有了南北朝时期的“儒、释、道三教辩论”现象，直到唐朝三教合一才重新迎来社会安定。隋唐科举制度的推行，更有利于儒学昌盛。

但在宋朝以前，对儒家的尊崇都还主要表现在理论与学术上，并没有更形而上的宗教仪式。

儒学最终成为儒教，是在北宋。

北宋政治家将“仁、义、礼、智、信”与封建统治相结合，信奉“天地君亲师”，在祭天、祭祖之外增加了祭孔的宗教仪式，从中央到地方广建孔庙，蒙童入学要对孔子像跪行叩拜礼；一边与佛教、道教争信徒，一边又向佛、道两家学习了诸如禁欲主义、静坐反省等修习方式和外化的宗教仪式。

这些改变，和宋朝廷扬文抑武的政治方略是分不开的，说到底不是为了学术，而是为了服务于政治。

北宋的政治思想形态和汉朝有些相像，正处于大乱之后必有大治的学术瓶颈时期。五代十国，群雄逐鹿，人心涣散，士风沦丧。宋太祖赵匡胤以武力夺天下，却不愿以武力治天下，而是抑武扬文，提出“与士大夫共同治天下”的国策前提，将士大夫的地位抬到了前所未有的高度。当此之际，新的文化理念，或者说对儒学体系的新解说新思潮必将出现，所以会先有古文运动，再有王安石的《三经新义》，更有儒学各家的纷起争鸣。

得时顺势的是，北宋时期，经济、科技都得到了空前的发展，尤其是印刷术的普遍使用，对于文化的传播与推广极为有利。有了雕版印刷，书籍不再是极为难得的珍稀之物，才会有更多的学校和学子出现。

因此书院林立，讲学之风蔚然兴起。宋代书院有一百多所，其中应天府书院、岳麓书院、嵩阳书院、白鹿洞书院、石鼓书院、茅山书院、龙门书院、徂徕书院被誉为北宋“八大书院”。

儒士学有所成，为官可以科举求仕，为隐亦可以兴办私学，传道授业，“礼失求诸野”，不论在朝在野，均可有所作为。比如程颐在科举试中失败，又反对王安石新法，便退归河洛，兴办伊皋书院，与王安石的官学相抗衡。而王安石之说虽然覆盖官学，却也并不会禁止程学发声。

因此宋代的文人是自由的，学问是清贵的，治学气氛空前浓厚，儒家文明在宋代达到了最高峰。可以说，较之春秋时的“百家争鸣”，魏晋的“玄学清谈”，宋朝讲学之风的“求同存异”更为文明圆融。

宋代儒学的最大特点，是将佛教哲学与道家思想渗透到儒家理论中，形成了宋学各派的不同主张，虽然论点不同，方法却是一致的，这也是出于传播和辩论的需要。

你用道家思想解释孔孟之言，我也用道家理论反驳；你从佛教观点阐发圣人之理，我也用佛学体系回答。所以，北宋儒学派系虽多，却谁也不敢独沽一味地守着“四书”本位苦读，而都要融会贯通，方能舌灿莲花。

北宋儒学的重要派系，最著名的有程颢、程颐兄弟首创的“洛学”，周敦颐的“濂学”，张载的“关学”，邵雍的“象数学”等，他们并称“北宋五子”。朱熹将这五位和司马光共称为“道学六先生”。

宋代以前儒学被称为“周孔之教”，周即周公旦；到宋代诸儒注释四书之风盛行，孟子地位不断提高，王安石将孟子从祀于孔庙，才有“孔孟之道”的说法。

所以司马光是不喜欢孟子的，曾经专门著述《疑孟》，说孟子是“为礼貌而仕”“为饮食而仕”，这一点和其余几位并不相同。

虽然道学先生们各成门派，但都以儒学为宗，探讨、发挥“六经”“四书”之义理，都可以算作理学的创始人。

其中“二程”的“洛学”在南宋朱熹的继承与推广下最为著

名，影响也最大，后世称之为“程朱理学”。与之对应的则是南宋“二陆”（陆九渊、陆九龄）和明代王阳明的“陆王心学”。

我们且按照“出场”顺序对“北宋五子”稍加介绍：

邵雍（1011—1077），精于易学，未卜先知，擅吟诗，一生作诗三千余首，居宋儒之首，有《伊川击壤集》传世。

邵雍之诗，其主题多言志说理，开创了北宋理学诗一脉。诗中佳对如“唐虞揖逊三杯酒，汤武征诛一局棋”“饮酒莫教成酩酊，赏花慎勿至离披”都剀切达观，寓意深刻。

但他最著名的诗，却是一首近似儿歌的《山村咏怀》：

一去二三里，烟村四五家。
亭台六七座，八九十枝花。

另有一首《二色桃》，也是清新可喜，为我所爱：

施朱施粉色俱好，倾城倾国艳不同。
疑是蕊宫双姊妹，一时俱肯嫁东风。

邵雍隐居洛阳，以德行与学问闻名遐迩，为世人称颂。朝廷几度征召为官，均称疾不赴。于是名声越来越大，其德行也越来越为世人所称颂。

他的研究从“天人合一”的根本出发，探索天地的运动变化和世道变迁的规律，对于飞禽走兽草木的特性也都了然于胸，当时世人认为他已经达到了不惑的程度。

前宰相富弼、司马光等退居洛阳时，都非常敬重邵雍，时相从游，并为邵雍置办宅地。邵雍为宅子取名“安乐窝”，自号“安乐先生”。

凡有士大夫来洛阳的，就算不去官府拜访，也必以拜见邵雍先生为荣。

邵雍患病垂危期间，并称“北宋五子”的另外四子：司马光、张载及二程，都来到他榻前守候，并为其办理丧事。

邵雍的儿子邵伯温，就是《邵氏闻见录》的作者。因为司马光、富弼等保守派与王安石恩怨极深，而邵伯温深受旧党恩遇，连住的宅地都是人家赠送的，所谓吃人家嘴软，在撰写《邵氏闻见录》时对王安石就没那么公允，甚至借死去的苏洵之口大骂王安石“囚首丧面而谈诗书”，并把王安石之子王雱写成了个疯子，明显有失偏颇。

“五子”中的周敦颐（1017—1073）并不是道学先生中成就最高的，却是最为现代人熟知的，因为所有上过学的人都曾背诵过《爱莲说》：

> 水陆草木之花，可爱者甚蕃。晋陶渊明独爱菊，自李唐来，世人盛爱牡丹。予独爱莲之出淤泥而不染，濯清涟而不妖，中通外直，不蔓不枝，香远益清，亭亭净植，可远观而不可亵玩焉……

周敦颐之后，世人凡说莲花，必以“出淤泥而不染”形容。

而周敦颐一生，最为人称道的也正是他的“孤风远操”。诚如黄庭坚在《濂溪诗序》中所写：“舂陵周茂叔，人品甚高，胸中洒落，如光风霁月。好读书，雅意林壑。初不为人窘束世故……”

因为他的极端谦逊与低调，所以周敦颐的儒学成就即便在当时也不显，后世更是常被忽略。然而他融合儒、释、道学说，对老子的“无极”，《易传》的“太极”，《中庸》的“诚”以及五行阴阳学说进行熔铸结合，创造性地提出了许多新的理学概念，为后世的理学家反复讨论和发挥，是理学体系中的重要构成部分。

后来二程和朱熹的理论学说，都是对周敦颐理论的完善和推进。

张载（1020—1077），字子厚，世称横渠先生，他的名字很多人不熟悉，可是他有一段名言大家一定听过：

> **为天地立心，为生民立命，为往圣继绝学，为万世开太平。**

这段话被称作“横渠四句”，镌刻于各大公立或民办学校的墙上，为人熟知。

张载出生于长安（今陕西西安），名字出自《周易·坤卦》中的“厚德载物”。少年时喜读兵书，二十一岁时便写成《边议九条》，向时任陕西经略安抚副使的范仲淹上书。

然而范文正公看了他的策论后，却因惜其文采，认为张载最大的成就应当在学问而非军事，遂说：“儒者自有名教，何事于兵？”鼓励他在儒学上多下功夫。

这也是受宋朝廷扬文抑武观点的影响。因为文官升得快，只要进士出身，就算没什么政绩也可以靠积累年资升迁；而武官只能靠军功得官，九死一生不说，一旦出错还要连降数级。况且文官亦可带军，倒不担心屈才。所以范仲淹对张载的劝学，的确是为了他的前途考虑。

后来张载果然潜心攻读，三十八岁时赴京应考，得中进士，正是欧阳修主考的那一榜，遂与苏轼、苏辙、曾巩、程颢同年。

候诏待命之际，张载受宰相文彦博支持，在开封相国寺讲

《易》。其间遇到两位表侄程颢、程颐，在静心听取二程对《易》的见解后，张载在讲堂上公开说："易学之道，吾不如二程，你们以后可以向他二人请教。"后生小子二程由此名声大振。

只此一事，已经可见张载德行之一斑。

张载一生，两被诏任，三历外仕，著书立说，创立了儒学重要支派"关学"，与二程的"洛学"、周敦颐的"濂学"、王安石的"新学"、朱熹的"闽学"齐名。"关学"在中国哲学史上第一次建立了比较完整的"气本论"哲学体系，开辟了朴素唯物主义哲学的新阶段。

张载哲学思想的内容十分丰富，对中国哲学史和关中思想文化史的贡献是多方面的，是留给后世最好的精神遗产。然而张载的一生却清贫至极，死时只有一个外甥在身边，贫无殡殓之资。直到学生们闻讯赶来，才得以买棺入殓，护柩回到横渠。

至此，可以看到三位道学先生无论学派如何，在思想上、学问上、道德上，都无愧于大儒风范，一心致力学问，淡泊名利，更加自珍羽毛，远离政治风云，尤其杜绝党派之争。但是到了二程兄弟这里，就稍微拐了个小弯儿。

三

二程，指的是程颢（1032—1085）、程颐（1033—1107）两兄弟。他们是邵雍的同乡，周敦颐的学生，张载的表侄。既然是同一个朋友圈的人，走上理学研究之路也几乎是必然的。

千年科举史上最闪耀的一榜——著名的北宋嘉祐二年（1057）科举试中，同时有三对著名兄弟一起参加考试，分别是苏轼、苏辙，曾巩、曾布，还有程颢、程颐。

前五个人全部取中进士，只有程颐落榜了。这本来也没什么，下次再考就是，但是程颐却气性大得很，从此再也没有参加过科举，只潜心治学，要凭著书立说打出一片天地来。

程颢入仕后，因为反对王安石变法而不受重用，遂也回到洛阳，与程颐一同开创“洛学”。先后在嵩阳、扶沟等地设学堂，闻名河洛，门人众多。还留下了一个“程门立雪”的经典故事。

这故事说的是有学生来拜见时，正遇上程颐在闭目养神，两学生侍立不敢惊扰，亦不肯离去，就那样站着等待程颐醒来。程颐睁开眼时才发现，“门外雪深一尺矣”。

从此，“程门立雪”这个故事就用来代指尊敬师长，求学心切。

二程学说的根本是“理”，认为“万物皆只是一个天理”，“万事皆出于理”，“有理则有气”。

由此可见，“洛学”与其说是对孔子儒学的深入阐发，不如说是对孟子学说的进一步演绎。

孟子曾在孔子的“性相近也，习相远也”理论上进一步提出“性善论”，即人性是善的，“恻隐之心，人皆有之”。二程学说强调人性本善，并提出“性即理也”，人性善恶是由于气禀不同而来，浊气和恶性，其实都是人欲。人欲蒙蔽了本心，便会损害天理，推理到了极致，便是“存天理、灭人欲”。

那什么是天理，什么是人欲呢?

朱熹曾经做出解释：“饮食者，天理也；要求美味，人欲也。”

就是说，人们要吃饭来维系生命，这是天理；但如果贪恋美食，那就是人欲，应该予以节制。所以禁欲是修行的重要法门。

程颢世称明道先生，天性沉稳，满面祥和，门人朋友与之相交数十载都没见过他发脾气。在变法之事上，他虽然站在王安石的对立面，但是态度温柔敦厚，说理平心静气。王安石虽然不肯认同他，却也对他很敬重。

当时天下官学使用的统一教材，都是由王安石编修的三经译注。而程颢却在嵩阳书院独辟“洛学”与之分庭抗礼，从学术上继续对抗变法，王安石也不曾打压。

由此，充分体现了北宋中期学术氛围的浓郁和宽和。也正因为这样，才会在同一时期涌现出各家学说。

相较于哥哥程颢的温和包容，弟弟程颐就有些偏激冒进了。

一个小故事鉴定兄弟的不同：有一天，兄弟俩一起去赴宴，席上有妓女侑酒，程颐板着张夫子脸，拂袖而去。程颢却毫不在乎，和平常一样该吃吃，该喝喝。第二天，程颐一大早就去敲哥哥的房门，愤怒地质问他礼法何在？程颢本着他一贯的温和态度淡淡地说：“昨日席上有妓，我心中无妓；今日室中无妓，你却心中有妓。”

这个故事，很像佛家故事中那个和尚抱着女子过河的典故：有僧伽师徒二人过河，遇到一裹足女子亦要过河。老和尚见女子行水不便，遂抱之渡河。小和尚十分惊诧，犹豫良久问：“师父，出家人不近女色，您怎能手抱女子呢？”老和尚温言答：“我早已经放下了，你还没放下吗？”

这两个故事如此神似，不知是否有一则为后人杜撰。不过，程颐的古板偏激确是出了名的，他最响亮也最不合情理的一句口号就是：“饿死事小，失节事大。”

一句话，不知把多少无辜女子逼成舌尖上的冤魂。

然而孔子以仁为本，程颐只强调一个“礼”字，却忘了仁心，更不理会中庸之道，只一味偏激执拗，视人命如草芥，岂不是失去了儒家的本来面目吗?

元祐元年（1086），王安石变法失败，反对变法的保守党上台。因为程颢已经过世，于是司马光推举程颐出仕，入京为皇帝讲师，指望从思想上早早将年幼的宋哲宗赵煦控制在自己这一派。

但事与愿违的是，程颐太刻意也太冒进了。他以布衣受诏，却借着给皇帝讲书的机会，经常借题发挥，议论时政，而且要求赵煦在上课时使用古礼，还建议皇帝身边使唤的宫女应该物色四十岁以上的厚道小心的人，日常器具也都应朴素简要。

有一次，赵煦折了枝柳条玩耍，程颐看到了，就板起脸来教训：“现在春和景明，万物生长，怎么能随便摧折？”弄得赵煦对他又怕又厌，岂肯亲近。

程颐反对新党，但是与旧党中人的关系相处得也没有多好。

司马光去世，由程颐负责主办丧事。那天正赶上太庙大典。典礼完毕，朝中大臣准备换服去吊祭司马光，程颐阻止说：“《论语》有云：‘子于是日哭，则不歌。’大家刚在太庙庆贺礼乐，怎么能在同一天吊丧哭泣呢？”

苏轼反驳说：“夫子‘哭则不歌’，没说‘歌则不哭’啊。我们是先参加了太庙的国礼，再往丞相府行私唁，有何不可？”于是众人不顾程颐反对，还是坚持去吊祭司马光。可是到了丞相府，却不见司马光儿子出来迎接。

原来，程颐因为不能阻止众人，就趁他们换服时派人提前一步到了司马家，阻止孝子出迎宾客，且说按照古礼，真正的孝子就应当悲伤得无法见人。

众人被晾在门外，十分尴尬，不禁说这算是什么古礼？苏轼明知程颐是为了强争一时之胜，遂嘲笑说："伊川可谓糟糠鄙俚叔孙通。"

叔孙通，是春秋时儒人，曾被秦二世封为博士。秦之将亡，叔孙通投奔楚王，侍奉项羽。后来刘邦攻取彭城，叔孙通又转投汉军，并于刘邦称帝后，自荐为汉王制定朝仪。叔孙通所制定的宗庙仪法及其他多种仪法，是在古礼中掺杂了秦礼而自创的。

《论语·八佾》有云："周监于二代，郁郁乎文哉。吾从周。"意思是周朝兼得夏商二朝文化传承，融会贯通而集大成，遂成繁荣昌盛之一代文明，不必添也不必减，更无须更改。我们只需遵从就好了。

故而孔子订《礼记》，完全是依照周礼而来；叔孙通自创礼法，苏东坡则不以为然。他说这句话，是把程颐与叔孙通相提并论，说他整天拿着古礼说话，其实不过是随心所欲的自创礼法。再往严重里说，就是暗指程颐的学问根本不是真正的孔孟之道。

自此以后，苏轼和程颐就算是"结了梁子"了，并因此遭到程颐门人的一再攻击，这也是他后半生一再被贬的原因之一。苏轼在给哲宗皇帝的奏状中曾说："臣素疾程颐之奸，未尝假以色词，故颐之党人无不侧目。"

虽然将道学领袖程颐视作奸臣有些过分，但是程颐到底能不能算得上一个表里如一的大儒，确实值得思考。

相传有一次程颐与"苏门四学士"之一的大词人秦观偶遇，寒暄毕便率先发问："听说你写过一句词：'天还知道，和天也瘦。'是吗？"

秦观见程夫子这般熟悉自己的名句，不禁沾沾自喜：“正是不才之作。”孰料程颐立刻板了面孔说：“上穹如此尊严，怎么可以这样轻言亵辱？”把秦观噎得半天无语。

其实秦观这句词虽然轻灵巧妙，亦非出新，唐朝大诗人李贺早有名句“天若有情天亦老”，岂不更加直白有力？名句已传百年，也不见天有什么不满，何须程大学士杞人忧天，替天行道？

程颐以布衣而成帝师，一方面因为他敢于在皇帝面前“议论褒贬，无所顾避”，使其名声越来越大；另一方面也引起了一些朝臣对他的不满，认为他沽名钓誉，行为不当。在谏议大夫孔文仲的奏劾下，程颐不久被罢去崇政殿说书之职，回到洛阳讲学。

哲宗亲政后，因为憎恨太皇太后垂帘期间对自己视若无睹的老臣们，对朝臣发起清算，变法派新党再度执政。程颐也因为反对新党而被贬官，连他的儿子和学生也都受到牵连。哲宗对自己的这位老师似乎没多少感情，丝毫不为其庇护。

待到徽宗即位后，重新起用新法，对程颐就更没好感。不但褫夺官职，且命人毁去他的著作。

这是理学的第一次被禁。

程颐死后，洛阳地区凡与他有关系的朋友和门生都不敢去送葬。不过，他的著作倒是被门人保留了下来。

北宋末年，程门弟子杨时对王安石口诛笔伐，上书钦宗皇帝请求以朝廷力量革除新学影响，为理学争地盘。

杨时死后，胡安国在为杨时撰写的墓志铭中提到这件事。其子以为不妥，胡安国说：“此是取王氏心肝底脍子手段，何可不书？”理学家们对新学的憎恨可见一斑。同时充分显示出他们高举道义旗号，为了打击异己完全是不择手段的。而攻击王安石，说到底不过是为了给理学争地盘。

杨时的理想，被他的弟子朱熹及其门人发扬光大，终于将王安石踢出了孔庙配祀，换成了朱熹的牌位。

“程朱理学”取得了学术上的“大一统”地位。

四

二程所开创的“理学”，在南宋时被再传弟子朱熹加以继承发展，形成了更庞大严密的学说，世称“程朱理学”，在宋元明清的思想领域中，长期占据统治地位。

为什么连蒙古人创立的元朝统治都要推崇程朱理学呢？就因为它特别适合洗脑，打着发展儒学的旗帜完全取代了孔孟儒学的本来面目，从而被扭曲成了一种禁锢人们思想的封建统治工具。

尤其是科举考试的内容全部取自朱熹对儒家经典的注释，用一个人的头脑左右天下儒生，完全扼杀了百家争鸣的可能性，颠覆了真理不辩不明的治学方式。学生们不再尝试自由思考，而只是“死读书、读死书”。这种文化专制与孔子因材施教的初衷完全背道而驰，不仅禁锢了思想自由，也阻碍了社会经济与文明的发展。

一个很直接的证据就是，宋以后，科举试再也没有出现过像唐朝“龙虎榜”、北宋嘉祐二年科举试那样的盛况，科举考试渐渐失去了为国家选拔人才的意义。真正的有才之士，往往被刻板的经义取士挡在了科举大门之外。

想想嘉祐二年试中，选出了北宋三大学派的创始人：“洛学”创始人程颢，“关学”创始人张载，“蜀学”创始人苏轼、苏辙，还有变法派中坚力量曾家兄弟，以及在河湟拓土两千里的王韶。他们的政论观点是不可能一样的，却在同一次科举试中脱颖而出，便想象得出欧阳修、梅尧臣等人的魄力与眼光了。说是嘉祐二年试改变了整个北宋历史也不为过。

都说“不拘一格降人才”，岂不知，“不拘一格选人才”更是难得。而选出这么多的人才，正是因为考官有足够的学识与宽博的心胸，容得下百花齐放。倘若以标准答案来限制考生发挥，又怎么可能选出真正出类拔萃的有才之士呢？

从这一点来说，从儒学滋生出来的理学一派，恰恰是儒学的千古罪人，是孔孟之道的背叛者。

当然，立论者只是针对学术研究，不论提出什么样的学术观点都不能称之为错。错的，只是借学术之名扼杀民智的国家机器罢了。

同时，由于理学兴于宋代，以至于后人有种误会，觉得宋代是个理法森严的时代，其实这是一种错觉。

理学只是宋代学术论坛的一种声音，虽然响遏行云，却并非独霸天下。

比如，理学人士对于寡妇改嫁极其反对，然而改嫁现象在宋朝十分常见，根本算不上什么失节大事：

真宗朝时，两位宰相张贤齐和向敏中同时看中了一个有钱的寡妇，为了争风吃醋把官司都打到了天子面前。

范仲淹的母亲曾带着他改嫁，连儿子的姓都改了，后来小范功成名就才重新认祖归宗。

王安石最心爱的长子死后，儿媳妇再嫁给了宋英宗赵曙的次子、宋神宗赵顼的胞弟、昌王赵颢，一嫁为贵妇，再嫁做王妃，成就堪比戴安娜。王安石死了儿子，却变成神宗的便宜亲家，平白长了辈分。

还有南宋第一才女李清照，也在夫君赵明诚亡后传出改嫁流言。

大词人陆游与唐婉被母亲棒打鸳鸯，唐婉一转身就嫁给了皇室宗亲赵士程，身份比陆游还高。

……

高呼理学口号“存天理、灭人欲”，把守寡看成天大事，以终生清苦换取一块贞节牌坊的理想，是清朝对儒教扭曲极化的结果，与孔孟之道没有半点关系。

在宋朝，士大夫治天下，崇尚圣贤孔子。但是湖州太守王十朋在东岳祭神赛会上看到地方优戏拿孔子取乐，虽然认为有辱斯文，恼怒至极，恨恨地赋诗说：“里巷无端戏大儒，恨无司马为行诛！”但是说得再狠，也只是说说而已，并不能真的把优伶拿来诛杀。身为太守，就连禁止戏乐都做不到，因为——言论自由嘛！

说到底，“天下归仁”才是孔子的理想核心，有悖仁义的理论，又怎能称为儒学呢？

南怀瑾在讨论政治与宗教的关系时说过一段话：“世界人类文化，站在宗教的观点来看政治，好像每一个地区的政权，不过是由宗教制成的一个作品；相反的，站在政治立场来看宗教，任何宗教不过是政治上的一环而已。”

孔子是将儒术分为君子儒与小人儒的，而宋代的小人儒们，则无疑是将儒学通过政治的手段变成了儒教。

这个弯儿，一拐八百年，再也没有更正过来。

垂帘听政的北宋太后们

一

北宋开国之初，赵光义继承了哥哥赵匡胤的皇位，找个什么理由不好，非要找了个太后遗诏的借口，从此开了坏头，让大宋政治长久地笼罩在“太后垂帘”的阴影之下。

北宋统共有过九朝皇帝，却先后发生了五次垂帘听政。直到靖康国难时，因为徽、钦二帝被掳，还有哲宗废后孟氏复出代理朝政，秘信给赵构劝其称帝，目送大宋王朝从北宋过渡到南宋。

北宋政治，几乎就是太后的政治。

垂帘听政的始作俑者是“狸猫太子”宋仁宗的假妈刘娥。从1022年仁宗即位，到1033年刘娥崩逝，刘太后垂帘听政长达十二年，在仁宗成年后仍然不肯还政。她甚至一度穿上皇帝衮冕拜祭太庙，已经成了实际上的女皇帝，直到闭上双眼才不得不将权力撒手。

仁宗死后，因为无子嗣，由侄子赵曙继位，史称英宗。不知道赵曙怎么想的，先是听到诏命后吓得大哭，称病推辞；登基后又提出要为仁宗守丧三年，命韩琦代理军政事务；宰相大臣等不答应，赵曙只得收回成命，没隔几天却又下诏请求曹太后垂帘听政，共同处理军国要事。

按说皇上如此胆小怕事，敬重太后，两宫关系应该和睦才是，其实不然，曹太后对赵曙极为不满，在韩琦和欧阳修等人的几番劝说下矛盾才缓和。

一年后，赵曙病体恢复，韩琦想请太后撤帘还政，但是不敢贸然上谏，于是选了十几件小事奏禀皇上，英宗裁决得当。韩琦又请曹太后复奏，太后对英宗的批复也都表示赞成。韩琦趁机说："看来皇上已经可以独立裁议国政，事无不当，太后尽可安居后宫以享晚年。不如太后选个日子撤帘还政。"太后气得起身便走。韩琦立即大喊一声："撤帘！"帘子撤去，还能在御屏后看见太后的衣角。

这就是韩琦最为人称道的功绩：相三朝，立二帝。

三朝，指仁宗朝、英宗朝、神宗朝。二帝，则指宋英宗、宋神宗。

因为英宗实在不争气，亲政不足三年便驾崩了，享年仅三十六岁。由弱冠之年的英宗长子赵顼继位，史称宋神宗。

神宗年轻有为，意气风发，大胆起用王安石实行变法。曹太后如今已是太皇太后，于是联手新任太后、宋英宗的皇后高滔滔，两届太后同发懿旨，一再干涉，认为"祖宗法度不宜轻改"。但是神宗坚持己见，曹太后最终无计可施。

不过曹太后也干过一件好事，就是在苏东坡以"乌台诗案"下狱时曾经为其说情，使苏轼免去一死。

"乌台诗案"发生在元丰二年（1079）三月，苏轼移知湖州，到任后上表谢恩，例行文章中加了几句牢骚话："陛下知其愚不适时，难以追陪新进；察其老不生事，或能牧养小民。"

这本是件芝麻绿豆事儿，但是居心不良的御史李定、何正臣等人上表弹劾，说苏轼这是对变法不满，讽刺新党生事。因为此前苏轼反对变法时曾在《上神宗皇帝书》里说王安石“招来新进勇锐之人，以图一切速成之效”，所以“新进”显然是指王安石引荐的新人；而司马光给王安石的信中就曾经提过“生事”二字，如今苏轼再次提起，分明与司马光一道，暗语讽刺，“愚弄朝廷，妄自尊大”。

宋朝官员言论相对自由，如果只有这么两句话是打不倒苏轼的。但是御史台是可以“风闻奏事”的，只要有弹劾，就可以搜罗证据了。于是居心叵测者组成“专案小组”，将苏轼的诗集拿来逐字推敲，放在显微镜下百般提炼，经过四个月的搜检，查出了许多“反诗”来，上折说：“陛下发钱（指青苗钱）以本业贫民，（苏轼）则曰‘赢得儿童语音好，一年强半在城中’；陛下明法以课试郡吏，则曰‘读书万卷不读律，致君尧舜知无术’；陛下兴水利，则曰‘东海若知明主意，应教斥卤变桑田’；陛下谨盐禁，则曰‘岂是闻韶解忘味，迩来三月食无盐’；其他触物即事，应口所言，无一不以讥谤为主。”

接着，新党一拥而上，历数苏轼罪行，甚至昧着良心说“苏轼初无学术，滥得时名，偶中异科，遂叨儒馆”，并说苏轼所写之诗虽然荒谬浅薄，但在全国的影响甚大，强烈呼吁要对苏轼处以极刑，以正法度。

七月，苏轼被押进京，八月十八日送进御史台监狱。因御史台官署内遍植柏树，树上常有乌鸦栖息筑巢，乃称乌台，故而整件事被称为“乌台诗案”。

乌鸦为不祥之鸟，乌台狱的恐怖阴暗可想而知，是个鬼故事流传得特别多的地方。因此人们都认为这次苏轼凶多吉少，未必还有命走得出乌台了。

在新党众人的推波助澜下，“乌台诗案”牵连甚广，御史台大肆查抄苏轼与友人的诗词书信，有一百多首在审问时呈阅，三十九人受到牵连。要说苏轼倒也不算冤枉，因为其中有许多诗作确实是他因对变法不满，讥讽新政而写的，但也有一些指控则纯属牵强附会，子虚乌有。

比如苏轼有咏桧诗云：“根到九泉无曲处，世间惟有蛰龙知。”副宰相王珪上奏说：“陛下明明飞龙在天，苏轼却求知音于地下蛰龙，这不是有反心吗？”

这种虚夸连新党中人、翰林学士章惇都看不过眼了，上前一步说：“龙者，单从说文解字上理解，并非单指人君。诸葛先生自称卧龙，岂非也成反贼？”神宗以为有理，点头说：“诗不能这么个读法，他咏他的桧树，与朕何干？”

出了大殿，王珪问章惇：“章学士支持变法，正是苏轼文中所说的‘新进’，怎么反而替反贼说话？”章惇冷冷地反问：“相公混淆是非，是必要灭苏轼全家吗？” 王珪脸红，顾左右而言他：“这都是舒亶说的。”章惇更加不屑：“舒亶的唾沫你也要吃吗？”

苏轼在狱中被审讯者通宵达旦地审问，当时同被关押在狱的开封府尹苏少容曾经作诗说：“却怜比户吴兴守，诟辱通宵不忍闻。”

原来，苏少容就关在苏轼南院隔壁，只隔一道墙，常常从早到晚地听到狱卒对苏轼的辱骂拷问之声。吴兴就是湖州，苏轼是在湖州太守任上被捕的。

在这样巨大的精神压力下，苏轼以为自己再无生机，遂给弟弟苏辙写了封遗书：

圣主如天万物春，小臣愚暗自亡身。
百年未满先偿债，十口无归更累人。

是处青山可埋骨，他年夜雨独伤神。

与君世世为兄弟，更结来生未了因。

苏辙展卷大哭，遂向皇上奏表求情，表示愿以自己的官职换兄长一命。

这个情形，颇似唐朝王维、王缙兄弟。王维在安史之乱中因不及扈从，被安禄山强授给事中之职。肃宗还朝后，清算伪朝受职之臣，王维按律当斩，其弟王缙跪请以官职赎命。王缙在战乱中立下大功，而王维此前又有《凝碧池》诗表明忠君之心，遂得免罪轻罚。

如今苏辙以官职为苏轼请命，又有很多大臣为之求情，觉得苏轼不过是写了几首讽刺诗，虽然不敬，但若说是对皇上有反心，未免欲加之罪。就连退居金陵的“受害人”王安石都为之奔走，上书呼吁：“安有圣世而杀才士乎？”

在这种关键时刻，曹太后说了一段决定性的戒语：“当年先皇仁宗殿试回来，曾经非常兴奋地对我说：今天又为大宋选拔了两位俊才，说的就是苏轼、苏辙两兄弟。皇上如今要斩苏轼，先皇地下有知，岂不伤心？”

在众人力挽之下，神宗终于下令对苏轼从轻发落，贬谪黄州团练副使。轰动一时的“乌台诗案”终告结束。

“乌台诗案”是宋朝的第一起大型文字狱，文人斗争不再是司马光与王安石的君子之争，而是上升到你死我活的地步。兴狱者罗织罪名，昧心枉法，完全暴露出穷凶极恶的嘴脸。

宋朝皇帝最怕党争，然而“乌台诗案”宣告：党争早已来临！

二

神宗虽然经常摇摆，但他维持新政的决心不变，是个有抱负、有作为的皇帝。可惜和父皇一样短命，三十八岁就英年早逝了。

关于皇储人选，神宗的同母弟弟昌王赵颢、嘉王赵頵最为热门。宋朝开国之初，太祖皇帝的位子就是由弟弟太宗接继的，如今神宗之子年幼，皇位由弟弟来继承理所应当。

但是高滔滔历经英宗、神宗两朝，早已有心染指朝政，如今羽翼渐丰，遂联合大臣硬将神宗第六子、九岁的赵煦推上皇位，是为宋哲宗。而太皇太后高滔滔，则得以东阁垂帘，把持朝政。

高太后是个相当有野心的女人，这从她一上来就起复司马光为相，全面废除新法，已经可以充分看出。

尽废新法之后，高太后又借“车盖亭诗案”进一步清除新党。这也是北宋开国以来最大的一起文字狱，起因是新党领袖、前宰相蔡确知安州时游览车盖亭，写下《夏日登车盖亭》绝句十首，只举三首为例：

夏日登车盖亭

其一

公事无多客亦稀，朱衣小吏不须随。
溪潭直上虚亭里，卧展柴桑处士诗。

其二

纸屏石枕竹方床，手倦抛书午梦长。
睡起莞然成独笑，数声渔笛在沧浪。

其八

矫矫名臣郝甑山，忠言直节上元间。

古人不见清风在，叹息思公俯碧湾。

诗作内容显然是借湖光山色浇胸中块垒，原为诗人常见语。但是旧党中人吴处厚捕风捉影，非说诗作“讥讪尤甚，上及君亲”。尤其末首有句：“矫矫名臣郝甑山，忠言直节上元间。”郝甑山为安州人，蔡确游安州而思古，本是极其合理的联想。但是吴处厚却说，唐高宗曾想让位给皇后武则天，郝甑山上奏反对。蔡确此诗，是将高太后比作武则天，讥其有夺政之意。

高太后本来就有心病，此话正中其弊，遂立即下令将蔡确贬到岭南新州（今广东新兴）。

广东如今是发达地区，在古时却是让人闻之色变之地。朝廷中人贬到岭南，多半有去无回，九死一生。苏轼曾有诗云：“问翁大庾岭头住，曾见南迁几个回？”可见其艰险。

蔡确被贬新州时，只有爱妾琵琶与一只鹦鹉陪伴。每当蔡确轻敲小钟，鹦鹉就会呼唤琵琶的名字。但来到岭南不久，琵琶便死于瘴疫，蔡确也就再没有敲过小钟了。

一天，蔡确不小心撞响小钟，鹦鹉听到了，又本能地呼唤：“琵琶快来！”蔡确心中大恸，赋诗一首：

鹦鹉言犹在，琵琶事已非。

伤心瘴江水，同渡不同归。

不久，蔡确郁郁成疾，死于贬所。

高太后重办蔡确之罪，理由是“只为此人于社稷不利”。旧党中人知道太后对新党不满，趁机借题发挥，牵连攀扯，将保守派干将司马光、范纯仁和韩维誉为“三贤”，将改革派蔡确、章惇和韩缜斥为“三奸”，并将王安石和蔡确亲党名单张榜公布，对已经贬出朝廷的章惇、韩缜等人一贬再贬。

当时保守派官员中也有些正直之臣认为处罚过重，并以蔡母年高、岭南路远为由，主张将蔡确改迁他处，高太后却说：“山可移，此州不可移。”范纯仁听到后，苦笑说：“此岭南之路自乾兴以来，荆棘遍地已经七八十年矣，今日重开，日后我等难免有此下场。”他已经清醒地看到朝政的倒行逆施，预感到自己陷入党争的必然厄运。

高太后在执政时期，军国大事完全掌握在自己手里，对坐在一旁的赵煦完全视若无睹。朝堂之上，大臣们从来都是向着太后奏事，背对赵煦，连走过场询问一下皇帝的旨意都省了。因此赵煦亲政后曾经抱怨，他坐朝时永远只看到太后和朝中官员的屁股。

更过分的是，高太后在新皇继位后，并未依例晋封赵煦生母朱氏为太后，而只将神宗皇后向氏尊为皇太后，朱氏只封为太妃。直到赵煦亲政后，才下诏令母亲的待遇与向太后相同。

高太后是刘娥之后的大宋又一位霸权太后，把持朝政八年，至死方休。哲宗对其积怨已深，难怪亲政后要清算对自己不敬的元祐大臣们了。

高太后倒也有自知之明，临终前召集亲信大臣范纯仁等叮嘱说：“我死以后，皇上是不会再重用你们的了。你们早些退避，免得遭祸吧。”

范纯仁其实早已心中有数，只是欲退已难。哲宗亲政后，果然将他贬知随州，次年徙永州。范纯仁不加自辩，欣然前往，有人觉得他的从容是沽名作秀。范纯仁说：“七十之年，两目俱丧明，万里之行，岂我所愿？但爱君尽忠、听令行事是本分，如果这也是沽名，我也没什么可说的了。”

宋徽宗即位后，重新召范纯仁入京。范纯仁以目疾婉谢，乞归许州养病，徽宗只得应许。

不数年，范纯仁于梦中熟睡而死，享年七十五岁，谥号“忠宣”。他的文学成就虽不及范仲淹，而一生忠直勤俭，德如完璧，德望名声不在乃父之下。且录其词作一首：

鹧鸪天

腊后春前暖律催。日和风软欲开梅。公方结客寻佳景，我亦忘形趁酒杯。　　添歌管，续尊罍。更阑烛短未能回。清欢莫待相期约，乘兴来时便可来。

三

哲宗十八岁亲政后，立刻展开了雷霆万钧的政改。简单地说，就是高太后支持的，赵煦就要反对；高太后反对的，赵煦就要发扬。甚至就连他的皇后孟皇后，因为是高太后替他选的，也要和旧党一起废掉，出居瑶华宫，成了一名女道士。

神宗时代最得力的干将章惇被召回担任宰相，全面恢复王安石新法。新旧党之间再次展开清盘大战，仅元符元年（1098）被惩处的元祐旧党就达八百三十家之多。

这样的雷厉风行，必然给朝局造成恐慌，诚如史书所评：“……党籍祸兴，君子尽斥，而宋政益敝。”

数十年间新旧法反复更替，不问实际情况地一刀切，而且是横横竖竖地来回切，让法制已经完全失去了改革的意义。但这不是新法的错，而是执法者的错。后世将这一时期的政局之乱归罪于王安石，是完全不合理的。

哲宗比他的爷爷英宗、父亲神宗还要短命，年仅二十四岁就驾崩了，而且身后无子。那就只能在他的兄弟中找一位继承人了。

于是，亡国皇帝宋徽宗登场了。

其实回头想想，自从赵光义上位之后，皇储嫡系一直子孙不旺。赵光义精挑细选立了儿子真宗，但是真宗却别无选择，只有仁宗这一根独苗儿；仁宗则干脆身后无子，只得从侄子中挑选了英宗；英宗、神宗、哲宗接连三个短命皇帝，到底又走上了无人继嗣的老路。

若此时皇族能早早反省历史，把皇位还给赵匡胤嫡系，可能历史就会改写，而不至于有靖康之难了。但是北宋朝廷阴盛阳衰，乃是太后说了算，于是，到底让皇位落在了宋徽宗头上。

话说宋神宗共有十四个儿子，不算少，但是皇子多劫难，接二连三地夭折，从老大到老五全死了，因此第六子赵煦反而成了长子。

如今哲宗赵煦也死了，便要在他在世的五个弟弟中寻找一位继承人。宰相章惇奏议立嫡为先，应立与哲宗同母的简王赵似即位。但是向太后不愿，态度强硬地说："老身无子，所有的皇子都是庶出。如果简王是嫡子，那吾置于何地？"

请注意，这里太后的自称是"老身"，而非"哀家"，这是宋朝太后的特属称谓。而皇后在下懿旨或殿见臣子须自称"予"或"吾"，面对皇帝时则自称"臣妾"，日常生活中和百姓一样称"我"，而独独没有"本宫"的说法。

且说"老身"发威了，章惇不由得一头大汗，忙改口说，那么按照无嫡立长的原则，当立申王赵佖为帝。

向太后仍然不同意，理由是申王一目有疾，为帝有失国体，并推出端王赵佶为帝。

章惇急了，大声抗议："端王轻佻，不可以君天下。"

这句话后来给他惹来了弥天大祸。

向太后反驳说："先帝曾说过：端王有福寿，且仁孝，当立。"忽然搬出先帝口谕来，并威严地询问众臣意见。

这显然是句谎话，因为先帝果然早有遗旨的话，又怎么会到这时候才搬出来？根本这场廷议就是多余的了。显然先帝口谕云云，不过是向太后为了与章惇作对，随口扯的弥天大谎。

然而谁又敢当面质问太后扯谎呢？见风使舵的曾布与蔡卞立刻表态："臣以为太后所言极是。端王福寿仁孝，堪为帝王。"

这么着，败家子赵佶登基，史称宋徽宗。

后来的史实证明，赵佶既无福，也无寿，而且不但自己无福无寿，还给大宋带来了灭顶之灾。

元符三年（1100）正月，赵佶即位为帝。此时他已年将弱冠，与神宗登基时差不多大，完全可以亲政。但是向太后乃是由高滔滔一手教导的，看着高太后垂帘那么多年，早已羡慕得眼红心痒，在哲宗朝未能展才，如今强推赵佶上位，就是看中赵佶性格懦弱，好让自己有理由过一把垂帘听政的瘾，又怎肯放过这个机会。

于是，向太后以赵佶新登帝位没有经验为名，让北宋朝廷第四次进入太后垂帘听政的状态。

她以高太后为榜样，执政后，立即重新起用元祐党人，再次挑起新旧党大战，自然又是将朝局搅了个乌烟瘴气。如此折腾了九个月，向太后便因病退隐，将政权交给了赵佶。

令人唏嘘的是，在徽宗初即位时，在瑶华宫静修的废后孟氏也被暂时召回了宫中奉养。但是当徽宗重新吹响变法号角时，便又把人称“元祐太后”的孟太后重新赶回了道观。直到靖康之变后，孟太后才再次重见天日。

宋徽宗登基之初或许是想过要当个好皇帝的。当时新旧两党斗争日趋白热化，有官员提出停止党争，消除偏见，调和矛盾，不应当再以新旧党之名倾覆朝政。宋徽宗觉得也有道理，于是改元“建中靖国”，以示“中和立政”。

但是不到一年，宋徽宗又改了主意，任用蔡京为相，明确宣布放弃调和政策，将次年改元崇宁，重新推行熙宁变法。

蔡京无疑是一个被钉死在历史耻辱柱上的奸臣，但是这个小人到底是由谁起用的呢?

反对王安石的人说是王安石在变法之际，只要支持新法的就重用，不支持的就打压，由此起用了蔡京这样的新秀；而支持变法的人则说，是司马光为了打压新法，重用奸邪，才提拔了蔡京这样的奸佞。

这两种截然不同的说法，到底哪个才是对的?

这就要看一下蔡京的履历了。

蔡京（1047—1126）是熙宁三年（1070）进士，此时，王安石变法开始两年多，蔡京作为新科进士，自然会追逐新法。

而且，王安石还将女儿嫁给了蔡京的弟弟蔡卞。这样看，蔡京应该是王安石党无疑了。

可是元祐年间，司马光上位，要把王安石的“募役法”变回原来的“差役法”，而且只给了五天期限。这明显是个荒诞的决议，众官员都认为不可能。然而时为开封府尹的蔡京却风驰电掣地做到了，因此受到司马光的高度赞扬：“使人人奉法如君，何不可行之有！”

由此，似乎又该说蔡京是司马光一派。

可见蔡京根本不关心新法还是旧法，只是一味投机迎合，并靠着这投机技巧一路升到宰相之位。他窥得徽宗的心意是要崇法熙宁，便又立即打起变法旗帜，追封王安石为舒王，配享孔庙。

但是此时的变法，在翻云覆雨的党派斗争中早已彻底失去改革意义，争夺的完全是一己私利了。

说起来，蔡京和包拯一样，既曾知开封府，又做过龙图阁待制。一个包龙图，一个蔡龙图，恰好代表了北宋大臣忠奸的两极，真是让人啼笑皆非。

开封有了包青天，遂有朝市和谐百姓安居；但是出了个蔡京，就有了“花石纲”的幺蛾子，闹出了水泊梁山的大乱子。

蔡东藩评价：“徽宗即位以后，所用宰辅，除韩忠彦外，无一非小人。”

这些小人合称“北宋六贼”，而蔡京居于贼首。五次拜相，独霸朝政，中间虽几次罢相，但不久又复相或以太师之位控制朝政，直到徽宗末年，致仕多年的蔡京还以太师领三省事掌握朝政。陆游《老学庵笔记》中载：“蔡京赐第，有六鹤堂，高四丈九尺，人行其下，望之如蚁。”其奢可见一斑。

整个徽宗时期，朝政始终是蔡京及其党羽的天下，打着绍述新法的旗号，引用朋党，贿赂公行，卖官鬻爵，钳制言论，从而完全掌控朝政大权。北宋初期“士大夫治天下”祥和中正的局面彻底崩坏，朝局岌岌可危。

对于蔡京的弄权专政，徽宗也并不是完全无所察觉，但是蔡京专会窥人心意以固宠，一方面不停地迎合皇上，尽四海财力以供君享乐，另一方面每每要被免职时，就去向皇帝跪地哀求，磕头哭泣，毫无廉耻。而且蔡京党羽众多，每当他被贬出朝，稍微避过风头，就又有重臣向皇上重新举荐。宋徽宗又最是个软耳软面没主意的人，因此始终被蔡京玩弄于股掌之上。

当时宋朝国库已经非常吃紧了，蔡京还花言巧语哄着徽宗说，国家富足，“和足以广乐，富足以备礼，于是铸九鼎，建明堂，修方泽，立道观，做《大晟乐》，制定命宝，大兴工役”。

宋徽宗对蔡京言听计从，穷奢极欲，挥霍无度，大兴土木，服役者不下四十万。两河民不聊生，民脂民膏尽入蔡京囊中。

当北宋末年，宋徽宗终于嗅到危险气息的时候，亡国之势已成覆水难收。于是徽宗急急地把皇位传给了儿子钦宗，自己做太上皇逍遥去了。

四

靖康元年（1126），宋钦宗上台。为了挽救危局，赢取人心，首先贬窜了罪大恶极的蔡京集团，接着上溯罪责至王安石及其新法。五月，“罢王安石配享孔子庙庭”降为从祀。王安石新学也因此丧失了独尊六十年的官学地位。

蔡京在贬放途中，写了一首词，堪称一生写照：

西江月

八十一年往事，四千里外无家。如今流落向天涯。梦到瑶池阙下。　　玉殿五回命相，彤庭几度宣麻。止因贪此恋荣华。便有如今事也。

虽然流贬岭南，但是蔡京没被抄家，随行的金银财宝装了满满一船，流放时还带着好几个姬妾。

但是他低估了人们对他的愤恨，沿途投宿无舍，饮食无店，再多的钱也买不来一口饭一杯茶。蔡京这才第一次意识到民心这回事，哀叹："京失人心，何至于此？"刚从开封走到长沙，就因饥寒而病倒了，最后死在城南的一座破庙里。

王明清《挥麈后录》中记载了蔡京之死："初，元长之窜也，道中市食饮之物，皆不肯售，至于辱骂，无所不至。遂穷饿而死。"

套一句老话：人民群众的眼睛是雪亮的！

虽说宋钦宗种种措施是为了清算蔡党，但若他把精力真正投注在改良国策上，或许还能稍微延缓一下亡国之势。可是他偏偏再次陷入党争旋涡，急于推卸罪责，忙着搞什么新党清算，只会把北宋国情进一步推向恶化。

次年，金兵侵入汴京，北宋灭亡。

既然说天怒人怨种种星象预警皆因王安石变法而起，又焉知不是因为毁去安石画像才导致靖康之耻呢？

金人攻破汴京，但是眷恋北国风光，并没有打算就此留下来长驻河南，于是任命了宋朝廷主和派的代表人物张邦昌为大楚皇帝，替自己管理"殖民国"。

他们看中的是张邦昌的胆小无能，最适宜做个傀儡皇帝。但是张邦昌实在太胆小，知道这个伪皇帝来得名不正言不顺，只坐了三十三天龙椅，就把"元祐太后"孟氏请出来临朝听政了。

孟皇后两次被废，被迫出家做了女道士，如今倒是因祸得福，躲过了金虏之劫，成了北宋最后一个垂帘太后。

孟太后寻访得知徽宗第九子、二十一岁的赵构因为在外公干而和自己一样成了漏网之鱼，立刻密诏令其称帝。于是赵构在南京应天府（今河南商丘）登基，成为南宋开国皇帝，史称宋高宗。

南宋建朝后，赵构将亡国之过完全推在王安石头上，“我宋元气皆为熙宁变法所坏，所以有靖康之祸”的论调，从此为后世所继承。

南宋大儒朱熹更是极言诋毁王安石，说他：“惑乱神祖之聪明，而变移其心术，使不得遂其大有为之志，而反为一世祸败之原。”

程朱理学在南宋之后占据了话语的主导权，《宋史·王安石传》遂引用朱熹对王安石的评价说：“以文章节行高一世，而尤以道德经济为己任。被遇神宗，致位宰相，世方仰其有为，庶几复见二帝三皇之盛。而安石乃汲汲以财利兵革为先务，引用凶邪，排摈忠直，躁迫强戾，使天下之人，嚣然丧其乐生之心。……”

王安石作为北宋亡国元凶的论调自此成为封建时代官方定论，明清有关记述和评议王安石变法史实的著作，多袭用此调。王安石及其推行的新法，就这样被理学后人打入万劫不复的深渊。

但是我们回顾一下历史，不难发现，从王安石变法到靖康之难，新旧党大战六个回合，变法早已失去本来面目：

神宗朝：推行变法，新党胜；

哲宗朝：高太后执政期废除新法，旧党胜；哲宗亲政，新党胜；

徽宗朝：向太后执政，旧党胜；徽宗亲政，新党胜；

钦宗朝：尽废新法，旧党胜。

短短四十年间，朝廷六易法度，朝令夕改，覆雨翻云，时局安得不乱，国家安得不亡？

且抛开法度不谈，不论是新党掌舵还是旧党承权，首先忙着的都必然是党争而非治世，大印在手，大敌当前，排除异己才是首务，至于为民请命什么的都要等到权力稳定之后徐徐图之。可是四十年里六变天，时局一直都未能稳定。于是，朝官们也就一直都在忙着内斗争权，“乱哄哄你方唱罢我登场”。

王安石变法的初衷是为了强国，司马光最初的反对也是出于本心，但是从他重新掌权后不顾范纯仁、苏轼等人反对，必要彻底废除新法而瞑目的举动开始，新旧党轮换登台，党同伐异，已经不再是因为法度本身，而只是逞一己之快。不顾民生社稷，视政法为儿戏，但求如我愿者则心安，哪里还管得了国库空虚，民心涣散？

当官不思治世，为民不信朝廷，这样的国家，怎么可能不亡？

然而后世史臣不敢非议国主，遂只得将王安石推出来祭坛，实为欲加之罪。

忍不住要替王安石说一句：这个锅，我不背！

魏夫人与曾布：别郎容易见郎难

一

说起宋词，人们提到的第一个名字多半是苏东坡，第二个就是李清照。而朱熹曾经评价："本朝能词妇人，惟有魏夫人、李清照二人而已。"

清代陈廷焯亦评："宋妇人能讲词者不少，易安为冠，次则朱淑真，次则魏夫人也。"

能与李清照相提并论的女子，又怎可无名无传？

魏夫人（1040—1103），名玩，字玉如，一说玉汝，襄阳人，乃是宰相曾布的妻子，名臣魏泰的姐姐，因夫荣妻贵得封鲁国夫人，故史称魏夫人，有《鲁国夫人词》传世。

古时女子没有地位，像李清照那样名头盖过丈夫的更是凤毛麟角，所以说女人的故事，往往要先讲她的丈夫是谁。而说起曾布的故事，又要从他的哥哥曾巩说起。

曾巩（1019—1083），字子固，欧阳修爱徒，于震古烁今的嘉祐二年科举试中得获状元，名列“唐宋八大家”之一。

曾布（1036—1107），字子宣，与曾巩同父异母，父亲过世后，靠哥哥曾巩抚养长大。二十二岁娶魏玩为妻，同年离家赴京，与哥哥一同参加科考，一同金榜题名。对曾布来说可谓大小登科，双喜临门，而对于曾家来说，则是“三喜临门”。

曾家两兄弟，哥哥文名更盛，世称“南丰先生”，但仕途平平；弟弟却相反，文才不名于世，但锐意精进，一路高升，直至登上宰相之位。

这也很容易理解：兄弟俩年龄相差十七岁，却在同年登科，同时起跑，人到中年的曾子固又怎么可能跑得过年轻力壮的曾子宣呢？

这是魏玩人生最快乐得意的时光，新婚不久夫君即金榜高中，可见自己有旺夫运。她自幼聪颖，博涉群书，如今新婚宴尔，夫唱妇随，琴瑟谐和，喜事连连，真正遂心如意，别无他求。

有词为证：

菩萨蛮

红楼斜倚连溪曲。楼前溪水凝寒玉。荡漾木兰船，船中人少年。　　荷花娇欲语，笑入鸳鸯浦。波上暝烟低，菱歌月下归。

少年夫妻，携手同游。水里鸳鸯交颈，船中伉俪情深，几多旖旎？这个时候，曾布对于这位出身世家才思敏捷的娇妻应该是满意的。

可是随着曾布的官越做越大，魏夫人便“悔教夫婿觅封侯”起来，尝尽相思之苦。

曾布考上进士之后，以江西同乡之谊拜入王安石门下，深受王安石的宠信。所以，他的出场亮相是旗帜鲜明的新党无疑。

宰相韩琦因为反对青苗法，向宋神宗上了一道奏章。王安石知道后很生气，令曾布对照韩琦的奏章逐句批驳。

曾布堪称骂架的好手，当下笔走龙蛇，淋漓泼辣，一句一句地批驳韩琦，一句就是一支标枪，每一枪都投得极为准确，扎得相当结实。王安石十分满意，不但刻成了碑，还印了一万张传单颁行天下，搞得韩琦灰头土脸，一怒之下辞官还乡。

那可是相三朝扶二主的韩宰相啊，竟然败在初出茅庐的曾布之手。

所以说，曾布岂止是新党中坚，说他是先锋旗手也不为过。王安石甚至公开说："新法初行，议论纷纷，唯独（吕）惠卿与（曾）布始终坚定不移，其他人多反复无常。"

因为王安石的倚重，曾布不久升为修起居注、知制诰、翰林学士兼三司使。

不过，曾布仕途如意，平步青云，可就苦了魏玩了。独守空闺，望穿秋水，年复一年，写下一首又一首别怨相思之词：

菩萨蛮

溪山掩映斜阳里，楼台影动鸳鸯起。隔岸两三家，出墙红杏花。　绿杨堤下路，早晚溪边去。三见柳绵飞，离人犹未归。

既说"三见柳绵飞"，可见曾布冷情，竟将娇妻闲置在家，三年不归，这让才华横溢的魏玩情何以堪？

魏玩每日登楼望远，独对溪山寂寞，碧水潺湲，大好青春就这样白白流逝在山水之间。“溪山”“楼台”点明地点，“斜阳”点明时间，而“楼台影动鸳鸯起”七字尤好，写出少妇楼头颙望，看着水中倒影，鸳鸯双浴，可怜人不如鸟，形单影只，何等凄凉。

于是叹一口气，望向对岸，见人家依稀，杏花斜出。每一处庭院里都有自己的故事吧？那家的少妇，可是比自己快活？

上阕纯写景象，却寓情于景；下阕实写心情，实借景言情。

“绿杨堤”想来便是从前折柳赠别之地吧，如今早早晚晚去溪边徘徊，见了三度柳絮飞起，只不见离人归来。

按史书记载，魏夫人是位恪守礼教的卫道士，多次受到朝廷褒奖，被封鲁国夫人。所以，她就算有再多怨思，也是不可能红杏出墙的。那隔岸杏花，也只是卷起珠帘看几眼罢了。

卷珠帘

记得来时春未暮。执手攀花，袖染花梢露。暗卜春心共花语，争寻双朵争先去。　多情因甚相辜负。轻折轻离，欲向谁分诉。泪湿海棠花枝处，东君空把奴分付。

日子是一天一天过着，海棠花艳，杨柳絮飞，却被夫君毫不怜惜地一年一年轻易辜负。

曾经也是有过花下携手，暗卜春心的好日子的，如今轻拆轻离，万种相思，更向谁倾诉？也唯把两行热泪，洒向海棠花枝罢了。

暮春烟雨，红袖染香，海棠柔弱，飞絮迷蒙。魏夫人的生活仿佛入了画，柔艳迷离，没有人气。

然而这种由丫鬟扶着娇滴滴地向白海棠泣血哭诉情怀的调调儿，正是标准的古代贵妇人形象，因此魏夫人词每得新作，便广为流传。

减字木兰花

西楼明月，掩映梨花千树雪。楼上人归，愁听孤城一雁飞。　　玉人何处，又见江南春色暮。芳信难寻，去后桃花流水深。

减字木兰花

落花飞絮，杳杳天涯人甚处。欲寄相思，春尽衡阳雁渐稀。　　离肠泪眼，肠断泪痕流不断。明月西楼，一曲阑干一倍愁。

二

魏夫人一首接一首的相思曲，将曾布的薄幸寡情唱得尽人皆知。

后人常拿苏轼与曾布作比，说宦游生涯不能作为冷落娇妻的理由。因为苏轼上任就是带着妻子王弗的，还留下了“屏后听声”的雅话；即使被贬岭南，也还带着自己的爱妾朝云。曾布一路官运亨通，却长期将妻子抛置家中，纯粹是因为没感情，只想有更多花天酒地的自由。

然而苏轼初登仕途时做的是地方官，便是后来做了京官也不见得有多忙碌，比不得曾布在变法初期的“日理万机”。说起来，两个人还是同年登榜的进士，但苏轼因为父母丧期耽搁了六年，重新入朝为官时又站在保守党一边，眼睁睁看着曾布乘火箭般一路高升，自己却辗转磨勘不得晋升，心里难免郁闷，不然也不会在上疏中发出“愚不适时，难以追陪新进”的牢骚，无端招致一场“乌台诗案”，差点连命都丢了。而他所讥刺的“新进”，当然包括了新党精锐曾布，说不定就是因为曾布这位同年才使他怨气更重的。

《宋史·曾布传》载，曾布于神宗元丰中，连知秦州（今甘肃天水）、陈州（今在河南周口）、蔡州（今河南新蔡）、庆州（今甘肃庆阳与宁夏回族自治区南部一带），调令一个接着一个，想接老婆团聚也不知道家书抵达之后自己身在何处，更该把老婆接往何地。

有段时间，曾布身上同时兼着太子中允、崇政殿说书、检正中书等五个职务，甚至曾在三日内接连收到皇帝的五份任职文书，也实在没有时间怜香惜玉。

陆游《老学庵笔记》曾记述了魏夫人的一句雅谑：

> 曾子宣丞相，元丰间帅庆州，未至，召还，主陕府，复还庆州，往来潼关。夫人魏氏作诗戏丞相云："使君自为君恩厚，不是区区爱华山。"

这说的是曾布马不停蹄地奔走于庆州与陕西之间，反反复复经过潼关，于是魏夫人作诗取笑，说他不是因为爱上华山才在山下来回往复的，只为受皇上重用，才和华山纠缠不清。

虽是笑谑，却看出曾布的深受龙恩，与魏夫人对丈夫的疼惜。

魏夫人遥望长安，想着丈夫踪迹无定，整日相思如渴，唯有寄情笔墨，都化作断肠词句：

武陵春

> 小院无人帘半卷，独自倚阑时。宽尽春来金缕衣，憔悴有谁知。　　玉人近日书来少，应是怨来迟。梦里长安早晚归，和泪立斜晖。

江城子·春恨

别郎容易见郎难。几何般，懒临鸾。憔悴容仪，陡觉缕衣宽。门外红梅将谢也，谁信道、不曾看？　晓装楼上望长安。怯轻寒，莫凭阑。嫌怕东风，吹恨上眉端。为报归期须及早，休误妾、一春闲！

好一句“别郎容易见郎难”，直白如话，破空而来，替多少芳心辜负的痴情女儿哭出心事。

此曲上阕写懒怠梳妆，衣带渐宽，连花谢春归也都无心赏怜；下阕写遥望长安，难见尘踪，正是“春山隔断情人眼，误了这、闺中芳华又一年。

“为报归期须及早，休误妾、一春闲！”这么明白热烈的祈望，老天听到了吗？

不过，曾布并不是一直把魏玩扔在江西，其间两人也时有团聚，还留下不少妙联佳话。

比如熙宁年间，曾巩任职洪州（今江西南昌），曾布调任潭州（今湖南长沙）时路过洪州，就是带着魏玩同往的。其时，弟弟曾肇也来洪州探亲，三兄弟难得相聚，把臂同游，不胜欢喜。魏玩当即题写一联：

金马并游三学士，朱幡相对两诸侯。

“三学士”，指兄弟三人都是进士；“两诸侯”，则指曾巩、曾布皆任地方长官。这对联可谓善祝善祷，知趣之至。三兄弟拊掌大笑，叹服不已，遂传为一时佳话。

欧阳修《会老堂致语》曾记述文忠公晚年居颍州，老友赵槩来访，盘桓月余。欧阳修吟诗记此盛会，中有“金马玉堂三学士，清风明月两闲人”之联，“三学士”指欧公、赵槩和吕公著，“两闲人”便指已经致仕的自己与赵槩了。

文忠公致仕是熙宁四年的事，而曾巩知洪州则是熙宁七年的事。曾巩与曾布俱出自欧阳修门下，可见魏玩对丈夫重视，连同对丈夫的恩师也极为关注，诗作熟背成诵，故而此时得以脱口而出，化为天成上联。

三

曾布的长期宦游，最初肯定是因为仕途忙碌，但是后来大概就是习惯了，拿工作当借口。官高位重，前面自有大把美女，家小何足道哉？于是毫不留恋地将妻子丢在江西老家，自己却风流潇洒去也。

会有这样的推测，是因为从曾布后来的表现看，无论是政治立场还是私生活，都实在称不得君子。

曾布本是王安石最倚重的新党中坚，也因此才有机会走到了神宗面前，青云直上。然而后来因为接连发生了几次天灾，弄得人心惶惶，加上两宫太后的压力，宋神宗不禁摇摆起来，诏令众臣直言新法利弊。

曾布嗅到政治空气变味，知道宋神宗对王安石的信任大不如前，已经不再是熙宁初年“上与安石如一人”的时候了。于是见风使舵，做出一副忠臣直言的模样大说新法坏话，利落地和王安石划清了界线。

因此，当高太后执政，新法尽废，新党中人悉数被贬时，曾布仍能长袖善舞，在中央占据一席之地，连旧党领袖司马光也对他另眼相看。

再后来，哲宗亲政，重新搞起变法来，曾布却又跳出来说自己曾经是变法骨干，最了解施法之利弊，还因此当上了副相。

再再后来，哲宗过世，朝臣议立新君，曾布又主动迎合向太后，率先表示："端王福寿仁孝，堪为帝王。"这么着，在向氏及徽宗朝时，曾布仍然官居相位，屹立不倒。

曾布做了宰相，定居汴京，再把魏夫人一直扔在江西就不像话了，这才把妻子接来持理中馈。但是又打起了魏玩学生张氏的主意。

更大的背叛来临了，而且是对皇上和妻子的双重背叛。

原来，曾布在海州怀仁（今江苏赣榆）做县令时，手下有位姓张的监酒使，妻子早亡，留下一个年仅六七岁的女儿。

魏夫人见这小女孩相貌清秀，慧黠可爱，便接到府中教养，名为师生，实如母女。但是曾布宦游浮荡，行踪无定，魏夫人便与小女孩分开了。

数年后汴京重逢，张氏已经嫁为人妇，从丫角小儿长成了一个才貌双全风情万种的熟女，与魏夫人再续师生前缘。而曾布这只老兔子，也就打起了窝边草的主意。不但和张氏暗度陈仓，还把她献给了宋徽宗。

张氏天分既高，又曾得魏夫人教导，自是能诗善赋，文采斐然，遂得宋徽宗青睐，可以随时出入宫中，帮助后妃们打点笔墨，身份超然。而张氏也就趁机帮曾布传递些风吹草动的内幕消息。两人也算精诚合作，各取所需了。

尽管官员妻妾成群是常态，可是张氏毕竟是自己亲手抚养的爱徒兼义女，如今竟然不顾人伦，与丈夫勾搭成奸，魏夫人的痛楚悲愤可想而知，笔底怨愤也就越来越强烈，几乎到了触纸欲燃的地步：

系裙腰

灯花耿耿漏迟迟。人别后、夜凉时。西风潇洒梦初回。谁念我，就单枕，皱双眉。　　锦屏绣幌与秋期。肠欲断、泪偷垂。月明还到小窗西。我恨你，我忆你，你争知？

不知道为什么徽宗既然染指，却没有给张氏名分，或许此时张氏已是人妻，且是命妇，而徽宗就喜欢野草闲花，越是名不正言不顺的情分越是缠绵难忘吧。

张氏虽有才名，却无传记，传世作品更是只有一首绝句，写于魏夫人病逝之后，哭祭恩师：

香散帘帏寂，尘生翰墨闲。
空传三壶誉，无复内朝班。

此诗水平很是普通，但毕竟也算有心。只是魏夫人会愿意看到吗？

仗着自己在议立之事上的功劳，曾布一度与徽宗赵佶的关系非常亲密。但是他自打蔡京出现后，就开始屡受排挤，渐渐失宠，真是恶人自有恶人磨。

此时，曾布或许是老了，察言观色的本领大不如前，恃着自己与皇上关系好，在朝上滔滔不绝地为自己辩解，并且声色俱厉地指责蔡京，被蔡京亲信弹劾"无人臣之礼"，令其失宠；又或许魏玩真是有旺夫运的，她一死，历经动荡仍自屹立的"不倒翁"曾布便终于倒下了。蔡京抓住他的贪赃把柄，不但使其被贬，还抓捕了他的几个儿子。

五年后，曾布郁郁而死。《宋史》将其列入《奸臣传》，可谓遗臭万年。而今他能在本书中占据一篇之幅，纯粹是因为他的妻子魏夫人。

《鲁国夫人词》存词十四首，俱以离愁别怨、闺情相思为主，而魏夫人传世唯一诗作《虞美人草行》，却有慷慨沉郁、燕赵悲歌般的情怀：

鸿门玉斗纷如雪，十万降兵夜流血。
咸阳宫殿三月红，霸业已随烟烬灭。
刚强必死仁义王，阴陵失道非天亡。
英雄本学万人敌，何用屑屑悲红妆。
三军败尽旌旗倒，玉帐佳人坐中老。
香魂夜逐剑光飞，清血化为原上草。
芳心寂寞寄寒枝，旧曲闻来似敛眉。
哀怨徘徊愁不语，恰如初听楚歌时。
滔滔逝水流今古，楚汉兴亡两丘土。
当年遗事总成空，慷慨尊前为谁舞。

在朱熹笔下，魏夫人与李清照齐名，然而对后世人而言，两者的知名度却无异云壤。魏夫人的虞美人长诗，终究敌不过李清照一首同题《夏日绝句》：

生当作人杰，死亦为鬼雄。
至今思项羽，不肯过江东。

当苏东坡还叫作苏轼的时候

一

正如提到唐诗，人们总会第一个想到李白一样，提到宋词，大多人脱口而出的第一个名字就是：苏轼。

苏轼（1037—1101），字子瞻，又字和仲，号铁冠道人、东坡居士，但是人们更习惯于称呼他“苏东坡”。

只不过，在人们的印象中，苏轼少年俊杰，前途无量；而苏东坡才华横溢，不拘小节。甚至很多人会把苏轼和苏东坡当成两个人，觉得前者是官场新秀，而后者是江湖游侠。

这也不能算错，因为在苏轼成为苏东坡之前后，性格文风确实是迥然不同的。

苏轼是含着金汤匙出生的天之骄子，出身于官宦世家，书香门第。他的祖上是初唐大臣苏味道，与杜甫的爷爷杜审言并列“文章四友”。

他的父亲苏洵，是《三字经》里“二十七，始发愤”的苏老泉。少喜壮游，遍历山水，二十七岁那年因守父丧闲居在家，开始发愤读书，不知怎么的忽然读出趣味来，自己总结了一套学习方法，言传身教于两个儿子苏轼与苏辙。

教学互长，父子三人的学问突飞猛进。1057年，苏洵带着两个儿子一起进京赴考。兄弟同榜，而老父却落第了。

不过，苏洵虽然没考上进士，他的文章却受到了欧阳修的赏赞，认为几可与刘向、贾谊媲美，并向朝廷推荐。一时“三苏”之名响彻京师，传为佳话。

宋仁宗遂特召苏洵到舍人院参加考试。苏洵觉得没面子，诿病辞诏——这也难怪，苏老泉二十年来多次赴考，始终不第，如今终于沾了两个儿子的光，虽然落第却并列“三苏”，打响了名头，不如踏踏实实享儿子福，何必再冒险考试？以前没名气，考不上也没损失，现在可不行，已经有了名声，就输不起了。确保不失的最好办法，就是压根儿不下场。

不过，后来苏洵还是在宰相韩琦的推荐下做了秘书省校书郎，还曾修撰礼书《太常因革礼》，那是后话。

且说那年科举试中，策论题目是《刑赏忠厚之至论》，典出《尚书》：“罪疑惟轻，功疑惟重。”孔安国注疏：“刑疑附轻，赏疑从重，忠厚之至。”“罪疑惟轻”意思就是，儒家秉承忠厚仁心，对于有可疑之处的罪行，应予从轻、宽恕。也就是今天刑法所谓的“疑罪从无”。

苏轼的文章从法、理、德行几方面层层论述，鞭辟入里，文采激昂。副考官梅尧臣兴奋地捧着卷子对主考官欧阳修说：“才子！才子啊！这个必须状元了！”

欧阳修边看边赞，赞着赞着却皱起了眉头，问梅尧臣：“你看这段：‘皋陶为士，将杀人。皋陶曰杀之三，尧曰宥之三。’这个典故出自何处？我没看过。”

梅尧臣摇头说：“我也没看过，不过他既然这么写，一定有出处的吧。即便没有，瑕不掩瑜，也不影响夺魁。”

欧阳修摇头说：“不可。看这文风思路，我怀疑很可能是我的学生曾巩所写，选他为状元，传出去难免会被人说闲话，就录为第二名吧。”

原来，在唐朝时，科举试是开卷实名的。但是因为走后门的人太多，往往还没开考，录取名额已经内定了一半，前三名更是早已标清。而且唐朝科举考的进士名额极少，每期录取不过二三十人，比如白居易二十九岁中举，曾写下“十七人中最少年”之句，就是说，同年登榜的进士，只有区区十七个人。这十七人中再占上十个八个后门学生，那么国家能选拔的人才就少得可怜了。

到了宋朝，历代皇帝都特别重视科举试，不但极大放宽录取名额，而且实行糊名制，就是把考生的姓名贴条糊住。但是后来发现有学生在考卷上做记号，又或是有考官凭笔迹来判断亲信的，便又实行誊卷制，将所有的考卷交与秘书重新誊抄一遍，然后再由主考官审阅，以此杜绝营私舞弊之风。

如今欧阳修看到苏轼的卷子，既看不到姓名也看不到笔迹，只能从行文风格判断，怀疑是自己的弟子曾巩的作品，遂将卷子录为第二名以避嫌。

谁知榜单公布，第一名却恰恰是曾巩，而苏轼委屈地落了个第二名。

欧阳修慨叹之余，特别招来苏轼询问：“那个皋陶杀人的典故出自何处？”苏轼笑答：“我只是合理推测而已，何必有出处？”欧阳修大笑称叹：“此人可谓善读书，善用书，他日文章必独步天下。”

令人感慨的是，不仅苏轼在这次考试中风波迭起，苏辙也是惊险备至。

殿试中，年仅十八岁的“愤青”小子苏辙大放厥词，竟对宋仁宗横加指摘：“陛下近岁以来，宫中贵妃已至千数，歌舞饮酒，欢乐失节，坐朝不闻谘议，便殿无所顾问。”

这完全是不实传言，宋仁宗以俭约闻名，在位期间六次放遣宫女，嫔妃之数较历代为少。苏辙之言，完全是道听途说，盲目听信老百姓对皇宫的想象谣言，竟然拿到大殿上当成正经罪名加诸帝王，简直不知所谓。

因此廷臣恼怒，奏议“辙言狂诞，恐累盛德，乞行黜落”，请求仁宗直接拿掉苏辙的功名。但是仁宗爱惜苏辙之才，觉得他虽然轻信，毕竟年轻，而且勇气可嘉，“如此敢言，特与科名”，不但没有黜落，反而打破二十岁授官的惯例，提前为他赐官“史官编录”。

苏辙的胆量固然可嘉，仁宗的气魄更令人拜服，这样的故事即便发生在今天，也足以让人惊诧了。

二

苏轼一生历经六朝，科举考试是在仁宗朝。哥俩儿同科及第，名登五甲，在殿试中给宋仁宗留下了深刻的印象。仁宗退朝后曾经喜极而叹：“吾今为子孙得两宰相矣！”认定这苏家兄弟都是宰相之才。

可恨的是，他的子孙没有他的眼光，不但没让苏轼当上宰相，还差点要了他的命。不过也幸亏有这句话，曹太后才在“乌台诗案”中救下了苏轼的命。

且说放榜之后，“三苏”声名大振，成为公卿士大夫的座上红人。不料乐极生悲，便在这时，家乡传来苏洵夫人病逝的噩耗，苏家父子只得匆匆赶回蜀地治丧。兄弟俩依礼守丧，三年不得入仕。

三年中，父子曾游历开封、江陵等地，并将途中所作诗赋整理为《南行集》。与此同时，兄弟俩闲着也是闲着，索性继续苦读，准备挑战最高难的制科考试。

科举试通常三年一试，称为“常科”，有时放“恩科”则会临时增加一次考试。两宋三百多年间一共举行过一百一十八次科举考试，进士总数四万多人，平均每次录取三百多人，最多时高达千人，比唐朝举子的录取率高得多了。

但是制科试的高难度不减，甚至比唐朝更高。两宋加起来也只举行过二十二场制科试，共录取四十一人，每次只有一两人中选，有时还全场剃光头。

四十一比四万多，这是什么比例？而这四十一人中，就有苏轼。

不仅如此，制科试的甲等和二等形同虚设，因为录得太高了不知道怎么分配工作，所以最高就是三等。而苏轼取中的，就是第三等。

换言之，从北宋建国到嘉祐六年（1061）这百年间的制科试中，苏轼的成绩是最好的，故而被称为“百年第一”。这一年，苏轼只有二十四岁，太牛了！

这期制科的考官是司马光，因此苏轼同时也是司马光的门生；科目是“贤良方正能直言极谏科”，苏轼真没辜负了这个科目，一辈子都毁在“直言极谏”上。

且说苏轼高中后，得授大理评事、签书凤翔府判官。苏辙与苏轼手足情深，将哥哥一直送到郑州才分手。想起当年两人一起赴京赶考时，曾在河南渑池僧舍借住，还曾于壁上题诗；如今哥哥苏轼赴陕西凤翔做官，必定重经渑池，不禁诸多感慨，遂作《怀渑池寄子瞻兄》：

相携话别郑原上，共道长途怕雪泥。
归骑还寻大梁陌，行人已度古崤西。
曾为县吏民知否？旧宿僧房壁共题。
遥想独游佳味少，无方骓马但鸣嘶。

首联说的是郑州话别。颔联分别写兄弟俩：我还不住在马上回头张望，在大梁田间徘徊，兄长想来已是翻过崤西古道，继续前行了吧。

颈联说的是苏辙十八岁时曾被任命渑池县主簿，但是没等上任就考中了进士，因此嘲问：当地的百姓可知道这件事吗？接着回忆与父兄歇宿僧房，壁上题诗的旧事。最后说兄台独自前行，一定很寂寞吧，前路迷茫，只能听到骓马嘶鸣。

这首诗既是怀旧，也是惜别，夹杂着世事变幻莫测，行人身不由己的感慨。

苏轼见信，提笔和了一首《和子由渑池怀旧》：

人生到处知何似，应似飞鸿踏雪泥。
泥上偶然留指爪，鸿飞那复计东西。
老僧已死成新塔，坏壁无由见旧题。
往日崎岖还记否，路长人困蹇驴嘶。

这首和诗可比原诗有名多了，既有深沉的思索，也有达观的体悟。以雪泥鸿爪比喻人生，写出世事变幻，沉浮不定，像渑池题壁这样的事情，就像飞鸿在雪泥上留下爪印接着飞走，只是一个偶然的印迹罢了。

那寺里的老僧只怕已经坐化，壁上的题诗早已墨迹全无。还记得我们兄弟俩一起经历的那些辛苦拼搏吗？前路茫茫，人疲马嘶。人生的遭遇既为偶然，就以顺适的态度去从容面对吧。

诗中感悟人生，充满沧桑漂泊之感，很难想象这是一个风华正茂前途无量的年轻人写出来的，而且写在他摘取“百年第一”的桂冠之时。

苏轼写这首诗的时候一定想不到，他早早以诗句为自己的人生卜了一卦。他这一生，真个是雪泥鸿爪，漂泊不定的。

这首诗每一联都是对苏辙诗句的回应，却对答自然，顺流直下。尤其前四句，圆转流走，一气呵成，律中出古，潇洒不群，常被节选出来作为绝句而广泛引用。虽是和诗，却比原诗还要自然清新。

像这种明明是步韵赋和，却偏偏比原作还要自如顺畅的创作，苏轼干过不止一回。

最有名的就是和章质夫的杨花词，被王国维称为：“东坡杨花词，和韵而似原唱；章质夫词，原唱而似和韵。”

水龙吟·次韵章质夫杨花词

似花还似非花，也无人惜从教坠。抛家傍路，思量却是，无情有思。萦损柔肠，困酣娇眼，欲开还闭。梦随风万里，寻郎去处，又还被、莺呼起。　不恨此花飞尽，恨西园、落红难缀。晓来雨过，遗踪何在？一池萍碎。春色三分，二分尘土，一分流水。细看来，不是杨花，点点是离人泪。

三

论学问，论才情，论人品，论心性，苏轼的智商与情商都是超一流的，然而一生多蹇，始终未能坐到宰相高位，实在是命运太过坎坷了。

他刚中金榜便逢丧母，已经是人生之大不幸了；如今好容易"百年第一"通过制科试得了官，四年来勤勤恳恳，无过无失，积累够了资历，正等着升迁呢，却又传来父亲苏洵病逝的消息。

得，兄弟俩又要扶柩还乡，再守三年孝期。这个百年不遇的青年俊才，就这样白白在蜀中先后消磨了六年时光。

等到三年孝满，苏轼重新还朝，已经三十岁了。如今的朝廷已不再是他当年初入京师时所见的那个仁宗皇帝执政的清明世界了；如今的皇上是年轻气盛的宋神宗，正急于有所建树而未能纵观全局，轰轰烈烈地发起了"熙宁变法"，致使朝中新旧两党斗得不可开交，乌烟瘴气。

欧阳修等反对变法的保守派因为与王安石政见不合，纷纷被排挤出京。苏轼是新人，还没来得及站队，所以起初并未被株连。然而他同时是欧阳修和司马光的学生，政治观点上本能地倾向于恩师，加上性情耿直，明知王安石大权在握，却不懂得见风使舵，大胆上书谈论新法弊病，因此被新党处处打压。

苏轼心中抑郁，在给朋友石苍舒的诗中发牢骚："人生识字忧患始，姓名粗记可以休。"意思说我要是只不过粗识几个字，没有读那么多书，想那么多事，也就不会这么郁闷了。

他不愿意憋屈在朝廷中违心做官，索性自请外放，出任杭州通判。这一来，倒是为杭州人民带来了福音。

早在二百多年前的中唐，大诗人白居易曾经来到杭州做刺史。在他任内，曾修筑西湖堤防，疏浚六井，灌田千顷，又将西湖水引入运河，使得运河逐渐与杭州城融为一体，直接奠定了后世直至今日杭州“一江一湖一河”的城市格局。

白居易只在杭州做了两年“市长”，却为西湖写了二百多首诗，亲笔写下《钱塘湖石记》刻碑于西湖岸边，还修筑了一道“白堤”。不过，也有人说此堤并非白居易所修，只是当地百姓为了纪念他，而名之为“白公堤”。

苏轼对白居易一向崇仰，如今踏着偶像的足迹来到杭州做官，便也仿效先贤，开浚西湖，取湖泥葑草筑坝，留下了一道“苏公堤”。苏堤全长二点八公里，横贯西湖南北，也有说是苏轼晚年二次来杭州时所修。

当然，苏轼也没忘了为西湖留下脍炙人口的广告诗：

饮湖上初晴后雨

水光潋滟晴方好，山色空蒙雨亦奇。

欲把西湖比西子，淡妆浓抹总相宜。

这首诗先用一副工整的对仗来分别描绘晴西湖和雨西湖的山光水色，再将其比作越国美女西施，说西湖晴雨，正如同美人浓妆淡抹，一样美丽动人。

以美人喻美景，不仅给西湖赋予了生命美感，而且新奇亲切，生动有情，奇思妙想，“道尽西湖好处”。从此，人们便将西湖亲昵地称作了“西子湖”。后世诗人至此，更是搁笔兴叹：“除却淡妆浓抹句，更将何语比西湖？”

苏轼一生以词闻名，这却是一首诗。除此之外，苏轼还为西湖写过大量的诗，却少见词作。《东坡乐府笺》中收录的词，最早的作品就是他在熙宁四年（1071）通判杭州后写的，那时他已经三十七岁了。

那么在此之前的苏轼为什么不写词呢？

这是因为，在苏轼的少年和青年时期，一心以科举为目的，学重诗赋，所以精力都用在写策论和奏表上了，一动笔就是《上神宗皇帝书》那样的万言书，哪有心思余力作曲子词呢？

填词，是在他被王安石新党打击，离京外放之后的事。因为仕途不如意，遂以余力填词，聊解寂寞。

他在填词上的勃然爆发，是在密州。

四

苏轼历任杭州、密州、徐州、湖州等地知州。每到一地，他都会考察民风，革新除弊，因法便民，颇有政绩。

但奇怪的是，苏轼有才华，有能力，有口碑，也有政绩，却一直转知各州，不见升迁。只能说，是出了新党的打压了。

通常文臣外放三年一迁，表现好则酌减一年。苏轼八年换了四个地方，应该是磨勘考绩不错，每次都得到减年恩遇了。但是一直徘徊在知州的位置上，不能进入朝廷中枢，难免气郁。

他二十岁就在科举试中高中榜眼，之后更在制科试中获得“百年第一”的好成绩，起点不是一般的高。如今转眼十八年过去，已经年近不惑，仕途却不见有什么大起色，这让他不禁有了时光刺促之感。

在密州，他写下著名的《江城子·密州行猎》一词，成为豪放派代表作之一，最能体现他的这种中年危机的情绪：

江城子·密州出猎

老夫聊发少年狂。左牵黄，右擎苍。锦帽貂裘，千骑卷平冈。为报倾城随太守，亲射虎，看孙郎。　酒酣胸胆尚开张。鬓微霜，又何妨。持节云中，何日遣冯唐？会挽雕弓如满月，西北望，射天狼。

密州，就是今天的山东诸城。这一年，苏轼三十八岁，却已经两鬓微白，自称“老夫”了。自嘲之下，是深深的不甘心，因为他的胸膛里，明明跳跃着一颗少年心。与其说“老夫聊发少年狂”，毋宁说“少年枉披老夫霜”。

“黄”是黄犬，“苍”指苍鹰，是打猎的好伙伴。这里用了两个颜色名词代指禽畜，极为巧妙，且生动地描画出围猎前跃跃欲试的雄姿。

“锦帽貂裘”，是汉羽林军的服装，这里代指随从。跟随苏轼游猎的人不可能真有“锦帽貂裘”的豪奢装备，更不会有“千骑卷平冈”的雄壮气势，这些都是夸张的形容。

“倾城”，是说全城的人都出来了，跟着队伍来围观太守也就是“老夫”即苏轼大人行猎，见识苏大人的雄姿英发。

“孙郎”，就是东吴主帅孙权，这里借以自喻，说我为了报答密州人民对我的崇拜，今日要像三国孙郎那样挽弓射雕猎虎，绝不能掉了链子。

苏轼还真嘚瑟！

说来苏轼也是够郁闷的。才华出众，横绝当世，可是两次亲丧使他在仕途上耽误了六年，再加上新旧党争，硬是让一个大好青年失去了发挥才能的最佳时机，稀里糊涂就人到中年了，只能跑到猎场上来大展拳脚。“老夫”二字里含着多少不甘心，只有苏轼自己明白吧。

“鬓微霜”，是说两鬓的头发已经微微发白，这正是人到中年的标志。苏轼大概就因为看到自己有了白头发，才爆发中年危机，感到心惊喟叹，所以才自称“老夫”的。但是一边自嘲“老了老了，头发都白了”，一边又充满了少年轻狂不可一世的昂扬气志；越怕老，就越禁不住豪情万丈，做一个奋勇报国的英雄梦。因此喝过壮行酒，就开始明确表达抱负了：“持节云中，何日遣冯唐？”

“节”就是兵符，云中是汉代郡名，冯唐是西汉大臣，曾受汉文帝派遣去云中颁旨赦免魏尚。冯唐虽有才略，却一生不得志，曾于汉景帝时被任命楚相，但不久被罢免。到武帝即位后，冯唐再度被举荐，但已经九十多岁了，心有余而力不足。所以王勃在《滕王阁序》中有“冯唐易老，李广难封”之句，后世常以冯唐来形容“老来难以得志”。

苏轼自比冯唐，就是觉得时光飞逝，眼瞅着就要老了，却仍然不得志，这可到哪儿是一站啊？

他不知道，这才从哪儿到哪儿啊，未来的坎坷还多着呢。

全词压尾六个字，将苏轼的愿望说得更明确了，乃是：“西北望，射天狼。”

天狼，星宿名，又称犬星。《楚辞·九歌·东君》云：“长矢兮射天狼。”《晋书·天文志》云：“狼一星在东井南，为野将，主侵掠。”这里隐喻侵犯北宋边境的辽国与西夏。

很明显，苏轼有从军报国之志，希望有机会像范仲淹、韩琦那样驱敌靖边，立下战功。也正因为苏轼的志向与范仲淹相同，才会承继豪放派大旗，终使豪放与婉约两峰对峙，成为宋代词坛中势均力敌的两树奇花。

总的来说，这首《江城子》上下阕分界并不明显，一个调门儿高歌猛进，从头到尾就是苏轼在自卖自夸。说我姑且抒发一下少年壮志，手牵猎犬，肩擎苍鹰，带着装备齐全的千骑随从风一般卷过山冈，围猎射虎，满城的百姓你们看好吧，我就是那三国英雄孙权再世，定要让你们大开眼界。

痛饮美酒，豪情万丈，虽然已经不年轻了，两鬓微微发白，又有何妨？我会随时等待皇上的信任重用，就像汉文帝派遣冯唐持节出使一样，大展宏图。到那时，我将使尽力气拉满雕弓，朝着西北瞄望，射向西夏军队。

词风豪迈英爽，洗尽花间遗风，在北宋词坛上别具一格。因此苏轼也很满意。他年轻时曾在京城混过几年，参加酒宴时，到处都听到柳永的歌，因此一生都喜欢跟柳永较劲，到处问人“我词何如柳七？”此时小试牛刀，初露锋芒，便巴巴儿地写信寄给朋友，且将密州行猎的威武一并夸耀说：“近却颇作小词，虽无柳七郎风味，亦自是一家。数日前猎于郊外，所获颇多。作得一阕，令东州壮士抵掌顿足而歌之，吹笛击鼓以为节，颇壮观也。”

说得很霸气。可是让我们从头追究一下《江城子》词牌的渊源，却不禁有点啼笑皆非了。

《江城子》的词牌兴起于晚唐，由韦庄创调，原为单调三十五字，七句五平韵。始见于《花间集》韦庄词：

> 恩重娇多情易伤。漏更长，解鸳鸯。朱唇未动，先觉口脂香。缓揭绣衾抽皓腕，移凤枕，枕檀郎。

原词很明显是宴前赠妓之作，晚唐五代时期典型的唐著词，也就是唐代的酒令。

《江城子》在晚唐五代极为流行，有多位词人曾填此调，因此有过很多别名，如《江神子》《水晶帘》《村意远》等，词风都很雷同，为花间格调。比如五代和凝的《江城子》：

斗转星移玉漏频。已三更，对栖莺。历历花间，似有马蹄声。含笑整衣开绣户，斜敛手，下阶迎。

从上述两例不难看出，《江城子》的原调虽然不存，但可以想象其曲调必是悠扬清脆，活泼灵动的。

然而到了苏轼这里，首次改《江城子》为双调，上下阕都是七句五平韵。这也还平常，关键是风格豪迈，原调明明是描写小女儿娇羞妩媚婉转承欢的情怀，如今却用来形容老夫围猎的热血豪情，可想而知这词如果谱入原曲中，那是完全不搭界的，如何“令东州壮士抵掌顿足而歌之”？

想来肯定请高人另外谱曲了，而且还找了乐工重新定调，所以才能“吹笛击鼓以为节”，不然，可如何“壮观”得了？

既然如此，苏轼又何必定要以《江城子》之调填词呢？想来他只不过是记得《江城子》的平仄谱，觉得最适合填词，至于曲调什么的，就不考虑了。

难怪当时有诸多人认为苏轼“不协音律”。

这也罢了，同一年，苏轼又填了一首《江城子》，这首更为著名，就曲风而言也更加离谱，因为竟是一首悼亡词：“十年生死两茫茫，不思量，自难忘。”

这是苏轼为亡妻王弗写的词，写于发妻过世十年后，苏轼在密州驻地忽然梦见了她，午夜醒来，哭成此篇。

这首词，什么时候念起来什么时候想落泪，非常朴素地道出了最深的情之至理，就是“从来不需要想起，永远也不会忘记”。

词是好词，然而《江城子》原为靡靡之音，怎能表现山东壮士挽弓射天狼之志？就算重新谱了曲子，而且“吹笛击鼓以为节”，但想必是跟军歌差不多了，却又如何再将其变为一曲悼念亡妻的哀音？

艳词、军歌、悼亡，这风马牛不相及的三种情绪，竟然用同一个词牌来完成，苏轼的强迫症，真真要把唱曲的愁死！

也由此可见，苏轼初涉词坛时，只换情绪不换词牌，是标准的“不靠谱”。但因为苏轼才气冲云霄，声名遍天下，《江城子》一词又写得脍炙人口，闻者落泪，想不红都难，所以此调迅速风行，且被后人效仿，追和无数。

据统计，两宋以《江城子》为词调的词作有近二百首，除了两首出现较早的张先的词为单调外，自苏轼后再作《江城子》者，皆为双调，可见苏轼词受追捧的程度。

同时，苏轼作《江城子》的典型案例也形象解释了为什么会有很多词一词多名，或是同一个词牌名下有多种变调的现象。更让我们猜测，苏轼之所以会钟情《江城子》这个词牌，大概正是因为老友张先喜作此曲吧。

不过，苏轼作于密州最著名的一首词，还要数写于熙宁九年（1076）中秋的《水调歌头》。这首词是寄给弟弟苏辙的，将自然天理与人生感悟相融合，情词并盛，让人不能不感慨：密州，可真是苏轼灵感的引爆之所啊！

水调歌头

丙辰中秋，欢饮达旦，大醉，作此篇，兼怀子由。

明月几时有？把酒问青天。不知天上宫阙，今夕是何年。我欲乘风归去，又恐琼楼玉宇，高处不胜寒。起舞弄清影，何似在人间。　　转朱阁，低绮户，照无眠。不应有恨，何事长向别时圆？人有悲欢离合，月有阴晴圆缺，此事古难全。但愿人长久，千里共婵娟。

宋人极注重中秋。吴自牧《梦粱录》载：“八月十五日中秋节，此日三秋恰半，故谓之中秋。此夜月色倍明于常时，又谓之月夕。此际金风荐爽，玉露生凉，丹桂香飘，银蟾光满。王孙公子，富家巨室，莫不登危楼，临轩玩月，或开广榭，玳筵罗列，琴瑟铿锵，酌酒高歌，以卜竟夕之欢。至如铺席之家，亦登小小月台，安排家宴，团圆子女，以酬佳节。虽陋巷贫窭之人，解衣市酒，勉强迎欢，不肯虚度。”

这样重要的节日，历代诗人自然争相吟咏。而自苏轼《水调歌头》问世，从此“人有悲欢离合，月有阴晴圆缺，此事古难全。但愿人长久，千里共婵娟”便成了年年中秋歌曲金榜榜首，绝无对手。

同时，《水调歌头》之曲也从此奠定了苏轼豪放派掌门的地位。诚如宋词论者胡寅在《论酒词》中言：“词及眉山苏氏，一洗香泽绮罗之态，摆脱筹缪宛转之度。”

五

元丰二年（1079），苏轼已经四十三岁了。与自己同年登科的曾布已成朝中重臣；王韶威震河湟，得封太原郡开国侯；张载、程颐著书立言，俨然一代宗师；而自己却文不成武不就，仍然辗转各州调来调去地没个出头日，不禁越来越着急，难免多了些牢骚抱怨。

在湖州任上，苏轼给神宗上了一封《湖州谢表》。这本是例行公事，但因为其中有“陛下知其愚不适时，难以追陪新进；察其老不生事，或能牧养小民”之句，竟被新党利用构陷，引发了为时四个月的“乌台诗案”。

这成为苏轼一生的转折点。从此，苏轼就走上了没完没了的贬谪之路。

且说“乌台诗案”的始作俑者李定为什么会这么仇恨苏轼呢？

论其根源，也是苏轼自己招黑。

原来，苏轼因为受新党排挤，在得知火线升官的新党成员李定于母丧后没有守孝，就写了篇关于孝子的文章，暗讽李定，引得朝廷官员上书弹劾，让李定丢了官职。

这李定是太子中允、监察御史里行，新党红人，受此大辱，能不伺机报复？更何况，李定丢官其实丢得有点冤枉，因为他的母亲仇氏本为妾室，生下他不久就离开李家了。李定自小由嫡母养大，与仇氏早无瓜葛，又何来守孝之说？

那么，连李定都不知道自己亲娘是谁，苏轼又是从哪里知道的呢？

这就又扯出一个人来，竟是李定同母异父的哥哥、苏轼的好朋友、北宋著名高僧佛印和尚。

佛印（1032—1098），俗家姓林，江西浮梁人，自小就是个神童，三岁能诵《论语》，五岁背诗三千首。如果他意在功名，和苏轼争个状元也是有可能的，但因为在他两岁时，母亲离家出走，使他自幼性子淡泊，早早看破红尘，立心皈依佛门。

民间关于佛印的传说不少，各地名山古刹都曾留下他参禅说法的痕迹。神宗皇帝还曾钦赐金钵，以表彰他的功德。

佛印和苏轼是好朋友，两人经常一同讨论禅学，相约游历，无话不谈。中学课本《核舟记》里所讲核桃船里的人物，就是苏东坡、黄庭坚与佛印和尚。

关于苏轼与佛印的交往有段著名的禅宗公案：苏轼天性聪颖有慧根，自认为悟性了得，修行有成。有一天在坐禅后写了首偈子：

稽首天中天，毫光照大千。
八风吹不动，端坐紫金莲。

这首偈子写得很不错，形象地描绘出释家子弟禅定的修为。

“八风”是佛教术语，指人们生活中所遇到的“称、讥、毁、誉、利、衰、苦、乐”等八种境界，因为得失利衰能影响人的情绪，所以称之为“风”。

苏轼写完后觉得很满意。他是个喜欢嘚瑟的人，好作品当然要与好朋友分享，于是誊写一遍让门子过江去送给佛印。

佛印看后，只题了两个字“放屁”回赠。苏轼一看气坏了，立刻坐上船过江去找佛印理论。佛印见了他，哈哈大笑，轻轻吐出一句话：“八风吹不动，一屁过江来！”

苏轼顿如石化。

这个讽刺太绝妙了，我每次想起都忍不住大笑。苏轼自夸定力，可是嗔心恁大，还八风吹不动呢，佛印轻轻的一个“屁”字，就让他动了嗔念，失了定性，气冲冲过江来争个高低，输得可真是彻底。

在关于佛印和苏轼斗法的故事中，苏轼好像没赢过，倒是给后人增添了很多笑料。不过，这也正是苏轼最可爱的地方，真聪明，也真有悟性，却仍是个热闹活泼的红尘中人，有真脾气，真性情。

说了这么久，佛印与“乌台诗案”有什么关系呢？

原来，佛印的生母正是仇氏，在抛夫弃子不久，便嫁入李家为妾，生下了李定。也就是说，佛印与李定是同母异父的兄弟。所以佛印会知道生母之死，并将这秘密在闲谈中泄露给了苏轼。而苏轼又写在了文章中，导致李定丢官。再后来，苏轼被李定报复，差点在“乌台诗案”中丢了性命。

说到底，都是因为“不定”。

“乌台诗案”中，苏轼下狱一百零三日，险遭杀身之祸。虽在王安石、苏辙等人的营救下免去一死，却从此心灰意冷，无心宦途，而且终生对狱审事一字不提。

只有隔壁狱友的回忆及当时只言片语的史料让我们得知，审讯之时，李定为主审，舒亶为副审，张操专施刑具；审问常常通宵达旦，从精神到肉体双重折磨，堪称人间炼狱。然而从炼狱中逃出一命的苏轼，却片言不提狱中经历，是因为太恐怖，还是太耻辱？

元丰三年（1080）正月，苏轼在御史台的台卒押送下赴湖北黄州（今湖北黄冈），从三州太守沦为戴罪之身。虽然名头是团练副使，却不得签书公事，也就是有职无权，形同看管。

他在黄州待了五年，写下一生中影响极大的《赤壁赋》《后赤壁赋》《念奴娇·赤壁怀古》等作品，虽然仕途受挫，却达到了创作生涯的最高峰。

苏轼一度想在黄州终老，还在城东开垦了一块坡地，躬耕自足，“东坡居士”的别号由此而来。

这个别号，仍与白居易有关。原来，白居易在忠州（今重庆忠县）任职期间，曾在城东山坡种花，将此地命名“东坡”。苏轼如今自号“东坡居士”，便源于此。

周必大《二老堂诗话》中说：“本朝苏文忠公不轻许可，独敬爱乐天，屡形诗篇。盖其文章皆主辞达，而忠厚好施，刚直尽言，与人有情，于物无着，大略相似。谪居黄州，始号东坡，其原必起于乐天忠州之作也。”

从此，世上少了一个苏轼，多了一个潇洒不羁的苏东坡。

黄州、惠州、儋州，人人都爱苏东坡

一

很少有人不喜欢苏东坡，可是真正让我们喜欢的那个苏东坡，也就是苏轼自号东坡先生之后的人生，却是非常不如意的，几乎一直在贬官、贬官、再贬官。

对自己后半生坎坷无奈的贬谪生涯，苏轼有一首《自题金山画像》，概括得最为精到：

心似已灰之木，身如不系之舟。
问汝平生功业，黄州惠州儋州。

这是苏轼在临终前对自己半世浮沉的概括，近乎绝笔，虽然苍凉，却仍有一种寂寥疏朗的旷达意味，仿佛一缕略带自嘲的微笑。

才绝当世，一生为宦，看尽世态炎凉，官场丑恶，早已心灰意冷，看破红尘，故曰“心似已灰之木”。

“乌台诗案”劫后余生，从此他便踏上了没完没了的贬谪之路，浮世漂泊，身不由己，所谓“身如不系之舟”。

他去过的地方当然不止黄州、惠州、儋州三处，但这是最大的三次打击，也是生活上遭受困苦最多的三个地方，一次比一次更远离政治中心，在苏轼之前，还从来没有人比他贬得更远呢。

但同时，这也是他文学创作的高峰期。因此有人说，正是谪宦生涯成就了苏轼超凡绝尘的人格与文格。

黄州是他的第一个贬谪地。

苏轼于元丰三年（1080）二月抵达，随后苏辙护送他一家老小二十余口于五月来到。微薄的薪水根本不足以养活妻小，幸好黄州太守徐君猷是他的粉丝，遂将城东门外五十亩荒田拨与他，让他自耕自足。

苏轼大喜，遂于东坡植树栽花，垦荒种菜，挥笔写下《步东坡》："朝上东坡步，夕上东坡步。东坡何所爱，爱此新成树。……"

从此，苏轼蜕变为苏东坡，不但学会了农耕畜牧，还开始研究菜谱，充满了酱醋油盐的生活趣味。他在写给朋友的书信中说："何必归乡哉！江山风月，本无常主，闲者便是主人。"

正是这种随遇而安的洒脱，让他无论处于何种境地，都能够收获生活的真趣。他喜欢吃新鲜蔬菜，菜品多是自家地里种的："雪沫乳花浮午盏，蓼茸蒿笋试春盘。人间有味是清欢。"（《浣溪沙·细雨斜风作晓寒》）他也喜欢荤菜，还学会了做"东坡肉"："净洗铛，少著水，柴头罨烟焰不起。待他自熟莫催他，火候足时他自美。"（《猪肉颂》）

除此之外，他还有拿手的"东坡鱼""东坡肘子""东坡泡菜"，成为中国最早的美食代言人。

他广交朋友，自称"上可陪玉皇大帝，下可陪卑田院乞儿"，喜欢穿梭于社会各阶层听人闲谈。他发起慈善组织"育儿会”，本来就没多少俸禄，还要率先捐款，然后再向当地富户募集会费，购买婴儿衣药食品，救助那些养不起孩子的贫困家庭；他大声疾呼，奔走劝诫，大力革除武昌城溺死女婴的恶习，不知挽救了多少幼小生命。

在黄州期间，苏东坡灵感大爆发，不仅留下了书法名作《寒食帖》，还写下了著名的“两赋一词”：《赤壁赋》《后赤壁赋》和《念奴娇·赤壁怀古》。

念奴娇·赤壁怀古

大江东去，浪淘尽，千古风流人物。故垒西边，人道是，三国周郎赤壁。乱石穿空，惊涛拍岸，卷起千堆雪。江山如画，一时多少豪杰。　遥想公瑾当年，小乔初嫁了，雄姿英发。羽扇纶巾，谈笑间，樯橹灰飞烟灭。故国神游，多情应笑我，早生华发。人生如梦，一尊还酹江月。

这首词被选进中学课本，人人都会背，乃是怀古述今，借三国故事表达人生理想，是豪放派的代表词作。

然而，苏东坡在这首词上再次乌龙了。因为黄州赤壁，又名“赤鼻矶”，和三国古战场的赤壁根本不是一回事，只不过因为两处赤壁都在湖北，又恰好重名，就被东坡张冠李戴了。

但也幸亏有这么个误会，才诞生了这样一首气概冲天豪放杰出的绝妙好词。据统计，这首《念奴娇》在宋、金、元、明时期被步韵赋和了一百多次，是所有宋词中被追和次数最多的一首，连南宋大词人辛弃疾都曾作过《念奴娇·用东坡赤壁韵》填词。

苏东坡，太牛了！

苏东坡在黄州待了五年，曾经想过在此终老一生的，还约朋友一起去沙湖看地，打算盖房子。回来的时候遇到大雨，大家都没有带雨具，被淋得很狼狈，有的到处躲避，有的急于奔跑，苏东坡独泰然自若，依旧冒雨徐行。

已经是在乌台狱中死过一回的人了，大风大浪都见过，还在乎什么自然界的疾风骤雨呢？

只是一阵急雨，很快就停了，看到彩虹飞起，苏东坡若有所感，当即吟就《定风波》。这是最能表现出苏东坡潇洒情怀的一首词。

定风波

三月七日，沙湖道中遇雨。雨具先去，同行皆狼狈，余独不觉。已而遂晴，故作此词。

莫听穿林打叶声，何妨吟啸且徐行。竹杖芒鞋轻胜马，谁怕？一蓑烟雨任平生。　　料峭春风吹酒醒，微冷，山头斜照却相迎。回首向来萧瑟处，归去，也无风雨也无晴。

后来，苏东坡到底在东坡下的废园建堂，因为成屋之日适逢大雪，故名“雪堂”，并写下堪与“两赋”媲美的《雪堂记》：

苏子得废圃于东坡之胁，筑而垣之，作堂焉，号其正曰雪堂。堂以大雪中为之，因绘雪于四壁之间，无容隙也。起居偃仰，环顾睥睨，无非雪者。苏子居之，真得其所居者也。……

这段文字，看得人心潮澎湃，艳羡不已。东坡不仅文采斐然，亦画风豪迈，在雪堂四壁亲绘雪景图，满墙不留空隙。人处其间，俯仰回首，四顾茫茫，皆是一片大雪纷飞，林亭俨然，“追其远者近之，收其近者内之，求之眉睫之间，是有八荒之趣”。身在屋中，而如身处雪野，凄凛其神，洗涤身心，何等境界！

还记得我曾在台北“故宫博物院”参观书法展，远远看到“雪堂”二字映入眼帘，走近了才知是东坡文墨，写的是“雪堂余韵”。当时站在字幅前，仿佛想起什么而不能自明，久久不能回过神来。雪堂，简直就是我的梦之屋啊！

《雪堂记》一文，说的是苏东坡在雪堂小寐，恍惚若梦，适有客来访，与他谈说风花雪月人生理想，议论得失智愚，动静阴阳，藩篱桎梏与精神自由。通篇以对话完成，既有入世的智慧，又有出世的理想，充满机锋。

比如客人问：“子之适然也，适有雨，则将绘以雨乎？适有风，则将绘以风乎？雨不可绘也，观云气之汹涌，则使子有怒心。风不可绘也，见草木之披靡，则使子有惧意。睹是雪也，子之内亦不能无动矣。苟有动焉，丹青之有靡丽，水雪之有水石，一也。德有心，心有眼，物之所袭，岂有异哉？”

苏东坡却反问：“子以为登春台与入雪堂，有以异乎？以雪观春，则雪为静。以台观堂，则堂为静。静则得，动则失。黄帝，古之神也，游乎赤水之北，登乎昆仑之丘，南望而还，遗其玄珠焉。游以适意也，望以寓情也。意适于游，情寓于望，则意畅情出而忘其本矣……”

这段对话，充满辩证之理，是纵横在苏东坡心中的儒、释、道思想的碰撞，而最终似乎是老庄的适意占了上风，得出随遇而安的人生结论。

躬耕东坡，吟诗雪堂，在黄州的苏东坡过的完全是魏晋名流式的生活，采药，煮茶，坐禅，酿酒，自给自足，逍遥化外，还得了一个诨号："坡仙"。

苏辙曾说，东坡居黄州以后的诗，"辙虽驰骤从之，常出其后"。

苏东坡自己也很得意："某平生无快意事，惟作文章，意之所到，则笔力曲折，无不尽意。自谓世间乐事，无逾此矣。"

太让人高山仰止了！

黄州的确是苏东坡的灵感之乡，他也真是打算在此终老的。可是元丰七年（1084）四月，一纸调令打乱了他的平静生活，将他移往河南汝州。

临行前，苏东坡填词作别雪堂诸邻里，再次表达了随遇而安的处世态度，以及对黄州父老的眷念之情：

满庭芳

元丰七年四月一日，余将去黄移汝，留别雪堂邻里二三君子，会仲览自江东来别，遂书以遗之。

归去来兮，吾归何处？万里家在岷峨。百年强半，来日苦无多。坐见黄州再闰，儿童尽、楚语吴歌。山中友，鸡豚社酒，相劝老东坡。　云何，当此去，人生底事，来往如梭。待闲看秋风，洛水清波。好在堂前细柳，应念我、莫剪柔柯。仍传语，江南父老，时与晒渔蓑。

"归去来兮"是陶渊明的选择，也是文人避世思想的集中体现。苏轼在精神上与先贤对话，原本已经打定主意要终老黄州，得其所哉。然而一纸调令，让他只能作别雪堂，再次漂泊，却不知将归向何处。

苏东坡老家在四川眉山，处于岷山、峨眉山一带，故曰"万里家在岷峨"。是年他已经四十八岁，年近半百，以"人生七十古来稀"

计算，已经过掉大半辈子，所以是“百年强半，来日苦无多”。

在黄州多年，小孩子都学会说湖北方言了，可是因为我在吴地做过官，所以他们同时也会唱吴地山歌。这就像今天的“香蕉人”，因为长居异乡，已经分不清是中是西，早已失去了自己的根。

“楚语吴歌”用最淡最平实的语言，写出了苏东坡宦旅生涯最痛最沧桑的漂泊。但他不会让自己沉浸在这种自怨自艾的情绪中，于是话锋一转，说到黄州父老带着鸡豚社酒前来送别的殷殷情意。

所以下阕写的就是送行时的对话。此番远去河洛，但是不会忘记雪堂新柳，就像他在湖北时，也常常想起江南的旧渔蓑，还请老友帮自己收着时时晾晒呢，因为说不定什么时候又回去以打鱼为生了。

这阕词，写于黄州，将行汝州，却同时提到江南行迹，只因词人这一生，身不由己，去的地方太多了。

但苏东坡有一颗旷达贞亮的心，又何处不可归，哪里不是家呢？

二

也许，苏东坡真不应该离开黄州，因为就在奔赴汝州的半途中，他不满周岁的小儿子苏遁染病过世，这让从容淡定的苏东坡也无法承受了，挥泪写下一首哭儿诗。

诗很长，题目也长：《去岁九月二十七日，在黄州生子遁，小名干儿，颀然颖异。至今年七月二十八日，病亡于金陵，作二诗哭之》。诗中说：“吾年四十九，羁旅失幼子。幼子真吾儿，眉角生已似。”

苏东坡年近半百得此幼子，自是疼爱异常，如今一旦夭折，打击极为沉重。这让他对即将前去的汝州也充满了抗拒，再起买田归隐之心，遂接连上了两封书《乞常州长住状》，恳请朝廷批准。

数月后，朝廷终于准奏。苏东坡欣喜，在老友蒋之奇帮助下，于阳羡（今江苏宜兴）山中买了块田地，打算在此长住；还写了首《菩萨蛮》明志："买田阳羡吾将老，从来只为溪山好。"

阳羡溪山俊美，水网交错，距离杭州、扬州、金陵（今江苏南京）都很近，朋友往来极是方便，正是苏东坡长居养老的理想家园。

之前苏东坡还曾经特地往金陵求见王安石。此时王安石正投闲置散，听说昔日政敌、文坛才子苏东坡来见，高兴地骑着毛驴就奔向渡口亲自迎接。见面一看，苏东坡只穿着常服，没有戴官帽。苏东坡行礼说："我身着野服就来见丞相了，丞相不会斥我不敬吧？"王安石大笑说："礼仪岂是为我辈所设？"

两人把酒谈诗，游览山水，论佛说道，相谈十分投机。王安石甚至劝苏东坡在金陵买房子，想和他做邻居，长久相处。如今苏东坡选择阳羡定居，也是想着以后可以经常前往拜访。

王安石曾有一首绝句《北山》流传：

北山输绿涨横陂，直堑回塘滟滟时。
细数落花因坐久，缓寻芳草得归迟。

此诗流传极广，苏东坡深爱之，便以今日之事步韵和诗，纪念两人的见面：

骑驴渺渺入荒陂，想见先生未病时。
劝我试求三亩宅，从公已觉十年迟。

苏东坡在政治上是归入保守党的，和王安石的新党属于对立派，但是两人以文会友，以德相重，交情倒似乎比他和司马光更亲近。

然而就在苏东坡为阳羡新居描绘蓝图的时候，朝廷又发生了变故。

1085年，宋神宗驾崩，宋哲宗继位，高太后临朝听政，起用保守党司马光为相，发起“元祐更化”。因反对新法而被贬的苏东坡也被召还朝，不久升任龙图阁学士，知礼部贡举，似乎是时来运转了。大家甚至都议论，他可能接司马光的班，成为下一任宰相。

这是苏东坡仕途的蜜月期，深受宣仁太后和小皇帝的赏识，也因此才敢与风生水起的帝师程颐对着干，结果又为自己树下了无数新的政敌。

这时期，有一大批文人围绕在苏东坡身边，其中名气最大的四位：黄庭坚、晁补之、张耒、秦观，被并称为“苏门四学士”，后来又加上陈师道与李廌，称为“苏门六君子”。

但是，就因为太“君子”了，忠直的苏东坡再次犯了政治上的大忌——因为不满于新兴势力对新法的全面废除，屡次上书向朝廷谏议，并对旧党的腐败现象进行抨击，于是被保守势力排挤，连对他极为推重的司马光也认为他养不熟，“始有废公意”。

至此，苏东坡既不容于新党，又得罪了旧党，只得再度自求外调，于两年后二次出任杭州知府。

历史，在这里重演了。他很想在西湖终老，一口气写了五首绝句赞美西湖，其五心意最切：

六月二十七日望湖楼醉书

其五

未成小隐聊中隐，可得长闲胜暂闲。

我本无家更安往，故乡无此好湖山。

白居易曾有《中隐》一诗，自谓：“大隐住朝市，小隐入丘樊。丘樊太冷落，朝市太嚣喧。不如作中隐，隐在留司官。似出复似处，非忙亦非闲。”

苏东坡沉浮官场，渐生厌倦，又处处以偶像白乐天为圭臬，好希望就在西湖边上做个闲官散人，中隐于宦。但是留在哪里做官，又岂是他说了算的？

苏东坡不善饮酒，但因为名望高，人缘好，任杭州通判时常有僚属邀约。每天酒局不断，令他十分苦恼，笑着抱怨说："这就是'酒肉地狱'么！"

他走后，袁谷接班，却再也没什么酒局了，日子冷冷清清，而袁谷偏偏又是个好喝酒的，气得发牢骚说："不是说这里是'酒肉地狱'吗，怎么我一来地狱就空了？"

此后十年中，苏东坡又先后出任颍州、扬州、定州知州，转徙沉浮。他的第二任夫人王闰之，便死于定州任上，时为1093年。

同年，高太后崩，哲宗亲政。新党反扑，开始疯狂清洗元祐党人。从不肯选边站却偏偏得罪了两边的苏轼再一次被株连。

绍圣元年（1094）四月，朝廷下旨：苏轼责知英州（今广东英德）军事州，从三品大员直降至六品小官，连个正当理由都没有。

苏轼什么错都没有就无故被贬，真是冤枉之至。但是皇命大于天，又有什么天理好讲？于是一家人仓皇上路，谁知还在半路上，又接到一道圣旨：责授建昌军司马，惠州安置，不得签公事。

无缘无故成了罪臣，六品官、两学士及相应俸禄一夜之间化为乌有。与此同时，苏辙与"苏门四学士"等苏轼亲信也都一同被贬。

一道大庾岭，将中州疆土分隔为内地文明与岭南炎荒。宋朝不杀士大夫，最严重的刑罚，就是贬往岭南。

而所有这些政令，都出自章惇之手。可是，苏轼到底犯了什么弥天大祸，章惇又为什么一定要置他于死地呢？

没有理由，没有原因，没有罪证。这是远在岳飞之前的“莫须有”！

章惇（1035—1105），字子厚，是变法的中坚力量，也就是说从表面看和苏轼是属于对立阵营的。苏轼得到重用的时候，章惇被打压；而章惇上台的时候，苏轼则倒霉，这好像没什么可疑。

可问题是，两党的斗争多半都是把对立面赶出朝廷政治中心就算胜利，没有必要打倒在地还踏上一只脚。章惇却对苏轼一贬再贬，有什么理由这样咬牙切齿不死不休呢？

查遍典籍也没发现他究竟与苏轼有什么深仇大恨。相反地，倒是《高斋漫录》记录了一段小故事，可知两人原本还是好朋友，曾经一起游南山，攀登仙游潭。

潭下绝壁万仞，横着一根独木桥，极为险峭。章惇推苏轼过桥去对面山壁写下两人的名字，苏轼不敢过。章惇却带着笔墨“平步而过，用索系数，蹑之上下，神色不动”，在壁上龙飞凤舞地题字：“苏轼章惇来游。”

苏轼感叹：“子厚兄他日必能杀人。”章惇问：“为什么这么说？”苏轼答：“能对自己这么狠的人，一定对别人下手更狠。”章惇大笑。

那一刻，两人都绝对不会想到，后来章惇一心要杀的人，竟然就是身边好友。

顺便说一下，唐宋人似乎很喜欢用“子厚”来作为“字”，比如柳宗元，字子厚；张载，字子厚；章惇，还是字子厚。

章子厚比苏子瞻大两岁，性格豪爽，相貌俊美，才学出众，又曾经修炼道家法门，服气辟谷，风骨洒然，能和苏轼惺惺相惜成为朋友，是非常合理的事情。

而且，他也参加了嘉祐二年科举考，并且也通过了省试。可是因为名次在自己侄子后面，引以为耻，竟然拒不受敕。隔了一年又来参加考试，名列第一甲第五名，开封府试第一名，这才高高兴兴地接旨上任。

这份狠心决断，的确不是一般人能够理解的。

章惇因为支持变法而得到王安石赏识，于元丰五年（1082）被召任门下侍郎，为副相之首。一次，神宗因为陕西用兵失利而欲杀转运使，宰相蔡确劝阻："祖宗以来，未尝杀士人，臣等不欲自陛下始。"神宗沉吟良久后改判："可与刺面，发配远恶处。"章惇却又不干了："士可杀，不可辱。那还不如杀了呢。"

神宗不高兴了，左也拦右也拦，你们咋不替我当皇上呢！甩脸子说："快意事更做不得一件！"不想章惇比他脸色黑得更沉，厉声说："如此快意事，不做得也好！"弄得神宗立刻没了脾气，这转运使也就逃了一死。（见载于《退斋笔录》）

但是后来章惇几经沉浮，在回到宰相位子上后，却对元祐党人起了杀心，"将尽杀流人"。这回却是宋哲宗不同意了："朕遵祖宗遗制，未尝杀戮大臣，其释勿治。"

以此种种，可见章惇为人刚硬，很难用是与非简单评价。《宋史》将其归入《奸臣传》，主要是出于后世修史者站在王安石的对立面，凡是变法的中坚力量，悉被打上"奸佞"烙印。

之前苏轼沦陷乌台时，章惇曾冒着得罪宰相王珪的风险为苏轼说话；后来苏轼被贬黄州，写过一首著名的杨花词《水龙吟·次韵章质夫杨花词》，乃为次韵章楶而作。章楶，字质夫，是章惇的堂兄。可见贬谪后苏章两家还时有通信。

再后来，苏轼从黄州移汝州，中途选定阳羡打算买地长居，章惇还寄诗说："他日扁舟约来往，共将诗酒狎樵渔。"

也就是说，直到元祐之前，两人都是朋友。那么问题只可能发生在元祐更化时期了，因为在这期间，苏轼被重新起复，而章惇则被贬岭南。

再后来就是元祐八年（1093）宋哲宗亲政，章惇重新拜相，便开始全面恢复新法，大力清算元祐党人，大小官僚，无一幸免，甚至请求将司马光掘墓鞭尸。幸亏宋哲宗还没昏庸到那个程度，不肯答应。

章惇如此狠辣决绝，想来是在岭南吃了不少苦，如今满怀复仇之志回到朝廷，誓要对旧党痛下杀招，绝不手软。甚至设置元祐诉理局，将一切对旧历言语不敬的人加以酷刑。如此，贬黜苏轼及其门人也在情理之中。但是他曾与苏轼唱和同游，就算不念旧情网开一面，也没必要搞针对一贬再贬吧？

我猜测，或许是因为苏轼得势而章惇被贬时，没有帮他说过话。朋友的背叛，比敌人的陷害更加可恨，因此章惇才如此怨毒了苏东坡，必要让他也尝尝自己尝过的苦。

总之，友谊的小船说翻就翻，苏轼就这样在毫无过错的前提下被贬到了岭南蛮荒之地。

苏东坡人缘好，走到哪里都有很多朋友，又生性洒脱，随遇而安，即便到了惠州，也不会怨天尤人。

被贬到惠州，朋友们纷纷写信来安慰他。他却回信说，自己在惠州住得很好，吃得也很好，且附了一首诗：

罗浮山下四时春，卢橘黄梅次第新。

日啖荔枝三百颗，不辞长作岭南人。

要知道，岭南在唐宋时期，是个龙潭虎穴一般令人闻风色变的死亡地带。

恐怖到什么地步呢？

举个例子：贞观二年（628）时，唐太宗李世民派官员卢祖尚去岭南交州做都督。卢祖尚先是答应了，转念一想又后悔了，三番五次地装病推托，还振振有词地说："岭南瘴疠，皆日饮酒，臣不便酒，去无还理。"这番出尔反尔还强词夺理的做派可把李世民气坏了。你不想去可以，可是不能先接了旨又抗旨不遵啊，这不是要我吗？于是一怒之下就把卢祖尚斩了。

所以贬谪岭南，就跟死刑差不多了。唐宋贬臣有很多人去过岭南，没有一个不抱怨的。宋之问写过："处处山川同瘴疠，自怜能得几人归。"沈佺期写过："昔传瘴江路，今到鬼门关。土地无人老，流移几客还。"韩愈一听说要去岭南，连遗书都写好了："知汝远来应有意，好收吾骨瘴江边。"

千年之中，唯有大词人苏东坡被贬岭南的时候，还能保持他要命的乐观主义精神，写出"日啖荔枝三百颗，不辞长作岭南人"这样的名句来。

所以苏东坡的潇洒无畏，真是让人佩服得五体投地。

苏东坡不是口头说说而已，他是真打算在惠州长住了，还在白鹤峰选址盖房，营造新居。就连儿子苏迈、苏过都带着妻儿来惠州与老父会合了，打算合宅定居。

除了荔枝诗外，苏东坡还写过一首《纵笔》，表现暮年情怀：

白头萧散满霜风，小阁藤床寄病容。
报道先生春睡美，道人轻打五更钟。

诗意闲淡自适，如春风拂面，并无任何问题。可是，这缕风真是吹得远，竟然一直吹到了汴京朝廷。也不知道又刺激了章惇哪根神经，竟然暴跳如雷说：苏轼怎么还没死？

或许，他是想到了自己在岭南的苦楚和那些愁苦恼怒抱怨不休的日子；如今看到苏轼身受同样折磨竟然甘之如饴，相形之下更见得自己的卑微不如，于是无名火起，怒不可遏，遂建议朝廷派人去岭南访察，将流放的人全部杀死。宋哲宗没有允准。

章惇一计不成，又上奏说，苏东坡作诗讽刺朝政，扰乱人心，应当贬往海南。于是贬谪令再发，将花甲之年的苏东坡贬到了荒僻异常的儋州（今海南儋州）。

此时，苏东坡已在惠州居住两年零七个月，而白鹤峰新居刚刚落成两个月。

三

如果说贬谪岭南仅比杀头好一点，那么贬到海南，则堪比满门抄斩了。

而从头到尾，苏东坡并无半点过错。

在从惠州前往儋州的途中，苏东坡得知弟弟苏辙也被贬谪雷州，已经起程，于是忙写信相约。兄弟俩在藤州（今广西藤县）见面，而后相伴同行来到雷州半岛。这也是苏家兄弟的最后一次见面。

“嗟余寡兄弟，四海一子由。”苏轼与苏辙的手足情深，着实令人动容。

能在岭南活下来已是万幸，苏东坡对于海南岛的生活完全不抱希望，已经六十二岁的他，做好了葬身海南的准备，因此拒绝家人陪同，只答应让小儿子苏过和他一起来到海南。

他在给友人的信中写道："某垂老投荒，无复生还之望。春与长子迈诀，已处置后事矣。今到海南，首当做棺，次便做墓。乃留手疏与诸子，死则葬海外，生不契棺，死不扶柩，此亦乃东坡之家风也。"

这等于是遗书了。

章惇贬苏东坡到海南，也是下定决心要置他于死地的，因此在贬谪同时还下了三道禁令：不得食官粮、不得住官舍、不得签公事。

换言之，不给实权就算了，还不让吃不让住，那和直接处死有什么区别?

但是苏东坡人缘太好，名气太大，而且海南天高皇帝远，当地民众也不怎么拿圣旨当回事，因此苏东坡一到儋州，就受到了昌化军使张中的热情款待。

张中冒着罢官的危险，将苏东坡接到驿舍居住，好菜好酒招待。这让苏东坡在危难中感到了一丝温暖。

但是好景不长，湖南提举董必察访广西时，得知张中抗旨，不但罢免了张中官职，还将苏东坡父子逐出驿舍。

为了生存，苏东坡只得变卖酒器家当，只留下一个做工精美的荷叶杯聊作纪念，还可以勉强看出翰林大学士的旧日光景。

"此间食无肉，病无药，居无室，出无友，冬无炭，夏无寒泉。”（《与程秀才书》）海南的日子艰难无比，但是乐观向上的苏东坡硬是熬过来了。

他向黎族人学会了挖牡蛎，吃得眉开眼笑，在乡人的帮助下于城南桄榔林中盖了一间草房，称其为“桄榔庵”。他在苏过的帮助下整理杂记文稿，汇集成《东坡志林》，还完成了对《尚书》的作注。

苏东坡在海南居住了三年，写了一百三十多首诗词，但我最喜欢的是他的一首词：

减字木兰花·立春

春牛春杖，无限春风来海上。便丐春工，染得桃红似肉红。　　春幡春胜，一阵春风吹酒醒。不似天涯，卷起杨花似雪花。

有一颗审美的心，便在天涯，亦不觉遥远。春风送暖，春光无限，春社喜人，春花娇艳。这样清新喜悦的一首词，竟然出自海南贬官之手，苏东坡的乐天精神，真正让人叹为观止！

古人有“鞭牛春祭”的传统。立春这日，官员们手执五色丝缠成的彩杖，对着一头泥塑的牛屁股抽上三鞭，此为“劝农”，有点像今天开张剪彩的意味。天子还有“籍田”之礼，就是装模作样地下田推犁，要连推九下，于是牛就干活了，地就丰收了。

但是海南竟然也有这鞭牛风光，倒是意外。或许，就是苏东坡引进的吧？故意称：“春牛春杖，无限春风来海上。”

我这样猜测，是因为苏东坡对海南风俗的改进实在称得上是功垂千古。他曾苦口婆心地劝说黎族同胞改变单纯靠狩猎来取食的生活习惯，让他们重视农耕，并亲自教导民众开荒种植，发展水稻生产。

儋州民众经常患病，苏东坡一边为百姓开方治病，一边细心观察，终于发现生病是因为饮用咸滩积水之故。于是他带领乡民挖井取水，从此疾病便少了。海南人一时挖井成风，改变了当地饮用塘水的习惯。人们为了纪念他，后来便把那口井命名为“东坡井”。

“东坡处处筑苏堤”，苏东坡之前在杭州、颍州、惠州，都曾疏浚湖水，修筑堤坝。来到海南之后，他仍然号召兴修水利，修桥铺路，在岛上到处留下工程足迹。

真想象不出，一个没有实权又没有多少薪水的贬官，究竟是凭借怎样的精神力量和个人号召来完成这些大型工程的。

可以说，没有苏东坡，就没有海南的今天。

他还在儋州应一位馓子店老板娘邀请，为小食写了首广告诗：

戏咏馓子赠邻妪

纤手搓来玉色匀，碧油煎出嫩黄深。
夜来春睡知轻重，压匾佳人缠臂金。

看来，苏东坡必是常去这家馓子店的，吃得高兴了，才有好诗。

首句说面粉颜色如玉，次句说在锅里煎成嫩黄。这嫩黄色像什么呢？苏东坡是惯以美人喻美景的，对美食也不例外，遂形容成压扁了的美人缠臂金钏。而一句“夜来春睡知轻重”颇有“戏咏”意味。

不过，既然是“邻妪”，想来老板娘年纪不小，也就算不得调戏了。

一个真正洒脱的人，才是一个真正慈悲的人。

苏东坡还在当地办学教书，自编讲义，改变当地人的语言习惯。《琼台纪事录》记载：“宋苏文公之谪儋耳，讲学时道，教化日兴，琼州人文之盛，实自公启之。”

在苏东坡来海南之前，海南没有出过一个真正的读书人。是他培养了海南第一位举人姜唐佐，第一位进士符确。

关于姜唐佐，还有个感人的故事：东坡遇赦还京时，曾经赠给姜唐佐一句诗：

沧海何曾断地脉，白袍端合破天荒。

“破天荒”的典故源自唐朝，说的是荆州地方建唐百余年间没出过一个举子，人们戏称为“天荒”。直到唐宣宗大中四年（850），才终于有一位叫刘蜕的考生金榜题名，打破了荆州无人及第的荒凉状况，遂称“破天荒”。

苏东坡借此典故，称海南并非没有地气人才，叮嘱姜唐佐报考科举，白衣登第，并对他说：“等你金榜题名，我再为你把后两句续上。”

然而，当姜唐佐果然在广州中举，成为海南历史上第一个举人的时候，苏东坡却已然作古。

直到两年后，姜唐佐在汝阳遇见苏辙，说起恩师诗句，苏辙感伤之余，提笔为其补足赠诗：

锦衣今日千人看，始信东坡眼力长。

四

早在前往海南时，苏东坡已经在诗中写下：“他年谁作舆地志，海南万里真吾乡。”认定儋州是他埋骨之地了。

然而他实在太乐观、太强大，竟然再次等到了命运的转折。

元符三年（1100），宋哲宗病故，宋徽宗上台，保守党再次失势，章惇也被贬雷州。朝政更替，元祐老臣获赦，苏东坡也获诏北归。

离开儋州之日，黎人成百上千地拥到海边哭送，担着酒水与干粮为苏家父子饯行。苏东坡老泪纵横，挥笔写下他在海南的最后一首诗《六月二十日渡海》：

参横斗转欲三更，苦雨终风也解晴。
云散月明谁点缀，天容海色本澄清。
空余鲁叟乘桴意，粗识轩辕奏乐声。
九死南荒吾不恨，兹游奇绝冠平生。

黄州、惠州、儋州，苏东坡一生几度被贬，辗转半个中国，却从容不迫，随遇而安，处处天涯处处家，甚至写下“我本儋耳人，寄生西蜀州”的诗句。来到哪里，便把哪里当成自己的家乡，来则生根发芽，去则留树成荫。他走过的每一个地方，都政绩斐然，春风惠民，遗泽后人。

“九死南荒吾不恨”，这样的宽容恬淡，这样的慈心豪情，放眼古今，无人能及。

他曾经写过“拣尽寒枝不肯栖”，曾经问过“人生到处知何似？”而最终，答案却是“此心安处是吾乡”。

苏轼获赦回京，人们都传言此次苏学士必为宰相。章惇的儿子章援听说了，害怕苏轼回京后必会报复，诚惶诚恐地给苏轼写了一封长信，为父亲求情。

论起来，这章援是在苏轼知贡举时候及第的，算是苏轼的门生，然而在苏轼落难时，却没见这学生在父亲面前为老师求情，这会儿倒叙起师生之情来了。

但是苏轼不念旧恶，情意殷殷地回信说：“轼与丞相定交四十年，虽中间出处稍异，交情固无所增损也。闻其高年寄迹海隅，此怀可知，但已往者更说何益……”叮嘱了半天养生之道，后面还附了一张治瘴毒的方子。

林语堂盛赞此信是伟大的人道主义文献，其中的宽容大度和仁爱精神，为古今罕见。

只是不知道，章子厚看了这封信，有何反应？

回京途中，苏轼染病，苏迈、苏过都赶到常州陪侍。苏轼看着子孙担心的面容，笑说：“吾生无恶，死必不堕，慎无哭泣以怛化。”

他自号东坡居士，平生研习佛法，此时早已看透生死，故而对儿孙说：我生平未有恶行，死后必然不堕地狱。“因病得闲殊不恶，安心是药更无方。”苏东坡的豁达是骨子里的，至死犹然。

十日后，即建中靖国元年（1101）七月二十八日，苏轼病卒，享年六十四岁。

临终前，杭州径山寺长老惟琳赶来，在他耳边大喝：“端明宜勿忘‘西方’。”

苏轼答：“西方不无，但个里著力不得。”

常州好友钱世雄接着喊：“今此更须著力。”

苏轼答：“著力即差。”溘然长逝。

东坡“风流”

一

苏东坡是我最爱的词人。不仅是我，应该大多数喜欢词的人都喜欢苏东坡。

相信在宋朝时，苏大学士也是有很多女粉丝争着送“秋天的菠菜”的。

然而，苏大学士命犯桃花，虽然不缺女人，同时也特别克女人。

苏轼的原配夫人姓王，名王弗（1039—1065），乡贡进士之女，和苏轼是眉山同乡。

结婚时，苏轼十九岁，王弗十六岁，她刚嫁过来时非常害羞，少言寡语，做人也很低调，以至于结婚很久，苏轼都不知道她其实是颇通文墨的。

当时苏轼一门心思为了考科举而发愤苦读，王弗总是静静地陪着他，听着他背书的声音自得其乐。但苏轼一直都以为她是听不懂的，只不过觉得自己读书的样子够潇洒而已，于是就读得更加大声。

直到有一天，苏轼背着背着卡住了，怎么也背不下去，却又一时翻不到原书。王弗小声地在旁边背诵下文以提醒。苏轼大吃一惊，怀疑她只是凑巧会背这篇文章，便又故意和她讨论别的书。这才发现王弗博闻强识，诸书皆通，只不过性子安静，明敏不外露而已。

自此，两人的感情更好了，真是情投意合，略无参商。

娶妻不久，苏轼就进京赴考了，留下王弗操持家务，奉养母亲。金榜题名是大好事，可是乐极生悲，苏家父子还没来得及将京城酒宴的邀请帖一一回复，却收到了苏母故世的噩耗。

想到母亲临终时，只有王弗一人在身边照料，苏轼对妻子很愧疚。后来制举得官，被遣往凤翔，便带着王弗同往。王弗终于暂时脱离大家族的繁重家务，过起了夫唱妇随的二人世界。

苏轼对王弗很尊重，视妻如友，什么事都拿来与她商量。有时客人来访，王弗就站在屏风后面打量来人，过后对苏轼说："张三说话模棱两可，一味迎合，这样的人是不可交的。"又或是："李四投机心切，还急于亲近，这样的人过后背弃朋友也必然是快的。"

而后来的事实证明，王弗看人极准，所言必中。

可是，正所谓情深不寿，慧极必夭，王弗二十七岁就香消玉殒了，留下六岁的儿子苏迈，即苏轼长子。

少年夫妻，一朝离丧，苏轼的伤痛可想而知，当时竟未留下任何文字。

直到次年，苏洵过世。苏轼与弟弟苏辙一同扶柩归蜀，回到老家眉山，将父亲和妻子安葬在母亲的坟冢旁边，并为妻子写下了情真意切的《亡妻王氏墓志铭》："君得从先夫人于九泉，余不能。呜呼哀哉！余永无所依怙。君虽没，其有与为妇何伤乎。呜呼哀哉！”

而苏洵的墓志铭，则由欧阳修撰写。可见醉翁先生与“三苏”的师徒情深。

这一年，苏轼三十岁，正当壮年，却接连失去生命中最重要的几位至亲，不禁深有梦幻泡影之感，开始研习佛教。

但他毕竟太年轻了，不可能就此鳏居终老，而且苏迈也太小，需要人照顾。因此，熙宁元年（1068）二月，苏轼续娶了王弗的堂妹王闰之（1048—1093）。

苏洵1066年四月过世，王闰之1068年二月进门，也就是刚刚符合三年守制的最低期限。这是多么迫不及待啊。这让我怀疑，很可能王弗刚死，甚至在王弗临终前，两家人就已经有意让王闰之嫁给苏轼做填房，一则继续苏王两家的姻亲缘分，二则对于年幼的苏迈来说，“以姨代母”是最好的选择。这也是王闰之迟至二十一岁方出嫁的内在原因。

苏轼守着和王弗眉眼相似的王闰之过了多年，在王弗过世的第十个年头，于密州任上忽然梦见了她，并为她写下了著名的《江城子》：

江城子·乙卯正月二十日夜记梦

十年生死两茫茫，不思量，自难忘。千里孤坟，无处话凄凉。纵使相逢应不识，尘满面，鬓如霜。　　夜来幽梦忽还乡，小轩窗，正梳妆。相顾无言，惟有泪千行。料得年年肠断处，明月夜，短松冈。

在梦中，她还是少年夫妻时对镜梳妆的模样，亲切、细腻、温柔、沉默。久别重逢，却清楚地知道这是在梦中，因此万语千言，无从说起，生怕惊扰了她，惊醒了梦。只有四目交投，默默无语。

午夜醒来，想着梦中的情景，想着从前的恩爱，想着她的坟茔在千里之外，凄凉无伴，而今生今世，泉台永隔，怎不伤心？这样的伤心，无休无止，有生之年，什么时候想起什么时候疼。那月下松冈，孤魂寂寞，何以慰藉？

这首词的意境清晰亲切得让人心疼，只有真正爱过、经过、失去过的人才懂得的那种疼。人们总说欢爱如梦，岂不知真正的疼痛，是即使在梦中，也知道已然失去，欢爱不再。

最后一句“明月夜，短松冈”蓦然宕开一笔写景，正与上阕“千里孤坟，无处话凄凉”相应和，将伤痛拉得更加深长辽远，正是：“天长地久有时尽，此恨绵绵无绝期。”

悼亡诗的创始人是“掷果盈车”的晋代美男子潘安，他拥有天下女子的青睐，却只深爱发妻一人。二十四岁结婚，五十岁丧妻。悲痛之余，在那个夫不祭妻的年代，他竟然为妻服丧一年，丧满后方除服为官。且作《悼亡诗》三首，语意通俗，言辞恳切：“荏苒冬春谢，寒暑忽流易。之子归穷泉，重壤永幽隔。……”

从此悼亡诗这个题目就成了丈夫追念亡妻的专属。唐代大诗人元稹、韦应物、白居易，都有相关创作，其中又以元稹最为著名：“曾经沧海难为水，除却巫山不是云。”赚尽天下情人眼泪。

然而悼亡词，却是以苏轼的这首《江城子》首开先河。后来贺铸、陆游也都有同题词，却晚了一步。而到了清代纳兰容若，更是以悼亡词见长，堪谓千古悼亡第一人，但也是更后期的事了。

顺便说一下，对于“十年生死两茫茫”一词的诸多评价中，最确切的莫过于“苏门六君子”之一的陈师道所形容：“有声当彻天，有泪当彻泉。”

陈师道与赵挺之是连襟，而赵挺之，则是李清照的公公；同时，李清照的父亲李格非，是为“苏门后四学士”之一，也就是陈师道的同门。但是赵挺之呢，却是苏轼的政敌。

这关系，是不是有点乱？

二

王闰之小名二十七娘，可见王家是个大家族，这个“二十七”是按照族中女孩的排序来的。在自己家中，她应该是行四，因此字“季璋”。

她自小拜神一样崇拜着堂姐夫苏轼，如今竟然嫁给了自己的偶像，可谓意出望外。她对这段迟来的幸福极为珍惜，过门后勤俭持家，待苏迈视如己出，后来生下了自己的儿子苏迨、苏过，也并未有所偏袒，始终做到“视三如一”。

王闰之陪伴苏轼二十五年，与他一起熬过了“乌台诗案”这段最艰难最黑暗的日子。但她做过的最错的事情，就是在苏轼被捕时，因为惧祸而将苏轼所有诗文一炬尽焚。这是烧掉了多少国宝呀！

苏轼贬谪黄州看管，从知州降为团练副使，从五品降为从八品，月俸减为四千五百文，日子过得捉襟见肘。

闰之把钱分成三十份，穿了丝线吊在梁上，每天早晨用晾衣竿取下一串，数米下锅。如果这天花得节省，能省下一两文钱来，就收在瓮中给苏轼打酒喝。

东坡性情豪迈，到哪儿都不缺朋友，很快在黄州结交了陈季常、张怀民、李仲览等一帮好友，时常临江步月，把臂同游。每当有客无酒，有酒无肴，便找王闰之拿钱。闰之便从床底下掏出一坛酒说："我这斗酒收藏很久了，就是怕你有不时之需。"

拮据的日子过得还时有小惊喜，得妻如此，夫复何憾？

想象一下，若是不贤不智的妇人，这时候八成是每天哭哭啼啼地抱怨：我一个黄花大闺女嫁给你做填房，还以为你是什么百年第一，能做大官，可以跟着你享福的，没想到落得这么个八品官，还是个从的。每月赚这么一点钱，还想喝酒！告诉你那些狐朋狗友，以后离远点儿！

若是东坡好友陈季常落到这般境地，他那位著名的"河东狮"夫人柳月娥，会这么好声好气地对待他吗？

难怪苏轼有足够底气写诗嘲笑季常同学："龙丘居士亦可怜，谈空说有夜不眠。忽闻河东狮子吼，拄杖落手心茫然。"（《寄吴德仁兼简陈季常》）

陈季常，家住黄州龙丘濯锦池，饱参禅学，自称龙丘先生。苏轼贬黄州后与其相识，志同道合，遂成好友。陈季常七次到黄州造访苏轼，每次往返四五百里地。每次来到，王闰之都悉心招待，操办吃住。

陈季常也是好客的，家境富裕，又喜欢蓄纳声妓，经常歌舞宴客。但是他的夫人柳氏非常凶悍，陈季常宴客时，柳氏经常偷听壁脚，醋劲来了就用木棍敲打墙壁，或是隔屏大喝一声：陈季常，滚出来！

柳氏属于唐代五姓之家，河东为其郡望，因此苏东坡在诗中以"河东"代指柳氏。"狮子吼"则是佛教用语，意指"如来正声"，"狮子吼则百兽伏"比喻声之威严。

陈季常喜参禅谈玄，两人常在一起谈空说有，故而苏轼以佛教故事打趣他。

这个故事被宋代洪迈写进了《容斋三笔》，“河东狮吼”的典故从此确立，并多了一个形容怕老婆的专属名词：“季常之癖”。

明清时期，昆曲《狮吼记》的创作使这个故事流传得更广，而现代则有张柏芝和古天乐主演的港剧《河东狮吼》，让柳月娥再度火了一把。

王闰之不如王弗遍读典籍，但是充满生活情趣与智慧。她会和苏轼一起采野菜，赤脚耕田，会变着法子给苏轼解闷，还会给牛治病。

赵德麟《侯鲭录》记载，一天晚上，月色如洗，梅花静放。闰之推窗见月，主动提议苏东坡说：“春月胜如秋月，秋月令人惨凄，春月令人和悦。今夜景色如此之好，你不如约赵德麟他们花下饮酒。”

东坡大喜赞叹：“夫人此言，真诗家语耳！”并且立即约朋相聚。小酌后提笔濡墨，填了一首月下梅花词：

减字木兰花

二月十五夜，与赵德麟小酌聚星堂。

春庭月午，摇荡香醪光欲舞。步转回廊，半落梅花婉娩香。　　轻云薄雾，总是少年行乐处。不似秋光，只与离人照断肠。

王闰之于元祐八年（1093）八月死于定州，年四十六岁。苏轼哀伤至极，写下了凄伤断肠的祭亡妻文：

呜呼！……妇职既修，母仪甚敦。三子如一，爱出于天。从我南行，菽水欣然。汤沐两郡，喜不见颜。我曰归

哉，行返丘园。曾不少须，弃我而先！孰迎我门，孰馈我田。已矣奈何，泪尽目干。旅殡国门，我实少恩。惟有同穴，尚蹈此言。呜呼哀哉！

王闰之死后百日，苏轼请大画家李龙眠画了十张罗汉像，献祭妻子的亡魂。苏轼死后，苏辙将其与王闰之合葬，实现了祭文中“惟有同穴”的愿望。

只是，我替王弗难过，王弗与苏轼结婚十年，是苏轼原配的“正宫娘娘”，死后竟然不得与之同穴，想其在地下亦是不得安息的。

她的孤魂一缕，又该向何处依托呢？

三

王闰之去世后，苏轼再也没有正式结婚，但却纳过不止一个妾，其中最有名的一位叫朝云，也是姓王。看来苏轼和王家女儿有缘。

王朝云（1062—1096），字子霞，常见版本说原为西湖名妓，是苏轼在吟风弄月的交际场中认识的，后来便带回了家，纳为侍妾。

但也有版本说，王朝云是前来投奔的远亲孤女，依附苏轼时只有十二三岁，比苏轼小了二十五岁，不可能是歌伎，更不可能在当时便纳为妾。

不过，从苏轼对朝云的回忆可见，朝云确实是他从杭州带至密州的，也确实雅擅琴歌。

朝云在苏轼身边长大，对苏轼的言行喜好十分了解。她陪伴苏轼二十余载，并于1083年在黄州生下苏轼第四子。苏轼为之取名为“遁”，还作了一首诗自嘲：

洗儿诗

人皆养子望聪明，我被聪明误一生。

唯愿孩儿愚且鲁，无灾无难到公卿。

此时苏轼正处于死里逃生蛰居黄州的低谷期，对于仕途富贵已经无心追逐，只想隐匿行迹安度此生。为儿子取这个名字，清楚地表明了他的遁世理想。他已经不指望孩子们飞黄腾达为龙为凤了，只希望他们平安长大无灾无难就好。

然而事与愿违，孩子刚刚半岁时，苏轼又接到诏命，将他改为汝州团练副使。苏轼不敢怠慢，次月携家启程。七月二十八日舟泊金陵，未满周岁的幼儿因为不堪奔波劳顿，中暑不治，夭亡在朝云的怀抱里。

这也是王朝云生平唯一的孩子，其椎心泣血可想而知，诚如苏轼诗中所说："我泪犹可拭，日远当或忘。母哭不可闻，欲与汝俱亡。"

真真字字血泪，痛断肝肠。尤其幼子之死，全因自己身不由己的宦旅生涯所致，苏轼就更加内疚惭愧。

此后，朝云再也没有过孩子，直到临死前，还对此遗憾不已。

绍圣元年（1094），在新党和旧党中两边不讨好的苏轼再次被贬，而且这次贬的是南蛮之地的广东惠州。

此时他已年近花甲，自觉这次贬往岭南，有去无回，因此将身边侍儿姬妾尽行遣散，令各自离去。唯有王朝云坚持陪伴，追随着苏轼长途跋涉，翻山越岭到了惠州。

对此，东坡深为感叹，曾作《朝云诗》记之，诗前有序："……予家有数妾，四五年相继辞去，独朝云者随予南迁。因读乐天集，戏作此诗……”

> 不似杨枝别乐天，恰如通德伴伶玄。
> 阿奴络秀不同老，天女维摩总解禅。
> 经卷药炉新活计，舞衫歌扇旧因缘。
> 丹成逐我三山去，不作巫阳云雨仙。

我们早已知道东坡居士是乐天居士的铁杆粉丝，不但学人筑苏堤，还效仿偶像自号东坡。可是，贬官逐妾又关着白居易什么事呢，为什么要说“不似杨枝别乐天”？

原来，白居易姬妾众多，其中最出名的两位叫作樊素和小蛮，他曾经为她们打广告说：“樱桃樊素口，杨柳小蛮腰。”

樊素擅歌，最喜唱《杨柳枝》。但白居易在老年中风后，将众歌姬侍妾遣散，连樊素也一同发嫁，并写下“春随樊子一时归”的诗句，极为惆怅。

朝云和樊素一样是歌伎出身，但是人生选择却不同，坚决不肯离开贬谪惠州九死之地的苏轼，而坚持要学晋人刘伶元的小妾范通德那般，誓要陪伴夫君双修共老。

苏轼处处以白乐天为榜样，从前曾有诗云：“我甚似乐天，但无素与蛮。”如今却觉得反超一局，不但有朝云红袖添香，其仗义相随，更胜蛮素。

颔联中的络秀和阿奴仍是取用晋人典故，他们是母子，阿奴性情冲淡，侍母至孝。但是朝云生下的孩子却夭折了，故说母子不得同老。这是替朝云倾诉一生最大恨事。

但唯一可以安慰的是，朝云心向佛教，如天女维摩，初通佛义，自有慧根。

颈联则实写朝云今昔。从前舞袖歌衫，如今经卷药炉，实在辛苦了她。惠州的生活很苦，所谓“门薪馈无米，厨灶炊无烟”。然而王朝云一双弹琴拨弦的小手如今操持家务，任劳任怨。苏轼能在惠州艰苦的环境下挺过来，与王朝云的照顾体贴是分不开的。

最后自宽自慰说，我俩结伴参禅，他日丹有所成，合当一同飞仙，不复为红尘情爱羁绊，而共行于蓬莱、方丈、瀛洲去也。

不过苏轼的命实在太硬，朝云比苏轼小了二十五岁，却仍然走在了苏轼前头。

惠州毕竟是瘴疫之地。绍圣三年（1096）七月，朝云染上瘟疫，不幸身亡，年仅三十四岁，共陪伴苏轼二十三年。

朝云一生向佛，颇有悟性，曾跟随泗上比丘尼义冲学习《金刚经》，后来在惠州又拜当地名僧为俗家弟子。临终前，她因为不愿苏轼为自己伤心，含泪握着他的手，反反复复念着《金刚经》的“六如偈”来开解他：“一切有为法，如梦幻泡影，如露亦如电，应作如是观。”

朝云不是正妻，所以也没资格归葬眉州祖坟。不过苏轼因为对她的深爱，还是非常用心地为她选择埋骨之地，就在惠州西湖孤山南麓栖禅寺大圣塔下的松林之中。虽然此西湖非彼西湖，可是也足以聊解朝云的思乡之情了。

后有栖禅寺僧人在墓上覆筑六如亭以纪念，亭柱上镌有苏轼亲手撰写的一副楹联:

不合时宜，惟有朝云能识我；
独弹古调，每逢暮雨倍思卿。

上联说的是有一次东坡同家人玩笑，拍着肚皮问：猜猜我这里面是什么？

有那喜欢开玩笑的便打趣说：五谷杂粮，心肝脾肺。

有知书者则引用卢仝七碗茶的典故说：三碗搜枯肠，唯有文字五千卷。

朝云却淡淡说：有什么？一肚子不合时宜罢了。

东坡哈哈大笑，说：知我者，朝云也。

这“不合时宜”便说的是朝云对苏轼的戏谑，也是苏轼对自己一生的概括；而“独弹古调”，是因为朝云善歌，最能与苏轼弦歌相和。

琴是上古之乐，在唐朝“燕乐”兴起之后，渐少人弹，故称“古调”。刘长卿有诗：“古调虽自爱，今人多不弹。”

苏轼大概是会弹琴的，可是每每弹起，就不由想到朝云歌舞的样子，怎能不伤心落泪？因此“每逢暮雨倍思卿”。

宋朝旧制，官员不可娶平民为妻，自然更不能扶姬妾为正。

男人死了正妻，即使姬妾满堂，亦算鳏夫，可另寻良家女子为配。但是苏轼后半生再未续弦，一直与王朝云相伴，虽然没有给过王朝云“妻”的名分，却是完全以妻礼视之。朝云死后，尚为之亲撰墓志铭。铭文也像四句禅偈：

浮屠是瞻，伽蓝是依。
如汝宿心，唯佛是归。

之后，苏轼因梦见异象，又于三天后为朝云再设道场祭奠，并写下《惠州荐朝云疏》，深情无限，细述前缘：“轼以罪责，迁于炎荒。有侍妾朝云，一生辛勤，万里随从。遭时之疫，遘病而亡。……伏愿山中一草一木，皆被佛光；今夜少香少花，遍周世界。湖山安吉，坟墓永坚。……”

朝云一生向佛，死后得苏轼如此相待，也算得其所哉。

在之后的多年里，苏轼追忆朝云，写下多篇诗词文章来悼念这位红颜知己。苏轼一生妻妾中，为王朝云写的词是最多的，其中最著名的一首《西江月》，以梅花比喻朝云，虽不如《江城子》著名，却也传唱千古：

西江月・梅花

玉骨那愁瘴雾，冰姿自有仙风。海仙时遣探芳丛。倒挂绿毛么凤。　　素面翻嫌粉涴，洗妆不褪唇红。高情已逐晓云空。不与梨花同梦。

四

苏轼在惠州失去了朝云，却结识了一位温姓邻家之女。

宋人笔记《野客丛书》中说，惠州温都监之女，貌美心慧，年方十六，一直不肯嫁人。听说苏东坡来了惠州，高兴地说："这才是我的理想夫婿嘛。"于是每晚来到东坡门外，偷偷听他读诗，却不敢敲门。

每每苏东坡有所察觉，刚想推窗问候，女子就翻墙逃走了——竟是位飞檐走壁的女侠。

后来苏东坡离开了惠州，女子心事成空，竟然一病而卒，葬于河滩之侧。东坡回到惠州后得知，遂填词以纪。

故事还有其他版本。比如宋人袁文的《瓮牖闲评》中则把这故事的发生地改在黄州，主角换成了邻女。然而既同为野史，便难辨真伪。

卜算子·黄州定慧院寓居作

缺月挂疏桐，漏断人初静。谁见幽人独往来，缥缈孤鸿影。　　惊起却回头，有恨无人省。拣尽寒枝不肯栖，寂寞沙洲冷。

缥缈孤鸿，寒枝掠影，这故事听上去，不像是写邻家女儿，倒像聊斋狐仙，风流凄美令人唏嘘。

倒是东坡笔记中有几段关于他审理风月案的段子，颇值一笑。

有一次，一位杭州花魁想要脱籍从良，然而苏轼不允，且在请示上批示："慕周南之化，此意虽可嘉；空冀北之群，所请宜不允。"

意思是说，你想嫁人，这个想法没错；但是你走了，谁来挑起花魁大旗，艳压群芳？所以我不能答应。

不批就不批，还说得那么风雅，好像多有道理似的。

"慕周南之化"，指的是《诗经·周南·关雎》："关关雎鸠，在河之洲。窈窕淑女，君子好逑。"

"空冀北之群"，典出韩愈《送温处士赴河阳军序》："伯乐一过冀北之野，而马群遂空。……伯乐知马，遇其良，辄取之，群无留良焉。苟无良，虽谓无马，不为虚语矣。"意思就是，伯乐往冀北选千里马，所到之处，良骏皆无。但是没了头马，马群无首，便等于是没有马了。

杭州青楼失了花魁，便等于春色尽空，苏轼今后招待友人的酒宴上，也会少了很多节目，岂肯舍得？于是苏轼痛快地给予了否定。

欧阳修听说后，笑说："敏捷善谑如此。"

可是文人们只把这当成一个段子取笑，可想过耽误的却是那女子的终身？

美色无罪，做了花魁便做不得良人，这算是什么道理呢？

不过，苏轼也有替妓女出头的时候。有个叫了然的和尚，与妓女李秀奴相好，然而缠头金尽，秀奴便对他冷淡起来。这也在常理之中，可是了然为情所困，竟然乘醉杀死了李秀奴。

案子报到苏轼这里，了然对罪状供认不讳，但以情真为辩，且出示臂上所刺文字："但愿生同极乐国，免教今世苦相思。"

浮屠贪色，已是犯戒，况且还要杀人，有何面目说情言爱？苏轼嘲讽地一笑，径自向状上填了一首词作结：

踏莎行

这个秃奴，修行忒煞。云山顶上空持戒。一从迷恋玉楼人，鹑衣百结浑无奈。　　毒手伤人，花容粉碎。空空色色今何在。臂间刺道苦相思，这回还了相思债。

词后书："判讫，押赴市曹处斩。"

这些都是在野史笔记上记录的故事，还有一则，是我从琴书上看到的：苏轼喜闻琴，有一次邀请了一位琴弹得很好的青楼知己远游。

不料此女同样扛不住苏轼的"克女"煞气，竟然病死途中。于是苏轼就近请庙里的和尚为她做了场法事，连同她随身的琴一起葬在古寺的墙根下。

数年后，苏轼重游此地，夜宿寺中，迷迷糊糊间听到女子嘤嘤的哭声，反反复复地唱着一支歌，只听得清前几句是"音音音，尔负心……"

第二天，苏轼命人刨开女子埋葬处，人与琴都不见了，却留下一阕词：

> 音音音，尔负心。尔负心，真负心。辜负我，到如今。记得当年低低唱，浅浅斟，一曲值千金。　　如今抛我古墙阴，秋风荒草白云深，断桥流水无故人。凄凄切切，冷冷清清。凄凄切切，冷冷清清。

这女子自称“一曲值千金”，可见其受欢迎的程度。让人不禁想起白居易《琵琶行》里的诗句：“武陵年少争缠头，一曲红绡不知数。钿头云篦击节碎，血色罗裙翻酒污。”

可是这样的一位花魁，无论活着的时候多么千娇百媚，风光华贵，毕竟只是身份卑微的烟花浮影，说死就死了，说埋就埋了。想来既然被卖进青楼，早已是六亲断绝了，妓院里固然无人在意她的生死，老家大概也没什么亲人了，即使有，也不会为其守灵发丧。因此才会由得苏轼做主，只要报了官证明死因无疑就可以草草掩埋了，连座正经坟头都没有。

她曾与苏轼把臂偕游，浅唱低吟，对酒抚琴，情意缱绻，即便是逢场作戏，也少不了一番你侬我侬。然而风云突变，红颜命薄，竟然客死途中，被草草埋葬在荒山野岭的古墙根下。从此秋风枯草，断桥流水，哪里还有人记得一个流莺断絮的烟花女子？因此女子才会冤魂不散，反反复复地低唱着一支“尔负心，真负心”的曲子。

当然，这故事的真实性值得商榷。整首词虽然婉转凄楚，但多用套语，而且最后一句“凄凄切切，冷冷清清”显然脱自李清照《声声慢》：“寻寻觅觅，冷冷清清，凄凄惨惨戚戚。”可见为后人度曲假托苏轼，冒名伪作的可能性极大。

不过，这首词以女子口吻自述，与曲子配搭得着实契合。一句

“记得当年”接一句“如今抛我”形成强烈对比，而“秋风荒草”和“断桥流水”两句自然流畅，有种荒凉侘寂之美，幽怨清凉，读来令人落泪。

这是我初学弹琴时经常练习的一支曲子，名为《古琴吟》。弹奏之时，仿若看到一个穿白衣的女鬼站在墙根下幽幽怨怨地呜呜咽咽着。开篇泛音的“音音音”，抑或“嘤嘤嘤”，是女子飘来荡去的呻吟声还是哭泣声？弹得人不禁后背发凉。

因此补在这里，且作为东坡风流的一段尾声罢了。

云间公子晏幾道

一

晏幾道（1038—1110），是晏殊的第七个儿子，字叔原，号小山。和父亲合称“二晏”，同样以小令见长，著有词集《小山词》传世。

可惜，他继承了父亲的才气，却没能继承他的志气与运气。

晏殊十四岁中举，长袖善舞，半世为官。四十七岁老年得子，对这个小儿子十分宠爱。而晏幾道却寄情风月，无意仕途，不懂得逢迎交际，更不理会所谓“仕途经济的学问”，除却填词行令，别无所长。

少年轻狂的晏幾道，因为词风颇近柳永，没少受父亲的申斥。他却全然不以为意，只管躲在父亲的羽翼下安享荣华富贵，酒照喝，歌照唱。但在他十七岁那年，六十五岁的晏殊撒手西去，晏幾道的好日子一去不复返了。

后人常拿晏幾道比贾宝玉，生于绮罗丛中，自小娇生惯养，天资聪颖，诗文卓绝。然而好景不长，家道中落，后半生不胜潦倒。偏又天生成骄傲怠慢的性子，遂致半生碌碌，一事无成。

更遗憾的是，他的人生中并没有遇到一位才貌双全的林姑娘，而所识不过是舞袖歌衫的红颜知己而已。

红颜的名字很多都入了词，于是流芳千古：

年年衣袖年年泪，总为今朝意。问谁同是忆花人，赚得小鸿眉黛，也低颦。（《虞美人·小梅枝上东君信》）

双星旧约年年在，笑尽人情改。有期无定是无期，说与小云新恨，也低眉。（《虞美人·秋风不似春风好》）

小颦若解愁春暮，一笑留春春也住。晚红初减谢池花，新翠已遮琼苑路。（《木兰花·小颦若解愁春暮》）

阿茸十五腰肢好，天与怀春风味早。画眉匀脸不知愁，醉酒熏香偏称小。（《木兰花·阿茸十五腰肢好》）

……

小鸿、小颦、小云、阿茸……莺莺燕燕，姹紫嫣红，都是豪门公卿家的歌女。晏幾道虽然家道中落，再也没有资力举办宴会，但是豪门故旧不少，所以经常去朋友家赴宴，饮酒行令。每有新作，就交给歌女们即席演唱，也就结下了不少露水情缘。

柳永曾给他的心娘、佳娘、虫娘、酥娘各填过一首《木兰花》，晏幾道也偏爱此曲。每遇新欢，多以此曲相赠。

诸多名字中，又以小莲出现的次数最多：

梅蕊新妆桂叶眉，小莲风韵出瑶池。云随绿水歌声转，雪绕红绡舞袖垂。（《鹧鸪天·梅蕊新妆桂叶眉》）

小莲未解论心素，狂似钿筝弦底柱。脸边霞散酒初醒，眉上月残人欲去。（《木兰花·小莲未解论心素》）

手捻香笺忆小莲，欲将遗恨倩谁传。归来独卧逍遥夜，梦里相逢酩酊天。（《鹧鸪天·手捻香笺忆小莲》）

记得春楼当日事，写向红窗夜月前，凭谁寄小莲。（《破阵子·柳下笙歌庭院》）

……

不过，晏幾道情词中最著名的一首，却是写给小蘋的：

临江仙

梦后楼台高锁，酒醒帘幕低垂。去年春恨却来时。落花人独立，微雨燕双飞。　　记得小蘋初见，两重心字罗衣。琵琶弦上说相思。当时明月在，曾照彩云归。

这首词上阕写午夜梦醒时的所思所见。帘幕低垂，平添春恨，恍见伊人于风中独立；微雨如丝，落花冉冉，如梦如真，是耶非耶！

接着是回忆，最初见到小蘋的时候，她穿着锦绣的两重心字罗衣，仿佛层层相思扣，锁住人心。更哪堪弦上莺语，嘈嘈切切，如泣如诉。她弹动琵琶低吟浅唱，何等牵肠？此时午夜梦回，明月犹在，何时照那人归来？

“两重心字罗衣”，有人说是熏了两次“心字香”的罗衣，也有说是重叠绣着“心”字的衣裳，或是心形衣领式样。然而参照欧阳修《好女儿令》：“一身绣出，两同心字，浅浅金黄。”可见最大可能是当时的流行绣样，象征心心相印。

具体答案并不重要，重要的是事隔许久，晏幾道还一直记得初次见面时小蘋穿的衣裳，可知是一见钟情。

这首词回旋往复，既朦胧又热烈，最终也让人弄不清他此时到底是和小蘋在一起款谈叙旧，还是所有景象都纯属个人意淫。是梦境，是回忆，是想象，只来自内心。

每一句，都通俗直白；每一句，又都看不明白。

莲、鸿、蘋、云本都是朋友家的歌女，但是随着朋友的过世，这些美丽的花儿也都四散飘零，流落江湖。晏幾道常常会想起她们，甚至梦到她们。

有一天，他竟然在酒宴中与她们中间的一个意外重逢了，不禁悲喜交加，感慨万千。于是，忍不住又一次醉了。只不知，她是莲、鸿、蘋、云中的哪一位：

鹧鸪天

彩袖殷勤捧玉钟，当年拚却醉颜红。舞低杨柳楼心月，歌尽桃花扇底风。　　从别后，忆相逢。几回魂梦与君同。今宵剩把银釭照，犹恐相逢是梦中。

开篇说彩袖玉钟，可知对方身份是一位佐酒侑觞的歌伎。当年因她一曲，令我沉醉，犹记她轻歌曼舞，腰如嫩柳，面若桃花，多少往事情怀？

别离后许久未见，但我从来不曾忘记，还几次梦中相见。如今蓦地重逢，倒不敢相信了，以为又是一个迷离的绮梦。

词中“舞低杨柳楼心月，歌尽桃花扇底风”之联，极尽工整而诗思巧妙，晁补之称赞仅此二句“知此人必不生于三家村中者”。

而另一首《鹧鸪天》，连道学先生程颐也要夸赞：

鹧鸪天

小令尊前见玉箫，银灯一曲太妖娆。歌中醉倒谁能恨，唱罢归来酒未消。　　春悄悄，夜迢迢。碧云天共楚

宫遥。梦魂惯得无拘检，又踏杨花过谢桥。

玉箫，或许也是一个歌女的名字吧？又或许是以物代人，指擅吹箫者。她于银灯之下清吹一曲，让词人醉了，梦了，再一次走进太虚幻境，不辨真假。浮生若梦啊，又何必看得那样分明？

“梦魂惯得无拘检，又踏杨花过谢桥。”鬼魅轻灵，出神入化，程颐不禁笑叹：“这真是鬼才说得出的话。”

二

晏幾道人生的第一道转弯发生在至和二年（1055），晏殊去世，十七岁的他立刻感受到了世态炎凉、人情冷暖。

黄庭坚对此有婉转的记述：“诸公虽称爱之，而又以小谨望之，遂陆沉于下位。”意思是说小山的才情为人所爱，但是性情骄慢，众人静静地看着晏家败落，却只小心观望，不愿与他有过多的交往，于是晏幾道渐被冷落。

晏殊门生无数，为儿子留下许多人脉资源，名臣范仲淹、欧阳修、韩琦等，都出自他的门下。就算不借助父亲故旧，只是晏家至亲，晏幾道也是有着极强大的关系网的。

宰相的儿子大多不是特别成才，像王雱那样优秀的又活不长；但是宰相的女婿却必定个个出色，不然也对不起老丈人的眼光。所以宰相女婿也做了宰相的在两宋并不罕见，比如晏殊的女婿、晏幾道的姐夫富弼便是。

不论是姐夫还是哥哥们，无论谁拉扯小弟一把，都可以轻易帮他谋个官职，但是不知为什么他们却都没有帮忙。或许是因为晏幾道太过疏狂乖僻，桀骜不驯，非但不愿依附权贵，即便对亲戚也是冷言冷面吧。

比如，时为翰林学士的大红人苏轼对晏幾道闻名已久，想通过黄庭坚引见，登门拜访。不料晏幾道白眼一翻说："如今在朝廷当大官的，有一半都是从我家出去的，哪有空见那些闲人。"

连名满天下的苏大学士都不放在眼中，更遑论其他人？父亲为他留下的那些人脉资源，晏幾道不得罪就算好了，巴结利用？他的脑子里还真没有这根筋。

因此黄庭坚形容他有四痴：

> 仕宦连蹇，而不能一傍贵人之门，是一痴也；论文自有体，不肯一作新进士语，此又一痴也；费资千百万，家人寒饥，而面有孺子之色，此又一痴也；人百负之而不恨，己信人，终不疑其欺己，此又一痴也。

这四痴是晏幾道一生的精神写照：

他平生仕途不畅，连连受阻，却不肯拉关系，低声下气依傍权贵，这是第一痴。

文章自成体式，若用来歌功颂德，攀附豪门，亦不难用作晋升之阶，而他宁可把才华挥霍于胭脂巷陌，亦不肯用来投辕谄上，这是第二痴。

千贯家财如流水，坐吃山空，眼看家人饥寒交迫，他却仍然一脸天真，不解世情，这是第三痴。

而家财之所以顷刻散尽，自是因为不识人心，不理俗务，时常为人所骗，可是别人辜负他多次，他却依旧相信别人，此为第四痴。

如此痴儿，能不可怜、可敬、可爱、可悯？

晏幾道人生的第二道拐弯发生在熙宁七年（1074）。

他有一位朋友郑侠，因为反对王安石变法被御史台治罪。抄家时，搜出晏幾道写给他的一首诗：

与郑几夫

小白长红又满枝，筑球场外独支颐。

春风自是人间客，主张繁华得几时？

这首诗画面感极强，就是有个小朋友坐在球场边上，支着下巴寂寞地看人家踢球，自己没机会或者也并不想下场，就只是静静地看着人家进攻防守。无论谁输谁赢，谁又能是常胜将军呢？

政敌如获至宝，立刻把这首诗呈上，以讽刺新政、反对变法为名，将晏幾道逮捕下狱。

好在，宋神宗虽然主张变法应当雷厉风行，却不是个滥杀无辜的皇帝。看了晏幾道的诗，非但没有加罪，还赞他文采好，随口就令人把他放了。

这回有惊无险，死里逃生，却让晏幾道对于仕途官场更加厌恶了。而且为了搭救他，家中人四处打点，终于把事情捅上了天听，却也把原本就坐吃山空的家底更加戳漏了底，从此彻底穷了下来，一度连温饱都成了问题。

北宋张邦基的《墨庄漫录》记载：晏幾道的书很多，每次搬家都很麻烦。妻子不耐烦地讽刺他："你搬书就像乞丐走到哪里都捧着他讨饭的碗，有什么用处？"晏幾道半为安慰半是自嘲地写下了一首《戏作示内》："生计唯兹椀，般擎岂惮劳。……愿君同此器，珍重到霜毛。"大意是说，这些书的确就像是我的碗，怎么能怕麻烦不愿搬动呢？希望你同我一样爱护它们，就像爱护自己的头发。

为什么要搬家呢？大概就是穷到卖楼了，饭都吃不上了，可书还是不能不读，这已经是晏幾道最后的珍宝，爱如发肤。

此儿，果然痴心!

这次入狱也有个好处，就是让宋神宗知道了晏幾道的才名。元丰年间在宫中宴会时，便特别召他侍宴。晏幾道在席上挥笔写下了一首《鹧鸪天》：

鹧鸪天

碧藕花开水殿凉，万年枝外转红阳。升平歌管随天仗，祥瑞封章满御床。　　金掌露，玉炉香。岁华方共圣恩长。皇州又奏圜扉静，十样宫眉捧寿觞。

这是晏幾道生平作品中难得的一首歌谀之作。新词立成，交由皇家乐队演唱，宋神宗龙颜大悦，遂授予他颍昌府（治所在今河南许昌）许田镇监的官职。

年逾不惑的晏幾道终于踏上了官场，倒也是想过要好好作为一番的，甚至还破天荒地想要去走走关系了。

颍昌知府韩维，也是出自父亲晏殊门下。晏幾道上任伊始，便给韩维献上了自己的词作，希望凭借父荫和自己的才情，得到韩维的帮助。没想到，韩维却板着脸回了一篇大道理，批评晏幾道“才有余，而德不足者”，且希望他能“捐有余之才，补不足之德”。完全不念晏家门生的情义，竟是将这位恩师幼子视为子侄一般教训，这哪是心高气傲的晏幾道所能忍受的？平生难得低头，却被当头浇了这样一盆冷水，从此晏幾道更不愿给人好脸色了。

好在，韩维的知府之位并没坐得太久，元祐四年（1089），范仲淹的儿子范纯仁来到颍昌做知府，接替了韩维的职位。

范纯仁名副其实，是至仁至孝的纯臣，既念着当年晏殊对先考范仲淹的知遇之恩，也钦佩晏幾道的文采才情，上任后极力撺掇他将词作结集出版。因此，才有了《小山词》的诞生。

晏幾道为《小山词》写了一篇自序："叔原往者浮沉酒中，病世之歌词，不足以析酲（chéng）解愠，试续南部诸贤绪馀，作五、七字语，期以自娱。"

他依照本心，对自己的创作意图没有任何拔高粉饰，就只简简单单地归结为两个字：自娱。

三

后世多有以大小晏来比南唐中主李璟与后主李煜两父子的，评价颇有争议。有人认为晏幾道的造诣在晏殊之上，因为经历胜之，故而情感亦更为深刻，且高华绮丽，清新凄婉，凄凉中有温暖，情境独异，别成一体："……小山，古之伤心人也，其淡语皆有味，浅语皆有致。"但也有人认为以子比父，如文杏之于牡丹，"实在远较乃父为狭隘而浅薄"。

众说纷纭之中，我以为王灼《碧鸡漫志》评得最恰："叔原词，如金陵王、谢子弟，秀气胜韵，得之天然，将不可学。"

这些虚名，晏幾道是听不到的，也是不在意的，他早已下定决心放旷情怀，醉梦遣平生。

玉楼春

雕鞍好为莺花住。占取东城南陌路。尽教春思乱如云，莫管世情轻似絮。　　古来多被虚名误。宁负虚名身莫负。劝君频入醉乡来，此是无愁无恨处。

晏幾道一生光风霁月，清高狷介不改。大观元年（1107），权倾天下的宰相蔡京于重九日托人送去珠宝布帛，请晏幾道写首词来表扬自己。晏幾道收下财礼，回了一首《鹧鸪天·九日悲秋不到心》。

蔡京看了，词作倒也风雅，可是和自己好像没什么关系。于是隔了数月，又在冬至那日再次请人致意，赠金恳请晏幾道重写一首。晏幾道也不推辞，挥笔再填了一首《鹧鸪天·晓日迎长岁岁同》，仍然没有一句言及蔡京，还笑嘻嘻地自称："从今屈指春期近，莫使金尊对月空。"

蔡京无奈，恨恨地丢下"不识抬举"四字，只得作罢。

此时的晏幾道已经年近古稀，孔子所谓"随心所欲，不逾矩"的年纪。平生洒脱骄傲惯了，又怎会临老折节，向一个权臣拍马奉承呢？

大观四年（1110），晏幾道与世长辞。他一生在官场上也没有什么大的成就，就只做到通判这类的小官。但是他的词作，清壮顿挫，融柳永的旖旎婉转与晏殊的典雅清丽于一体，达到了宋初词作的最高峰，流芳千古。而他最擅长的，便是写相思。陈廷焯《白雨斋词话》评论："……晏叔原皆非词中正声，而其词则无人不爱，以其情胜也。情不深而为词，虽雅不韵，何足感人？"

且再看几首叔原情词：

鹧鸪天

醉拍春衫惜旧香。天将离恨恼疏狂。年年陌上生秋草，日日楼中到夕阳。　　云渺渺，水茫茫。征人归路许多长。相思本是无凭语，莫向花笺费泪行。

生查子

关山魂梦长，鱼雁音尘少。两鬓可怜青，只为相思老。　　归梦碧纱窗，说与人人道。真个别离难，不似相逢好。

醉落魄

鸾孤月缺。两春惆怅音尘绝。如今若负当时节。信道欢缘，狂向衣襟结。　　若问相思何处歇。相逢便是相思彻。尽饶别后留心别。也待相逢，细把相思说。

菩萨蛮

相逢欲话相思苦，浅情肯信相思否。还恐漫相思，浅情人不知。　　忆曾携手处，月满窗前路。长到月来时，不眠犹待伊。

长相思

长相思，长相思。若问相思甚了期，除非相见时。
长相思，长相思。欲把相思说似谁，浅情人不知。

一首《菩萨蛮》，又一首《长相思》，反反复复感慨着“浅情人不知”。也许，对于云间公子晏幾道来说，我们都不过是“浅情人”罢了。

黄庭坚：江湖夜雨十年灯

一

数年前，文坛曾经闹过一场关于“梦里吟诗”的公案。缘由是把《红楼梦》讲成清宫秘史的红学专家刘某，自称在梦里得了一句好诗：江湖夜雨十年灯。

有人指出：这明明是大诗人黄庭坚的名句，怎么就成了你的梦呓之作了？

刘某辩解：我从没读过这句诗，这确实是我梦见的。

倘若他只是这样说倒也没什么，因为根据梦境解析来说，确实有可能是他在无意中读到这句诗后忘记了，隔数年又在梦中想起来，便当成了自己的。

但是千不该万不该，刘某自己揪着这件事不放，仗着自己是名人有话语权，隔些时日又出来放言：我查过《全唐诗》，确实没有这一句。

稍有读诗常识的人士忍无可忍：拜托，黄庭坚是宋朝诗人好不好？！

刘某躲不过去了，又说：“不避梦窃之嫌，仍抒自己感怀。”

给自己定了个“梦窃”之过，虽过而雅，你能拿他怎么办?

按理这样也就可以收尾了。无奈刘某实在话多，接着又声明：“黄氏的诗以‘桃李春风一杯酒’与‘江湖夜雨十年灯’配对，我却愿将‘江湖夜雨十年灯’一句作为上联，那下联于我该是怎样呢？看来只能再等巧梦了。”然后自觉幽默地哈哈一笑。

可是，格律诗基本常识，上联最后一个字为仄，下联最后一个字为平。“江湖夜雨十年灯”的末字“灯”为平声，根本不可以作为上联，若求下联，真要难为刘某的食梦貘了。

说实话，这段公案让人有点不可思议。因为“江湖夜雨十年灯”这句诗其实挺著名挺常见的，有一部武侠小说就用了这句诗作书名，后来还改编成了电视剧，诸葛青云写第一集，古龙写第二集，倪匡从第三集续写到第十集，后二十集则由司马紫烟续完，在江湖上传为佳话。

当然，名诗佳句极多，刘某记不住这句也正常，但是不知道黄庭坚就有点不可原谅了。因为刘某口中的“黄氏”不但是著名诗人，甚至是宋朝第一诗人，“江西诗派”的创始人，与苏轼并称“苏黄”，在诗歌与书法两大圣坛中都拥有不可取代的地位。

这样的一位重要人物，村夫愚妇或是小学生不知道也就罢了，但作为一个以舞文弄墨为生还动辄写几句不合格律的七字句炫耀于人的作家，竟然既不知其名姓亦不知朝代，就有点匪夷所思了。只能说，现代的文坛真是宽容，认得几个字就可以当作家甚至成为专家，若是像古人那样读万卷书行万里路才能著文立身，哪还有这样的笑话出现?

不过，讲完这段公案，本书读者就再也不会忘记宋代诗人黄庭坚了吧?

现在，请看一下黄庭坚这句诗的原貌：

寄黄几复

我居北海君南海，寄雁传书谢不能。

桃李春风一杯酒，江湖夜雨十年灯。

持家但有四立壁，治病不蕲三折肱。

想得读书头已白，隔溪猿哭瘴溪藤。

黄庭坚（1045—1105），字鲁直，号山谷道人，晚号涪翁，洪州分宁（今江西修水）人。

而黄几复，名介，江西南昌人，是黄庭坚的“发小铁瓷”，黄几复的墓志铭也是由黄庭坚所撰，可见交情之深。

这首诗作于宋神宗元丰八年（1085），此时黄庭坚正在山东德州监理，而黄几复知广东四会，两人分处天南海北，黄庭坚想念友人，遂寄此诗。

山东德州与广东四会，虽然都是海滨城镇，却隔着千山万水，正如《左传》有语：“君处北海，寡人处南海，惟是风马牛不相及也。”故而黄庭坚在首句即云：“我居北海君南海，寄雁传书谢不能。”因为大雁飞到衡阳回雁峰就不走了嘛，所以连寄雁传书都做不到。

这句构思极其巧妙，接连化用两个典故，形象地写出两人相距之远。

接着便是颔联的警句，似乎取意于白居易《长恨歌》里的“春风桃李花开日，秋雨梧桐叶落时”。以桃李春风与江湖夜雨作今昔之比，回忆从前在春风里一起赏花饮酒，如今江湖落魄，一别十年，独对秋雨孤灯，夜夜思念。

颈联又是连用两个典故：《史记·司马相如列传》说“文君夜

奔相如，相如驰归成都，家徒四壁立”，从此留下“家徒四壁”这个成语。《左传》有“三折肱，知为良医”的说法，也就是民间常说的“久病成良医”。

黄庭坚感叹好友生计艰难，强撑病体，祈求他身体康健，有病早愈，可别玩什么三折肱的久病缠绵。蕲（qí），即祈求之意。

尾联点明好友所在地乃是岭南荒僻之地。想你清贫自守发愤读书，如今头发都已经白了吧。猿啼藤深，瘴疠风烟，你可要好好保重啊。

这首诗句句用典，书读少了几乎看不懂，而这也正是江西诗派的最大特点。

宋初诗坛流行的诗风乃是“晚唐体”和“西昆体”，前者模仿贾岛、孟郊的苦吟之风，后者宗法李商隐的辞藻铺排，用典雅艳。黄庭坚对这两种诗风进行校正，渐渐形成了自己独成一派的风格。其最大特色，用四个字提纲挈领，即为“点铁成金”。

这“点铁成金”的说法是黄庭坚提出来的，即善化古人句意，略作增添以成佳句。黄庭坚以杜甫为榜样，偏重形式与技巧，曾说：“老杜作诗，退之作文，无一字无来处，盖后人读书少，故谓韩、杜自作此语耳。故之能为文章者，真能陶冶万物，虽取古人之陈言入于翰墨，如灵丹一粒，点铁成金也。”

比如此诗活用《左传》《史记》的文字入诗，而“寄雁传书谢不能”之句，引用常见典故而能独出机杼，确有“点铁成金”之妙。

但是对黄庭坚这种做法，也有人提出反对意见的，比如王若虚在《滹南诗话》中就批评说：“鲁直论诗，有‘夺胎换骨’‘点铁成金’之喻，世以为名言。以予观之，特剽窃之黠者耳。”

另外，黄庭坚主张“宁律不谐而不使句弱”，诗中多有拗句。本诗颈联中“四立壁”为三仄尾，又接了一个“三折肱”的三平尾，这也是学习杜甫七律中的常见拗句，如杜律“落花游丝白日静，鸣鸠乳燕青春深”即是如此。

无论对江西诗派的“点铁成金”法器是褒是贬，都不得不承认，黄庭坚一代宗师的地位是不可动摇的。如刘某这般读书不求甚解的做派，若想如香菱苦吟一般，在梦中写出这样的佳句来，只怕再熬个几十年江湖夜雨，也未必学得来黄庭坚的一杯春风吧。

二

开创一代诗风的黄庭坚，打小就是个天才。早在他七岁时，便曾作过一首《牧童诗》，把周围人惊了个跟头：

骑牛远远过前村，短笛横吹隔陇闻。
多少长安名利客，机关用尽不如君。

虽然说千古长河中，六七岁便能赋诗的神童罕见也颇有那么几个，比如骆宾王的“鹅，鹅，鹅，曲项向天歌”，寇准的“只有天在上，更无山与齐”，但是写成黄庭坚这样的，还是太“吓人”了。

一个七岁的孩童，怎么会想到拿牧童去比长安追名逐利之人，且清醒地指出蝇营狗苟不若自然无为呢？若说这孩子不是从唐朝穿越过来的高僧，打死我都不信。

唐太宗大兴科举之道，曾站在端门城楼子上，看着新科进士鱼贯而出，得意地说：“天下英雄尽入吾彀中矣！”意思是说有了科举制度，全天下的精英才子尽为朝廷所用，从此“野无遗贤”了。因此唐朝赵嘏有诗句：“太宗皇帝真长策，赚得英雄尽白头。”

黄庭坚此处“长安名利客”，说的便是这些十年寒窗一朝赶考的举子。看来用典之癖，早在他七岁时已经根苗深种了。

考虑到他五岁时已经熟诵五经，读《春秋》“十日成诵，无一字或遗”，那么七岁时能写出这样的诗也就可以理解了。

到了八岁的时候，黄庭坚的才情就更“吓人”了。

是年同乡有人要进京赶考，邻里俱来相送，吟诗祝福，黄庭坚也口占一绝：

送　别

万里云程着祖鞭，送君归去玉阶前。

若问旧时黄庭坚，谪在人间今八年。

这首诗的格律不大讲究，第三句既失粘又失对，而且尾字为平，错得离谱，我总怀疑是后人改过的，原本应作“若问旧时黄鲁直”才对。因为“直”是入声字，而且古人很少提着自己的大名说事儿，这种地方称呼自己的字更为合适。

八岁的黄庭坚在诗中自诩星宿下凡，和李白一样是“谪仙人”，口气大得能冲倒牛。这也还罢了，惊悚的是他化用典故的巧妙自然：《晋书·刘琨传》记载，刘琨“枕戈待旦，志枭逆虏，常恐祖生先吾着鞭”。意思是担心祖逖比他更早建功立业。从此，“先吾着鞭”之典就用来比喻他人抢先自己一步的意思。

但是黄鲁直小同学却很淡定地说，你们就先吾着鞭，快去京城赴考吧，不日就会金殿面试，金榜题名了。这句本是善祝善祷，但是小黄接着话锋一转，说等你们上了殿，如果皇上问起文曲星怎么没来，就说我刚降落人间，今年才只八岁，离赴考还早着呢。

牛不牛气？吓不吓人？

神童黄庭坚于二十二岁考中进士，得授汝州叶县（今河南叶县）县尉之职。

我到河南旅游，曾经特别前往叶县县衙一游。一进门，便看到大堂对面立着一座宋太祖御制《戒石铭》石碑，碑阳书“公生明”三字，碑阴写着“尔俸尔禄，民膏民脂；下民易虐，上天难欺”，落款便是黄庭坚。

这段话的意思是警诫地方官：你们的俸禄都来自百姓，可要爱护地方，不可贪婪枉法啊；虐待下民，必受天谴。

河南叶县，春秋时楚国大夫沈诸梁采邑于此，故而被称为叶公。

孔子周游列国时，自蔡入楚。叶公久闻孔子之名，置宴相迎，问政于孔子。《论语》《史记·孔子世家》《孔子家语》中都有记载。

叶公问政。子曰：“近者说，远者来。”

这是说叶公向孔子请教施政之道。孔子说：“好的政策应该使近处的人欢悦，远方的人来附。”

接着叶公和孔子讨论“法治”，叶公说：“我们这里有个很正直诚实的人。他父亲偷了人家的羊，他出来举报证明。”

但是孔子说：“我认为的正直之道却与此有别，应当‘父为子隐，子为父隐，直在其中矣’。”

也就是说，叶公赞承的美德是大义灭亲，而孔子更重视父子天伦，认为父亲犯错，儿子应予包庇，反之亦然，这才是正道。

两个人谁也劝服不了谁。后来，叶公私下问子路：你觉得你老师是一个怎样的人？子路不知该如何回答才合适，索性沉默。

孔子知道了，对子路说：“这有什么好为难的？你便说，‘其为人也，学道不倦，诲人不厌，发愤忘食，乐以忘忧，不知老之将至’，这样回答就是了。”

看起来，叶公的观点属于法家，而孔子属于儒家，两人各执己见，不能相合，于是孔子便走了。而“叶公好龙”的故事，相传便是由于孔子的门生对叶公不满，杜撰出来损毁叶公形象的。

黄庭坚在叶县做个小小县尉，大约是很不遂心的，写在叶县期间的几首诗都充满了悒悒不乐之意。比如下面这首写给同年裴纶的七言律诗：

次韵裴仲谋同年

交盖春风汝水边，客床相对卧僧毡。
舞阳去叶才百里，贱子与公皆少年。
白发齐生如有种，青山好去坐无钱。
烟沙篁竹江南岸，输与鸬鹚取次眠。

裴纶是舞阳县尉，和黄庭坚同科登榜，又同样分配了县尉之职，两地相距不过百里，可谓同病相怜。

黄庭坚对老同学发牢骚说，如今你我倒还都是同学少年，可再这样蹉跎下去，很快就要长出白发了。与其在衙门中庸庸碌碌地消磨时间，还不如去山中隐居呢，只是没钱怎么生活？少不得还要在这方寸之地耗上几年。唉，真羡慕那江南水岸绿竹丛中安眠的鸬鹚啊，它们多自在，睡觉睡到自然醒。哪像我们这般瞻前顾后，不得安生？

因为讨厌上班打卡，黄庭坚每次出差后要回叶县，就充满了有如现代小白领在国庆七天乐收假时的郁闷。在给陈季常的信《将归叶先寄明复季常》中，毫不掩饰地抱怨："岂不欲少留，王事苦敦薄。平生白眼人，今日折腰诺。可怜五斗米，夺我一溪乐。公等何逍遥，睥睨寄讲学。……"

为了早日结束衙役生涯，过上他理想中"公等何逍遥，睥睨寄讲学"的生活，黄庭坚发愤苦读，报名参加了四京学官考试，拔得头筹，得任国子监教授，终于跻身"冠盖满京华"，无须

“斯人独憔悴”了。

三

黄庭坚做了京官，交际多，人面广，名气也渐渐大起来。苏轼看到他的诗文，惊为天人，“以为超轶绝尘 ，独立万物之表”，是当世罕见的好文字，遂主动投书攀交。

黄庭坚比苏轼小八岁，虽然骄傲自负，却绝不轻狂。他对于苏轼的名望与文采都是很佩服的，今得偶像垂青，自是欣喜异常，极为投契。后成为“苏门四学士”的代表人物之一。

苏轼曾举荐黄庭坚接任自己的侍从官之职，推荐词中有“瑰伟之文，妙绝当世；孝友之行，追配古人”之句，可见其推举之重。

文章瑰妙自不必说，“孝友之行”则指的是黄庭坚事亲至孝。母亲病了一年，他日夜侍汤奉药，衣不解带；母亲死后，又筑室于墓旁守孝，哀伤成疾，几乎丧命。

哲宗亲政，章惇当权，苏轼被一贬再贬，其亲信也悉被株连，黄庭坚自然亦不能免。

章惇、蔡卞等给他罗织的罪名是说他主持编修的《神宗实录》多诬陷不实之词，并摘录了千余条内容，认为没有验证。但是召集前修史官分别盘问考察之下，却都有事实根据，所剩下的只有三十二件事。

他们也不想想，江西诗派鼻祖黄庭坚连写诗都要句句用典，务求出处，记史又怎么会无的放矢，虚空捏造?

然而正所谓欲加之罪，何患无辞?尽管黄庭坚对于章、蔡二人的所有质疑都有问有答，不卑不亢，却还是被贬涪州（今属重庆）

别驾、黔州（在今重庆彭水一带）安置。黄庭坚不以为意，淡然处之，其从容姿态，一如他的老师苏东坡。

他的命运也和老师像极了，少年丧父，两度丧妻，仕途不顺，又卷入党争。然而任凭风雨飘摇，却坚守高尚情操与达观态度，参禅清心，寄诗明志：“皎皎不受尘泥涴。”“但使本根在，弃捐果何伤。”

在黔州的生活，可用他的一首《定风波》来形容：

定风波·次高左藏使君韵

万里黔中一漏天，屋居终日似乘船。及至重阳天也霁，催醉，鬼门关外蜀江前。　　莫笑老翁犹气岸，君看，几人黄菊上华颠？戏马台南追两谢，驰射，风流犹拍古人肩。

所谓黔州安置，就是戴罪服刑，日子当然不好过。黔中阴雨连绵，就跟天漏了一样，没完没了地淌水。自己终日被困家中，犹如待在一艘破船上。

但是雨再大也总会停。及至雨霁，正逢重阳，便来到蜀江边畅饮一回吧。

别笑我年纪老迈兴致倒好，古人素有重阳簪菊之风，只是如我一般有胆量老翁插花的却没有几个，然而我辈又岂能以俗礼相拘？

戏马台，又作掠马台，相传为项羽所筑。东晋安帝义熙十二年（416）重阳，刘裕北征，会僚属于此赋诗为乐，谢瞻和谢灵运各赋《九日从宋公戏马台集送孔令》一首。两谢，即谢瞻和谢灵运。

黄庭坚是惯用典故的，如今重阳佳节，饮酒赏菊，骑马射箭，气韵风流，自然要与古时豪杰一较高下了，故曰“戏马台南追两谢，驰射，风流犹拍古人肩”。

“拍肩”一词也是有典故的，乃出自郭璞《游仙诗》：“右拍洪崖肩。”

这首词铸词精练，用典自然，豪迈之气，动人心魄。

重阳簪花，乃是常见风习。

宋朝人生活优雅，讲究插花；“惟重午不可无花供养”，也就是说平时还罢了，若是重阳、端午二节无花供养，那是要被人耻笑没文化的，就跟大年三十不能吃顿饺子一样“罪大恶极”。

黄庭坚在词中写老夫簪花之事颇多，不知道是同一个重阳节写的，还是年年重阳如此作耍：

鹧鸪天·座中有眉山隐客史应之和前韵即席答之

黄菊枝头生晓寒。人生莫放酒杯干。风前横笛斜吹雨，醉里簪花倒著冠。　身健在，且加餐。舞裙歌板尽清欢。黄花白发相牵挽，付与时人冷眼看。

南乡子

诸将说封侯，短笛长歌独倚楼。万事尽随风雨去，休休，戏马台南金络头。　催酒莫迟留，酒味今秋似去秋。花向老人头上笑，羞羞，白发簪花不解愁。

苏黄不愧是好朋友，词风性情都恁地相投。曾经苏轼在密州行猎时有“老夫聊发少年狂”之句，如今黄庭坚驰射之际亦有“莫笑老翁犹气岸”的豪情；苏轼有自画像“心似已灰之木，身如不系之舟”，黄庭坚亦曾自题“似僧有发，似俗无尘，作梦中梦，见身外身”。

两人如此相契，也就难怪连命运也是极为相似了。

徽宗即位后，黄庭坚被重新起用，任太平州知州。但又因旧与赵挺之不和，遭其党羽构陷，上任九天就被罢免。其后又因《荆南承天院记》一文被以幸灾谤国之罪除名，羁管宜州（今广西宜山），最终客死异乡。

宜州居住条件极差，屋漏风雨，市声喧耳。黄庭坚焚香独坐，灵台空明，还自创合香四种，称为“黄太史四香”：意和香、意可香、深静香、小宗香。

宋代文人雅事：挂画、焚香、点茶、听琴、度曲、参禅。黄庭坚无一不精。

他一生沉沦下僚，深感宦海沉浮的凶险，曾有诗云：“人生世上风波险，一日风波十二时。”如此消沉冷静，而终不能避祸，诚为无奈。

《宋史·黄庭坚传》如此记述黄庭坚之死：“庭坚在河北与赵挺之有微隙。挺之执政，转运判官陈举承风旨，上其所作《荆南承天院记》，指为幸灾，复除名，羁管宜州。三年，徙永州，未闻命而卒，年六十一。”

赵挺之，正是李清照的公公、赵明诚的父亲，乃苏轼政敌。

而李清照的父亲李格非，为“苏门后四学士”之一；母亲王氏，是宰相王珪之女，王珪就是拿着苏轼诗“根到九泉无曲处，世间惟有蛰龙知”诬告他有“不臣之心”的那位。李清照生母早逝，抚养她长大的继母，则是抢了欧阳修状元袍的王拱辰的孙女。

历史的关系网，可真是错综复杂啊。

四

黄庭坚在诗史上与苏轼并称“苏黄”，在书法上又与苏轼、米芾、蔡襄并称“宋四家”，被后人简称为“苏黄米蔡”。

他对行书、草书俱有造诣，其书法作品《松风阁诗帖》《李太白忆旧游诗卷》《花气薰人帖》等，均收藏于台北“故宫博物院”，价值连城。

黄庭坚自称“得张长史、僧怀素、高闲墨迹，乃窥笔法之妙”，且寄情天然，寓居开元寺怡思堂之际，“坐见江山，每于此中作草，似得江山之助。然颠长史、狂僧皆倚而通神入妙。余不饮酒，忽五十年，虽欲善其事，而器不利，行笔处，时时蹇蹶，计遂不得复如醉时书也”。

史上留下许多苏轼与黄庭坚互相戏谑的趣事，说苏轼打趣黄庭坚书法劲瘦，“如同树梢挂蛇”；而黄庭坚立刻反唇相讥，说老师字迹褊浅，“颇似石压蛤蟆”。

又有《诗话总龟》称：“元祐文章，世称苏黄。然二公当时争名，互相讥诮。东坡尝云：‘黄鲁直诗文如蝤蛑江珧柱，格韵高绝，盘餐尽废。然不可多食，多食则发风动气。’山谷亦云‘盖有文章妙一世而诗句不逮古人者’，此指东坡而言也。”

苏东坡为人诙谐，黄庭坚亦机敏潇洒，两人亦师亦友，互为谑笑是非常可能的，但说是“争名”，则未免小人之心了。

《邵氏闻见录》有载，苏轼过世后，黄庭坚将恩师画像挂于室中，每早晚正衣焚香，恭敬礼拜。有人说：你与苏轼诗书齐名，并称苏黄，何必如此礼敬？黄庭坚起立正色说：“我本是苏门弟子，怎可与老师并称？”

可见黄庭坚一生对苏轼执弟子之礼，“苏黄”并称，非鲁直本意也。

不过，黄庭坚作为江西诗派的开派宗师和领袖，法度严谨，说理细密，追随者众，对宋诗的影响其实超过了一代文豪苏轼。

他在词作上的造诣虽然远不如他的老师，但也不乏佳作：

清平乐

春归何处？寂寞无行路。若有人知春去处，唤取归来同住。　　春无踪迹谁知？除非问取黄鹂。百啭无人能解，因风飞过蔷薇。

“惜春”向来是词曲中重要内容，而黄庭坚这首小词能从众多的伤春词调中脱颖而出，胜在清新奇巧。《宋词通论》评：“山谷词尤以《清平乐》为最新，通体无一句不俏丽，而结句‘百啭无人能解，因风飞过蔷薇’，不独妙语如环，而意境尤觉清逸，不着色相，为山谷词中最上上之作，即在两宋一切作家中，亦找不着此等隽美的作品。”

开篇提问“春归何处”，乃是宋词常用手法。接着自问自答：“寂寞无行路。”两句问答道尽春去无踪的惆怅伤情。

偏偏词人并不肯就此作罢，还要再追补一句：“若有人知春去处，唤取归来同住。”真真从何处想来！

接着下阕又是一句自问自答：“春无踪迹谁知？除非问取黄鹂。”那么黄鹂真的知道春归何处吗？它又肯回答词人的问题吗？

“百啭无人能解，因风飞过蔷薇。”它竟然不理我，它竟然飞走了。这是多么的恼人啊。

妙就妙在黄鹂并不是完全没有理会自己，它分明回答了的，而且是说了又说，可是自己听不懂啊，那能有什么办法？

对于春天的执念与无奈，没有一首词比此更加奇特的了。

和他的老师一样，黄庭坚在诗词、书法之外的又一成就，在于禅悟。

最后说一则山谷悟道的故事，载于《五灯会元》。黄庭坚师从晦堂禅师，曾向师父询问有无修行捷径。禅师不答反问："你读过《论语》吗？孔子曾说：二三子以我为隐乎？吾无隐乎尔。"意思是说自己所有的法门都已经传授给他了，并无隐瞒。

黄庭坚正要拟对，禅师打断他："不是！不是！"令他迷惑不已，闷闷不乐。

一日，黄庭坚随侍禅师游山，时逢桂花盛开，满径飘香。晦堂禅师问："闻木樨花香么？"

黄庭坚答："闻见了。"

晦堂禅师再次说："吾无隐乎尔。"

黄庭坚豁然开朗，顿悟而拜。

这就是著名的"闻香悟道"的故事。桂花金黄，飘落山谷，黄庭坚闻木樨香而悟道。真不知山谷道人的名号，是否就因为这样而来的。

陈师道和陈与义：江西诗派的一祖三宗

一

江西诗派素有“一祖三宗”之说，祖法杜甫，而以黄庭坚、陈师道、陈与义为宗。

陈师道（1053—1102），字履常，一字无己，号后山居士，有《后山词》传世。他的名句是：“书当快意读易尽，客有可人期不来。”作诗苛求“无一字无来历”。但他的学问不如黄庭坚，便常常“拆东补西裳作带”，显得吃力。

其代表作《春怀示邻里》，颇有老杜之风：

断墙着雨蜗成字，老屋无僧燕作家。
剩欲出门追语笑，却嫌归鬓著尘沙。
风翻蛛网开三面，雷动蜂窠趁两衙。
屡失南邻春事约，只今容有未开花。

相传陈师道作诗有个习惯：每每灵感来临，便要奔至榻上，以被蒙头，一丝声音也不得闻，谓之“吟榻”。

这有点像唐朝诗人王勃，每每写文章时有个习惯，要拉起被子蒙住头假睡，酝酿成熟才一跃而起，一挥而就，一字不改，一鸣惊人，谓之“打腹稿”。

每当陈师道“吟榻”时，陈妻就要赶紧抱着孩子躲去邻家暂避，且命下人把好门窗，别说猫儿狗儿，就连只苍蝇也不敢放进去，生怕惊走了陈公的诗兴。直到陈师道诗作完了，一家人才敢恢复正常生活。

黄庭坚因此以诗相谑：“闭门觅句陈无己，对客挥毫秦少游。”以为陈师道灵思不及秦观。

陈师道对这句评价显然是不服气的。有一次看到一幅《春江秋野图》，上有秦观题诗：

绝岛烟生树，秋江浪拍空。
凭君添小艇，画我作渔翁。

闻弦歌而知雅意，从秦观这首诗可见，画上的内容乃是江岛峦树，烟波浩渺。而秦少游渴望画舟图上，游弋其间，不负“少游”之名。后人评价此诗“玄真子家风也”（《苕溪渔隐丛话》）。

陈师道看了好友题诗于上，不免莞尔，遂步韵和之，必要与少游一争短长：

次韵少游春江秋野图二首

其二

江清风偃木，霜落雁横空。
若个丹青里，犹须著此翁。

这是打趣好友，为什么要在画图里添上你啊？好好的江风吹树，飞雁横空，多么自在寥廓的画面，要是有了你，那才叫败笔呢。

从野史笔记可知，秦少游题诗至少两首，可惜我遍寻典籍，也没找到另一首原韵，只找到了陈师道对应的步韵赋和之作：

次韵少游春江秋野图二首

其一

翰墨功名里，江山富贵人。
倏看双鸟下，已负百年身。

此图作者为皇家宗室，陈师道赞美画师身为显贵，既有翰墨功名，更得江山之助；长期身处宫禁绮丛，心中却怀鱼鸟之乐。陡然看到一双白鸟飞下清江，自由自在，不禁感慨自己无法抽身，辜负此生。

这首诗对仗工谨，语意轻便，言浅意深，实为佳作，遂胜过秦观原诗，广为流传。

陈师道的这两首绝句清新流丽，显见是口占之作，可见无己写诗，也不总是要找张床榻盖上被子才能“闭门觅句”的。

二

陈师道少时曾拜曾巩为师，后来苏轼在颍州为官，因为欣赏陈师道的才情，而提出要收他为弟子。这样天上掉馅饼的大好事，陈师道却拒绝了，理由是“向来一瓣香，敬为曾南丰”，意思是说，我平生只有一个老师，就是曾巩，苏先生的好意，唯有敬谢。

不过陈师道虽然没有正式拜师，后人却还是把他和黄庭坚、秦少游等一起，并列于“苏门六君子”，谁让他和苏轼的来往那么密切呢。

陈师道对自己的词作十分自信，虽不敢同苏轼比，却自称“余它文未能及人，独于词自谓不减秦七、黄九”。

黄九罢了，黄庭坚以诗闻名，词作不过尔尔；但是“不减秦七”？我却有点怀疑。曾写下“两情若是久长时，又岂在朝朝暮暮”的秦少游，被后世尊为婉约派一代词宗，陈师道无论从名望还是影响上，都远不能与之相比。

且看他同样写七夕的一首词，高下之辨，不问可知：

菩萨蛮

行云过尽星河烂。炉烟未断蛛丝满。想得两眉颦。停针忆远人。　　河桥知有路。不解留郎住。天上隔年期。人间长别离。

陈师道不但与黄庭坚并为江西诗派“三宗”之二，关系最错综纠结的是，他还和赵挺之是连襟。

陈师道家贫，早年娶郭概之女为妻，迫于生计，妻女皆在岳父家就食。

赵挺之是新党骨干，担任监察御史时曾数次弹劾苏轼，又对黄庭坚构陷打击，与苏门文士势不两立。

陈师道虽然与赵挺之连襟，却极少交集。元符三年（1100）冬，陈师道奉命往皇祠守灵，因为没有御寒的皮衣，妻子便回娘家向妹妹借了一件——借的自然便是妹夫赵挺之的皮裘。

陈师道听说了，深感屈辱，责备妻子说：“汝岂不知我不著渠家衣耶！”意思是你太不了解我了，我怎么可能穿这个人的衣裳？于是只着单衣前往郊外祭祀，到底得了伤寒，一病而卒。

奇的是，当时登封县令楼异世夜间做了一梦，梦见陈师道前来告别，行色匆匆。楼异世问他：“无已这是要去哪里啊？”陈师道

答："正往杏园去，东坡、少游他们都已在那里等我了。"楼异世醒来，便听到人报："陈无己逝矣。"（《春渚纪闻》）

倘若这一切是真的，那么他们师生泉台重聚，吟游杏园，还真是极美的异壤风景了。

三

"江西三宗"的最后一位——陈与义，并不是江西人，而是祖居长安，曾祖一辈移居洛阳，所以陈与义应该算洛阳人。号为"诗俊"，与"词俊"朱敦儒等同列"洛中八俊"。

陈与义（1090—1139），字去非，号简斋，作诗重锤炼。他专学杜甫，又不拘泥于杜甫，对前贤的作品博览约取，善于变化；特别推崇苏轼、黄庭坚、陈师道，但并不墨守成规，而能融会各家之长，创造自己的风格。诗文语言质朴，疏朗明快，很少用典，应该算是江西诗派中的改革派。

他曾写过一首墨梅诗，得到宋徽宗的嘉赏，并由此受到器重。

和张规臣水墨梅五绝

其四

含章檐下春风面，造化功成秋兔毫。

意足不求颜色似，前身相马九方皋。

陈与义的文风以靖康元年（1126）为界，前期多为抒写承平时的闲情逸致之作，南渡后则多寄托家国之思。在南宋对金政策上，当时有议和与主战两种意见，陈与义是坚决的主战派。无奈高宗不愿兴兵，只想偏安江南，苟延残喘。陈与义对朝廷态度极为失望，遂托病辞职，并写下大量爱国诗篇，有《简斋集》存诗六百余首。

填词是陈与义晚年的爱好，有《无住词》十八首传世。因为以诗入词，深得东坡风韵。且录其一首：

临江仙·夜登小阁忆洛中旧游

忆昔午桥桥上饮，坐中多是豪英。长沟流月去无声。杏花疏影里，吹笛到天明。　　二十余年如一梦，此身虽在堪惊。闲登小阁看新晴。古今多少事，渔唱起三更。

这是一首登临怀旧之作，但并不以常见的登高望远开篇，而直接以忆旧引起："忆昔午桥桥上饮，坐中多是豪英。"可见作者不是因为登高而触景生情，而是因为怀旧才登高抒怀。

定调之后，才是写景。长沟流月，杏花疏影，笛声一缕，百感交集。

下阕"二十余年如一梦"蓦地将时间推远，原来上阕所说的"忆昔"已经是二十年前的事了。

这首词当写于作者晚年，则二十多年前犹是北宋风华。洛阳牡丹盛开，好友相邀，举杯醉饮，何等潇洒！如今江山半失，知交零落，老身犹在，情何以堪？

罢了，立足眼下兴亡固然悲伤难抑，若是纵观千古沉浮，这许多眼泪伤心，也不过都付渔歌一曲罢了。

陈与义的诗词让我们悲伤地知道：北宋已亡，靖康之难来临了。

四

后世对于江西诗派褒贬不一，从金元诗人元好问的《论诗三十首·二十八》便可窥一斑：

古雅难将子美亲，精纯全失义山真。

论诗宁下涪翁拜，未作江西社里人。

元好问曾著《杜诗学》，认为自己才是老杜的真正粉丝。在他看来，以黄庭坚为首的江西诗派虽然标榜学杜，却未抓住杜诗的真髓，而专在文字、对偶、典故、音韵等形式上模拟因袭。既没有学到杜子美古朴风雅的内涵，也完全失去了李义山精美纯厚之真趣。

但他同时又觉得黄庭坚还是可取的，是江西诗派的另类，值得下拜。他曾有评“只知诗到苏黄尽”，可见对黄庭坚的宋代诗坛领袖地位非常认可。但是对于同为江西诗派宗主的陈师道就很不客气了：

论诗三十首·其二十九

池塘春草谢家春，万古千秋五字新。

传语闭门陈正字，可怜无补费精神。

谢灵运名句“池塘生春草，园柳变鸣禽”，意象清新，浑然天成，诚为千古佳句，而最奇处便在于其清新自然。元好问以此反诘陈师道的闭门造句，雕琢粉饰，着意于锤炼字句，在形式技巧上下功夫，徒费精神，写不出什么好作品。

对陈师道的批评，也就是对于江西诗派风格的批判。既想“字字有出处”，又要“笔笔有新意”，做到“以故为新”，是把作诗变成了体力活儿，实不可取。

然而江西诗派的“点铁成金”“夺胎换骨”，不可不谓是作诗的重要法器，其影响深远，贯穿两宋。南宋代表诗人杨万里、陆游、姜夔等人的诗作，也都受到江西诗派的熏陶。这才使得元好问有此一问，提醒后人学诗，当回归自然，不可过度雕琢。

不过元好问也多虑了。诗在宋后光彩陡暗，而现代人读书少，知道的典故更少，便是想学江西诗派，也是不能的了。

李之仪：但愿君心似我心

一

卜算子

我住长江头，君住长江尾。日日思君不见君，共饮长江水。　　此水几时休，此恨何时已。只愿君心似我心，定不负相思意。

哪怕只有这一首词，李之仪也可跻身北宋一流词人。

词以女子口吻自道，明白如话，复叠回环，深得民歌风致。

全词以长江水为线索，以相思意为主干，双方相隔千里，却灵犀相通，唯以江水作证，共饮此水，永寄长情。

其最深切处，在于词人发出了“只愿君心似我心，定不负相思意”的深沉呐喊，像极汉乐府民歌“上邪！我欲与君相知，长命无绝衰”以及五代词“换我心，为你心，始知相忆深”。

李之仪主张“语尽而意不尽，意尽而情不尽”，这首词堪称是这一标准的典范。

李之仪，字端叔，自号姑溪居士、姑溪老农。著有《姑溪词》一卷、《姑溪居士前集》五十卷和《姑溪题跋》二卷。不知为什么，关于他的出生年份在不同史料中竟有1038和1048两个整整相距十年的说法。

从他为妻子写的墓志铭看，可知其妻胡淑修生于1047年，似乎李之仪不当比妻子还小；但是考虑到苏轼生于1037年，而视李之仪行止当比其小数岁，遂取1048年之说。

李之仪二十二岁进士及第，才华横溢，琴棋书画无所不能。早年师从于范仲淹之子范纯仁，哲宗元祐八年又从苏轼于定州幕府，朝夕唱酬。不知为什么并没有归于“四学士”或“六君子”之列，或许是因为他的老师范纯仁太出名了吧。

但是李之仪与苏轼的交往的确密切。

早在苏轼被贬黄州时，李之仪便多次写信致意，期盼苏轼早返京师。苏轼之前早已听说李之仪文名，只无缘相识，如今贬为罪臣，众人避之唯恐不及，“平生亲友，无一字见及，有书与之亦不答”，这位素昧平生的青年倒来主动攀交，令他十分感慨。

元丰年间，苏轼召还入京，升中书舍人至翰林学士、知制诰，“苏门”日盛。此时李之仪正在京中枢密院任编修，遂成为苏门常客，西园雅集，情谊日笃。

元祐八年（1093），哲宗亲政，苏轼被贬定州。离京前，奏请李之仪为定州签判，作为自己的助手共守边陲。李之仪欣然应允，“乃从苏轼于定州幕府”。

“苏门四学士”之一的张耒回忆：“元祐八年，苏先生守定武，士愿从者半朝廷，然皆不敢有请于先生。而苏先生一日言于朝廷，请以端叔佐幕府。”可见苏轼对李之仪的看重。

苏轼在众人中独邀李之仪千里相伴，一则是因为李之仪从前有过入幕经验，二则苏轼曾盛赞李之仪文笔词风“入刀笔三昧”，并将他比作东汉著名的军事家马援和班超：“若人如马亦如班，笑履壶头出玉关。”倚若肱股。

当时的定州，军政废弛，各卫戍士兵骄横懒惰，缺乏训练。苏轼来到后，整顿军纪，一扫颓风，定州人都说：“自从韩琦走后，久不见这礼制了。”

苏轼关注民生，明令禁止征收苛捐杂税，两奏朝廷实行“粮米减价”和“开仓贷米”，让定州五万饥民度过了荒年。

明明政绩突出，然而刚过半年，苏轼却再次被贬，而且是一贬再贬。先是以本官知英州，不久降官贬宁远军节度副使，惠州安置。而李之仪亦调任原州通判，离开了定州。

师徒二人，从此再也没有见过，却始终书信不断。苏轼在信中说：我当年以“贤良方正能直言极谏科”通过制举试，为了配得上这个名称，一生努力忠言直谏，结果谏一次贬一次，看来真是没有自知之明啊。

同年九月，“李之仪虽未入党籍，但皆以苏轼门生目之”，被罢原州通判，获罪入狱。次年方被召回京，任监内香药库。隔了数月，却又被参劾曾为苏轼幕僚，“为奸臣心腹之党”，不可以任京官，再度被贬职下放，离开京城。

可以说，李之仪的困顿，完全是因为受苏轼牵累。然而即便如此，李之仪也依然与苏轼飞鸿传书，且以赋和苏诗为乐。

赵鼎臣在《竹隐畸士集》中言：“东坡先生既谪儋耳，平日门下客皆讳而自匿，惟恐人知之。如端叔之徒，始终不负公者，盖不过三数人。”盛赞李之仪对东坡的始终如一。

直到元符三年（1100），苏轼再次遇赦，李之仪方被起用。然而不久便听闻苏轼死讯，顿时如雷轰顶，痛不欲生，“十几日来，方有生意”，作《东坡挽词》以悼：

从来忧患许追随，末路文词特见知。
肯向虞兮悲盖世，空惭赐也可言诗。
炎荒不死凝阴相，汉水相招本素期。
月堕星沉岂人力？辉光他日看丰碑。

二

李之仪虽未列名“苏门四学士”，然而终身以苏门人士自居，百死不悔，令人钦敬。

不过，作为须眉男儿，李之仪的做法虽然侠义，却并非罕见。他的夫人胡淑修的举止，才真正是特立独行，叹为观止。

胡淑修（1047—1105），字文柔，天资聪慧，出身于书香门第，祖父胡宿、父亲胡宗质，都是饱学之士，历朝为官。

胡淑修自幼工诗善文，遍读六经。十八岁嫁与李之仪为妻，夫妻琴瑟相和，感情极好。李之仪如此夸耀妻子的才学：“上自六经，司马氏史及诸纂修，多所综织。于修学则终一大藏。作小歌词禅讼，皆有师法，而尤精于算数。”

就连发明了悬式指南针的北宋著名科学家沈括都曾向胡淑修请教算术之道，且感慨：“得为男子，吾益友也。”

胡淑修十分欣赏苏轼的才情，在李之仪任苏轼幕僚期间，她多次对丈夫说："苏子瞻名倾一时，读他的书，让人有杀身成仁之志，你应该多同他交往。"

一日，苏轼至李之仪家中拜访。胡淑修亦学苏轼原配夫人王弗的"屏后听声"，躲起来偷偷观察苏大胡子谈笑，事后感叹："我尝谓苏子瞻未能脱书生谈士空文游说之蔽，今见其所临事不苟，信为一代豪杰也！"

此时苏轼夫人王闰之已故，只有王朝云随行。王朝云与胡淑修均喜诵读佛经，关系相处得很是融洽。苏轼很敬佩胡淑修的文采德行，曾数次"命其子妇尊事之"，并呼胡淑修为"法喜上人"。由此也侧面可见，苏轼虽然碍于朝云身份不能正式迎娶，但相待方式直与正妻无异。

苏轼被贬离定州时，胡淑修亲自缝制棉衣送别，且说身为女子，得以结识苏大学士这样的英豪，此生无憾。

当时常州有许多人因为受到苏轼牵连被披枷挂牌示众。胡淑修激于义愤，竟然抛头露面，自愿加入游行者的队伍，以苏轼的"骨灰粉"自居，大声鸣冤。

在千年前礼法森严的大宋，有这样一位旷世豪杰和这样一个巾帼奇女子相知相敬，惺惺相惜，其知己之情真让人肃然起敬，心向往之。不禁想起"风尘三侠"的故事，而觉此三人比之李靖、红拂、虬髯客，更为疏爽豪情也。

胡淑修如此仗义有男儿气，对丈夫的恩师是如此，对丈夫自然更是如此。她人生中最传奇的，就是"盗书救夫"的壮举。

建中靖国元年（1101），范纯仁病重，临终前口授遗言，令李之仪整理成遗表奏与皇帝。表中以范仲淹"先天下之忧而忧"为家训，恳言"此先臣所以教子，而微臣资以事君"，并进言陈表"惟宣仁之诬谤未明，致保佑之忧勤不显”“未解疆场之严，几空帑藏之积。有城必守，得地难耕”等八事。

建中靖国改元的早晨，范纯仁衣冠俨然，接受家人之贺。第二天，于梦中熟睡而死，寿七十五。朝廷诏令助葬白金三十两，谥曰“忠宣”，御书碑额为“世济忠直之碑”。

李之仪依恩师所命呈表献上，并为其撰写《故宰相范忠宣公行状》。

且说范纯仁其人，一生正直，性情刚正。所上奏疏，言语大多激烈，神宗往往留而不宣，但是范纯仁却全部录下，申呈中书省。王安石大怒，请求皇帝加重对范纯仁的贬斥，但是神宗说：“他没有什么罪过，就算贬也找个好点的地方吧。”遂为河中府知府，改成都路转运使。

范纯仁认为新法不便，戒令州县不要匆忙实行。王安石十分恼怒，恰好有官员说范纯仁坏话，王安石便令其派人收集范纯仁的私事和过失。但是范纯仁克勤克俭，无论是政事还是私生活都恭谨之至，搜集了半天也没找到任何可用的证据。此官员气得把传话的人鞭打了一顿。范纯仁的属官听说了，高兴地对范纯仁说：“这件事足以堵塞对您的诽谤，不如呈报给朝廷。”范纯仁却只是淡然处之，既不奏使者之过，亦不反驳传言者之非。

这样一位仁人志士，天生便是蔡京这种小人所难以忍受的。褒范纯仁之德，即是述新党之非。蔡京当权后，岂能容许此等人独专盛誉？遂在遗表里找了几句反对新法的话，大做文章。

但是范纯仁已死，且朝廷明文表彰，即便表中有悖逆之言，亦不能出尔反尔，掘墓鞭尸。蔡京无法找死人的麻烦，就干脆诬陷李之仪杜撰遗表，借先师之表，抒个人之愤，辱骂新党，攻击变法，并将李之仪入狱，必欲置之死地而后快。

胡淑修此时正在常州家中，闻知消息，当即典当衣物首饰，日夜兼程赶往汴京，动用了所有的关系四处打点。但因为蔡京权重，无人敢于相助，就连胡氏的娘家也害怕受到牵连，闭门不见。

功夫不负有心人，胡淑修到底打听到原本有一份遗表的记录手稿，保存在一位官员家中。若拿出手稿，必能证明这确为范氏遗表，为丈夫洗脱罪名。只是，这位官员怕受牵累，死活不肯拿出手稿。

胡淑修于是花巨资买通了官员的家仆，弄清楚手稿藏匿位置，竟然亲自做了一回蒙面大盗，只身前往，穿堂入室，从官员家中盗出了手稿，并拜请祖母相陪，入宫求助光献皇太后曹氏，为夫申冤。

胡淑修侠女般的行为震动朝野，太后深为感动，并亲自出面安抚，盛赞其“有学能文”，且赐凤冠霞帔。蔡京见此，只好免了李之仪的死罪，却仍然将他撤职，编管太平州。

李之仪死里逃生，胡淑修喜极而泣，来到御史府迎接丈夫出狱时，却发现李之仪非但没有因为曾遭受鞭笞、杖脊之刑而变得憔悴，反而因为在牢中三餐有时，倒胖了许多，面色红润，有如度假，不禁又是笑又是怜：夫君可真是心大啊！

李之仪，则将妻子比作救度自己的观世音菩萨，作诗曰：

柏台自述四首·其四

熬熬内火战骄阳，鹤唳风声便着忙。

波浪翻天谁与渡，却应甘井是慈航。

三

太平州在今安徽当涂，乃是李白捞月飞升之地，有太白祠、谪仙楼等胜迹。

《忆秦娥》相传为李白所作，是产生年代极早的曲子词，与同样相传出自李白的《菩萨蛮》被共誉为“百代词曲之祖”。王国维在《人间词话》中评论“西风残照，汉家陵阙”八字为“遂关千古登临之口”。

李之仪于当涂登临南朝宋孝武帝避暑离宫的凌歊台时，想起了李白的这首绝唱，遂借古咏今，步韵和之。且看两词：

忆秦娥

李白

箫声咽，秦娥梦断秦楼月。秦楼月，年年柳色，灞陵伤别。　　乐游原上清秋节，咸阳古道音尘绝。音尘绝，西风残照，汉家陵阙。

忆秦娥

李之仪

清溪咽，霜风洗出山头月。山头月，迎得云归，还送云别。　　不知今是何时节，凌歊望断音尘绝。音尘绝，帆来帆去，天际双阙。

胡淑修本来可以不必随同丈夫前往贬地。但她却执意相随，坚持带着儿女陪丈夫一起前往偏远的太平州吃苦，最终死在当涂。

李之仪《与祝提举无党》中自述：“某到太平州四周年，第一年丧子妇，第二年病悴，涉春徂夏，劣然脱死。第三年亡妻，子女相继见舍。第四年初，则癣疮被体，已而寒疾为苦。”

儿女相继过世，胡淑修不堪打击，也于崇宁四年（1105）撒手人寰，终年五十八岁。

李之仪将妻子安葬在太平藏云山的致雨峰下，亲自书写《姑溪居士妻文柔墓志铭》：“……性高严，喜风节，自许与甚重，练达世故，喜论事，于人物取舍，则毫发不假借……与余四十年伉俪……辄揽涕而铭之，尚恨所不能尽也。”痛失老妻，万念俱灰，“去死地间不容发”，几乎没有再活下去的意志。

但就在这时，他遇上了人生的第二位奇女子：杨姝。

杨姝和李之仪应算是旧识。元符三年（1100）六月，黄庭坚被贬当涂做太守，曾邀请当时年仅十三岁的杨姝到花园洞弹奏《履霜操》，且写下一诗一词相赞：

赠弹琴妓杨姝

千古人心指下传，杨姝烟月过年年。

不知心向谁边切，弹尽松风欲断弦。

好事近·太平州小妓杨姝弹琴送酒

一弄醒心弦，情在两山斜叠。弹到古人愁处，有真珠承睫。　　使君来去本无心，休泪界红颊。自恨老来憎酒，负十分金叶。

如今杨姝与李之仪重逢，又弹起这首《履霜操》，不禁触动了李之仪心中的伤痛。这曾是范仲淹最爱的曲子，表述的是伯奇被后母所谗，无罪被逐，投河而死的故事。

李之仪老泪纵横，想起旧事前情，遂步黄庭坚韵和词一首：

好事近

相见两无言，愁恨又还千叠。别有恼人深处，在懵腾双睫。　　七弦虽妙不须弹，惟愿醉香颊。只恐近来情绪，似风前秋叶。

之后，李之仪竟对杨姝再难忘记，又接连写了几首小词相忆：

清平乐·听杨姝琴

殷勤仙友，劝我千年酒。一曲履霜谁与奏，邂逅麻姑妙手。　　坐来休叹尘劳。相逢难似今朝。不待亲移玉指，自然痒处都消。

清平乐·再和

当时命友，曾借邻家酒。旧曲不知何处奏，梦断空思纤手。　　却应去路非遥，今朝还有明朝。谩道人能化石，须知石被人消。

从此，李之仪与杨姝时相往来，琴诗相和，而他灵感的春天也第二次爆发，遂写下了开篇那首《卜算子》：“我住长江尾，君住长江头……”

崇宁五年（1106），芳华正茂的杨姝不顾四十岁的年龄差，嫁给了年近六旬的李之仪，且为他生下一个儿子李尧光。

李之仪老来得子，欣喜若狂，视若至珍，对妻子益发疼爱，一家人其乐融融。

据王明清所著《挥麈后录》记载，当涂有位诗人郭功甫，由于文人相轻之故，对李之仪衔恨切骨，便向朝廷告了李之仪一状。

宋代规定士大夫是不能与歌伎结婚的，于是才遇赦复官不久的李之仪再度被除名勒停，儿子李尧光的荫赏被取消，杨姝也被施以杖刑。

郭功甫幸灾乐祸，还写了一首打油诗作讽：

七十余岁老朝郎，曾向元祐说文章。
如今白首归田后，却与杨姝洗杖疮。

郭功甫即是郭祥正，为唐朝大将郭子仪后裔，相传为李白转世，少有诗名。

据说郭子仪还是个低级军官时，有次犯事被判死刑，游街去刑场的路上，被李白遇见了。李白见郭子仪相貌堂堂，明明是赴死，却走得和士兵操练一样正步看齐，大为惊叹，赞道："此壮士目光如火照人，不十年当拥节旄。"

那时候李白正得唐玄宗的宠，进宫就跟去自己老舅家串门儿似的，和各路官员贵戚也都很能说得上话，于是三言两语就把郭子仪救下了。

后来郭子仪考中武状元，屡建奇功，果然成了一代名将。平定安史之乱中，更是立下汗马功劳。当他返回长安时，新登基的唐肃宗李亨曾经亲往长安东郊相迎，感激涕零地说："国家再造，都是你的功劳啊。"其后一再升迁，位极人臣。

而李白则正好相反，因为在叛乱中助永王李璘与肃宗夺位，被捕入狱，论律当死。郭子仪听说后，便立刻向皇上请命，愿以自己的官职来赎李白。唐肃宗不好驳他的面子，遂御笔一挥，将李白贬放了事。

但李白流贬路上，适逢大赦，于是前往当涂投奔族叔李阳冰。后来，就病死在当涂了。

后人写诗赞郭子仪一生，有句云：“一代威名迈光弼，千秋知己属青莲。”以此赞美两位文豪武将动人的友情。

但故事到这里还没完，《宋史》中有一段记载，说李白并不曾离去，他为了报答郭子仪再造之恩，重新转世投胎，做了郭家后人，这便是郭祥正。

原文作“郭祥正字功父，太平州当涂人，母梦李白而生”。

郭祥正自己是很相信这个说法的，他留下手稿《青山集》里的一千多首诗中，仿李白韵的就有四十一首。就连梅尧臣也相信这个说法，曾赞叹其“真太白后身也！”

而且他与苏东坡也曾有过交集，书信往来。这样的一个人，会不会这么狠毒无聊呢？我真是不愿相信。

但是李之仪确实因为杨姝之故于政和三年（1113）被除名，夫妻一度不得不分居两地，儿子也令归其母。

然而李之仪无怨无悔，当年他不会因为受苏轼牵累丢官就背恩忘义，现在更不会因为丢官而怨恨娇妻，对杨姝仍是一往情深，接连写下两首《浣溪沙》表明心志，柔情婉转，令人动容。

浣溪沙·为杨姝作

玉室金堂不动尘，林梢绿遍已无春。清和佳思一番新。　　道骨仙风云外侣，烟鬟雾鬓月边人。何妨沉醉到黄昏。

浣溪沙·再和

依旧琅玕不染尘，霜风吹断笑时春。一簪华发为谁新。　　白雪幽兰犹有韵，鹊桥星渚可无人。金莲移处任尘昏。

政和七年（1117），李之仪病逝于当涂，终年八十岁（亦说七十岁）。杨姝携子女将李之仪安葬于藏云山致雨峰下，与其前妻胡淑修合葬一处。

杨姝时年不足三十，终身未尝再嫁。

四

要特别声明的是，《青泥莲花记》中有个故事的男主角叫李之问，经常被人拿来和李之仪混为一谈。索性我便把这个故事附录在这里。

故事说长安仪曹李之问赴洛阳述职，在京候旨期间，得与洛阳名妓聂胜琼相契。两人如胶似漆，相伴数月，免不了山盟海誓，指天约地。

然而李之问的任命书很快下来了，他还是要离京赴任。聂胜琼送了一程又一程，含着泪为爱郎弹唱《阳关三叠》，却曲未终声已咽，不禁失声落泪。

两人相别后，聂胜琼日夜相思，遂填了一首《鹧鸪天》，托人送给李之问。这便是她唯一的传世词作：

鹧鸪天

玉惨花愁出凤城，莲花楼下柳青青。尊前一唱阳关曲，别个人人第五程。　　寻好梦，梦难成。有谁知我此

时情？枕前泪共阶前雨，隔个窗儿滴到明。

两宋词人中女子不多，除了李清照、朱淑真、魏夫人外，野史中虽也时有女子留名的，却多半只是片言只语，比如聂胜琼的这首《鹧鸪天》便是其中之一。

全词取意于唐朝大诗人王维的《送元二使安西》："渭城朝雨浥轻尘，客舍青青柳色新。劝君更尽一杯酒，西出阳关无故人。"

王维官居太乐丞，精通音乐，曾据此诗作《阳关曲》，又称《渭城曲》，在唐朝时已经流行甚广。白居易诗说："相逢且莫推辞醉，听唱阳关第四声。"李商隐诗说："红绽樱桃含白雪，断肠声里唱阳关。"陈陶诗说："唱著右丞征戍词，更闻闺月添相思。"都极言此曲之盛行。

而聂胜琼的这首词，首句"玉惨花愁出凤城，莲花楼下柳青青"既是暗合"客舍青青柳色新"之句，又是写明《阳关曲》本为官员送别，然而此时却是红颜女子为郎君送行。虽然同是宦游赠别，却是"别有一番滋味在心头"。

"尊前一唱阳关曲，别个人人第五程。"《阳关曲》虽然又称《阳关三叠》，其实却不止三段，曲谱也有多个版本，比如"老阳关"就有五段，而《乐仙琴谱》中记录曲词足有八段之多。

词中"第五程"，可以理解成聂胜琼计算情郎去处，已在五程之外；亦可理解为弹唱《阳关》，五叠长曲亦不足以表达心中相思。

上阕回忆别时情形，下阕回到此刻心境，乃是夜不成眠，无人倾诉，唯有听着窗外细雨，点点滴滴，直到天明。

这句词，后来被李清照发展为"梧桐更兼细雨，到黄昏，点点滴滴。这次第，怎一个愁字了得？"情致如出一辙。

李之问收到聂胜琼的词笺，不禁相思日炽，却又无可奈何，什么时候想起来什么时候心疼，忍不住泪洒红笺，点点斑斑。

一日，他又拿出词笺偷看，恰好妻子进来，他一时没藏好，竟被妻子发现了。李夫人看了这首情辞恳切的曲子词，讶道："是谁如此才情，写得这般好词？"

李之问尴尬不已，只得期期艾艾说了实话。难得李夫人十分大度，既体谅丈夫的心情，又感佩填词人的情义，非但没有醋意大发河东狮吼，还主动拿出钱来，劝丈夫为聂胜琼赎身，并亲自操办，将其纳为妾侍。

古代女子的宽容大度，实非今人可以想象。

且说聂胜琼来到李家后，对李夫人感佩之至，遂洗尽铅华，荆钗布裙，侍奉主母，事事相让。二女共事一夫，相亲相爱，"终身和悦，无少间焉"——真是男人的理想世界。

而聂胜琼以一首词换来终身归宿，也终于颠覆了红颜多才者必薄命的宿论。

秦观：飞红万点愁如海

一

秦观（1049—1100），字少游，一字太虚，别号邗沟居士，江苏高邮人，世称淮海居士。正如同我们更习惯于将苏轼称作苏东坡一样，对他的得意弟子秦观，也总是习惯于称作秦少游。

各种传说故事里，将两人写成好友兼郎舅，说是秦观娶了苏轼的妹子苏小妹。而关于苏轼与苏小妹之间的戏谑，以及苏小妹洞房三难秦少游的故事，就更是五花八门，脍炙人口。

我最记得的是一副对子：新婚之夜，秦观刚想进门，苏小妹却转身将他推出，关了房门，隔窗喊话："出对：闭门推出窗前月。答得出来再进门。"

秦观少有才名，出口成章。偏偏这洞房花烛夜里智商不在线，越着急越想不出下联来，不禁徘徊于池塘边，抓耳挠腮。苏轼有心帮他一把，就拿起个石子往水里一扔。秦观吓了一跳，但见水中倒影，层层涟漪，顿时福至心灵，对出下联："投石破开水里天。"

皆大欢喜，秦观终于过关，可以大摇大摆地进洞房啦。

不过，据考证苏轼没有妹妹，所以秦观只能是学生，不可能做妹夫；而秦观的夫人芳名徐文美，也不叫苏小妹。这可真是煞风景。

但我又迷上另一个故事：元丰元年（1078），苏轼自密州移知徐州，秦观对苏轼崇仰已久，听说偶像将至扬州，便想尽办法结交。他知道苏轼每至一地必定要游览名胜古迹的，就早早题诗相候。

苏东坡是书法家，秦少游一直临摹他的字，书法也不赖；苏东坡是大词人，秦少游遍读苏词，模仿起来惟妙惟肖。此时，秦观便以苏式笔法题了一首苏式风格的词作于寺院墙壁之上。

苏东坡上了岸，果然先至名山古寺一游，猛地看到一首词，写得好呀，这笔迹分明是自己的，这语气也像是自己的，可是自己没写过这么一首词啊，自己根本就没来过这座寺院啊！难道自己曾经梦游至此，还吟了一首词？可是那也不对呀，梦里纵然吟诗，谁给写到这里的呢？

苏东坡站在寺院前，整个人都恍惚了。

答案直至第二天秦观投名拜谒方才揭晓。秦观帖子上且题了一首诗："我独不愿万户侯，惟愿一识苏徐州。"字迹历历，分明是东坡书法。

苏东坡哈哈大笑，这才知道被秦观耍了。二人从此结为终生之交，亦师亦友，诗词酬唱。

这个故事意趣十足，但八成也是假的。可以确信的是，秦观确实是在苏轼知徐州时与其结识的，苏轼赞他"有屈（原）、宋（玉）之才"，并鼓励他读书备考。可惜的是秦观命运不济，两度应考都名落孙山。苏轼为之抱屈，并写信劝勉。

直到元丰八年（1085），秦观方考中进士，初为定海主簿、蔡州教授。其后又在苏轼、范纯仁的引荐下，得任秘书省正字。但因

“洛党”贾易等人的迫害，秦观大受打击，对政治开始灰心，滋生退隐之意。

便在这时，苏轼自扬州召还，进端明殿学士、礼部尚书。秦观也随之风生水起，迁国史院编修，与黄庭坚、晁补之、张耒同时供职史馆，人称“苏门四学士”。

这段时间里，苏门文士经常聚在一起吟诗作画，其中最有名的一场聚会，被画师李公麟留著丹青，题为《西园雅集图》，得以千古流芳，世人认为可与晋代王羲之“兰亭集会”相媲美。

东坡的诗文中虽然经常提到茶或酒，不过他品茶是位行家，酒量却是不大行，自称“予饮酒终日，不过五合”。五合就是半升，也就是一斤都不到。

倒是他的学生张耒和晁补之的酒量要好得多。二人每次见面拼酒，至少要喝到一斗，也还只是微醺，堪称有品有量的酒中豪客了。

二

秦观文风强健，但有命题，无不洋洋洒洒，倚马可就；他博览群书，涉猎极广，曾著有讲述农桑的《蚕书》，全面介绍了养蚕技艺与工具避忌，文字高古简约，朴实无华，唯务有用于民生，具有高度的科学性，对保留我国古代养蚕资料，普及养蚕技术，起到了重要的作用。

他精研《孙子兵法》而不囿于之，著有系列谈兵之作：《将帅》《奇兵》《辩士》《谋主》《兵法》《边防上中下》《李陵论》《王朴论》等。论兵重“谋主”“辩士”，视之为“胜败之枢机”；重“奇兵”，“兵之道莫难于用奇，莫巧于用奇，莫妙于用奇”；且在《将帅》一文中呼吁朝廷选用“天下之将”，以重权委之，“便宜从事，不烦庙堂之论”。

此时正值两宋之交，战事吃紧，宋朝廷扬文抑武，将帅无为，是为兵家大忌。倘若秦观种种论述真入得了帝王之眼，依此行事，靖康之难或许不至于发生。然而予将帅以重权，这恰恰是一味加强中央集权的宋朝廷所不愿意看到的论调，所以秦观虽然有雄才大略，却始终未得重用，实为屈才。

黄庭坚曾将之与陈师道作比，称：“闭门造车陈无己，对客挥毫秦少游。”

而苏东坡却给了另一个评语：“露花垂影柳屯田，山抹微云秦学士。”将秦观与柳永并提。

柳永有首《破阵乐》，开篇云：“露花倒影，烟芜蘸碧，灵沼波暖。”措辞冶艳轻柔。而秦观词中“山抹微云”之句法如出一辙。

苏东坡半辈子都在和柳永暗中较劲，如今看到学生的词作，不禁哂笑：“不意别后，公却学柳七。”秦观不服，说我的词和柳永根本不相似。然而抗辩无效，苏东坡已经自顾自地给他下结论了，这句“山抹微云秦学士”，从此将他与柳永并提为婉约派宗师。

而南宋婉约派代言人李清照，则又有一句名联：“露花倒影柳三变，桂子飘香张九成。”也是撷取柳永词中“露花倒影”四个字为其精髓，却将其与南宋状元张九成并提。只可惜，张九成虽名重一时，曾为帝师，却未有作品留下。只知“桂子飘香”之词，系其廷试时对策中语。

且看这首“山抹微云”全词：

满庭芳

山抹微云，天连衰草，画角声断谯门。暂停征棹，聊共引离尊。多少蓬莱旧事，空回首、烟霭纷纷。斜阳外，寒鸦万点，流水绕孤村。　　销魂当此际，香囊暗解，罗带轻分。谩赢得、青楼薄幸名存。此去何时见也？襟袖上、空惹啼痕。伤情处，高城望断，灯火已黄昏。

开篇八字：“山抹微云，天连衰草”，对仗工整，炼字如金，再加一句“画角声断谯门”，声色并用，字字珠玑，着实不凡。尤其一个“抹”字用得出神入化，深得画景之妙。难怪此词一出，立即风行，就连他的女婿走在大街上，都自称“我乃山抹微云之婿也！”

古时黄昏，城楼吹角以报时，所以这里写的既是地点，也是时间，乃在城门江边。

“暂停征棹”，写出饯别之事，正如同柳永《雨霖铃》：“都门帐饮无绪，留恋处，兰舟催发。”一样是临行把酒，一样是烟霭斜阳。柳永是“念去去，千里烟波，暮霭沉沉楚天阔”，秦观则是“空回首、烟霭纷纷。斜阳外，寒鸦万点，流水绕孤村”。

这句化自隋炀帝杨广的诗：“寒鸦飞数点，流水绕孤村。斜阳欲落处，一望黯消魂。”原诗意境沧桑，但语意平平，被秦观略加增删，便立刻活泛起来。尤其一个“外”字，写出连绵不断之气势，更见寒鸦流水之动态，堪称点铁成金。

下阕以“销魂当此际”承上启下，写出“香囊暗解，罗带轻分”的绮艳之事，可见来送行的乃是女子。接着一句“谩赢得、青楼薄幸名存”，乃是化用杜牧诗句“十年一觉扬州梦，赢得青楼薄幸名”。原来，还是个青楼女子。

结尾又回到柳永风气，《雨霖铃》设问：“今宵酒醒何处？杨柳岸、晓风残月。”秦观则问：“此去何时见也？襟袖上、空惹啼痕。”最后收结于“伤情处，高城望断”再次点题，从“山抹微云”到“烟霭纷纷”再到“灯火已黄昏”，层层递进，写出时间变化，流连难舍之意尽在其中。

这首词无论从内容、格调还是措辞上，都像极了柳永，难怪苏公讥其“却学柳七”。东坡自己风流潇洒处处留情是一回事，但看到学生这么没出息，却是有点不大高兴的。尤其秦观词风冶艳，讲究铺排，失于洗练，更让东坡不喜。

苏东坡对秦观要求很严格，看到他的一首《水龙吟》，开篇说：“小楼连苑横空，下窥绣毂雕鞍骤。”极尽敷陈之能事，遂批评说：“十三个字，只说得一个人骑马楼前过。”更是令秦观满面通红。

秦观擅写相思，其最负盛名的代表作为描写七夕之作：

鹊桥仙

纤云弄巧，飞星传恨，银汉迢迢暗度。金风玉露一相逢，便胜却人间无数。　　柔情似水，佳期如梦，忍顾鹊桥归路。两情若是久长时，又岂在朝朝暮暮。

这里写的是七夕之夜，牵牛、织女二星相会的故事，原是前人写滥了的题材，而秦观偏能于熟套中出新意，写出了“两情若是久长时，又岂在朝朝暮暮”这样的爱情至上理论，从此不胫而走，风行一时。

开篇“纤云弄巧”，以景写情，直接把画面定格在了九天云上，且展示织女身份。

两汉《古诗十九首》有云：“河汉清且浅，相去复几许？盈盈一水间，脉脉不得语。”是为写银河的最佳图绘，更连牛女二星隔河左右，相思相望不相亲的神情语态都描摹清晰。秦观这句“银汉迢迢暗度”反用原意，写出两人渡河相逢之乐。自然引出了下句“金风玉露一相逢”的特殊日子。

每年七月初七，是牛郎织女一年一度的相会之期。自古以来人们都为了这二位的相思之苦一掬同情泪，而秦观偏偏说有情人但得相逢，“便胜却人间无数”，又何必计较相聚的长短呢？

“柔情似水”是相会的情意，且照应了“银汉迢迢”，即景设喻，十分自然；“佳期如梦”写相逢苦短，如梦如幻，不舍分离，故曰“忍顾鹊桥归路”。方才踏着鹊桥而来是欢喜的，转瞬间又要踏上鹊桥归去，与相爱的人再隔经年，却是如何忍得？

这句话，写尽了情人分别时的依依不舍，频频回顾，凄楚之至。然而词人却于此陡翻高潮，点出千古名句：“两情若是久长时，又岂在朝朝暮暮。”

但得相知，何惧分离。两个人的心在一起，纵不能朝夕相守，也自是地久天长。这真是安慰异地恋人的最好鸡汤，因此传唱千古，经久不衰。

三

秦观前期词作可以《浣溪沙》为代表，集合了柳永的冶艳轻俏与晏殊的典雅映丽：

浣溪沙

漠漠轻寒上小楼，晓阴无赖似穷秋。淡烟流水画屏幽。　自在飞花轻似梦，无边丝雨细如愁。宝帘闲挂小银钩。

这首词写的是常见的闺怨主题，描绘一个女子在春阴清晨里生发的淡淡的美丽与哀愁。“轻寒”“晓阴”“淡烟”“画屏”“飞花”“丝雨”“银钩”，一切都是那么清浅精致，连同烦恼和寂寞也都是朦胧的，轻淡的。

开篇“漠漠”二字，率先营造出一种萧索弥漫的氛围，取自李白《菩萨蛮》的意象“平林漠漠烟如织，寒山一带伤心碧。暝色入高楼，有人楼上愁”，却更为清冷慵懒，婉妙幽微。

而“淡烟流水画屏幽”之句，又让人想到了温庭筠的“小山重叠金明灭，鬓云欲度香腮雪”，充分刻画出女子的寂寞，却是一个深闺香冷的女子。

接下来的一联“自在飞花轻似梦，无边丝雨细如愁”为千古名句，将飘忽飞舞的落花与迷离细密的雨丝结合起来，而将之比作梦境，比作愁绪。于是这梦与愁也都迷离恍惚起来，漫无天际而缥缈无凭，越发描写出一种如梦如幻之感，不即不离之美。

晁无咎评之曰：“虽不识字人，亦知是天生好言语。”

张炎说：“秦少游词体制淡雅，气骨不衰，清丽中不断意脉，咀嚼无滓，久而知味。”

婉转幽怨，为温韦始创，而秦观远祖温韦，近承晏柳，融各家所长为一体，吹奏出比“花间派”更为绸缪凄婉的角声，别具魅力。

元祐九年（1094），哲宗亲政，“新党”还朝，秦观历时七年的贬谪生涯从此开始了。紧随老师苏轼一贬再贬的命运，秦观也是一路向南，先是被贬杭州通判，不久再贬处州监酒税之职，后又移至郴州，编管横州，而他的词风也为之一变。

秦观后期词作，则以贬谪郴州期间写下的《踏莎行》为代表，益发凄感顽艳：

踏莎行·郴州旅舍

雾失楼台，月迷津渡。桃源望断无寻处。可堪孤馆闭春寒，杜鹃声里斜阳暮。　　驿寄梅花，鱼传尺素。砌成此恨无重数。郴江幸自绕郴山，为谁流下潇湘去。

这篇词作深切地抒发了词人谪放天涯、前途渺茫、思念家乡的愁闷之情。

开篇“雾失楼台，月迷津渡”是词人惯用的修辞手法，以写景对句铺排气氛，劈面推开一幅凄楚迷茫、黯然销魂的画面：楼台的影子消失在漫天迷雾之中，月色朦胧，渡口迷茫难辨。陶渊明笔下的桃花源，自然就更加难以看到了。

桃源，其地在武陵，离郴州不远。词人饱历沉浮，久生归隐之志，不禁致敬先贤，向往陶渊明笔下的避乱胜地。果然能“不知有汉，无论魏晋”，自然也就不存在变法与废革，新党与旧党。然而雾深月隐，世外净土在哪里呢？

一个“失”字，一个“迷”字，充分写出政治风云的变幻莫测与心境的迷茫失落。于是将目光拉回当下，写出“可堪孤馆闭春寒，杜鹃声里斜阳暮”的真实处境：此刻，自己正困在郴州这座湘南小城的驿站里，于暮春斜阳，杜鹃声里，苦苦思念着家乡。

有人将杜鹃啼声译作“不如归去”，所以此处写景，更是写情，不提思乡而思乡之感跃然纸上。词人连用“孤馆”“春寒”“杜鹃”“斜阳”诸多悲伤景物于一境，融情于境，情景难辨。这正是王国维《人间词话》中所讲的“有我之境”，即“以我观物，故物皆著我之色彩”。

下阕一转，“驿寄梅花，鱼传尺素”说的都是远方友人寄来信件。前者出自《太平御览》引《荆州记》，说有江南人陆凯，春天来时总要折一枝梅花寄给远方的朋友，赠诗曰："折梅逢驿使，寄与陇头人。江南无所有，聊赠一枝春。"

"鱼传尺素"则见于汉乐府诗《饮马长城窟行》，相传为蔡邕所作："客从远方来，遗我双鲤鱼。呼儿烹鲤鱼，中有尺素书。"

收到朋友的来信本是喜悦之事，作者却偏偏说"砌成此恨无重数"，可以想象，与他相契的多半是苏门学士，这些信不知是苏东坡还是黄庭坚写来，又或是苏门诸人俱有问候。然而这些人此时大多被贬，人在天涯，亦各有辛酸。信上写满的无非愁怨郁愤，只会让词人的忧伤益发浓郁，犹如砌墙一般，一块块累积起来，越砌越高，不胜重负。

一个"砌"字，将无形的伤感变得不但有了形象，更有了重量，几乎让人难以承受。此间愁怨，竟难倾诉，忧谗畏讥，无法说透。于是词人宕开一笔，且借眼前山水作痴痴一问："郴江幸自绕郴山，为谁流下潇湘去。"

这句问话无理而有情，妙到极致。郴江啊，你好端端地围绕郴山而流，为什么却要老远地流向潇湘去呢？而自己尚不如郴江之水，留滞此地，不得自由。

从"漠漠轻寒上小楼"到"砌成此恨无重数"，可见秦观幽愤之深，连措辞炼字都为之沉重起来。

故而王国维评价："少游词境最为凄婉，至'可堪孤馆闭春寒，杜鹃声里斜阳暮'则变而为凄厉矣。"（《人间词话》）

秦观的这首《踏莎行·郴州旅舍》，至今刻于湖南省郴州市苏仙岭下白鹿洞石壁上，并录苏轼跋文："少游已矣，虽万人何赎！"由大书法家米芾作书，遂有"三绝碑"之誉。

“三绝碑”宽五十二厘米，高四十六厘米，成为郴州名胜古迹之一。

元符元年（1098）秋，秦观再度被贬雷州。这是他贬谪生涯的最后一站，在此走过了人生最后的三年。

元符三年（1100），宋徽宗继位后，苏轼于海南岛遇赦北归，途经雷州，师徒久别重逢，恍如梦寐。

苏轼这次北还，必定是要被朝廷重用的。想来二人相别之际，少不了祝福安慰之语。遗憾的是，苏轼还未等回到朝廷，便于途中病逝。这次雷州重逢，成了他们师生的最后一面。

而秦观再次与老师同命，不久也复命宣德郎，放还横州，然而也是半路上便病逝了，比老师还早半年。

苏轼死的时候曾有高僧相送，唱诵佛偈；而秦观死得更加超然。途至藤州（今广西藤县），秦观提出往光华亭一游，来到亭中时，说口渴想喝水。待人送水来的时候，远远看着他含笑坐在亭中相候，来至面前，才发现他已然坐化了。

此时苏轼尚在回京途中，闻之痛哭，遂题秦观词于扇上，识曰：“少游已矣，虽万人何赎！”颇有孔子泣颜回之意。

颜回，字子渊，因此又名颜渊，十三岁从读孔子，追随其一生，奔走六国，不曾出仕，是孔子最心爱的学生。

孔子曾评价：“用之则行，舍之则藏，惟我与尔有是夫！”认为颜回是最像自己的人，和自己的观点与为人完全一致。

《论语》中记载了不少孔子和颜回的对话，最有名的一句是：“贤哉回也！一箪食，一瓢饮，在陋巷，人不堪其忧，回也不改其乐。贤哉回也！”

意思是：颜回真是贤者啊，简衣陋食，住于贫屋，别人觉得这种清苦的日子无法忍受，颜回却没有改变他的志向与乐趣，从容如故。

孔子还说，颜回“不迁怒，不贰过”，不会把自己的怒气发泄在别人身上，任何错误一旦指出就不会再犯第二次。这都是颜回“贤”的表现。

颜回追随了老师一生。孔子师生在河南受到当地人围困，颜回最后一个逃出来。孔子哭着说，我还以为你已经死了。颜回说：“子在，回何敢死？”

颜回事师如父，早已立志要追随服侍老师一生的，所以说：老师还活着，我的义务也就没有尽完，怎么敢先死呢?

可是，天不从人愿，他到底还是先孔子而去。《史记·仲尼弟子列传》说：“回年二十九，发尽白，蚤死。孔子哭之恸。”

实际上颜回死于四十岁，但是死在老师孔子前面，所以算是早丧。彼时孔子七十岁，痛失爱徒，伤心至极，遂大呼：“今也则亡，未闻好学者也。”意思是：从今而后，世上再也没有这么好学的人了。

如今苏轼痛失秦观，亦叹息：虽世上千万人，亦换不回一个秦少游呀。

四

秦观词风，有人以他自己的诗句“有情芍药含春泪，无力蔷薇卧晓枝”来形容，也有人以“自在飞花轻似梦，无边丝雨细如愁”来概括。

秦观擅写飞花，曾有句“春去也，飞红万点愁如海”。他的朋友孔毅甫读了这首词，不禁惊叹：“少游盛年，何为言语悲怆如此，殆不久于世矣。”

不料一语成谶，秦观果然年方半百而英年早逝，友人闻知，无不痛哭。且看原词：

千秋岁

水边沙外。城郭春寒退。花影乱，莺声碎。飘零疏酒盏，离别宽衣带。人不见，碧云暮合空相对。　　忆昔西池会。鹓鹭同飞盖。携手处，今谁在。日边清梦断，镜里朱颜改。春去也，飞红万点愁如海。

这首词上阕写今日之境，风雨飘零，形容憔悴，独对夕阳，天涯冷落；下阕则回忆旧时风光，西池宴集，携手同游，何等欢娱？而今故旧零落，梦断春归，又是何等凄凉？

词的重点在下阕“忆昔西池会”。西池指的是开封西郑门西北之金明池，秦观于元祐年间居京时，与诸同僚有金明池之游会。

“鹓鹭”，取自《隋书》“怀黄绾白，鹓鹭成行”，形容朝官行列如鹓（yuān）鸟和鹭鸟排列有序。“飞盖”，比喻车辆疾行，出自曹植《公宴诗》：“清夜游西园，飞盖相追随。”可见秦少游和黄庭坚朋友做久了，也深受江西诗派影响，喜欢用典。

“日边”一句仍是用典。《世说新语》中说，晋明帝很小的时候已是极为聪慧，有一次他坐在元帝膝上听长安来客聊天，间中元帝问他：“你认为长安和太阳，哪一个更远？”明帝答：“当然是太阳远，因为从来没听说过有人从太阳那边来，可见很远。”元帝觉得他回答得非常巧妙，第二天在群臣宴会上便说起这件事，并且再次问他：“长安和太阳哪个远？”不料明帝答：“日近。”元帝失色，问：“你为什么和昨天说得不一样？”明帝答：“举目见日，不见长安。”

这是把元帝比作了太阳，自然更加巧妙。群臣恭贺，以为神童。

从此，“日边”便用以比喻京都帝王左右，比如唐诗句：“天上碧桃和露重，日边红杏倚云栽。”

这句词的用意乃是表达自己远离帝京，被贬天涯之恨；且与“镜里朱颜改”相对，写出年华飞逝，老无所成，充满绝望无奈之感。

最后收束在伤春题旨，“飞红万点”写的是春暮落花成阵，本是自然之景，然而“愁如海”三字却奇绝愁绝。

清代词评家冯煦曾说：“少游词寄慨身世，闲雅有情思，酒边花下，一往而深，而怨悱不乱，悄悄乎得小雅之遗。后主而后，一人而已。”将其与李煜并提，后来又说：“淮海、小山，古之伤心人也。其淡语皆有味，浅语皆有致。”又将之与晏幾道并提，谓之“古之伤心人”。

但伤心到“飞红万点愁如海”的地步也太过深沉难负了，难怪友人以其为不寿之谶。

秦观既逝，当年西园雅集的诸人抚今思昔，感慨流涕之余，均步其韵填词《千秋岁》，以悼同道。附录如下：

千秋岁·次韵少游

苏轼

岛边天外，未老身先退。珠泪溅，丹衷碎。声摇苍玉佩，色重黄金带。一万里，斜阳正与长安对。　　道远谁云会，罪大天能盖。君命重，臣节在。新恩犹可觊，旧学终能难改。吾已矣，乘桴且恁浮于海。

千秋岁

黄庭坚

少游得谪，尝梦中作词云："醉卧古藤阴下，了不知南北。"竟以元符庚辰死于藤州光华亭上。崇宁甲申，庭坚窜宜州，道过衡阳。览其遗，始追和其《千秋岁》词。

苑边花外，记得同朝退。飞骑轧，鸣珂碎。齐歌云绕扇，赵舞风回带。严鼓断，杯盘狼藉犹相对。　洒泪谁能会？醉卧藤阴盖。人已去，词空在。兔园高宴悄，虎观英游改。重感慨，波涛万顷珠沉海。

千秋岁·用秦少游韵

李之仪

深秋庭院，残暑全消退。天幕回，云容碎。地偏人罕到，风惨寒微带。初睡起，翩翩戏蝶飞成对。　叹息谁能会。犹记逢倾盖。情暂遣，心常地。沉沉音信断，冉冉光阴改。红日晚，仙山路隔空云海。

“石痴”米芾：纸上龙蛇三五行

一

北宋的书法四大家，有两种排序，一种是苏黄米蔡，一种是米黄苏蔡。

苏是苏轼，米是米芾。到底苏轼和米芾谁更应该排在头名呢？

从年龄论，米芾比苏轼小十四岁，自小临摹苏轼的字，似乎应该排在后面；但从成就论，苏轼的第一身份是词人，其次才是书法家，而米芾第一身份是书法家，然后才是画家、鉴定家、收藏家、石头爱好者等一堆头衔。

米芾对书法的至爱，在他的词作《减字木兰花》中表露无遗：

减字木兰花·展书卷

平生真赏，纸上龙蛇三五行。富贵功名，老境谁堪宠辱惊。　　寸心谁语，只有当年袁与许。归到寥阳，玉简霞衣侍帝旁。

自从张旭和怀素开创了“颠张狂素”的传统，凡是以草书闻名的人都有那么点不正常，米芾更是如此。

米芾为人特立独行，举止癫狂，喜欢奇装异服，走在街上常常惹人围观。时人称之为“米颠”，形容他：“衣冠唐制度，人物晋风流。”

米芾（1051—1107），初名黻，后改芾，字元章。看到这个“黻”字，让人不禁想起挂在荣国府荣禧堂上的那副对子：“座上珠玑昭日月，堂上黼黻焕烟霞。”

“黻”是古代礼服上绣的半青半黑的花纹，所以米黻字元章。

大概是这个“黻”字太难写了，小时候罚抄费工夫，长大了签名不好看，于是后来改为“米芾”了。“芾”是草木茂盛的意思。

米芾有两癖，一是洁癖，二是收藏癖。

《宋史》说他“好洁成癖，至不与人同巾器”，即坚决不用别人用过的东西。身边随时都要备着水，方便他没完没了地洗手，而且他还不肯在盆子里洗，因为洗完第一下盆里的水就脏了，如何再洗第二下呢？所以他就让侍女用银壶倒水，自己就着水流洗手。洗完后也不擦干，因为怕毛巾不够干净，只用两手互相拍打，直到自然拍干为止。

洗手的次数频，对衣物的整洁度自然要求也高。他曾任职太常博士，负责皇家宗庙的祭祀事务，需要穿规定的祭服。朝廷下发的祭服，米芾嫌不干净，就一遍又一遍地洗，洗得太厉害，衣服变了色，连上面的花纹也洗掉了。就为这个，米芾受到了降职处分。

或许，这都是因为改名的缘故，如果他仍然老老实实地叫米黻，可能就不会惹出这档子事了——“黻”，可不就是礼服上的花纹吗？米芾丢了“黻”字，于是因为洗褪花纹而丢官，岂不因果相承？

因为洁癖而丢官，米芾可谓痴也。

这也还罢了。最不靠谱的是，他连选女婿都是按照洁癖的标准来。在众多东床候选中，他除了要求来人衣冠整洁指甲无垢外，连名字都要推敲一番。最后选了一位南京段氏，理由是名字取得好，姓段名拂字去尘。

米芾说：已经拂过了，还要再去一下尘，肯定是个干净人儿。这个理由把老伴气得直翻白眼，可是拗不过疯疯癫癫的米芾，只好把女儿嫁入了段家。也不知道小两口婚后感情怎么样。

米芾的第二大癖是收藏癖，八卦故事就更多了。

他收藏榜上的第一至爱是石头。

米芾性情孤傲，不慕权贵，便是见了皇亲贵戚也往往不肯下拜，但是在看到怪峰奇石时，却会喜得手舞足蹈，对着石头恭敬下拜，口呼“石兄”，虔诚之至。

他在安徽做官时，听说河边有一块奇形怪石，当地人都认为是仙石，不敢妄动。米芾欣然前往，一见之下，十分喜爱，不顾众人劝阻，命人将石头搬回了自己住的地方。

只见此石，高八尺有余，状貌奇伟，多孔多皱似人形。米芾摆设香案，换上官服，恭敬下拜，口呼：“吾欲见兄二十年矣。”喊过之后，觉得犹不够恭敬，遂又将“石兄”改为“石丈人”。

这个故事叫“米芾拜石”。《石头记》第一回中写石头累累刻着红楼故事，旁边有侧批：“惜米颠不遇此石。”便说的是这件事。

米芾的母亲阎氏在宋英宗的皇后还在潜邸的时候，就曾入府随侍。仗着这个交情，神宗继位后，便赐米芾为殿侍，后登进士第，恩补校书郎、太常博士。

这一点，也像是曹雪芹家祖与《红楼梦》里的故事，曹寅正是因为其母做过康熙乳母而得恩遇，正如同王熙凤说的“现放着奶哥哥哪一个不比人强？”荣禧堂上的对联便为御笔所赐，我也就从这时候才认识这个“黻”字的。

而《红楼梦》原名《石头记》，贾宝玉正是“石兄”，又素有呆症，与“米颠”相类。这让我不禁怀疑，曹雪芹写此书时，心中是否多次想起米芾来呢？

“米芾拜石”的八卦风传开后，朝中大臣认为米芾身为臣子，却峨冠袍服向怪石下拜，实在有失体统。于是有人上奏弹劾米芾，米芾再一次因为他的怪癖被罢了官。

不过米芾却一点也不后悔，后来还专门画了一幅《拜石图》。他爱石成癖，尤爱砚台，便是在皇上面前，也是不改本色，任性率真。

宋徽宗喜欢书法，每每召臣子殿内舞墨，兴致来时，赏赐无数。有一次召米芾草书御屏，想看看他的水平到底怎样。米芾笔走龙蛇，从上而下，酣畅淋漓。徽宗看后十分高兴，正欲打赏，米芾已经抢先说话了。

原来，米芾写字的时候已经早早盯上了正在使用的砚台，因跪拜说：“皇上，这砚台臣已用过，皇上不便再用，不如便赏给臣子吧。”

这真是强词夺理之说。宋徽宗不禁莞尔，但还来不及说话，米芾已经口称“谢恩”，也不管皇上答没答应，迫不及待地将墨汁淋漓的砚台揣在怀里便走。

这般狂言妄行，宋徽宗却不加责备，反对左右说：米学士俊逸之才，不可以礼法拘之，并且赐银二百五十两。

原来，宋时银子五百两为一封，二百五十两就是“半封”。宋徽宗这是与米芾开玩笑，说他是“半疯”，却从此传下了“二百五”的雅谑。

米芾爱砚至深，将砚台比作自己的心，每得新砚，往往抱着共眠数夜，视如新婚。有人想向他讨一方砚，他瞪着眼说：“砚石好比我的心，拿走了心，我就活不成了。是谁让你来要我的命？我一定不会放过他！”吓得对方再不敢说话。

他且将各种砚台的产地、材质、形制、工艺都做了详细论述，著有《砚史》一书，对后世研究砚石的影响很大。

南唐后主李煜藏砚甚多，其中“三十六峰砚”和“七十二峰砚”都曾被米芾收藏。砚于李后主亡后流落民间，流转数十人家。米芾倾其家当，以五百两黄金购得。后又不慎丢失。米芾痛惜万分，赋诗云：

砚山不可见，我诗徒叹息。
唯有玉蟾蜍，向予频泪滴。

除了《砚史》外，米芾的“相石四法”也在中华古典赏石文化中拥有极高的地位，这一理论不但引领了当时的赏石潮流，而且至今仍然是赏石界之经典。

米芾收藏榜的第二位是字画。

为了搜集书法画作，他是无所不用其极。《尧山堂外纪》中记载，有一天，宰相蔡攸邀他一起游湖，席间拿出一幅王羲之的书法作品请他鉴赏。

米芾一见，两眼放光，半晌又转为呆滞。因为他想着这么好的字画，说什么也得据为己有，可是看蔡相那沾沾自喜视若至宝的样子，又怎么可能割爱呢？

于是米芾心生一计，忽然抓过卷轴塞进怀中，转身就往舱外跑，扒着船舷就要往下跳。所有人都蒙了，蔡攸大叫：“元章，有话好说，这却是为何呀？”

米芾大哭道：“我这些年收藏的所有字画，都比不过这一幅，要是不能得到这幅字，我活着还有什么意义，不如跟它一起同归于尽吧！”

蔡攸再没想过米芾竟会这样无赖，明知他是诈癫夺字，可是也知道这个米颠什么狂事都做得出来，要真是投了河，自己可说不清楚。就算人能救起来，书画浸水也废了。反正是废，还不如送给他呢，好歹落个人情。明知是计，还是不能不憋屈地答应了他，白白丢失了一幅珍宝……

米芾擅画，尤擅临摹。有一次，一个书画商拿着一幅唐人真迹上门兜售。米芾想要，又嫌价高，遂说：你先放在这里，七天后再来，我好好想想再决定买不买。

过了七天，商人再来时，米芾说：我还是觉得价钱太高，不买了。并且让商人当着他的面把画检查过了再拿走。

商人失望地走了，但是第二天一大早，却又再次登门了。

一见面米芾就笑着说：我就知道你今天一定会来。另拿出一个卷轴说：这个才是你的宝贝，昨天你拿走的是我的临本。不过你能以假作真，我非常高兴。

这个故事很传奇，但以米芾对书画收藏的占有欲来看，更大的可能是米半疯存了心要以临本骗取人家的真本，骗不过去了才不得不归还。

我会这样猜测，并非小人之心，而是因为吃过米芾亏的人不少。丹阳太守杨次翁有一次宴请米芾，说为他准备了珍稀的河豚羹。结果端上桌来，却只是一条普通的鱼。米芾茫然：你这不是骗人吗？杨次翁哈哈大笑：不是骗人，只不过是河豚的赝本而已。

据说流传到现在的很多魏晋书画，尤其是“二王”的一些作品，其实都是米芾的临摹之作。

二

米芾是湖北襄阳人，故而世称“米襄阳”，又因曾为书画学博士，遂又称“米南宫”。

米氏书画自成一家，山水画风格独特，尤其擅枯木竹石，世称“米点山水”，平生擅长篆、隶、行、楷、草等各种书体，代表作有《蜀素帖》《拜中岳命帖》《研山铭》等。他的成就完全来自后天的苦练。七八岁时已经开始学习书法，十岁写碑刻，临摹各名家书帖，“一日不书，便觉思涩，想古人未尝半刻废书也”。

他的字和词，都深受苏轼影响，比如这首同样是咏中秋的《水调歌头》：

水调歌头·中秋

砧声送风急，蟋蟀思高秋。我来对景，不学宋玉解悲愁。收拾凄凉兴况，分付尊中醽醁，倍觉不胜幽。自有多情处，明月挂南楼。　怅襟怀，横玉笛，韵悠悠。清时良夜，借我此地倒金瓯。可爱一天风物，遍倚阑干十二，宇宙若萍浮。醉困不知醒，欹枕卧江流。

这首词借中秋赏月，表达了词人的高洁情怀，也流露了对于“从仕数困”的幽恨。全篇用笔空灵回荡而自有清景无限，充分表现出米芾“为文奇险，不蹈袭前人轨辙”的特有风格。

米芾写中秋赏月，却反其道而行之，不写月亮，先写晚来秋意。古人有秋夜捣衣，远寄征人的习俗，砧上捣衣之声表明气候转寒；墙边蟋蟀鸣叫，亦是秋夜专属之景。米芾说听到急促的砧声而后感到飒飒秋风之来临，却不愿意学宋玉悲秋情调，而要“收拾凄凉兴况，分付尊中醽醁”，把酒赏月，自得其趣。

如此，才请出明月隆重登场：“自有多情处，明月挂南楼。”原来前面的全是铺排，到这会儿正主才真正登场了。

于是下阕放开写月夜。玉宇无尘，襟怀清朗，笛韵悠悠，正可助我豪情。醉中望月，一天风物，无不可爱。因此醉困不知醒，卧江听潮声，便醉在这宇宙永恒之间吧。

自古以来对月咏怀，都难免令人兴发宇宙广邈而人生短暂之感，作者也不例外，却在“宇宙若萍浮”的大题目之后，偏偏来一句“醉困不知醒”，这便是他“收拾凄凉兴况”的洒脱做派了。

洒脱，却也无奈。但不如此，又能如何？

这首词写于东坡的同题词之后，而能独树一帜，确有其独特妙处。米颠不癫，实大智若愚耳！

米芾初访苏轼是在元丰五年（1082）三月，与董钺、绵竹道士杨世昌等一起拜谒黄州雪堂，并将此行经过记录于《画史》：“吾自湖南从事过黄州，初见公（苏轼）酒酣曰：‘君贴此纸壁上。’观音纸也，即起作两竹枝、一枯树、一怪石见与。”

苏轼作墨竹画与众不同，自顶至地，先竿后节，一气呵成。米芾问：“为什么不一节一节画呢？”苏轼答：“你见过竹子是一节一节长出来的吗？”

苏轼又作《枯木怪石图》，“枝干虬曲无端，石皴硬。亦怪怪奇奇无端，如其胸中盘郁也”。米芾题诗云：

题苏东坡木石图

四十谁云是，三年不制衣。
贫知世路险，老觉道心微。
已是致身晚，何妨知我稀。
欣逢风雅伴，岁晏未言归。

也就是这次见面，米芾下定决心开始学习晋人书法，自此技艺精进。

这建交的过程和李之仪有点像，也是结识苏轼于微时。所以后来苏轼还朝，米芾也就成了西园雅集的座上宾，并作《西园雅集图记》，一一列出与会的十六位名流：

> 李伯时效唐小李将军为著色泉石，云物草木花竹皆妙绝动人，而人物秀发，各肖其形，自有林下风味，无一点尘埃之气。其着乌帽黄道服捉笔而书者，为东坡先生；仙桃巾紫裘而坐观者，为王晋卿……捉椅而视者，为李端叔……坐于石磐旁，道帽紫衣，右手倚石，左手执卷而观书者，为苏子由。团巾茧衣，秉蕉箑而熟视者，为黄鲁直。幅巾野褐，据横卷画归去来者，为李伯时。披巾青服，抚肩而立者，为晁无咎。跪而作石观画者，为张文潜……二人坐于磐根古桧下，幅巾青衣，袖手侧听者，为秦少游。琴尾冠、紫道服，摘阮者，为陈碧虚。唐巾深衣，昂首而题石者，为米元章……

元祐四年（1089）六月，苏轼知杭州，路过扬州时，与章资平一起造访任职淮南东路幕掾的米芾。

米芾设宴款待，苏轼拿出珍藏好茶“密云龙”招待，米芾题词记之：

满庭芳·咏茶

雅燕飞觞，清谈挥麈，使君高会群贤。密云双凤，初破缕金团。窗外炉烟似动。开瓶试、一品香泉。轻涛起，香生玉尘，雪溅紫瓯圆。　　娇鬟，宜美盼，双擎翠袖，稳步红莲。座中客翻愁，酒醒歌阑。点上纱笼画烛，花骢弄、月影当轩。频相顾，余欢未尽，欲去且留连。

词中的“娇鬟”就是朝云，这一年她二十六七岁，正是女人一生中最为光艳动人的时刻。米芾在词中用尽美好词汇来描述她，又是“美盼”，又是“稳步红莲”，最后还要说“频相顾，余欢未尽，欲去且留连”，不知是舍不得离开老苏呢，还是舍不得朝云。

元祐七年（1092）三月，苏轼任扬州知事，与米芾相聚的机会更多了。一日设宴，名士云集，酒过三巡，菜过五味，米芾忽然站起来，敲了敲酒杯，对苏轼说：“米元章有事，请求大人主持公道。”苏轼道：“请讲！”米芾说：“世人皆以米芾为癫，请大人做主，我癫还是不癫？”

苏轼笑着轻轻吐出三个字：“吾从众。”众人大笑。

苏轼这句谑笑用的是《论语》的典故。孔子是崇尚周公之礼的，所以在礼仪祭礼等事上通常坚持“吾从周”，但有的细节上偶尔也会与时俱进，“吾从众”。

例如《论语·子罕》中说：“子曰：麻冕，礼也；今也纯俭，吾从众。拜下，礼也；今拜乎上，泰也。虽违众，吾从下。”

苏轼认同大多数人说的“米芾是癫”，却以圣人之语说“吾从众”，一语双关，真乃雅谑也。

九月，米芾在雍丘任知县，苏轼自扬州被召还京师。米芾邀请至雍丘，设宴招待。

苏轼来到时，才发现宴桌旁边还另设长案，以精笔、佳墨、宣纸排列其上。

原来，苏轼有两个弱点：一是见不得好纸，看到澄心堂纸必然眼睛发亮，连呼“拿笔来”；二是酒量不行但酒兴极佳，醉后必有好书法。

米芾这回显然是投其所好，有备而来。

结果不用说，苏轼自是一杯酒一行书，直到写尽了米芾备下的所有纸墨才兴尽而归。

不过，苏轼也不亏，因为两个人都是边喝边写，“每酒一行，即展纸共作字。二小吏磨墨，几不能供”。宴散之际，各自交换书法，携之而去，“自以为平日书莫及也”。

苏轼被贬岭南，与众亲友往往绝书信，而和米芾交情不辍，依然如旧。曾在《与米元章书》中道：“岭海八年，亲友旷绝，亦未尝关念。独念吾元章迈往凌云之气，清雄绝俗之文，超妙入神之字，何时见之，以洗我积年瘴毒耶！今真见之矣，余无足言者。”

徽宗建中靖国元年（1101）夏天，米芾在真州（今江苏仪征）任发运司。苏轼遇赦北还，来此与米芾再次相见，住在北沙东园。

一日与客游金山。有人请苏轼题字，东坡云：“有元章在。”米芾说：“您是我的老师，我怎么敢班门弄斧。”东坡拍着他的后背笑道：“早已青出于蓝了，何必过谦？”

米芾果然不再谦虚，大大咧咧地说：“端明真乃知我者也。”自此更加癫狂自负、目中无人了——也是，连苏东坡都说他远超自己，当世谁还敢逆其锋芒？

苏轼在仪征染病，米芾多次前往探视，并冒着暑热送“麦门冬饮子”。为此，苏轼写了《睡起闻米元章冒热到东园送麦门冬饮子》诗。诗曰：

一枕清风直万钱，无人肯买北窗眠。
开心暖胃门冬饮，知是东坡手自煎。

这次染疾，再未得愈。不久，苏轼抱恙上路，七月二十八日病逝于常州。米芾得闻苏轼去世的噩耗，连作《苏东坡挽诗》五首。

苏轼与米芾自元丰五年（1082）至建中靖国元年（1101），两人相交近二十年，至死方休，足见深厚！

此前在仪征，米芾看到了苏轼题在扇面的秦观的词《踏莎行·郴州旅舍》及苏轼的跋语，感慨无限，遂将秦观词与苏轼跋合写一帖，让苏轼观看。

苏轼看后不禁点头称善，感慨道：对得起少游了！

这就是后来传至郴州的“三绝碑”。

正所谓人以群分。米芾与苏轼、秦观一样，也是死得相当传奇。

他一生酷爱字画，于死前一个月却将他喜欢的字画器玩全烧了，还准备好了一口棺材，起居饮食全在棺材里，并且挨个向亲友告别。

到了后期，更是每天洗澡、焚香、斋戒、更衣。人们对他的怪异举止早已习以为常，也都由着他。斋沐七日后，米芾把所有亲戚朋友请了来，举着拂尘说：“众香国中来，众香国中去。”说完扔掉拂尘，合掌而死。

贺鬼头：凌波不过横塘路

一

米芾癫，贺铸痴，两人每每见面，三言两语便互怼起来，正所谓针尖麦芒，各不相让。

《宋史》中形象地描写了两人的争论情状：“瞋目抵掌，论辩锋起，终日各不能屈，谈者争传为口实。”意思就是两人每每争论，必瞪起眼睛，拍着手掌，激烈争辩，可以辩足一整天，却谁都无法把对方说服，遂成坊间话题。

这情形颇像佛门弟子的“辩经”，可惜的是没有史料记载他们的辩论内容。

我曾在西藏和云南两次目睹辩经大会。众僧伽居于林野间，两两相对，答辩双方一站一坐，站着的辩手围着坐着的僧人来来回回地边走边说，忽退忽进，不时扯动袈裟，挥甩念珠，双掌用力对拍来增强气势；回答者则一直结跏趺坐，仰头看着辩手，偶尔发出简短应和。

据说这击掌有三重意思：一是表示“起”，我要提问了，请你注意；二是指一个巴掌拍不响，代表世间一切都是众缘和合的产物；三是为增强气势，有醍醐灌顶之意，以响声击醒你的慈悲智慧，驱走杂念。

“米半疯”与“贺鬼头”两人辩论时亦是瞪眼拍掌，机锋十足，不知可是向僧侣学得奥窍？

贺铸之所以叫作“贺鬼头”，是因为他长相奇丑。身高七尺，面色铁青，眉目耸拔，夜里行街会被人当成牛头马面而争相逃避。

于是朋友们劝他晚上少出门，长得丑不是你的错，但是出来吓人就不对了。但他不以为然，觉得自己长相不俗，是世人不懂欣赏，且自辩说：“自负虎头相，谁封龙额侯？”——我这可是龙精虎猛的天生将帅之相，你们懂什么？

贺铸性情豪爽，有侠气，“驰马走狗，饮酒如长鲸”。他不附权贵，喜高谈阔论，对天下事自有见解；而且说话不留情面，即使面对那些权倾一时的高官权贵亦不假辞色，只要稍有不满，便当面直诋人非，言辞刻薄，不留情面。自称“少有狂疾”，竟以“北宗狂客”自况。

长得这么丑，性格又这么不逊，若是生于贫门薄户，必定是要娶不到媳妇了。然而贺鬼头却娶了一位郡主为妻，这要感谢他的好出身。

贺铸（1052—1125），字方回，乃太祖贺皇后族孙，正经的皇亲国戚。十七岁离家赴京，历任右班殿直、滏阳都作院、徐州宝丰监钱官等职，都是些冷差闲职，难有作为。

他七岁学诗，才华横溢，但因其性素狂狷，尚气使酒，即遇贵势亦不肯屈节阿谀，因而一生沉于下僚，郁郁不得志。

直至重和元年（1118），贺铸方以祖荫迁朝奉郎，赐五品服。然而此时他对于仕途已然灰心，在任一年便再度辞职，定居苏州，杜门校书。

有人说贺铸出身显赫却怀才不遇，实为不幸。但这句话也可以反过来说，贺鬼头出言不逊而能潇洒平生，安然到老，也恰恰是仗着他出身皇族的强大背景，不然十个贺鬼头也成了“没头鬼”了。

不过贺鬼头也真心没把自己的皇族背景当回事，他给自己考证得来的祖先乃是唐朝诗人贺知章。贺铸祖居山阴（今浙江绍兴），因为贺知章居庆湖（即镜湖），故自号“庆湖遗老”。

贺知章是唐朝最幸福的诗人，自号“四明狂客”。致仕之际，唐玄宗问他有什么要求，贺知章想了想说，求以家乡镜湖边数顷地赐给他做放生池。玄宗御笔一挥，干脆把整个镜湖及周边良田万顷全赐给了他。贺知章回乡后，写下《回乡偶书二首》，一首是收入小学课本的“少小离家老大回，乡音无改鬓毛衰”，另一首便是“唯有门前镜湖水，春风不改旧时波”。

贺铸以祖宗贺知章为荣，不但自号“庆湖遗老”，只怕“北宗狂客”的名头也是根据“四明狂客”而来的。

二

贺铸诗词皆能。他七岁学诗，三十年间已达五六千首。经过不断删汰，自编《庆湖遗老集》时只存九卷，可见写作之勤与数量之巨。其诗风骨飘逸，工致修洁，多以旅途行役、登临游赏为主。

他的词则兼有豪放、婉约二派之长，其描风绘月之作，雍容婉艳，幽闲思怨，意近秦晏；其爱国忧时之作，则悲壮激昂，又近苏轼。

其代表词作《青玉案》，其中有“试问闲愁都几许？一川烟草，满城风絮，梅子黄时雨”的佳句，因而得名“贺梅子”。

青玉案

凌波不过横塘路，但目送、芳尘去。锦瑟华年谁与度？月台花榭，琐窗朱户，只有春知处。　　碧云冉冉蘅皋暮，彩笔新题断肠句。试问闲愁都几许？一川烟草，满城风絮，梅子黄时雨。

这首词表面看是一首情词，描写邂逅一个女子而不能获得的失意惆怅，却“好色而不淫，怨悱而不乱”，深得《小雅》风致。

开篇“凌波”之句，取意曹植《洛神赋》：“凌波微步，罗袜生尘。”而横塘则是苏州地名，贺铸小筑就在这里。这句写的是意中人步态轻盈擦肩而过，并不肯来到横塘，自己唯有目送她的背影离去，惊鸿一瞥，无限遥思。

“锦瑟华年谁与度”则意出李商隐《无题》：“锦瑟无端五十弦，一弦一柱思华年。”比喻青春年华，与谁共遣？

贺铸善化中晚唐诗人的诗句入词，曾说：“吾笔端驱使李商隐、温庭筠，常奔命不暇。”此处可见一斑。

他猜测女子锦瑟华年的生活状态，不知寄身于哪家的月台花榭，琐窗朱户，恐怕只有春天才会知道她的去处吧。“蘅皋”是曹植遇洛神的地方，再次描写美人的迷离惝恍，一去无踪。“彩笔”一句借用江淹得五彩笔的典故，说自己纵有生花妙笔，也写不尽相思情意，暗隐江淹诗“日暮碧云合，佳人殊未来”。

最后一句“试问闲愁”的自问自答是词眼所在，连用了“一川烟草，满城风絮，梅子黄时雨”这样三种意象，将无形无色的愁思从广度、密度和长度三方面给了具体可见的画面，构思奇妙，堪称绝唱。

此词一出，风传南北，时人步其韵唱和仿效者有近三十首，不仅有宋人，还有金人，其数量为唐宋词之冠。

这首词一句一用典，无语无出处，难怪江西诗派宗主黄庭坚激赏不已，不但步韵附和，且特地作《寄贺方回》一诗赞叹：

少游醉卧古藤下，谁与愁眉唱一杯。
解作江南断肠句，只今唯有贺方回。

当年秦观曾有词云："醉卧古藤阴下，了不知南北。"后来卒于藤州，时人都说此句早有先兆。

黄庭坚这首诗说，自少游走后，谁还能与我举杯消愁？如今能诉说世间万般无可奈何、断肠销魂之事者，只剩下贺方回一人了。

贺铸的词，真当得上一句"我很丑，但是我很温柔"。

他的咏荷之作《踏莎行》借物言情，以荷花自况，写尽明珠暗投、怀才不遇的冷落失意情怀。因其中有"红衣脱尽芳心苦"之句，遂此牌又名《芳心苦》。

踏莎行

杨柳回塘，鸳鸯别浦。绿萍涨断莲舟路。断无蜂蝶慕幽香，红衣脱尽芳心苦。　返照迎潮，行云带雨。依依似与骚人语。当年不肯嫁春风，无端却被秋风误。

开篇写景，画出一个绿柳环绕、鸳鸯游憩的池塘。池面长满绿色的浮萍，连采莲小舟来往的路也被遮断了。回塘，意即曲折回环的池塘；别浦，江河支流的水口。

莲舟路断，则荷花只能在回塘中自开自落，无人采摘。“涨”与“断”字，都用得形象贴切，极有质感。

如此身困萍浦深处，不见天风，连蜂蝶都难以接近。荷花只能在寂寞中褪尽残红，只留下莲子中心的苦味。

这里将荷花比作亭亭玉立的红衣佳人，“幽香”形容高洁，而“芳心苦”则显示了她的寂寞处境和芳华零落的悲苦心情。

菡萏幽香，莲心最苦，这两句是全词的着力之笔，形神兼备，虚实结合，将荷花的成长形态与人物的命运处境结合得天衣无缝，咏物、拟人、托寓，水到渠成，挂角无痕。

同时，这也是以绿萍路断，蜂蝶无赏，荷花不见采莲舟为喻，委婉地表达了自己委身闲差冷职，仕途阻碍不得重用之苦，情致幽艳而辞藻婉约，深得林下风致。

过片两句，描绘夏日黄昏雨后初晴的荷塘景色。夕阳的余晖照映在浦口的水波上，流动的云彩还带着湿漉漉雨意，偶尔有几滴水珠溅落在荷塘上。荷花在晚风中轻轻摇曳，似是对着词人依依诉说自己的遭遇与心境。

屈原是中国第一位有名有姓的诗人，其最著名的作品是《离骚》，从此“骚”就成了“诗”的代名词，而“骚人”便指诗人，这里则指作者自己。然而这怀才不遇的低语，究竟是荷花在对着自己诉说，还是自己在对着世人诉说呢？这里采用的是一种通感的手法，更制造了一种惝恍生动的情绪。

最后两句便是荷花的自叙了，思路更是奇妙。

“当年不肯嫁春风”乃化用韩偓诗《寄恨》“莲花不肯嫁春风”之句，显示荷花不愿趋世附俗的幽洁贞静个性。然而笔力一转，却道“无端却被秋风误”。荷花盛于夏日，当秋风起时，也就红衣落尽，芳华消逝，美好时光一去不再了，悔之晚矣。

行文至此，花即是人，人即是花，早已合而为一，真真神来之笔。

自屈原之后，古代诗人便习惯于以男女之情比君臣之义，以美女慎嫁比贤士隐修，以佳人因择夫过严而辜负年华，比喻贤士因择主无时而怀才不遇。这首词则以荷花比佳人，再以荷花佳人比自己，手法更为含蓄灵活，乃为借物喻人作品中的上上之品。

陈廷焯《白雨斋词话》评："方回词，胸中眼中另有一种伤心说不出处，全得力于楚《骚》，而运以变化，允推神品。"评价十分到位。

贺铸还有一首更为伤情的《鹧鸪天》，与苏轼的《江城子》并为北宋悼亡词双璧。

鹧鸪天

重过阊门万事非，同来何事不同归。梧桐半死清霜后，头白鸳鸯失伴飞。　原上草，露初晞。旧栖新垅两依依。空床卧听南窗雨，谁复挑灯夜补衣。

贺铸夫人赵氏，原为宋宗室济国公赵克彰之女，出身尊贵，却浑无骄纵之气，温柔贤惠，举案齐眉。

姑苏阊门，《红楼梦》第一回评为"最是那红尘中一二等富贵风流之地"。贺铸青壮年时大部分时间和妻子生活在苏州，但在年老重回苏州时，妻子却已去世。

他来到妻子坟前扫墓，看到碧草青青，不知已经荣枯多少春秋。姑苏如旧繁华，阊门依然十里，然而那个陪在自己身边携手同游的人却不在了。于是挥泪写下"重过阊门万事非，同来何事不同归"，问得好不惨切可怜。

“梧桐半死”一句，指古琴的材质以上桐下梓为主。汉代枚乘《七发》中载：龙门有桐，其根半生半死，斫以制琴，声音为天下之悲。唐朝李峤悼妻诗中有“琴哀半死桐”之语，贺铸巧用典故，意在悼亡。

“原上草，露初晞”则化用汉代丧歌《薤露》之句：“薤上露，何易晞。露晞明朝更复落，人死一去何时归？”

最后两句忆旧，撷取了夫妻生活中最温情也最伤情的一个小细节：雨夜灯下，妻子曾经安静地缝补衣裳。那样家常的画面，将再也不复见了。

三

贺铸不仅悼亡词写得与苏轼不相上下，其豪放词作亦俊爽豪迈，不遑多让。且以《六州歌头》为例：

六州歌头

少年侠气，交结五都雄。肝胆洞，毛发耸。立谈中，死生同，一诺千金重。推翘勇，矜豪纵，轻盖拥，联飞鞚，斗城东。轰饮酒垆，春色浮寒瓮，吸海垂虹。闲呼鹰嗾犬，白羽摘雕弓，狡穴俄空，乐匆匆。　似黄粱梦，辞丹凤；明月共，漾孤蓬，官冗从，怀倥偬，落尘笼，簿书丛。鹖弁如云众，供粗用，忽奇功。笳鼓动，渔阳弄，思悲翁，不请长缨，系取天骄种，剑吼西风。恨登山临水，手寄七弦桐，目送归鸿。

贺铸十七岁从军，少有侠气。这首《六州歌头》便是回忆从前豪情的。

元祐三年（1088）秋，贺铸在和州（今安徽和县一带）任管界巡检，负责训治甲兵，巡逻州邑，捕捉盗贼。虽位卑人微，却心怀社稷。眼看宋王朝政治翻云覆雨，新党变法的成果毁于一旦，对外又恢复了岁纳银绢、委曲求和的局面，另有西夏骚扰日益严重，词人义愤填膺，挥笔写下这首辞情刚烈、充满爱国抱负的豪放名作。

上阕回忆少年时期在京城的任侠生活。“少年侠气，交结五都雄。”化用唐朝诗人少年行诗意，如李白的“结发未识事，所交尽豪雄”，李益的“侠气五都少”。五都，泛指北宋的各大城市。

接下来一连串豪情词句排列铺陈，突出少年武士们的侠气之交。

他们意气相投，肝胆相照，三言两语中即成生死之交，重义轻财，一诺千金；他们推崇勇敢，纵气任侠，并辔驰骋，呼朋唤友，活跃在京城内外；他们随时豪饮于酒肆，如长虹吸海，又携弓出猎，鹰啸长空，猎犬随骑，让各种野兽的巢穴顿时一空。

汉代长安城按南斗、北斗形状建造，故得名“斗城”，此处则指北宋东京。

上阕种种细节，写出了五都少年的武艺高强，雄壮豪健，最后只用“乐匆匆”三字轻轻收束，仿如雁过留声，轻盈爽利。

下阕以“似黄粱梦”过渡，进一步点化“乐匆匆”，变声凄角，将思绪从过去拉回到今天的现实中来。

离开京城已经十多年过去了，如今年逾不惑，仍无建树，少年时的豪侠梦终究成空。长期担任着相当汉代冗从的低微官职，为了生存，孤舟漂泊，只有明月相伴。岁月倥偬，却像落入囚笼的雄鹰，一筹莫展。每天只能做些案头打杂的粗活，保家卫国的壮志，建立奇功的才能完全被埋没了。

接着一句“鹖弁如云众”，写出像我这样郁郁不得志的武官不止一个，空怀报国壮志，却只被支派到地方上打杂，劳碌案牍，不能杀敌疆场、建功立业。

鹖（hé）弁（biàn），本义指武将的官帽，代指武官。

笳、鼓，都是军乐器。

渔阳，安禄山起兵叛乱之地。这里代指北宋边境的少数民族发动战争。

笳鼓敲响了，渔阳之兵乱起来了，战争爆发了。想我这悲愤的老兵啊，却无路请缨，不能上阵杀敌，生擒西夏酋帅，就连随身的宝剑也在秋风中发出愤怒的吼声。唯有满怀惆怅，登山临水，抚琴高歌，目送归鸿。

这是由己及人，不只为自己的怀才不遇抱不平，也写出当下的社会现象，指责北宋当权者浪费人才、重文轻武。

此曲激情澎湃，义气爽侠，具有强烈的震撼力和崇高感。这是宋词第一次塑造了一个思欲报国而请缨无路的奇男子形象，上继苏轼、范仲淹，下启辛弃疾、张元干，即便在豪放派词作中，也是不多见的。

贺铸还有一首自度曲《小梅花》，将唐诗集句成词，慷慨悲凉，酣畅淋漓，别具一格。

小梅花

缚虎手，悬河口，车如鸡栖马如狗。白纶巾，扑黄尘，不知我辈可是蓬蒿人？衰兰送客咸阳道，天若有情天亦老。作雷颠，不论钱，谁问旗亭美酒斗十千？　酌大斗，更为寿，青鬓长青古无有。笑嫣然，舞翩然，当垆秦女十五语如弦。遗音能记秋风曲，事去千年犹恨促。揽流光，系扶桑，争奈愁来一日却为长。

这首《小梅花》为贺铸自度曲，豪气干云，有刑天操干戚而舞的气势。

“行路难”原系乐府诗题，多写志士失路的悲愤，此词借古调抒发作者胸中块垒，以浇不平。

上阕起首二句采用借代手法，起笔不凡：手能暴虎者为勇士，引申为有军事才能的人；口若悬河者为谋士，引申为有政治才干的人。倘若逢辰，这样的文武奇才当高车驷马，上黄金台，封万户侯。可眼前却穷愁潦倒，车不大，像鸡窝；马不壮，像饿狗。“车如鸡栖马如狗”语出《后汉书·陈蕃传》，与“缚虎手，悬河口”形成强烈对比。

白衣，指没有功名的人；黄尘，指京城之土。这六个字参用陆机《代顾彦先赠妇》“京洛多风尘，素衣化为缁”之意，谓白衣进京，不知能否得取富贵；“蓬蒿人”化用李白诗意“仰天大笑出门去，我辈岂是蓬蒿人”；“衰兰送客咸阳道，天若有情天亦老”则袭用李贺《金铜仙人辞汉歌》原句，表现窘微之人奔走风尘，投靠无门，写尽志士之困厄。

接着再化李白诗《行路难》：“金樽清酒斗十千，玉盘珍羞直万钱。”却移地旗亭，顺手扯上了唐朝边塞诗人高适、王昌龄、王之涣“旗亭画壁”的典故。

于是下阕着重写酒，写及时行乐，大斗喝酒，笑拥美人，歌舞翩然，弦声刺促。

“当垆秦女十五”是从东汉辛延年《羽林郎》“胡姬年十五，春日独当垆”化出；“秋风曲”指的是汉武帝《秋风辞》“欢乐极兮哀情多，少壮几时兮奈老何”，又或是指李白《秋风词》“秋风清，秋月明”，不可确知。

千年犹短，白驹过隙，极写生之欢愉，反衬死之恒常。

此词大量化用前人歌行诗句，每两三句转韵一次，平仄互换，长短不齐，音乐性极强，可想而知原曲爽快简利，一唱三叹。可惜曲谱未能传世，诚为憾事。

贺铸显见是李白的粉丝，其以《小梅花》曲调填写的一首《将进酒》，也是承袭太白遗风，因此《小梅花》词牌又名《将进酒》：

将进酒

城下路，凄风露，今人犁田古人墓。岸头沙，带蒹葭，漫漫昔时流水今人家。黄埃赤日长安道，倦客无浆马无草。开函关，掩函关，千古如何不见一人闲？　六国扰，三秦扫，初谓商山遗四老。驰单车，致缄书，裂荷焚芰接武曳长裾。高流端得酒中趣，深入醉乡安稳处。生忘形，死忘名，谁论二豪初不数刘伶？

贺铸说，他想学商山遗老，他想做醉乡常客，他想淡漠生死，致敬刘伶。

他都做到了。

贺铸自幼苦学，博闻强识，于书无所不读。家藏书万余卷，晚年退居常州，一一校雠，“反如寒苦一书生”。自得其乐，以此终老。

宣和七年（1125），贺铸卒于常州僧舍，终年七十四岁。

关于贺铸的各种史录中，以陆游《老学庵笔记》所载最为简洁活泼：“贺方回状貌奇丑，色青黑而有英气，俗谓之贺鬼头。喜校书，朱黄未尝去手。诗文皆高，不独工长短句也。潘邠老《赠方回诗》云：诗束牛腰藏旧稿，书讹马尾辨新雠。有二子，曰房、曰禀。于文，房从方，禀从回，盖寓父字于二子名也。”

由此可见贺铸有两子，一个叫贺房，名中有“方”；一个叫贺禀，名中有“回”，合为“方回”，是谓父子同名。

这取名的方式，比起今天的夫妇们常常取各自名字中一字组成宝贝名字，可要高级多了，可为借鉴。

茶香灯影，好一幅清明上河图

一

北宋最贤明的皇帝莫过于宋仁宗：“百事不会，只会做官家。”而最昏庸的皇帝则要数宋徽宗：“诸事皆能，独不能为君耳！”

徽宗赵佶书画双绝，不啻绝世才子。他独创的书法“瘦金体”，铁画银钩，风竹泠然，最为后人称道。台北“故宫博物院”珍藏着一卷他以瘦金体书写的五言律诗，每行两字，共二十行，名为《秾芳诗》。

秾芳依翠萼，焕烂一庭中。
零露沾如醉，残霞照似融。
丹青难下笔，造化独留功。
舞蝶迷香径，翩翩逐晚风。

瘦金体清峻峭拔，即使不懂书法的人，也足以欣赏其美，却极难模仿。有人说，这是因为赵佶身为宋主，万乘之尊，所以在书法上的表现自有一种傲气，形易仿，骨难学。

也有人说，瘦金体难学，是因为徽宗画艺高超，把工笔画的技巧融入书法中，字画合一，神韵独具。

宋徽宗擅画，还一度设立画学，对宫中画师要求很高，且有自己的一套选拔标准，往往亲自出题擢选。

比如，有一次他出的题目是《踏花归来马蹄香》。

众画师各显其能，有的画着骑者踏春撷花而归，有的画着马蹄过处鲜花丛开，还有的画着骏马在花丛中徙倚流连。唯有一位青年画师匠心独具，画面不见一片花瓣，却画着几只蝴蝶追随在奔走的马蹄之后，香韵依依，“画有尽而意无穷”。宋徽宗拍案叫绝，遂点为魁首。

又一次，赵佶以《深山藏古寺》为题。众考生所画，无非崇山峻岭，密林古寺。只有一人，没有画出寺院的哪怕一个飞檐楼角，而只是画了深谷中一条山路，尽头有个小和尚在溪边打水。有和尚，自是有寺院，画面只见深林未见山寺，一个“藏”字活脱脱表现出来。

最绝的一次，是他出题《野渡无人舟自横》。

试卷交上来，清一色的山水画，有人画一空舟系于岸边，有人画一鹭鸶立于船头，有的画师考虑周全，想到题目出自韦应物绝句《滁州西涧》：“独怜幽草涧边生，上有黄鹂深树鸣。春潮带雨晚来急，野渡无人舟自横。”便照着诗中内容一一点缀深树黄鹂，岸边野草，以为既展示了画技又展示了学问，必能考中。

然而宋徽宗一一翻着画卷，边看边摇头，却独独对一幅画大赞：画得好!

只见上面画一小船，艄公卧于舱尾酣睡，手里还握着一只笛子。众人不解：“题目明明是野渡无人，可是这幅画里有人啊，怎么官家还说好呢？”

宋徽宗笑道："你们只知题面有'无人'二字，就认定舟中无人；但此画师却偏偏画了船工假寐，这却是因为什么？"

众人恍然："船工无聊到吹笛子打发时间，累了索性蒙头大睡，自然是因为无人摆渡，这才是真正的'野渡无人'啊！"

画者巧思固然难得，宋徽宗能出这样的考题，能选出这样的画作，亦是难得。

北宋最伟大的画家之一张择端，大概便是这样被选择出来的吧？

张择端是徽宗末年的翰林书画院待诏，《清明上河图》便是他献上的贡品。此画不同于以往人物画以表现贵族士大夫优雅闲适的生活情趣为主，而将着眼点放于市井阶层，真实再现了北宋末年普通民众的世俗生活与商业活动。所以有一种说法是，宋徽宗授意张择端画此图，是对导致王安石罢相的那幅《流民图》不动声色的回应。

《清明上河图》画绢宽24.8厘米，长528.7厘米，画面上大到原野、河流、城郭、街市，细到舟车上的铆钉、摊贩上的小商品，甚至市招上的文字，巨细靡遗，栩栩如生。正是这幅图让我们知道了，早在宋朝时已经有了灯箱广告！

宋徽宗看到此画画风独特，画笔精致，于是用他独有的瘦金体题写了"清明上河图"五个字，并盖上了双龙小印，大约也是给了张择端不少赏赐。但是他却没有看到画家隐藏在油墨丹青下的真意，没有看到繁华表象中隐藏的盛世危机：

画作内容是都城汴京的日常生活状态，店铺林立，百肆杂陈，运载粮货的漕船熙熙攘攘地通过汴河桥涵，好一个鲜花着锦烈火烹油的太平盛世！可是十一艘运输粮食的漕船，却没有官兵押运，这说明要么是私家漕船，要么就是兵丁去偷懒了。无论哪种，都足以折射出当时社会潜在的官粮危机。

图上还画了望火楼，楼上也是没有一人守望，而楼下的两排兵营则被改作了饭馆，侦火之地变成了火引子；同时，城墙上下没有一个守卫，土墙上面连虚设的城防甚至一个射箭的城垛也无。真正文恬武嬉，整个汴京都沉浸在浓郁的商贸气氛中，完全是一座不设防的都城。

是画家不耐烦画守卫吗？当然不是。有数据说画上共有八百二十四人，包括士、农、商、医、卜、僧、道、胥吏、篙师、缆夫……人们来来往往，有赶集的，有饮酒的，有闲谈的，各个身份不同，形神兼备；还有各种牲畜六十余匹，不同车轿二十余辆，大小船只二十余艘，也都惟妙惟肖，各具风姿。

这些人中，有收税的胥吏在跟小商贩争吵，有骑马占道惹起纷乱，却偏偏没有一个忠于职守的卫兵，这说明了什么？

正是因为这样的繁华锦绣而又危机四伏，遂有小说家脑洞大开，以《清明上河图》为底本，写了部悬疑小说，让金、辽、西夏、高丽等国的间谍、刺客佯装成车夫走卒，埋伏在舟船车轿、酒肆楼阁里，只待客船穿过虹桥，就一起发动攻击，拉开北宋帝国覆灭的序幕。

小说自然是后世虚构，但史实却让人不能不感慨。因为正是在这幅充分描绘了北宋繁华的画作面世不久，金国便发动攻宋之战，削去了大宋的半壁江山。

因为宋始割于金，后亡于蒙古，以至于人们说起宋朝总是冠以“弱宋”之名。然而《清明上河图》这样的画作，以及各种笔记野史如《东京梦华录》《梦粱录》《鸡肋编》《武林旧事》《齐东野语》等，却清楚地告诉我们，大宋曾经是当时世界上经济最繁荣、文化最昌明的国家，那些繁花明月，茶香灯影，是真真实实地存在过。

二

《东京梦华录》作者幽兰居士孟元老，生平不可考，有说法是徽宗朝户部侍郎孟揆，但也不能作准。

书成于南宋初期。古人有梦游华胥国的典故，而当北宋灭亡，作者避居江南，追忆似水流年，那些灯宵月夕，登高游苑，绣户珠帘，歌吹宴饮的日子，多么令人迷醉，又多么短暂匆促，如今回想，如在梦中，故名“梦华录”。

书中采用回忆录的形式追写首都开封的街市风俗，包括饮食、穿着、娱乐、四时节令，以及朝廷庆典、宫中生活，是研究北宋经济文化非常重要的文献资料。

大唐的空气虽然浪漫，但是有“宵禁”之规，饮宴游乐稍微晚点就要赶着回家，不然被金吾卫抓到了就要受杖刑；宋朝却不是这样，不但夜不禁行，还有各种夜市，《东京梦华录》上记录的各种夜市吃食，光是看着那些琳琅满目的名字就让人垂涎，一点都不逊于今天的旅游景点。而且，那时候还没有地沟油，全是绿色食品。

南戏《百花亭》里记录了一小段宋时街市叫卖的唱词：

查梨条卖也！查梨条卖也！

这果是家园制造，道地收来也。

有福州府甜津津香喷喷红馥馥带浆儿新剥的圆眼荔枝也！

有平江路酸溜溜凉荫荫美甘甘连叶儿整下的黄橙绿橘也！

有松阳县软柔柔白璞璞蜜煎煎带粉儿压扁的凝霜柿

饼也！

有婺州府脆松松鲜润润明晃晃拌糖儿捏就的龙缠枣头也！

有蜜和成糖制就细切的新饯姜丝也！

有日晒皱风吹干去壳的高邮菱米也！

有黑的黑红的红魏郡收来的指头大的瓜子也！

有酸不酸甜不甜宣城贩到的得法软梨条！

……

就问问你，馋不馋？

最最关键的是，汉魏时期的人们是跽坐吃饭的，直到宋朝才有了完备的桌椅板凳碗碟筷勺，可以坐得舒服，吃得痛快。而且煎炒烹炸爆煮熘炖十八般武艺也是在宋朝真正形成，就连川菜都是在宋朝登上京都饭堂的。

《鸡肋编》说："昔汴都数百万家，尽仰石炭，无一家燃薪者。"也就是说宋朝开封家家户户都是烧煤的，已经没人烧柴了，这就为酒楼饮食提供了便捷。甚至连酒楼的概念都是到宋朝才有的。东京最大的酒楼叫樊楼，相传宋徽宗与李师师便曾在此饮宴。《水浒传》里宋江也曾进去过，还要了个包间。

宋朝王孙公子夸富，无不以在樊楼请客为荣。朱熹的老师刘子翚有组诗《汴京纪事二十首》，便对此念念不忘：

汴京纪事二十首·十七

梁园歌舞足风流，美酒如刀解断愁。

忆得少年多乐事，夜深灯火上樊楼。

樊楼门面辉煌，盖得比皇宫都要高；餐具都是银器，如果有人打包外带，可以连银餐具一起拿走，记得第二天归还就好。宋人的道德水准真不是一般的高。

有网友说，拍穿越题材的影视剧，最好还是以宋朝为背景，不然光是一个吃饭的细节，就会闹尽笑话。况且唐朝夜行有宵禁，明朝出门要路引，“穿”得早了或晚了都容易被捕入狱，还是“穿”回宽松文明的大宋最安全。

而且宋朝节令名目特别多，朝廷非但不提倡勤俭节约，还鼓励民间享乐。宋人随便有个创意想法就可以结个社团来玩玩，穿越回去没有人脉没关系，随便报个社团就可以认识一大票志同道合的好朋友：文人结的自然是诗社，慈善人士组个“放生会”，普通百姓也都各取所需，唱曲的有“遏云社”，演杂剧的有“绯绿社”，相扑的有“角抵社”，甚至妓女都可以成立个“翠锦社”，最可乐的是喜欢刺青的人还成立了“锦体社”，彼此满足露体癖好……

宋徽宗肖狗，于是有大臣奏议民间禁止杀狗。徽宗欣然允纳。然而太学生们不高兴了，集体上书说：陛下事事效法先皇，可是先皇肖鼠，可没听说前朝禁止养猫捕鼠的。怎么能因为陛下属相，乱改祖宗法令呢。

于是这条禁令没隔多久就不了了之了。要知道，宋朝贵妇养猫成风，宠物店里连猫粮货架、宠物猫美容的项目都是齐全的，如果禁猫，妇女们还不得把皇帝骂死？

便从宠物猫这件事来看，也可知宋朝人的生活有多么舒适闲逸了。

安逸生活的标准是三多：社团多，节日多，娱乐多。

于是，相关典故也就跟着多了起来。宋朝节令中入词最多的就是元宵灯节。

灯节从正月十四就开始预热，放假五天，彻夜狂欢。灯品众多，精妙绝伦，什么“走马灯”“大屏灯”“无骨灯”“日月灯”“混然玻璃灯”……只有想不到，没有做不出的。全城金碧相射，锦绣交辉，令人目不暇接。

当时有个叫田登的州官，因为“灯”字与“登”字谐音，犯了他的讳，每每衙吏说到“灯”字都必称“火”，不然就要受罚。到了元宵节，吏卒张贴广告“全城放灯三日”，自然也变成了“放火三日”。老百姓都蒙了，不知道该往哪儿放火去，还要连放三天？既然放火合法化了，那么杀人越货可不可以？这就是“只许州官放火，不许百姓点灯”俗语的由来。

不过，如果真放火也不要紧。因为宋朝节令多，庆典多，烟花爆竹的鸣放自然也多，什么“架子烟火”“盆景烟花”，当真炫目惊心，要不怎么说“东风夜放花千树，更吹落，星如雨”呢？

但是宋朝的火灾损害却并不严重。这是因为宋朝有非常完善的消防装备与消防制度，每个城市都拥有自己的云梯、唧筒、水囊、水袋等，并且详细分配兵丁在火灾发生时的预警、出兵、救火步骤，如有违误，军法处置。而且和现代一样，救火车赶路是不用顾及给高官让路之类的礼节的，救火要紧，撞到活该！

这种救治系统与法度，无疑都达到了文明的高度标准。

有了这样的保障，百姓游乐就更加尽兴了。宋朝人的夜生活本就丰富，到了元宵游宴就更是彻夜不休，即便收市后也还有续曲——黎明时分，天蒙蒙亮，游人兴尽而返，街市居民却会持灯照路，一路低头捡宝贝。

因为灯市实在太热闹了，人群熙攘，妇女们夹杂其间，往往会挤掉些簪花钗环等物件。《武林旧事》记载：“至夜阑，则有持小灯照路拾遗者，谓之扫街。遗钿堕珥，往往得之。亦东都遗风也。”

而发生在元宵灯节的爱情故事就更多了。不论是旧情人提前组团的“月上柳梢头，人约黄昏后”，还是陌生男女一见钟情的“众里寻他千百度，蓦然回首，那人却在灯火阑珊处”，年年都要上演那么百八十出。

有一年元宵节，徽宗为了表现自己亲民，就在宫门前搭建彩楼，赏灯设宴，还赐金瓯酒给观灯百姓。

有个民女饮酒后，竟将酒杯偷偷藏了起来，却被侍卫发现，于是抓了这女子押至御前问罪。

徽宗问她为何盗取金杯？女子振振有词地说：我为了贪看皇上，和夫君走散了。所以要藏下一只御杯为凭证，这样夫君便会相信我是饮了御酒才延迟回家的。不然若当我有失妇行，岂不有负龙恩？且当即清唱一曲《鹧鸪天》：

鹧鸪天

月满蓬壶灿烂灯，与郎携手至端门。贪看鹤阵笙歌举，不觉鸳鸯失却群。　天渐晓，感皇恩。传宣赐酒饮杯巡。归家恐被翁姑责，窃取金杯作照凭。

徽宗哈哈大笑：“好一句‘归家恐被翁姑责，窃取金杯作照凭’，真才女也！”便当真把金杯赐给了女子。

可见民间传说中的宋徽宗，还是很和蔼可亲的。

周密《武林旧事》中记载皇帝出行，官民迎驾的礼仪，官府会提前发布通告“约束居民，不许登高及衩袒观看”。也就是说，君民相处，百姓只要不是登高下视，袒胸露臂，就算合乎礼仪了。至于要不要跪拜，无论从宋朝史料记载还是宋画中，都不见约束。

百姓见了皇上也不一定非跪不可，大臣面君，自然更要站直了，别趴下了！

宋徽宗喜欢赏灯，又喜欢填词，自然也要为元宵灯夜题词一首。

就在“靖康之变”前三年，宋徽宗因为在灯节思念宠妃明节皇后，刚刚填了一首《醉落魄》：

醉落魄·预赏景龙门追悼明节皇后

无言哽噎，看灯记得年时节。行行指月行行说。愿月常圆，休要暂时缺。　今年华市灯罗列，好灯争奈人心别。人前不敢分明说。不忍抬头，羞见旧时月。

明节皇后姓刘，出身低微，本是酒保之女，于哲宗朝入宫为婢，服侍昭怀皇后。皇后死后，她本来已经出宫了，却于徽宗朝重新召入宫，初封才人，后晋淑妃。显然是在做先皇后婢女时就与端王有了首尾，完全是武则天与李治故事的重演。只不过李世民与李治是爷俩，而哲宗和徽宗是哥俩。

刘淑妃为徽宗生了三子一女，宣和三年（1121）一病而卒，年仅三十四岁。徽宗悲恸不已，追封其为皇后，谥明节。在次年赏灯时，对景怀人，写了这首词。

大过节的，开篇就是“无言哽噎”，何其惨切，哪有一点节庆的意思？而且天老大我老二的皇帝，竟然要说“人前不敢分明说”，这不是灭自家威风吗？做皇上的，只有不忍，岂有不敢？

最难堪的还是最后一句：“不忍抬头，羞见旧时月。”有什么好羞愧的呢？

这首诗，实实在在就是徽宗成为金虏后异乡望月的身世写照啊，却在亡国前夕，被他早早地预言了。

三

焚香、挂画、插花、点茶，为宋代四大雅事。

“唐煮、宋点、明泡”，茶兴于唐代，主要是煮饮，中国最早的一部茶业专著为茶圣陆羽的《茶经》；到宋代时，茶人对茶艺的要求进一步精致，发明了点茶与分茶之法，茶肆林立，全民痛饮，还于每年清明举行斗茶会。

日本的茶道，就是从宋朝传过去的。

所谓“斗茶”，指的是每年清明，新茶初采，茶道爱好者聚在一起，各选上品好茶，轮流烹煮，相互品评，包括斗茶品、斗茶令与茶百戏三种竞技方式。

茶品以茶“新”为贵，用水以“活”为上。一斗汤色，二斗汤花。

汤色以纯白如乳为上，青白、灰白、黄白为负，反映出茶的采制水准高下。故而宋诗中常以“香乳”“细乳”代指茶汤。

宋人冲茶时要同时以茶筅快速击拂，就跟搅鸡蛋一样，使茶末发泡，泡沫浮于汤面，这个过程就叫“点茶”，浮起的泡沫就叫“汤花”，上者当“其沫如饽”。所以碾茶时要越细越好，这样才能“入汤轻泛”，发泡充分。如果研碾细腻，点茶、点汤、击拂都恰到好处，汤花就匀细，可以“紧咬”盏沿，久聚不散，称为“咬盏”。

斗茶要看汤花持续时间长短，咬盏细密程度。若汤花不能咬盏，很快散开，汤与盏相接的地方立即露出“水痕”，就输了。斗茶以水痕晚出为胜，早出为负。

斗茶时往往行茶令以助兴，所举诗词歌赋都必须与茶有关。

“斗茶令”就如同喝酒行酒令一样。

“茶百戏”，又称“汤戏”或“分茶”，并不是一般意义上的喝茶，而是一种沏茶技艺的比拼，指的是将煮好的茶注入茶碗中的技巧。高手可以通过茶末和沸水的反应，在冲茶时使汤花瞬间显示出花鸟山水等各种图案，但聚之不久就会溶散，宛如海市蜃楼，水月镜花，为文人最爱。

诚如杨万里所咏：“分茶何似煎茶好，煎茶不似分茶巧。”

宋代斗茶之风鼎盛，文人名士多有撰述，如蔡襄的《茶录》，黄儒的《品茶要录》，周绛的《补茶经》，连皇帝宋徽宗都有一部《大观茶论》，还曾手绘《文会图轴》，描绘文人学士在庭院中品茶雅集的情景。

苏东坡是斗茶的高手。蔡襄《茶录》中曾记载了一段他与苏东坡斗茶的故事。蔡襄根据陆羽《茶经》所载名水，特意取来著名的惠山泉煮茶，而苏东坡竟赴天台山收集竹梢上滴下来的露水。最后自然是蔡襄输给了苏东坡。

拗脾气的司马光也和苏东坡斗过茶，茶品茶技不相上下，但因苏东坡穿越时空向妙玉学习，取用隔年雪水烹茶，占了上风。司马光不服气，想到苏东坡同时喜欢收集名墨，便故意抬杠：“茶欲白而墨欲黑，茶欲重而墨欲轻，茶欲新而墨欲陈，君何以茶墨两爱？”

苏东坡淡定回答：“奇茶妙墨俱香，是其德同也；皆坚，是其操同也；譬如贤人君子，黔晰美恶不同，其德操一也。公以为然否？”

此“茶墨之辩”遂成一段佳话。

两个段子都可见苏东坡不但精于鉴茶，还精于鉴水，曾道：

“活水还须活火烹，自临钓石取深清。”

他对烹茶煮水时的水温也很讲究，以“蟹眼已过鱼眼生，飕飕欲作松风鸣”为度，过则水就“老”了。

这后来便成了茶人通行的煮水标准，说的是煮水初沸时泛起小气泡如蟹眼细小，接着水泡渐大如鱼眼，并发出似松涛簌鸣之声，便可以泡茶了。所以“候汤最难”，煮时须静候水的消息，不能让水“老”了。

这也难怪，苏东坡是声称“从来佳茗似佳人”的，红颜不可老，茶水自然也不可老。

东坡看尽南北佳丽，也自称喝遍天下好茶：“我官于南今几时，尝尽溪茶与山茗。”

这些茶包括了杭州的白云茶：“白云峰下两旗新，腻绿长鲜谷雨春。”

湖州“顾渚紫笋”和绍兴“日铸雪芽”：“千金买断顾渚春，似与越人降日注。”

福建的建溪新饼：“未办报君青玉案，建溪新饼截云腴。”

大庾岭下的雨前焦坑：“浮石已干霜后水，焦坑闲试雨前茶。”

……

东坡喝茶几乎是从早到晚，无时或离的。

创作诗文要喝茶：“皓色生瓯面，堪称雪见羞。东坡调诗腹，今夜睡应休。”

睡前睡起要喝茶：“沐罢巾冠快晚凉，睡余齿颊带茶香。”“春浓睡足午窗明，想见新茶如泼乳。”

出门走累了要喝茶：“酒困路长惟欲睡，日高人渴漫思茶，敲门试问野人家。”

熬夜工作更要喝茶：“簿书鞭扑昼填委，煮茗烧栗宜宵征。”

更有一首《水调歌头》，记咏了采茶、制茶、点茶、品茶，绘声绘色，情趣盎然。

古代茶叶大都做成饼状，称为“团茶”，饮时掰下一块碾成粉末，然后烧水煎煮，或是沸水冲成茶汤。饮用时连茶粉带茶水一起喝下。

建溪岁贡的龙凤团茶是宋代最好的贡茶之一。宋徽宗在《大观茶论》中写：“本朝之兴，岁修建溪之贡，龙团凤饼，名冠天下，而壑源之品亦自此而盛。”又道“盏以青绿为贵，兔毫为上”。突破了单纯的饮的界限，而为品茶斗茶确立了最高表现形式。

同时，在宋徽宗的授意下，北宋官窑成为我国陶瓷史上第一个由朝廷斥资投建的官方窑口，宋代官窑瓷也是第一个被皇帝个人垄断的瓷器种类。官窑严格按照宋徽宗诏敕编纂的《宣和博古图》为造型蓝本，以仿三代青铜器和古玉器为主，依“名古器”为造型依据，造瓷如填词，件件有典故，笔笔有寓意，是宋徽宗美学艺术的又一体现。

苏东坡作为大臣，自然也是有机会被皇帝赏赐御茶的。龙凤团茶是他最爱，且不忘以兔毫盏盛饮。其对茶之一道的眼光品位显然与宋徽宗一样，两人未能有缘做君臣，真也可惜了。

苏东坡爱茶成痴，甚至和《红楼梦》中的香菱梦中得诗一般，都通了神了。

有个“东坡梦泉”的故事，说他第一次做杭州通判时，与诗僧道潜（号参寥子）交好。后来贬谪黄州，一夜梦见参寥子携诗相见，中间有两句："寒食清明都过了，石泉槐火一时新。"苏东坡在梦中发问："火固新矣，泉何故新？"参寥子答："俗以清明淘井。"

等到苏东坡起复回京，再知杭州时，于寒食前往道潜卜居的孤山智果精舍拜访。见舍下石间旧泉旁又凿新泉，泉水更加清冽。参寥子撷新茶，取新水，正和九年前梦见的情形一模一样。苏东坡因此作《参廖泉铭》为记："真即是梦，梦即是真，石泉愧火，九年而信。"

苏东坡的最长诗篇《寄周安孺茶》，便是一首咏茶之作，长达一百二十句，细述了宋以前的茶文化历史，继而赞叹茶水给人的感受，并悲叹名茶之辱没。

其中有句："乳瓯十分满，人世真局促。"令人唏嘘。

作家潘向黎对这两句诗的理解是："茶器里的茶汤可以注到十分满，人生在世就有种种欠缺，不可能这样圆满了。或者进一步：满是茶汤的小小茶杯真是广大，杯外的人世反而狭小局促。但是这十个字的含义似乎远不止这些。说不清但能体会到，真是醍醐灌顶。"

所谓见仁见智，我未必赞同潘先生的解释，却也同意这"醍醐灌顶"的感觉。人生过于追求圆满，则必然庸碌匆忙，仓促窘迫。

所以又有一句话叫作"从来茶道七分满，留下三分是人情"。多给自己留一点空间吧，在追求完满的奔劳不休中停下脚步，抬头看一看蓝天白云，回头望一望父老乡亲，也许我们的心便不会过早变得衰老坚硬，抱怨牢骚也不会纵横地写在脸上，而让我们失去了真诚的笑容。茶倒七分，留一点点情意，留一点点余闲，人生便不会那般局促了。

徽宗朝汴京风月的这杯茶，也是斟得太满了……

靖康耻，犹未雪

一

满江红

怒发冲冠，凭栏处、潇潇雨歇。抬望眼、仰天长啸，壮怀激烈。三十功名尘与土，八千里路云和月。莫等闲、白了少年头，空悲切。　　靖康耻，犹未雪；臣子恨，何时灭。驾长车踏破、贺兰山缺。壮志饥餐胡虏肉，笑谈渴饮匈奴血。待从头、收拾旧山河，朝天阙。

岳飞的这首《满江红》，慷慨悲歌，气冲斗牛，充满了对胡虏入侵、山河破碎的家国之恨，与渴望收复河山、雪平靖康之耻的壮志决心。

那么，什么是“靖康之耻”呢？

这要从昏庸皇帝宋徽宗赵佶说起。

赵佶（1082—1135），是神宗赵顼的第十一个儿子。关于他的出生，还有个神奇的故事。清朝尤侗《艮斋杂说》记载说：“神宗一日幸秘书省，见江南国主像，人物俨雅，再三叹讶，适后宫有娠者，梦李主来谒，而生端王。”

江南国主就是李煜。宋神宗在秘书省视察时看到了一幅李后主的画像，艳羡其人物风流，姿容雅俊，不禁驻足良久，叹息再三。回到宫中时，就听爱妃说昨晚梦见了李煜。第二天，赵佶就诞生了。

所以后人评说，当年李煜死得太惨，万不甘心，遂托生赵室，让南唐的历史于宋朝完整再现。

北宋江山，注定要毁在宋徽宗手上。

传说虽然无稽，但是赵佶的经历和李煜确实像：当初李煜并非太子，无缘于皇位，只是因为太子和皇叔争帝位，才“一块馅饼砸下来”被迫登基的，在位十四年，专心诗词，别无建树。

赵佶也是这样，作为神宗的第十一子，按说怎么也不应轮上他成为皇帝的。事实上，也确实是他的哥哥赵煦继位，成为宋哲宗。偏偏赵煦命短，年仅二十四岁便死了，身后无子；加之向太后强硬，使得赵佶和李煜一样，稀里糊涂被推上了御座，做了个亡国皇帝。

两人不但命运相似，才华性情也相似：赵佶生来聪慧潇洒，琴棋书画俱佳，诗词功底虽不如他的“前世”，书画造诣可是超古拔今，自创书法“瘦金体”铁画银钩，花鸟画也自成一派，后世称为“院体”，艺极于神，栩栩如生；蹴鞠、点茶、骑射等技艺样样精通，就连建筑，也是眼光独到，所设计艮岳园林独具一格，巧夺天工。唯独对于政务，他却实在没有兴趣，也没半点天分可言。

赵佶性情软弱，但不是暴君，他只是一个见识不多又被宠坏了的孩子，还是个不折不扣的绝世才子，只是不该生于帝王家，更不该坐上皇位。

李煜，又何尝不是？

曾经，赵佶也是想过要做一个好皇帝的。

元符三年（1100）正月，赵佶即位，同年底，向太后因病退隐，徽宗亲政。

他大权在握的第一件事，就是罢免声称“端王轻佻，不可以君天下”的宰相章惇。接着下诏求贤，广开言路，还给遭到新党迫害的人一一平反，没忘了远在海南的苏轼。

人们都认定苏轼这次还朝必得重用，或许将登宰相之位。可惜啊可惜，走在半路就病故了。

大名鼎鼎的苏东坡死了，那再找个什么人为相，声望能与之相当呢？

初登帝位的宋徽宗倒也还有慕贤之心，便又召还以忠直廉正闻名的老宰相范纯仁，授光禄卿，分管南京，居邓州。然而老范已经年逾古稀，不堪长途跋涉，迟迟未能入京朝见，且不久即乞归许州养病。

徽宗只得应许，但每次接见辅臣时便问起范纯仁近况，并说：“范纯仁，能够见一面也足称心了。”不过，到底也没有见到。

当世最有名望的两位大贤都死了，可教一心纳贤的新皇赵佶去哪里找一位相辅之臣呢？

他一拍脑袋，重用了一个千古大奸：蔡京！

也许，北宋灭亡真怪不了宋徽宗，而是老天要亡他，不然怎么一个一个地收走了贤臣良相，却偏偏给他送来个蔡京呢？而且一个不够，还接二连三地送来了“六贼”，难道宋徽宗是天生的“招黑”体质？

可是这个宋徽宗的逻辑也实在让人郁闷：既然如此重视范纯

仁，范公死了，可以起用他的嫡传弟子李之仪啊，为什么倒用起了与范纯仁政见相左的蔡京，还任由他罗织罪名把李之仪入狱呢？蔡京的书法很好，可是李之仪的诗词也写得很漂亮啊，为什么就不能“君心知我心”呢？

宋徽宗宠信蔡京，很大程度是因为志趣相投，书画相宜。

宋朝书法四大家，“苏黄米蔡”，关于前三位苏轼、黄庭坚、米芾都是毫无争议的，但是“蔡”究竟是哪盘菜，却有异议。有人说是蔡京，但因为后人深恶其贪腐误国，不愿看到他的名字与苏黄并列，所以改成了蔡襄。

蔡襄，字君谟，书法取法晋唐，讲究古意，正楷端庄沉着，行书淳淡婉美，草书参用飞白法，谓之“散草”或“飞草”，自成一体，非常精妙。黄庭坚曾说过：“苏子美、蔡君谟皆翰墨之豪杰。”所以蔡襄列入“四大家”是十分合理的。

但是蔡京既是备选，至少说明他的才情是有的，足可与四大家比肩。

赵佶对书法的喜爱众所周知，所以对书法家也特别青睐，对“半疯”米芾固然宽纵随和，对蔡京也是一般恩宠有加。

对艺术家大开庇佑之门，最多被言官参奏一本“法纵太过”，对于百花齐放却是有好处的，说不定就会掀起一场“文艺复兴”；但是对大奸臣言听计从，却会祸国殃民，危害社稷，带来弥天大难。

蔡京获宠，正是因为书法。他千方百计地打听皇上喜好什么样的字画，然后四处搜求，在宦官童贯赴杭州为徽宗搜罗字画的时候献上，遂得以重返京城。之后，他又重金贿赂在皇上身边说得上话的太监与道士，让他们为自己说好话。同时，他本身的书画造诣颇高，总能及时对徽宗书画做出最恰当的赞美；徽宗作画，常请蔡京为题跋。

比如《雪江归棹图》，蔡京是亲眼看着徽宗画的，并题跋“水远无波，天长一色，群山皎洁，行客萧条，鼓棹中流，片帆天际，雪江归棹之意尽矣”。徽宗的画妙，蔡京的字美，两人相映互彰，自是投契。

蔡京这样知情识趣，自然深得徽宗喜爱，于是半年里连升三级，一路跃至宰相之位。

除了每天陪着皇上谈书法，论古画，蔡京还经常举出六经里一些似通非通的道理劝皇上“丰亨豫大”，玩命花钱，说皇上越大手大脚地花钱，越穷奢极欲，就越顺应天理，彰显国泰民安，才会更好地抚慰百姓，泽被四海。

徽宗一听，原来挥霍就是德政，那还不顺应天意吗？于是就有了盖宫殿，修艮岳，运送花石纲等闹剧，将国库掏之一空。

其实蔡京的花招并不新鲜，从前王钦若、丁谓撺掇宋真宗封禅泰山时就是这么干的，可是招数再旧，借口再滥，禁不住花花公子赵佶爱听，而且渐渐地，就只喜欢听蔡京的话，对他宠信愈重，言听计从。虽然其间因为蔡京贪渎太过，劣迹斑斑，几度被朝臣参奏，皇帝碍于铁证不得不将其罢相，但是隔不了多久，便又找个借口重新把蔡京找回来了。

二

《大宋宣和遗事》对宋徽宗有一段形容：

> 善写墨君竹，能挥薛稷书；通三教之书，晓九流之法。朝欢暮乐，依稀似剑阁孟蜀王；论爱色贪杯，仿佛如金陵陈后主。遇花朝月夜，宣童贯、蔡京；值好景良辰，

命高俅、杨戬。

这段话同时写出了宋徽宗的多才多艺与政治无能，“诸事皆能，独不能为君耳！”如果他肯老老实实地做个无能昏君也罢了，大宋百年无事，余荫之下保他做个太平痴儿，倒也包容得了，最多等他死的时候，国库又空了一些，奸臣又多了一些，交给儿子慢慢拾掇，或许还复兴有望。

可是政治的不变规律是：不怕昏君无能力，就怕昏君有作为。

无能昏君宋徽宗偏想青史留名，可不甘心只是创造了一个瘦金体，写了本《大观茶论》，还想在开疆拓土上有所作为，干一件真正轰轰烈烈的大事出来。那么列祖列宗最想干又一直没干成的大事是什么呢？对了，收复燕云十六州！

自打儿皇帝石敬瑭以燕云十六州为代价，向契丹借兵建立后晋，北京就和天津、河北、山西等地一起划入契丹版图。赵宋立国后，历代皇上一直有收复之心而无出师之名。“澶渊之盟”为宋辽两国带来百年和平，不兴战事，无故发兵是说不过去的。

但是宋徽宗听信宦官童贯的谗言，竟然相信自己是不世出的千古圣君，天纵奇才，王师精锐，所到之处无不披靡，遂决定兴兵伐辽，讨还燕云十六州，完成历代祖先未能完成的百年大业。

自古以来宦官专权就是朝廷大忌，而徽宗竟能听信童贯之言，任命他为大将军带兵出征，简直就是大忌中的大忌。这不是找死是什么？

于是，大太监童贯带领二十万宋军浩浩荡荡地出征了。虽然宋徽宗接过大宋玉玺之时，正值国力最强盛、经济最发达的时期，但是不论多少军饷发下去，也都进了童贯自己的腰包。这样的主帅，怎么可能带得好兵，打得好仗？所以不出意料地被打了个落花流水。于是又出了第二个昏招：向金国借兵，代取辽都燕京。

仗倒是打赢了，但也就此暴露了大宋军政的外强中干，让金国最终下定了侵吞中原的决心。

在此之前，宋朝和金国之间夹着一个辽国，宋、辽、金呈现三国鼎立之势，彼此制约，以取平衡。如今大宋联金灭辽，宋境再无倚恃，金国更无顾忌，如此，大宋还不成了砧板上之肉？

所以撕毁盟约，联金灭辽，是宋徽宗犯下的致命错误。而他却因为这个错误，喜滋滋地给童贯封赏庆功，让他成了华夏历史中唯一被封王的太监。真是昏君中的极品！

除了蔡京和童贯，宋徽宗宠信之臣还有宰相王黼，宦官梁师成、李彦，“花石纲”负责人朱勔，无不是荒淫无度、贪赃枉法之徒，史称“六贼”。

朱勔依附蔡京、童贯，打听得宋徽宗属意奇花异石，便逢迎上意，四处搜求浙中珍奇花石进献，用船从淮河、汴河运入京城，号称“花石纲”，而且每年增加名目花费。

《宋史·朱勔传》载，有一次朱勔得到一块巨大的太湖石，巨舰运载进京，役夫多达数千人，所经州县，遇水门拆水门，遇桥梁拆桥梁，甚至遇到城墙阻挡都要凿墙通过。

这块石头运抵汴京后，宋徽宗龙颜大悦，御笔赐名“神运昭功石”，且封了朱勔节度使头衔。

朱勔靠着一块石头升官发财，民间却因此赋役连绵，生灵涂炭。花石纲的闹剧前后延续了二十多年，“役民夫百千万，自汴梁直至苏杭，尾尾相含，人民劳苦，相枕而亡”。

百姓纷纷破产，只得啃树皮为生，甚至易子而食。《水浒传》里“智取生辰纲”的描述，堪称北宋末年官逼民反的真实特写。

小说《水浒传》虽然成书于明朝，但其蓝本却是来自宋话本，尤其《大宋宣和遗事》中，不但完整讲述了宋江等三十六人聚义梁山泊的故事，还写到了宋徽宗宠爱李师师等秘闻，为小说打下了良好的民众基础。

至于在《水浒传》里浓墨塑造的奸臣高俅，在历史上自然也是实有其人，且坏得流脓，然而在“六贼”中却还是排不上名，可以想象“六贼”有多坏了吧？

高俅本是个王侯府上的家丁，因为有次替主子往端王府送物件，正遇上赵佶在蹴鞠，他便陪着玩了一回，技法超群，花样繁多。赵佶大喜，就此把他留下了，简直片刻也离不开他。

待后来赵佶做了皇上，这个无才无德的小厮高俅，便只因为踢得一脚好球，一路高升，官至太尉，是宋朝武将的最高职位，比岳飞的地位还高。

因为高俅，我们记住了“官二代”在宋朝的特定称谓：衙内。高俅的儿子有没有调戏林冲媳妇我们不清楚，但是高太尉一人得道，鸡犬升天是事实，他甚至把军队变成了自己的家族企业：士兵们的正务不是操练兵法，而是成为高家长工，卖艺扛活。换言之，他不仅侵吞了所有的军费，还白得了一整个集团军的免费劳工，再生出一笔钱来。

《论语·宪问十四》中曾记载，孔子言及卫灵公无道，季康子问：“卫国君这样昏庸，怎么卫国还不亡呢？”孔子说：“卫灵公虽无道，却善于用人，部下人才众多。他以仲叔圉处理外交，祝鮀管理内政，王孙贾管理军事，各尽其能，井井有条。这样的管理，怎么会亡国呢？”

也就是说，哪怕君主无能，只要用人得当，亦可强国。然而宋徽宗却是，自己昏聩糊涂也就罢了，偏偏还识人不明，文相用了蔡京，武将用了童贯，大宋焉能不亡?

物必先腐而后虫生，若不是因为徽宗昏聩，就不会奸佞横行；若不是“六贼”祸乱，便不会有方腊起义，金兵亦不会那么容易地侵入中原，引发“靖康之难”。

大宋的江山，可说是被宋徽宗的识人不明一手葬送的。

三

宣和七年（1125），辽国灭亡。大宋还来不及庆祝，就接到了金国发兵南下的战报。

完颜氏完全没打算给宋朝廷喘息之机，就是要趁着他攻打辽国兵疲民怨之际发动战事，让宋徽宗好好尝一尝背盟弃约认敌作友的恶果。

宋徽宗知道自己闯了大祸，悔之晚矣，面对是逃还是和的局面，抉择不下，干脆做了第三种选择：禅位太子，自己做太上皇逃避责任去也。

他打的好算盘：如果赢了，自然皆大欢喜；如果败了，那么亡国之过在新皇，怪不到自己头上。

宋钦宗赵桓，便在这种尴尬的时分仓促登基了。即位后的第一件事，就是起用主战派将领李纲为尚书，负责汴京开封的守卫防御。

李纲亲自登城督战，击退金兵。完颜宗望久攻汴京开封不下，转而施行诱降之计。主战派与议和派再次展开拉锯战。宋钦宗只想金军退兵，一心求和，索性将李纲罢官，虽然因为开封军民的集体上书而被迫收回成命，却对李纲更生忌惮。

靖康元年（1126），在李纲的率领下，开封守卫战最终获得胜利。

是年，宋钦宗改元靖康。靖，是安定；康，是富足——真是美好的愿望。可惜天不从人愿，钦宗登基后，一天安定富足的日子都没来得及享受，就被内忧外患打了个心力交瘁。

这固然是因为他接手皇位时已是大厦将倾，但也是因为自己不争气——金军撤兵后，宋钦宗不念李纲战功，随即将他赶出朝廷，其后更以“专主战议，丧师费财”的罪名将其贬谪。

另外，虽然钦宗惩贬了以蔡京为首的巨奸权宦，但是矫枉过正，牵连太过，竟然一直上溯到王安石变法之过，下令全面惩处新党，恢复旧法。

这样的做法，非但不能除弊安国，反而只会雪上加霜。此时大宋朝已经垂垂危矣，哪里禁得起这样再一次雷厉风行的整改？

宋朝廷如此悖乱无行，简直是邀请敌人来袭，完颜氏又怎会客气？于是同年即再度攻打汴京。

宋钦宗后悔不已，又想重新起用李纲守卫开封，但当李纲在长沙收到命令时，北宋已经灭亡。

靖康元年十二月初，宋钦宗赵桓正式投降金国，成为俘虏。次年二月被废为庶人。

靖康二年四月一日，金军在掳掠了大量金银财宝、文物典籍后撤兵北还，同时掳走了徽宗、钦宗，以及所有在汴京的王公贵族、公主妃嫔，还有宫人、内侍、倡优、工匠等，被掳百姓不下十万人，北宋国库为之一空。

金军一路北行，便一路烧杀掳掠，所到之处，生灵涂炭。

这就是历史上耻辱之至的“靖康之难”。又因靖康元年是丙午年，因此又被称为“丙午之耻”。

延续一百六十余年的北宋王朝宣告灭亡。

此时，宋徽宗经历了与当年南唐后主李煜一模一样的遭遇。只是李煜是被从江南押至汴京，而今赵佶与儿子赵桓却是被解出汴京，去往金国异土。

不知此时，宋徽宗是否想起了李后主的“最是仓皇辞庙日，教坊犹奏别离歌”。但他自己，倒是在押解途中写了一首非常神似的亡国之曲：

眼儿媚

玉京曾忆昔繁华，万里帝王家。琼林玉殿，朝喧弦管，暮列笙琶。　　花城人去今萧索，春梦绕胡沙。家山何处，忍听羌笛，吹彻梅花。

这腔调，这措辞，是不是似曾相识？

再回看一遍开卷第一篇李煜辞乡时写的那首《破阵子》，简直如出一辙。而赵佶的另一首《燕山亭》，更为著名：

燕山亭·北行见杏花

裁剪冰绡，轻叠数重，淡著胭脂匀注。新样靓妆，艳溢香融，羞杀蕊珠宫女。易得凋零，更多少、无情风雨。愁苦。问院落凄凉，几番春暮。　　凭寄离恨重重，这双燕，何曾会人言语。天遥地远，万水千山，知他故宫何处。怎不思量，除梦里、有时曾去。无据。和梦也、新来不做。

《燕山亭》，词牌名，又作《宴山亭》。徽宗被掳时正值春暮，北行途中，看到杏花盛开如雪，百感交集，遂写下这首词作。

上阕写杏花虽然娇艳却生命短暂，被风雨摧残得衰败痛苦，暗示自己的悲惨境遇；下阕则写燕子无心与梦境无凭，道出从期望到失望，由失望而绝望的哀痛心情。

李煜曾道："梦里不知身是客，一晌贪欢。"而赵佶则说：连在梦里重见故国宫殿的慰藉也得不到，因为连梦都做不成。

感情似乎更加痛切，然而艺术价值却远不如李煜的《破阵子·四十年来家国》《虞美人·春花秋月何时了》及《浪淘沙·帘外雨潺潺》为高。因为李煜的词中除家国之恨外，充满了怅悔与自省，字字血泪；而赵佶的自怨自艾，则从头到尾都是在为自己哭吊，毫无悔悟之意。

"裁剪冰绡，轻叠无数，淡著胭脂匀注。"连着三句矫情的比喻，都是用来形容杏花的。说杏花好像是用薄薄的细绢剪裁而成，又轻柔地叠了几叠，再淡淡地涂上一层均匀的胭脂。

这种咬文嚼字拿腔捏调已经够让人腻烦了，徽宗还嫌不足，接下来又继续堆砌词语，形容杏花有如装束时髦的美人，艳光四射，香气融融，连蕊珠宫的仙女见了也要自惭形秽。

这首词很明显是借物喻人，徽宗不厌其烦地用了如此大量香艳的词语将自己比喻成一朵娇媚的杏花，这调调儿实在令人不喜。因此，他接下来再哭哭啼啼地说花开易谢，为风雨摧残，说得再可怜，也让人同情不起来了。

"愁苦。问院落凄凉，几番春暮。"这里的"院落"，指的是故国，以此引出下片联想。

下阕的艺术水准远比上阕高，手法也更新。赵佶说想要让双飞的燕子，捎去数不尽的离恨别愁，可是燕子又哪里懂得人的言语呢？于是又转而想到梦。仓皇间走过千山万水，渐渐再也看不到故国的所在，以后只怕在梦中才能重见了。只可恨，梦境已经是虚幻的了，如今却连梦也难得，却又向何处寻得寄托?

这首词，堪称徽宗生平词作中的顶峰之作，但是沉痛有余，恳切不足。比之李煜的每每以口语入词，流丽畅晓，他的“裁剪冰绡”实在太过矫揉造作，充满了脂粉气，终究不脱昏君本色。

不过，两人命运的神似，则实在令人感慨：同是诗画天才，同属误登王座，同为亡国之君，同样客死异国。然而宋徽宗在金国的境遇可是比李后主在汴京惨多了。

当年李煜自缚出降，被押解汴京后，被赵匡胤封为“违命侯”，意含调侃；而今徽、钦二帝被金军掳至黑龙江，徽宗被封“昏德公”，更是轻辱。

李煜虽然被囚禁，被鸩杀，还算死得有尊严。人们提起李后主，往往叹一句“做个才人真绝代，可怜薄命做君王”，对这位赤子之心的一代词帝充满同情。但对宋徽宗，却是怒其不争地将他钉死在亡国昏君的耻辱柱上，恼恨甚于同情。赵佶与赵桓被解往金国后亦是斯文扫地，被金太宗下令脱去衣服，披上刚刚宰杀的血淋淋的羊皮，绕着完颜阿骨打的陵寝一步一磕头。宋众大臣袒露上身，跪在旁边放声痛哭。

徽、钦二帝在五国城（今黑龙江依兰）的生活，要依靠两人自己耕种得食。跟随前来的嫔妃命妇皆遭凌辱，徽宗的六位公主也都被赏与金国大将做妾，而徽宗还要奏表谢恩。这样的耻辱，真真生不如死。

徽宗有一首诗描写当时情境：

在北题壁

彻夜西风撼破扉，萧条孤馆一灯微。

家山回首三千里，目断天南无雁飞。

被囚禁九年后，徽宗不堪折磨，死于异国他乡。死了还不算，金人还用他的尸体熬灯油！凄凉至此，宋徽宗可说是历史上死得最屈辱的皇帝。

一代名妓李师师和她的三个男人

李师师身为青楼花魁，“一双玉臂千人枕，半点朱唇万客尝”，一生中肯定不止有过三个男人。这篇文章里要讲的，是她众多恩客中最赫赫有名的三位，他们的身份分别是：大宋皇帝、著名词人和土匪头子。

大宋皇帝自然是指宋徽宗赵佶，著名词人是指周邦彦，而土匪头子说的是宋江。

一

李师师天生一副好嗓子，堪称“人风流、歌婉转”，在京都教坊中艳名远扬，一时无两。因此连风流帝王宋徽宗都听说了她的美名。

最让徽宗心痒难挠的是，据说李师师还风雅得紧，最喜与词人墨客相交，和她有过交往的词人包括张先、晏幾道、秦观、周邦彦、晁冲之，哪一个提起来都是大名鼎鼎，如雷贯耳。

因为有这么多的词人相好，李师师唱曲从来不唱别人唱熟唱烂臭大街的流行曲，而总是曲出新声，要流行什么，得她说了算。

比如，“一树梨花压海棠”的老风流张先，就专门为李师师创制过一个新词牌《师师令》：

> 香钿宝珥。拂菱花如水。学妆皆道称时宜，粉色有、天然春意。蜀彩衣长胜未起。纵乱云垂地。　　都城池苑夸桃李。问东风何似。不须回扇障清歌，唇一点、小于珠子。正是残英和月坠。寄此情千里。

据词中所述，当时的李师师还是没有成人的小姑娘，但已经千娇百媚，风韵独具了，惹得张先我见犹怜，灵感大发。

张先卒于1078年，即便他在临终之年为总角的李师师填词，李师师也最迟出生于1068年之前。

而宋徽宗赵佶生于1082年，1100年即位时年近弱冠，倘若他在此时遇见李师师，师师应该有三十多岁，正如熟透的樱桃，令血气方刚的少年天子迷恋仰慕是极为可能的。

但据南宋无名氏《李师师外传》所写，赵佶由驸马都尉王诜引见，与李师师相遇于大观三年（1109）。直到宣和二年（1120）时，赵佶又去找李师师，为了来往方便，还特意在皇宫里修了条地道，直通李家。

1120年，此时的李师师已经年逾半百，竟然还与赵佶暗通款曲，实在难以想象。

不过，也许赵佶就是这么重口味，一心仰慕师师才名，年龄什么的根本不当一回事。相差十几岁算什么？今天女明星“下嫁”比自己年轻二十岁小鲜肉的事儿还少吗？宋徽宗品位奇高，怎么能以世俗之见推理？

更何况，宫里年轻的美人儿堆云叠锦，徽宗看厌了莺莺燕燕万紫千红，觉得青楼老花魁李师师的柔情万种饱经沧桑才是最让人欲罢不能，也未可知。而且他这样迷恋李师师，也没有把她弄到宫里去，而要打条地道来偷情，可能就是因为师师年龄大，入宫不合适。倘若李师师这时候只有十几二十岁，哪还用得着这么麻烦?

不过，还是有很多人难以接受女大男小的艳情故事，于是给师师另安了一个出生时间：1090年。

张邦基《墨庄漫录》载：“政和间，李师师、崔念奴二妓，名著一时。”

政和年间指的是1111年至1118年。若是师师生于1090年，则此时二十多岁，风华正茂，听上去十分合理。

不过，这样算去，她就不是张先《师师令》中的师师，也不是晏幾道“醉后莫思家，借取师师宿”的师师，更不是秦少游“遍看颍川花，不似师师好”的师师了。

因为，秦观1100年时已经飞升上仙，根本来不及参与师师的极盛芳华；而小晏在1110年驾鹤西游时已年逾古稀，哪还有力气醉宿师师家?

如果是那样，可就真真可惜了。因为各种赞美师师的曲子词中，写得最好的就要数“山抹微云秦学士”了。

生查子

秦观

远山眉黛长，细柳腰肢袅。妆罢立春风，一笑千金少。

归去凤城时，说与青楼道：遍看颍川花，不似师师好。

一丛花

秦观

年时今夜见师师，双颊酒红滋。疏帘半卷微灯外，露华上、烟袅凉飔。簪髻乱抛，偎人不起，弹泪唱新词。

佳期谁料久参差，愁绪暗萦丝。想应妙舞清歌罢，又还对、秋色嗟咨。惟有画楼，当时明月，两处照相思。

从这首《一丛花》来看，秦少游不折不扣是李师师的恩客，交情远不止喝酒唱曲那么简单。

两人交情颇深，甚至可能有过嫁娶之念，不然师师也不会在离别时“偎人不起，弹泪唱新词”，别后也不会是“当时明月，两处照相思”了。

可惜，游子终究是游子，流莺终究是流莺，纵有千种风情，秦观还是挥手别去，师师也还是独自飘零了。

二

李师师与诸文人的交往唱和，最为人称道的还要数“词家之冠”周邦彦。

周邦彦（1056—1121），字美成，号清真居士，本为钱塘人。二十三岁入汴京做太学生，擅音律，工文词，因献《汴都赋》而得神宗赏识，擢为太学正。后来历任庐州（今安徽合肥）教授、溧水（在今江苏）知县等，仕途并不得意。

若按李师师出生于1068年前后，则两人年龄相差不足十岁，情投意合是顺理成章的事；但若李师师出生于1090年，则见到周邦彦时，俨然是小萝莉与老爷爷，有交情或许，有爱情却未必了。

不过，李师师其人在历史上谜团重重，不仅出生年月无法考证，连究竟“师师”是否同一人都说不清楚，她的故事和名字只在各种野史和诗词中出现，却个个确有其人言之凿凿。但这并不影响“李师师”成为一代传奇的代言人。

周邦彦初见李师师，即填过一首《玉团儿》相赠：

玉团儿

铅华淡伫新妆束。好风韵、天然异俗。彼此知名，虽然初见，情分先熟。　　炉烟淡淡云屏曲。睡半醒、生香透肉。赖得相逢，若还虚过，生世不足。

这是典型的一见钟情，而且是彼此知名，神交已久，正是才子佳人初相见，便教天雷勾地火。

之后，二人交往日密，引为知己。周邦彦对师师的关注，绝不仅仅是嫖客对妓女的一夕求欢，而是真心把她当朋友，关心她的未来。且看这首《一落索》：

一落索

眉共春山争秀，可怜长皱。莫将清泪湿花枝，恐花也、如人瘦。　　清润玉箫闲久，知音稀有。欲知日日倚阑愁，但问取、亭前柳。

按说李师师有过那么多裙下之臣，细细挑拣，未必不能找到一个可以托付终身的良人，而她最终漂泊江湖，身不由己，罪魁祸首多半是因为赵佶——皇上宠幸过的女人，谁还敢娶？

自从赵佶来过一次，师师的名声更响亮，可是宾客却少了。周邦彦来看她，也要偷偷摸摸的。

这天，两人正在相会，猜拳唱曲赢果子玩得开心，忽然人报“赵老爷来了！”吓得周邦彦噌的一下就出溜到床底下去了。

赵佶轻衣简帽，偷偷出宫来见师师，还给她带来了新进贡的橙子。

两人一番亲热后，李师师取来并州刀剪，用雪白的玉瓷盘子盛着，纤纤玉手，轻轻破开橙子，亲自剥了喂给赵佶，又款调银笙，清歌一曲，真是千娇百媚，极尽风流。

皇上美人也抱了，曲子也听了，水果也吃了，也就到了离开的时候。李师师假意挽留：皇上，如今夜已三更，露滑霜浓，骑马不便，且已宵禁，行人稀罕，不如留下别走了。

皇上摇头说：朕自是不愿走，可明日还得早朝，再晚也得回宫啊。

这整个过程，周邦彦在床底下听了个清清楚楚，满耳流油，还默默地写了一首词，第二天广发朋友圈纪念这一伟大的历史时刻。并且仗着自己的音乐才能，精心谱了曲：

少年游

并刀如水，吴盐胜雪，纤手破新橙。锦幄初温，兽烟不断，相对坐调笙。　　低声问：向谁行宿？城上已三更。马滑霜浓，不如休去，直是少人行。

这么旖旎的画面，这么香艳的句式，这么婉转的曲调，能不走红吗？这条独家消息顿成第二天的京城头条，传遍大街小巷，于是人人争唱《少年游》，热歌榜高居不下，一直红得传进了皇上的耳中。

宋徽宗一听，不对呀，这弹琴吃橙子还可能是巧合，但是师师跟我说“天冷霜浓，今晚不如别走了”，这种柔情蜜意的悄悄话儿，别人怎么可能知道？再三索问之下，得知是周邦彦床下之作，心中大为不快。

于是第二天就让蔡京找了个收税不足额的理由，下令把周邦彦贬出京城了。

隔了一天，宋徽宗又去看师师，却扑了个空。婢女说，姑娘片刻即回。

宋徽宗等了一个片刻又一个片刻，直等得茶凉心热，李师师才终于红着眼圈回来了。一问，却是为周邦彦送行去了，还带回了一首新词。

宋徽宗冷哼一声：这穷酸秀才又有什么歪曲儿，且唱来听听。

于是师师转轴拨弦，婉转低唱：

兰陵王·柳

柳阴直，烟里丝丝弄碧。隋堤上、曾见几番，拂水飘绵送行色。登临望故国，谁识京华倦客？长亭路，年去岁来，应折柔条过千尺。　　闲寻旧踪迹，又酒趁哀弦，灯照离席。梨花榆火催寒食。愁一箭风快，半篙波暖，回头迢递便数驿。望人在天北。　　凄恻。恨堆积。渐别浦萦回，津堠岑寂，斜阳冉冉春无极。念月榭携手，露桥闻笛。沉思前事，似梦里，泪暗滴。

周邦彦可谓是柳永之后最擅慢词的行家。这首词写于离别之际，情思恳切，一唱三叹。尤其借着李师师柔婉凄楚的歌声唱来，那真是柔肠百转，闻者落泪。

此曲分三片。前片开头写折柳赠别事，点明题旨；中片写饯行酒宴，别离情绪，极尽铺陈；后片则写别后心情，余音袅袅，伤痛不已。

师师唱到“斜阳冉冉春无极。念月榭携手，露桥闻笛”之句，已是泣不成声；到了最后一句“沉思前事，似梦里，泪暗滴”，便唱得断断续续，几不成歌。

宋徽宗是个风雅之人，听到这样的曲子，看了美人的眼泪，不禁起了怜意，自觉如此对待一个词人未免太过。于是重新降旨，召还周邦彦，不但不用贬官，还提拔他做了大晟府乐正，可谓人尽其才。

从此，周邦彦就和徽宗成了一对吹拉弹唱的好搭档，极尽移宫换羽之能事，创制新调，留下不少好曲子。

比如徽宗与李师师的介绍人王诜，曾经作过一首新词《忆故人》，开篇云：“烛影摇红，向夜阑，乍酒醒、心情懒。”词风冶艳，徽宗很喜欢，但觉得曲韵不够丰容婉转。于是命大晟府另撰新腔，增损其词，而以首句为名，改为《烛影摇红》。

这个执笔度曲者，正是周邦彦。

烛影摇红

芳脸匀红，黛眉巧画宫妆浅。风流天付与精神，全在娇波转。早是萦心可惯，向尊前、频频顾盼。几回想见，见了还休，争如不见。　　烛影摇红，夜阑饮散春宵短。当时谁会唱阳关？离恨天涯远。争奈云收雨散。凭阑干、东风泪眼。海棠开后，燕子来时，黄昏庭院。

我因为喜欢这个曲牌名，特意将自己设计定制的一款茶命名为“竹影摇红”。茶料为西双版纳大树种滇红谷花料，于半湿时塞入新砍下来的竹筒中，放在火上慢烤发酵，让竹沥渗进茶中，茶香与竹香完美结合，故而得名。

每每品茗闻香，便忍不住会想到周邦彦的这支曲子。

周邦彦善于自度曲，更善“自讨苦吃”——将不同调的曲子合为新曲，叫作“犯调”。而他创制的《玲珑四犯》，特地将四个不同的调子组在一起，相犯相谐，极难歌唱。

这还不算，他还殚精竭虑，挑战极限，故意用了六种不相干的宫调组在一起，转调多次，名为《六丑》。宋徽宗觉得这名字奇怪，特招来周邦彦问讯。

周邦彦奏称：“此曲犯六调，皆声之美者，然绝难歌。昔高阳氏有子六人，才而丑，故以比之。”

且看周邦彦填制的这首《六丑》之词：

六丑·蔷薇谢后做

正单衣试酒，怅客里、光阴虚掷。愿春暂留，春归如过翼，一去无迹。为问花何在？夜来风雨，葬楚宫倾国。钗钿堕处遗香泽。乱点桃蹊，轻翻柳陌。多情为谁追惜？但蜂媒蝶使，时叩窗槅。　　东园岑寂，渐蒙笼暗碧。静绕珍丛底，成叹息。长条故惹行客，似牵衣待话，别情无极。残英小、强簪巾帻，终不似、一朵钗头颤袅，向人欹侧。漂流处、莫趁潮汐。恐断红、尚有相思字，何由见得？

此曲多拗句，用韵又是入声字，虽然曲子没有留下来，单是吟读亦觉艰涩，可想难歌之至。这是有多大的自信，才敢做如此尝试？

周邦彦词曲工丽，小令精妙轻巧，长调尤擅铺叙，言情体物，穷极工巧，被称为婉约词之集大成者，格律派词人的宗师，“前收苏、秦之终，复开姜、吴之始”，换言之，结北宋之大成，开南宋之先河。

王国维甚至在《人间词话》中称他为“词中老杜”“两宋之间，一人而已”，给予其极高的评价：

> 宋人如欧、苏、秦、黄，高则高矣，至精工博大，殊不逮先生（指美成）。故以宋词比唐诗，则东坡似太白，欧、秦似摩诘，耆卿似乐天，方回、叔原则大历十子之流。南宋唯一稼轩可比昌黎，而词中老杜，则非先生不可。昔人以耆卿比少陵，未为犹当也。

而王国维最为推崇的一首美成词，为咏荷名作《苏幕遮》，以为“真能得荷之神理”，最见美成风致：

苏幕遮

> 燎沉香，消溽暑。鸟雀呼晴，侵晓窥檐语。叶上初阳干宿雨。水面清圆，一一风荷举。　　故乡遥，何日去？家住吴门，久作长安旅。五月渔郎相忆否？小楫轻舟，梦入芙蓉浦。

三

做了大晟府乐正的周邦彦终于得偿所愿，有了用武之地，可以尽情发挥平生所长了。可惜他命运不济，第二年就溘然辞世了。

不过，这也好，他身处北宋末年的乱世之中，死前一年，方腊起义；死后六年，北宋沦亡。宋徽宗被俘，李师师落魄，周邦彦却幸运地躲过了，一直沉醉在他“水面清圆，一一风荷举”的清净世界里，做一个幽沉自在的梦。

相比之下，李师师要不幸得多，北宋末年的农民起义和金军入侵，都让她迎面赶了个正着，甚至还成为重要的见证人。

宋代笔记小说《瓮天脞语》记载：“山东巨寇宋江，将图归顺，潜入东京访师师。”

宋江为什么会潜入东京密访师师呢？他是为了招安铺路。

宋代有句俗语：“想当官，杀人放火求招安。”放下屠刀，立地成良，是做官的一条终南捷径，而且一做就是大官。路子比考举难，但是升职快。当然，一定得先把动静闹大，小贼小匪的不行，直接就被官兵剿了；当队伍壮大到足以和官兵抗衡的时候，就可以坐下来跟皇帝好好砍砍价钱了。

可是砍价之前得先探听一下皇帝的心思吧，这个中间人，宋江瞄定了李师师，于是就带着燕青上门了。所以也有种说法，燕青才是李师师的旧情人。

宋江起义是重和年间的事，这次密访只能发生在起义末期，也就是1119年或是1120年的事。

小说《水浒传》中，宋江酒过三巡之后，在李师师的书案上挥毫写下一首表白心迹的降词：

念奴娇

天南地北，问乾坤，何处可容狂客？借得山东烟水寨，来买凤城春色。翠袖围香，绛绡笼雪，一笑千金值。神仙体态，薄幸如何消得？　想芦叶滩头，蓼花汀畔，皓月空凝碧。六六雁行连八九，只待金鸡消息。义胆包天，忠肝盖地，四海无人识。离愁万种，醉乡一夜头白。

词中开篇诘问乾坤“何处可容狂客？”自是有良禽择木而栖

之意。“借得山东烟水寨”，点明梁山好汉身份。“只待金鸡消息”，则是婉转地表达了愿以抵御外侮为重，御敌报国的心愿，重抒投诚之志。

后来，徽宗果然听了师师的枕头风，派人往梁山泊招安。故事详情，可参看《水浒传》。但既然是小说，而且是隔了几百年之后的小说家言，真实程度就很难让人相信了。

那正史是怎么样的呢？

且看看这段特殊历史时期风起云涌的时间表吧：

元符三年（1100），宋徽宗即位。

政和五年（1115），女真领袖完颜阿骨打建国，国号金。

重和元年（1118），淮南宋江发动起义，起义军一度占据京东、淮南、河北数县。两年后接受朝廷招安。

宣和二年（1120），方腊在睦州青溪举义，占领两浙六州五十余县城。徽宗派童贯率十五万禁军将其镇压。

宣和二年（1120），宋金签订海上之盟。

宣和七年（1125）二月，金兵俘获辽国天祚帝耶律延禧，辽历时二百一十九年而亡。十二月，金军由完颜宗望、完颜宗翰率领，分东、西两路大举南下攻宋。

靖康二年（1127）四月，金人带着被俘的徽宗、钦宗和几乎全部赵姓宗室、大臣等三千多人，以及掠夺来的大量金银财宝、文物礼器及十万百姓北撤。北宋灭亡。

宋亡后，李师师的下落也变得众说纷纭，综合《水浒传》《青泥莲花记》《三朝北盟会编》《李师师外传》及张端义《贵耳集》、张邦基《墨庄漫录》等书，至少有三种说法：

第一种说徽宗退位后，师师将其所赐金银尽数献与官府作为抗金军饷，之后束发出家，做了道姑。金人攻陷东京后，伪帝张邦昌将她献与金主，师师在大骂张邦昌后，先是拔下金簪自刺喉咙，未死，复又折簪吞金自尽。

这是最刚烈传奇的一种说法，但也最不可信。

胆小无能的张邦昌连皇帝都不敢做，要把“元祐太后”请出来临朝听政，又怎么会主动挖地三尺找出李师师来献给金主？况且李师师这时候已经年龄不小，人老珠黄，也不大适合做礼物。所以吞金骂贼云云，大约是后人编出来恶心这个“伪楚”皇上的。

张邦昌做了三十三天皇上，却被人骂了近千年，也着实可怜。

关于李师师下落的第二个版本，是她在东京失陷后和徽、钦二帝一起被俘北上，被迫下嫁给了一个残疾的金国兵士为妻，最后被凌辱至死。

这是最让人不舒服的一种说法，真不如吞金自尽来得痛快。

第三种说法比较平实，说她随众南徙，漂泊湖湘，“衰老憔悴，无复向时风态”，最后老死江湖。

写《汴京纪事二十首》的刘子翚，最后一首便是说李师师的：

辇毂繁华事可伤，师师垂老过湖湘。
缕衣檀板无颜色，一曲当年动帝王。

这里不仅有“师师”，还有“帝王”，再次向我们证明了名妓李师师实有其人。即使和宋徽宗没有肌肤之亲，也肯定是御前唱过歌的。

一代名花，终归尘土。

李清照的花样年华：知否？知否？应是绿肥红瘦

整个北宋后半期的诗词天空，都是由苏轼及他的门人撑起来的。不幸的是，他们辗转于党争中，一生仕途多蹇，怀才不遇，未能在朝廷政治中发挥最大能量；而幸运的是，他们大多都没活到靖康年间，用不着看着大好河山被败家子宋徽宗拱手让人。

连接两宋的词人标签是李清照。

前面说过，大宋的政治几乎就是太后的政治，因此注定了以文字来见证两宋风云变幻的，也是一个女人。

一

李清照无疑是中国历史上最著名的才女，几乎成为女词人的代名词。如果想夸一个女子的古典文学功底好，诗词俱佳，就会以“当代李清照”冠之。

我小时候知道的第一个女词人名字就是李清照，会背的第一首词是她的《声声慢》：“寻寻觅觅，冷冷清清，凄凄惨惨戚戚……”还因此把自己的小屋取名为“藏清阁”。

李清照（1084—约1155），号易安居士，章丘人，婉约派代表词人。出身于典型的书香门第。父亲是“苏门后四学士”之一的李格非，神宗年间进士，官至礼部员外郎，工于辞章，刻苦好读，“坐堂中，扫地置笔砚，呻吟策读，为文章数十篇”（宋·晁无咎《有竹堂记》）。

李格非著作颇丰，有《洛阳名园记》十卷传世，在对洛阳达官贵族各处营建的名园盛况作以详尽描绘之余，寄托了自己对国家安危的忧思，以为“天下常无事则已，有事，则洛阳必先受兵”，“洛阳之盛衰，天下治乱之候也”。

结果一语成谶，其后洛阳果然失陷于金，不久北宋灭亡。人们都说李格非早已言中。

有个这样博学且睿智的老爸，李清照的家学渊源自是了得。况且她的母族也很厉害，就是有点风云模糊。

关于李清照的母亲，有三种说法：一是说她是曾经状告苏轼有“不臣之心”的宰相王珪的女儿；二是说她是欧阳修两度连襟的王拱辰的孙女；第三种干脆是说这两位女子乃是李格非先后娶的两任妻子。

第一种说法见于《王文恭公珪神道碑》中对王珪子嗣的详细记载：“元丰八年四月，丞相王公珪感疾……女，长适郓州教授李格非，早卒……”

通常神道碑写于亡者刚刚过世不久，上面记录的子嗣名单由族人提供，几乎相当于族谱的作用。而且同时期著作《鸡肋编》等典籍中亦有王珪长婿李格非的记录，应当是不会错的。

第二种说法见于《宋史》：“李格非，字文叔，济南人……妻王氏，拱辰孙女，亦善文。女清照，诗文尤称于时，嫁赵挺之之子明诚，自号易安居士。”

这是正史，似乎很有权威性，但毕竟是后人撰写的，隔了些年代，水分比例就难说了。

第三种说法大概是现代专家针对两种史料的荟萃。既然李格非之妻“早卒”，自然要续娶的，那续弦就是王拱辰孙女吧。

不论王珪还是王拱辰，在政治立场上都是苏轼的对立派。不知道李格非夫妻讨论苏词时，会不会像今天夫妻俩看球赛时因为支持不同球队而大打出手。

值得一提的是，王珪有一个孙女嫁给了秦桧为妻，当年秦桧为了构陷岳飞而苦于证据不足时，便是王氏在旁边提点了一句：“捉虎易，纵虎难。重点是抓虎，何需证据？”于是秦桧茅塞顿开，定下了一个“莫须有”的罪名，将岳飞害死在风波亭。

这样说起来，李清照还得管秦桧叫表姐夫。

不过，李清照在晚年辗转漂泊、孤苦伶仃之际，多次向不同的近亲远交写信求助，却从未求助于位高权重的秦桧。

倘若王珪确是李清照祖父，则神道碑上说他死于元丰八年，其时长女已卒。而李清照生于元丰七年。也就是说，王氏很可能死于生产或产后不久，李清照在襁褓之间甚至刚出生时就已经没了母亲，着实是够可怜的了。

但好在她的继母来头也很大，文学水平也很高，所以李清照在文化教育这块，一点也没落下。

李清照自幼随父亲生活于首都汴京，很小的时候已经才名远播，曾受到苏轼大弟子晁补之的大力褒赞；时人对她交口称奇，诸如“才力华赡，逼近前辈”“才高学博，近代鲜伦”“诗文典赡，无愧于古之作者”之类的大帽子一顶顶飞过来，反正恭维话不要钱，李清照小小年纪就被捧上了天。

这一时期，她的代表作要数大家熟悉的《如梦令》两首：

如梦令

其一

常记溪亭日暮，沉醉不知归路。兴尽晚回舟，误入藕花深处。争渡，争渡，惊起一滩鸥鹭。

其二

昨夜雨疏风骤，浓睡不消残酒。试问卷帘人，却道海棠依旧。知否？知否？应是绿肥红瘦。

从这两首词看，李清照的少女时代物质生活优裕，精神生活更是丰富多彩。而且父亲给了她极大的自由，不但允许她小小年纪饮宴喝酒，还在饮得大醉后游船夜归——或许是因为后妈到底不好对继女约束太严之故吧。

李清照性情豪放，左一个“沉醉不知归路”，右一个“浓睡不消残酒”，看来这金樽清酒竟是常常不离手的，颇有女版李白的风范。

这两首小令的共同之处在于撷取了生活的一个特定场景进行细节描述，有人物，有动作，有画面，还有对白，语言活泼，情趣别致。

前一首写的是酒宴后乘船倚醉而归，却不小心走入了荷塘深处。那也没关系，不妨大家比一比，谁能先驶出荷花丛。于是奋力划桨，大声吆喝，倒把栖在洲渚上的水鸟都吓飞了。

后一首则从早起回忆写起，少女睁开眼来娇媚地伸个懒腰，想起昨晚没有睡好，听了一夜雨声，不禁担心窗外的海棠花怎么样了。于是急问正在打起门帘的侍女：可去看过海棠花了？侍女笑答：没事儿，一夜风雨，海棠未谢，还和原来一样。

这一问一答并没有写在词中，然而我们却完全可以想象出两人的言语情态，而且女词人微微一笑，嗔道：傻丫头，倘若未谢，那我不看也知道，饱饮了一夜雨水，那海棠应是绿叶更浓，红花微卷，怎么可能一点没变呢？

两首小令写的都是日常生活片段，而词人的少女情态跃然纸上，鲜明活泼，前所未见，令人拍案。因此《蓼园词选》评价："短幅中藏无数曲折，自是圣于词者。"

一个十几岁女孩子写的小令，竟然被赞为"圣于词者"，李清照的确是个天才。

曲词小令也还罢了，显露的只是李清照的文思巧妙，笔风独到。她的诗作虽不如填词有名，却是另一种风范。

李清照曾读张耒《读中兴颂碑》之诗，接连步韵诵和两首，格调高古，气韵轩昂，借唐代安史之乱讽古喻今，写出了"不知负国有奸雄，但说成功尊国老""夏商有鉴当深戒，简策汗青今具在"这样深沉的警句。

这些诗作，写于"靖康之难"发生前的太平时期，不但针砭时弊，且预言未来。一个涉世未深的少女，竟对历史、时政有着如此深刻的关注和敏锐的感叹，能不令世人俯首称奇？

因此"当时文士莫不击节称赞"，一个千古罕见、震古烁今的少年才女就这样横空出世了。

二

李清照十七岁时，嫁与赵挺之的三子赵明诚为妻。

关于赵明诚求娶李清照的过程，还有一个堪与蔡邕题词曹娥碑的故事相媲美的传奇说法。

三国时期，曹操与杨修打马经过曹娥碑，看到碑后有蔡邕题词："黄娟幼妇外孙齑臼"。曹操不解，问杨修说："你可知这是何意？"杨修答："蔡博士果然好才情。"方要说出答案，曹操阻止说："且慢，等我好好想想。"两人埋首前行三十里，曹操终于想明白了："黄绢，色丝也，于字为绝；幼妇，少女也，于字为妙；外孙，女子也，于字为好；齑臼，受辛也，于字为辞。此乃合成'绝妙好辞'四字也。"杨修大笑赞曰："丞相果然睿敏。"曹操慨叹："但你才思快出我三十里。"这个故事记录于《世说新语》中。汉代大儒蔡邕，就是创作《胡笳十八拍》的才女蔡文姬的父亲。

且说赵明诚有一天早晨醒来，对父亲赵挺之说，梦里看到一本天书，只记得这么几句："言与司合，安上已脱，芝芙草拔。"赵挺之想了想，为儿解梦道："言与司合，是个'词'字；安上已脱，是个'女'字；'芝芙草拔'，为'之夫'二字。这是说你必要娶一位绝世才女，成为'词女之夫'。"

当代词女，非李清照莫属。于是赵挺之便敲锣打鼓地上李家提亲来了。

即便这个故事是真的，那么赵明诚的梦也是假的，九成是赵家父子为了求娶李清照而编的谎儿。

真正的原因，可能是政治风向。

李格非是苏轼门生、元祐党人，而赵挺之则属新党政要，做监察御史时曾数次弹劾苏轼，罗织罪名，百般打压，因此与苏门学士交恶，秦观、黄庭坚等都与之结怨甚深。

然而，身为连襟的陈师道宁可冻死都不肯借穿他的裘衣，而李格非却答应与其结为姻亲，这是否有变节之嫌呢？

考虑他们结亲的时间背景，这一切就都可以解释了。1100年，徽宗即位，其时新旧两党斗争正值白热化，不利朝纲。于是徽宗采纳臣议，改元“建中靖国”，以示“中和立政”，致力于停止党争，调和矛盾。其时最喜闻乐见的，就是新旧两党握手言和。

赵挺之最是见风使舵之人，其时官拜御史中丞、礼部侍郎，自当带头响应新帝号召，遂主动向苏门学士李格非伸出了橄榄枝。一则以实际行动支持新政，二则求娶天下第一才女为儿媳，怎么说都是一桩划算的生意，何乐不为？

而李格非的官位比赵挺之低，一则两家都是山东人，二则也想着赵明诚身为太学生，比李清照大三岁，年纪相当，才貌匹配，未尝不是一桩门当户对的好婚事。况且，从他自己娶王珪孙女这点来看，“对立统一”可能是李家择偶传统。

于是，李清照与赵明诚就在这个“建中靖国”元年（1101）结婚了，昭示着新旧两党的握手言和，典型的“秦晋之好”。

为李清照作传者多半愿意把下面这首词视作李清照初逢赵明诚的那个瞬间：

点绛唇

蹴罢秋千，起来慵整纤纤手。露浓花瘦，薄汗轻衣透。　见客入来，袜刬金钗溜。和羞走，倚门回首，却把青梅嗅。

这首词写的是一个少女刚刚荡完秋千，正在整理衣袖呢，忽然看到客人来了，于是急忙回避，却又忍不住回头张望。

蹴（cù），即踏。词中并不提荡秋千有多么快乐，却只写“慵整纤纤手”的尽兴。手都麻了，自是荡得快意之至。一个“慵”字，充分写出了大家闺秀的尊贵与娇憨。

“薄汗轻衣透”是实情，春梅时分，天气犹凉，她却只穿着轻便春衣，玩得出了一身汗，可见是个相当活泼健康的少女；“露浓花瘦”则是比喻，形容汗珠仿佛娇艳新花上缀着的一颗颗露珠，也可以理解成花园的晨景，一语双关，十分巧妙。

这时候突然听见有客人来到，大家闺秀自是应当回避，因为踏秋千而脱下的鞋子都来不及穿，只穿着袜子就赶紧往屋里跑，连头发都松散了，金钗滑落下来。这句显然化自李煜的“刬袜步香阶，手提金缕鞋”。但是大约听到了年轻男人的声音吧，又忍不住想回头看看到底是谁，却怕有失身份，于是假装欣赏梅花，回首轻嗅。

这句“倚门回首，却把青梅嗅”写活了少女想见又不敢见、偷窥又害羞的微妙心理。动作层次分明，心理曲折多变，刻画栩栩如生，难怪所有关于李清照的电影和戏曲作品都忘不了把这一身段作为李清照的形象特写。

那么李清照的婚后生活如何呢，一首《减字木兰花》告诉你。

减字木兰花

卖花担上，买得一枝春欲放。泪染轻匀，犹带彤霞晓露痕。　怕郎猜道，奴面不如花面好。云鬓斜簪，徒要教郎比并看。

李清照是善于抓取生活片段来描写细节的，这首也不例外，写的乃是一个春天的早晨，女主人新妆簪花之诮。

宋朝都市里有卖花担子，一大早走街串巷，把新鲜的折枝花朵售往深院香闺。李清照买的乃是一枝刚刚打苞还未盛开的鲜花，上面还带着点点露水。

对着镜子插上云鬓，左右端详满意了，想问问夫君好不好看，却又忽然担心起来，怕他说花比人娇，岂不可恶？于是拉起夫君，非要问他：我美还是花美？

这句问话，与描写新嫁娘的“画眉深浅入时无”异曲同工，都生动地表现了新婚夫妇的闺房之乐。

还有一首同样是表现闺中之乐的《丑奴儿》，就更加旖旎香媚，娇纵大胆了。

丑奴儿

晚来一阵风兼雨，洗尽炎光。理罢笙簧，却对菱花淡淡妆。　　绛绡缕薄冰肌莹，雪腻酥香。笑语檀郎：今夜纱厨枕簟凉。

这说的是某个夏天的晚上，雷阵雨洗尽暑气，让人神清气爽。于是佳人吹笙一曲，又对着镜子重新上了妆，换了身很清凉的薄纱衣裳，香肌半隐，雪腻酥滑。在纱厨里铺下枕席，笑着对爱郎说：今晚的竹席很凉快呢……

“绛绡缕薄冰肌莹”指的是宋朝女子最常见的性感打扮，就是在抹胸外直接套一件轻纱褙子，而且从各种宋画来看，这褙子还是随意地敞开来，露出抹胸上精美的刺绣。

因在新婚宴尔，李清照穿的褙子是绛红色的，薄如蝉翼的纱衣随风轻摆，露出肌肤如雪，熏香微度，再娇声莺语地低低呼唤，当真温香软语，潋滟惊人。

这首词因为过于诱惑而被道学家们所不接受，认为不可能出自李清照之手；若真是李清照写的，那就说明李氏女有轻佻之行，淫靡之音。

真是管得太宽了些。但不论如何，从李清照婚后的词作来看，小夫妻琴瑟和谐，李格非的选择并不算错。

只可惜，宋徽宗是个出尔反尔的人，“靖中”不久，又改了主意，重用蔡京，力排旧党。

李格非因为名列元祐党人，不得在京差遣，只得携眷返归明水原籍。崇宁四年（1105）终卒于此，享年六十一岁，倒也算得叶落归根了。

他虽然预言了洛阳的命运，却未能料到徽宗的出尔反尔，自己的旋即落魄，更没能预知赵明诚的英年早逝。

女儿的婚姻，终究还是悲剧。

三

李格非落难之际，李清照曾写信向公公赵挺之求助，信中有“何况人间父子情”之句，但赵挺之不为所动。父亲贬归之后，李清照悲愤地写下“炙手可热心可寒”，总算看清了这个公公的嘴脸。

所幸的是，她与赵明诚的夫妻感情似乎并未受到影响。想来，赵明诚也是努力帮忙求过父亲的吧。

此时赵明诚已经太学毕业，走入仕途，担任礼部员外郎之职，有了固定收入。夫妻俩虽居于汴京繁华之地，但恃着充足的聘礼和嫁妆，四处购求金石字画，志同道合，过得颇有情调。

虽然李清照自己回忆说“赵、李族寒，素贫俭”，但那要看跟谁比。夫妻俩能够每月初一、十五都上街购物，而且购的是古董字画，即便是靠“脱衣市易”典当得钱吧，那能典当的衣笼也实是不少。

赵明诚自小迷恋金石之学，婚后得与妻子同好，兴趣有增无减，遂立下“收尽天下古文奇字之志”。

《清明上河图》形象地告诉了我们汴京街市是一个怎样的销金窟，赵李新婚宴尔，携手同游，且有得逛呢。夫妻俩日常最频繁进出的是两个地方：一是典当衣物的当铺；二是大相国寺市场的古董摊子。

一次有人拿来一幅南唐徐熙的《牡丹图》，索价二十万。赵明诚瞟了瞟李清照所剩无几的嫁妆箧子，又算了算自己的薪水花红，连奖金加班费都算上也要不吃不喝攒足两年才能买得起。

画虽美，终究不能作饼充饥。于是当晚两人点着灯并着头，对着这幅图望梅止渴叹了一整晚，第二天红着眼睛把画还了。

有着共同的爱好，是比一切才貌德行甚至儿女亲情都更加坚固的婚姻支柱，后人为此发明了一个特别精准的词：共同语言。

蔡京上位后，对元祐党人的排挤日甚，甚至出台了两条令李清照极其尴尬的规定：“宗室不得与元祐奸党子孙为婚姻”，“尚书省勘会党人子弟，不问有官无官，并令在外居住，不得擅到阙下”。

这规定要是早出台两年，李清照根本不可能嫁给赵明诚。可现在怎么办？难道离婚吗？

不知道政治墙头草赵挺之是否有暗示过小儿子大义灭亲，但是赵明诚显然扛住了压力，并未因为政治风向而冷落娇妻。但是李清照也无法再在汴京待下去了，只得离开赵明诚，独自回了山东娘家。因为思念，她挥泪写下了一首新词：

醉花阴·重阳

薄雾浓云愁永昼，瑞脑销金兽。佳节又重阳，玉枕纱厨，半夜凉初透。　　东篱把酒黄昏后，有暗香盈袖。莫道不销魂，帘卷西风，人比黄花瘦。

这首词写于崇宁二年（1103）重九。李清照仍是杯不离手，倒不只是因为时逢重阳，她本就好酒，况且如今多了相思的大题目，更加醉得理直气壮了。

瑞脑，又称龙脑，一种熏香名；金兽，兽形的铜香炉。可见李清照生活条件依然不错，虽然父亲被贬了官，但是小资情调未减，依然炉袅沉香，玉枕纱厨。

宋代文人的生活很讲究仪式感，“四般闲事”，只应惯熟：焚香、点茶、挂画、插花。李清照一一做来，从容优雅，细枝末节，概莫轻忽。

她似乎很喜欢瑞脑香，词中常常出现，如：“玉鸭熏炉闲瑞脑，朱樱斗帐掩流苏。”“瑞脑香消魂梦断，辟寒金小髻鬟松。”“酒阑更喜团茶苦，梦断偏宜瑞脑香。”

只是，再好的熏香也不能助我安眠。午夜梦醒，秋凉袭来，孤枕寒衾，却是相思难禁，辗转难眠。

不禁想起昨日黄昏时曾在东篱下饮酒怀香，折花寄人，效仿那《古诗十九首》所言：“攀条折其荣，将以遗所思。馨香盈怀袖，路远莫致之。”却问何时寄到？

正想着，一阵风卷起了帘子，且看帘外菊花帘内人，人面竟比黄花瘦。

通篇没有说相思，没有说想念，只是说炉香，说菊花，说西风，说重阳酒，可是薄雾浓云遍布纸上，满满的都是相思二字。

赵明诚收到信后，赏叹不已，想到人人都赞李清照绝妙好词，何不仿作一首，力图胜之。于是闭门谢客，废寝忘食者三日夜，苦思冥想，一口气写了数十首《醉花阴》，中间夹着李清照的这首，一起交给朋友陆德夫看。

陆德夫一一读过，叹道："有三句绝佳。"赵明诚赶紧问："哪三句？"陆德夫摇头晃脑地吟道："莫道不销魂，帘卷西风，人比黄花瘦。"

从此，赵明诚死了与妻子在文学上竞争的心。

四

一剪梅

红藕香残玉簟秋，轻解罗裳，独上兰舟。云中谁寄锦书来？雁字回时，月满西楼。　　花自飘零水自流。一种相思，两处闲愁。此情无计可消除，才下眉头，却上心头。

这首词流传极广，琼瑶女士且以它为主题曲创作了小说《月满西楼》，其电影版主题歌便是这首词，好听得紧。

起句"红藕香残玉簟秋"将户外秋景与室内布置同时并提，奇妙的组合形成了独特的效果，被诗家赞誉有"吞梅嚼雪、不食人间烟火气象"，色彩清艳，精秀特绝。

李清照是喜欢划船的，但是少女时代是情调欢快的："争渡，争渡，惊起一滩鸥鹭。"如今却冷淡萧瑟："轻解罗裳，独上兰舟。”意象蕴藉，情调闲雅，写尽贵妇人的幽怨清愁。

而一句“月满西楼”则把时间一语带过。她白天仰望着天空期盼“云中谁寄锦书来”，晚上则在月下填词写信，遥寄相思。

唐朝李益有一首七绝：“水纹珍簟思悠悠，千里佳期一夕休。从此无心爱良夜，任他明月下西楼。”此词上阕，深得个中真味。

下阕以“花自飘零水自流”承上启下，照应了“红藕”与“兰舟”，且兼有比兴之功，引出“一种相思，两处闲愁”。

伤春悲秋是闲愁，然而相思别离呢？却是人间至情。好在，有人懂得的伤心便不算伤心，此时此刻自己想念的人儿也在想念着自己吧？

这是照应了“云中锦书”，显然李清照是收到了丈夫的书信，这首词应当是夹在回信中的。由此及彼，两情如一，写出两人心心相印之情。

最后说“此情无计可消除”，且以“眉头”与“心头”相照应，“才下”与“却上”互承接，工整巧妙，音韵婉然，超逸深美，极得唐人风致。

元人伊世珍作的《琅嬛记》引云：“易安结缡未久，明诚即负笈远游。易安殊不忍别，觅锦帕书《一剪梅》词以送之。”

这段记载，误导了很多后人，以为赵明诚刚刚新婚即抛下娇妻“负笈远游”，做了曾布第二，却并未深究负的什么笈，又游去了哪里。

“负笈远游”，指的是背上重重的书箱去远方游学。然而赵明诚为太学生，是不需要离开京城去他乡求学的，而他毕业后留居汴京任礼部员外郎，亦未外放。所以这首词既然说的是“结缡未久”的别离，那绝非是因为赵明诚去了他乡，恰恰相反，只能是李清照被迫返回山东老家的那段时光。

两人这次大约分别了两年多，李清照于崇宁五年（1106）重回京都。

此前，赵挺之是在蔡京的极力推举下当上右相的，但是上任之后，有心与蔡京一较雌雄，屡次上书陈述蔡京奸恶劣迹，一度胜出，被徽宗召见说："蔡京所为，果然都像你说的一样。"

可能也正是因为这个缘故，历史上对赵挺之的评价并不算低。

蔡京罢相后，朝廷大赦天下，解除党禁。因此李清照得以还京与已授鸿胪少卿的赵明诚团聚，过了几天好日子。

但是好景不长，软耳根没脑子的宋徽宗罢了蔡京没多久，又禁不住他的哭哭啼啼再次将其复相，而赵挺之自然就要倒霉了。

大观元年（1107）赵挺之罢相，不久病卒，年六十八，谥曰清宪。

赵挺之得意时，李清照没跟着沾到光；但是赵挺之失势，李清照却因为蔡京的加倍打压而在开封待不下去。不久，赵明诚被夺官，偕妻回到青州故居，开始了"葛天氏之民"的隐居生活，一住就是十三年。

《吕氏春秋》载："昔葛天氏之乐，三人操牛尾，投足以歌八阙：一曰载民，二曰玄鸟，三曰遂草木，四曰奋五谷，五曰敬天常，六曰达帝功，七曰依地德，八曰总万物之极。"形容原始而朴素的生活。

李清照将自己想象成远古时期的乡下人，将自己刚修缮的藏书楼命名为"归来堂"，又因陶渊明《归去来兮辞》有"倚南窗以寄傲，审容膝之易安"句，遂自号"易安居士"，世称李易安。

正如苏轼在黄州蜕变为苏东坡，李清照亦在青州破茧成蝶，从此成为李易安。

这也是李清照一生中最平安快乐的时光。

《金石录》漂泊记（北宋卷）

一

自大观元年（1107）始，李清照与赵明诚在青州共住了十三年。

这期间，李清照一面帮助赵明诚搜集整理上起三代下及隋唐的金石、碑刻、字画，编成金石学名著《金石录》，一面写下大量脍炙人口的词作，成为她一生中诗词创作的旺盛成熟期。

李清照三十一岁那年，赵明诚为其画像题词："易安居士三十一岁之照。清丽其词，端庄其品，归去来兮，真堪偕隐。政和甲午新秋，德父题于归来堂。"

政和，为宋徽宗年号，此为政和四年（1114）。德父，即德甫，赵明诚的字。

这段话也刻在了赵明诚赠与李清照的琴上，既表明了他们的隐居之志，亦见证了二人的鹣鲽情深。

这大概是李清照一生中最快乐的时光，遂有"甘心老是乡"之志。

青州依山傍水，名胜古迹众多，夫妻俩常常偕游访古，搜集金石文物。为了换取喜爱的字帖名画，两人节衣缩食，“食去重肉，衣去重采，首无明珠翠羽之饰，室无涂金刺绣之具”。

每获珍品，就共同勘校，摩玩欣赏，指摘疵病，每夜必燃尽一烛，甚为狂热。整个归来堂堆满了金石古玩，“几案罗列，枕席枕藉”，而夫妻俩“意会心谋，目往神授，乐在声色狗马之上”。

话说赵明诚这个爱好实在奢侈败家，难得李清照竟能如此支持。

此时再联想苏轼之妻王润之为了避祸将苏轼文稿一炬焚之，晏幾道妻子抱怨他搬家不忘搬书就像乞丐抱碗，易安居士典衣当钗来满足丈夫收藏欲的行为堪称伟大。得妻如此，夫复何求?

不过，李清照能比出“声色狗马之乐”这个例子，也不小心泄露了她于嗜酒之外的另一不良爱好：博彩。

易安居士乃是一位赌博高手，还特别撰有《打马图经》，并在《打马图经序》中自称：“予性喜博，凡所谓博者皆耽之，昼夜每忘寝食。但平生随多寡未尝不进者何？精而已。”

打马，是北宋时一种可多人参与的棋类，类似于现在的飞行棋，也有说就是麻将的前身。李清照精通一切赌博游戏，迷恋打马到了废寝忘食的地步。但是不论赌什么，赌注大小，从来没有一次不赢钱的，只不过赢的多少不同罢了。她得意扬扬地总结经验说：这是为什么呢？因为我赌技精湛，人聪明啊，“慧即通，通即无所不达；专即精，精即无所不妙”。

《打马图经》中介绍了二十多种赌博方式，堪称最早的“马经”。李清照不但介绍赌博方式，且将赏罚规则参互研究，画图说明，还自创了“命辞打马”一式，“使千万世后，知命辞打马，始自易安居士也”。

也就是说，李清照不但要做“千古第一才女”，还要成为“万世打马始祖”。明代《古今女史》满足了她这个愿望，真诚地将李清照奉为“博家之祖”，这可比“赌神”“赌后”之类的荣耀多了。建议现代麻将女们在上桌前，都应该先拜拜李清照的画像再掷骰子。

但我好奇的是，宋朝可是明令禁赌的，被抓到不仅要罚款，还要打军棍，为官者撤职流放。李清照如此好赌，那是跟谁赌呢？在哪里赌？怎么赌的？

一个女人，既爱喝酒，又爱赌博，搁在什么时代也是够让丈夫头疼的。不过李清照没有抱怨赵明诚收藏败家，赵明诚自然也不好反对李清照好赌酗酒吧。况且李清照逢赌必赢，说不好他们买字画的钱就是靠李清照打马赢来的。于是，赌博也就变成了他家可以堂而皇之常聚常玩的正经事儿了。

《金石录后序》中记载二人闲时赌茶，对着满屋藏书，任说一个典故，然后指出是哪本书第几页第几行，答对了的才可以喝茶。可是赢的人因为笑得太开心，反而将茶水泼了一身，没能喝到。

这个故事也再次看出李清照的赌心之重，什么都喜欢拿来赌。

纳兰容若有首词说：“被酒莫惊春睡重，赌书消得泼茶香。当时只道是寻常。”说的便是这件事。

彼时，李清照可没想到自己也成了后人词中的典故吧？

二

宣和三年（1121）五月，赵明诚知莱州，留下李清照在青州打点。

从魏夫人的例子我们就可以知道，古时男人出仕外放，妻子留守家中的情形是很普遍的。如果上有翁媪，留下媳妇是为了替丈夫尽孝；如果家中没有长辈，偌大家业也需有主母坐镇，主持中馈。于是，世上便多了许多怨歌艳词，无尽相思。

魏夫人如此，李清照亦如此。

凤凰台上忆吹箫

香冷金猊，被翻红浪，起来慵自梳头。任宝奁尘满，日上帘钩。生怕离怀别苦，多少事、欲说还休。新来瘦，非干病酒，不是悲秋。　　休休，这回去也，千万遍《阳关》，也则难留。念武陵人远，烟锁秦楼。惟有楼前流水，应念我、终日凝眸。凝眸处，从今又添，一段新愁。

这首词，大多数词家认为写的是赵明诚离开青州后李清照独守深闺的寂寞与哀愁，而我则认为上下阕应该分别写的是别时缱绻与别后相思。

开篇是李清照惯用布景，金猊兽的香炉里灰已经冷了，可见天已大亮，懒得收拾床铺，“起来慵自梳头”。

少女时代的李清照“蹴罢秋千”会“慵整纤纤手”，成年李清照则于“被翻红浪”之后“慵自梳头”。两个镜头对叠，中间已经二十年过去了，时光荏苒，而她依然是爱娇的一代词女。

丈夫远行在即，此刻的李清照再也没有了对镜装扮的情绪，只是腻在他身边哝哝细语，已经日上三竿都还不肯起床，以至于“宝奁尘满，日上帘钩”。

可是缠绵许久，说了那么多话，真正想说的还是没有出口。那些离愁别苦，辗转叮咛，说出来怕让自己伤心，也怕惹人生厌；怕说了无用，也怕显得太琐碎，变成不可爱的“祥林嫂”。

至于那到底是些什么话呢？估计除了夫君珍重，努力加餐之外，便多半是“路边的野花不要采”吧？

这些日子为了给他打点行囊，消瘦好多。这番憔悴，可不是因为往日的伤酒或是悲秋哦。

那又是因为什么呢？下阕揭出答案。

罢了罢了，你还是走吧。“这回去也，千万遍《阳关》，也则难留。”其实不说也知道，此番消瘦，自然是为了离情别苦。但是再不情愿，这离别的时候到底还是来到了。

“念武陵人远，烟锁秦楼。”这好比电影镜头的正反切，把夫妻双方别后情形分别描述。用武陵人刘晨、阮肇误入仙山的典故，比作丈夫的远去；而将秦穆公之女弄玉居于凤楼的故事，代指自己。同时又暗点词牌名，写出各自身份。

接下来用顶真格，从“烟锁秦楼”写到“楼前流水”，从“终日凝眸”写到“凝眸处”又添新愁。音韵流丽，意态婉转，情思荡漾，留有不尽意味。一段愁情，仿佛真跟着楼前流水逶迤远去，极尽缠绵。确为相思词作中的佳品！

其实，就是今天也有很多留守妻子，有的是丈夫出国了，有的是丈夫在外地打工，还有的根本是有了外室。

魏夫人一生写的都是相思，动辄三年不见夫君面，无穷无尽地忍受着曾布的冷落。

然而，魏夫人忍得，李清照忍不得，三个月后就打点行囊奔赴莱州找赵明诚去了。途经昌乐，宿于驿馆，还写了一首《蝶恋花》寄给自己的青州姐妹。

蝶恋花·晚止昌乐馆寄姊妹

泪湿罗衣脂粉满。四叠《阳关》，唱到千千遍。人道山长山又断，萧萧微雨闻孤馆。　惜别伤离方寸乱，忘了临行，酒盏深和浅。好把音书凭过雁，东莱不似蓬莱远。

从这首词中，我们再次从侧面看到李清照在青州生活的惬意，不但夫妻恩爱，且还有一帮志趣相投的姐妹淘，大概就是她呼卢喝雉的“马友”们吧。

丈夫走时，自己固然依依不舍，“千万遍《阳关》，也则难留”；而自己离开青州时，姐妹们亦是情深义重，“四叠《阳关》，唱到千千遍”，惜别的泪水打湿了罗衣，脂粉纵横，饯行宴上也不知道喝了多少酒，以至于都忘了“酒盏深和浅”。

如今身在驿馆，听着萧萧微雨，想着姐妹们山长水远，于是写下这封信。不过，还好吧，我只是要去莱州慰夫，又不是去蓬莱成仙，远乎哉？不远矣。我们总还会有相见之期的。

有人以为词中的伤离情绪超出了姐妹相别的程度，故而忽视题目小注，非要认定这是李清照写给丈夫赵明诚的。

呵呵，那只是大男子主义的先入为主，想象不出女人的友谊可以怎样的浓烈真挚，更何况还是在麻将桌上“酒精考验”结下来的深厚友谊。

这一年，李清照三十八岁。

三

初到莱州时，李清照很不习惯。之前在青州时，她和赵明诚是每天有说有笑，如胶似漆的。而现在，丈夫奔波于公务与酒宴之间，为了金钱官位忙忙碌碌，从早到晚把自己一个人扔在家中。

况且，这里能叫作“家”吗？独坐室内，顺手的东西一样都不在身边，没有金猊沉香，没有经史满橱。空荡荡的屋子家徒四壁，自己无聊地走来走去，总算看到案头上有本《礼韵》，于是拿来解闷。

《礼韵》，即古代韵书，有点像现代的字典，不过是按照韵部来归类的。再无聊也没办法拿这种书当小说传奇来看，而李清照居然拿本《礼韵》打发时间，可以想象闷到什么程度了。

但是才女就是与众不同，李清照自己跟自己玩，硬是玩出了新花样：闭着眼随手翻开一页，翻到什么韵，就以哪个韵部写诗。

结果，她翻到了一个“子”字，为仄韵，自然只好写首古风了。

感　怀

宣和辛丑八月十日到莱，独坐一室，平生所见，皆不在目前。几上有《礼韵》，因信手开之，约以所开为韵作诗，偶得“子”字，因以为韵，作感怀诗。

寒窗败几无书史，公路可怜合至此。
青州从事孔方兄，终日纷纷喜生事。
作诗谢绝聊闭门，燕寝凝香有佳思。
静中吾乃得至交，乌有先生子虚子。

李清照确实很能自己跟自己玩，还给自己找了两个新朋友：一个子虚，一个乌有。

像这样写实而趣味十足的自嘲诗，在李清照作品中并不多见。可见她虽然不喜欢莱州生活，但心情还不错。

打发时光的另一个方式，就是继续帮助赵明诚辑集整理《金石录》：“装卷初就，芸签缥带，束十卷作一帙。每日晚吏散，辄校勘二卷，题跋一卷。”（《金石录后序》）

《金石录》共三十卷，由赵明诚撰写大部分，后由李清照补述。著录其所见从三代至隋唐五代以来，钟鼎彝器的铭文款识和碑铭墓志等石刻文字，是继欧阳修《集古录》之后最重要的金石目录和研究专著之一。因此时人常把金石之学称为“欧赵之学”。

军功章上，有你的一半，也有我的一半。

赵明诚任上最显赫的“军功”在于守淄州时，因其提兵帅属，斩获逋卒颇多，被朝廷“录功”，官升一级。

在淄州时，赵明诚有一次从朋友处借得白居易晚年手书《楞严经》，欣喜不已。独乐乐不如夫妻乐，这样珍贵的稀世珍藏，必须和老妻共同欣赏啊。于是赵明诚连夜打马回家，与李清照秉烛夜读，饮茶瞻阅，足足死盯着看了三个钟头，犹不知困倦。

不要觉得他们夸张，两个人看字大概是一笔一画一撇一点那样看的，边看还边用眼睛临摹，得不到实物，也要在精神上占有。

到靖康元年时，李清照仍随赵明诚居淄州。赵明诚看到天下大乱，金兵犯境，深知太平岁月已经结束了，离乱将起，想到盈箱溢箧的金石收藏，不禁四顾茫然，恋恋怅怅，“知其必不为己物矣！”

到这个时候，夫妻俩才忽然意识到，这些年来竟然不知不觉积攒了这样多的身外之物。古董字画，只有买进的价钱，没有卖出的时机。在和平年代，它们是锦上之花；然而到了乱世，却做不得雪中之炭。

“来日大难，口燥舌干。”他们该拿这些金石怎么办呢？

四

1127年，靖康之变。金人大举南侵，俘获徽、钦二帝北去，北宋朝廷崩溃。

五月，康王赵构即位于应天府（今河南商丘），改元建炎，史称宋高宗，这是南宋的第一个皇帝。

赵构（1107—1187）是徽宗的第九子，母亲韦氏原是宫女，出身低微，也不大受宠。本来是怎么也不可能轮到赵构当皇上的，打小儿也没被当成皇帝培养。但是“靖康之难”前，他正奉命出使金营求和，幸而在河北磁州被守臣宗泽劝阻，对他说战事吃紧，停留数日观察一下时局再走，以至于整个皇室宗亲被金兵连锅端的时候，独独漏下了赵构这条“鱼”。于是二十岁的赵构便成了唯一的皇帝人选。

平心而论，虽然赵构算不得什么好皇上，但毕竟是宋室的正统血脉。如果他不来当这个皇帝，汉室河山只会更乱，不知多少豪杰霸主会趁机夺权，五代十国的局面可能就要重演了。

有了赵构，至少宋朝还可以苟延残喘，而且这一喘就是一百多年，也算功大于过了。

赵构匆匆登基后，迫于形势起用抗战派李纲为宰相。但不久又赶走李纲，放弃中原，逃到扬州。临走之前，以托孤的口吻对保着自己一路登上皇位的老将宗泽说：“东京就交给你了，等朕回来！”

宗泽涕泪纵横地说：“陛下放心，人在城在，人亡城亡，等您回来！”

结果宗泽说到做到，为了东京拼尽最后一滴血，却再也没有等回他出尔反尔的好皇上。

这期间，宗泽几度率兵打退金军进攻，并二十多次上书赵构，请求还都东京，还制定了收复中原的方略，却始终不被采纳。临死前，他三次高呼“过河”，死不瞑目。

好在，宗泽教出了一个英勇的下属，可以继承他的遗志继续与金军展开不屈不挠的斗争，并且取得过抗金战争中最大的胜利，他的名字叫岳飞。

且说赵明诚似乎见机比赵构更早。早在同年三月时，因为母亲于江宁逝世，赵明诚就决意趁着南下奔丧之际，将所有收藏南迁，似乎早就料到了宋朝廷将会大举南移。

然而金石文物实在太多了，足足塞满了十几间屋子，不可能尽数携带。于是夫妻俩决定先去掉厚重的古书印本，再去掉无名画家的卷轴，再去掉没有款识的古器，太重大的青铜器之类也都放下。即便这样，也还是收拾了整整十五辆车，浩浩荡荡地自江苏渡淮河，再渡长江，运抵江宁。而留在青州的大批文物，就只有过些时候待时局平定了，再设法买舟南运了。

没想到的是，同年十二月，金兵攻打青州，归来堂的十余间屋子及文物尽为灰烬。

这段经历记录于李清照的《金石录后序》中，但是删繁就简而且没有主语，所以语焉不详，歧义颇多，后人对这段描述就有了不同的理解：

一、夫妻俩接获消息后整理了十五车文物一道南下奔丧；二、赵明诚独自先行，李清照随后押车南渡，这是被渲染得最多的说法，而且把李清照带着十五车文物在漫天炮火中独自南下的过程写得极为英武神奇；三、赵明诚带着十五车文物先走，李清照独守青州继续整理那十几间屋子的文物，想等待时局稳定再南运，不料青州兵变，幸而李清照孤身逃出，南下与丈夫团圆。

我有很长一段时间都在三种说法里打转，为各自理论找依据。直到在赵明诚为《赵氏神妙帖》所写的一则跋语中找到佐证："去年秋西兵之变，余家所资，荡无遗余。老妻独携此而逃。未几，江外之盗再掠镇江，此帖独存。信其神工妙翰，有物护持也。建炎二年三月十日。”

建炎二年即1128年，所谓“去年秋西兵之变”指的正是1127年青州之乱，“余家所资，荡无遗余”与《金石录后序》所写“凡所谓十余屋者，已皆为煨烬矣”相符合，而“老妻独携此而逃”，可见李清照当时人在青州，是从烽火硝烟中逃出命来的。

换言之，押送十五车文物南下的，只能是赵明诚或者夫妻同行；李清照或是独留青州，或是奔丧后又独自回到青州看家，战乱爆发时只揣了幅字帖逃出。

从此，李清照寄情金石安闲雍容的生活一去不复返了。